전남대학교 한국어문학연구소 총서 10

문병란의 시와 세계

전남대학교 한국어문학연구소 총서 10

문병란의 시와 세계

전남대학교 현대시연구회 저

서은(瑞隱) 문병란은 자신의 삶과 미학, 그리고 사상적 지향을 '실천하는 자신의 몸'에서 일체화하였던 '행동하는 시인'이었다. 그는 단지 시인으로만 존재하지 않으며 교육, 연구, 사회, 문화를 아우르는 다양한 거점에서의 연대의 실천을 지속한 교육자이자 학자, 활동가였다. 하지만 우리는 그의 정체성이 무엇보다, 시로써 광활한 대중의 범주를 누빈 '문병란 정신'을 규명하는 과정을 통해 오롯이 확인될 수 있을 것으로 여겼다.

문학들

문병란의 시 세계, 그 장소에 접속하고
호명하며 응답하는 모든 이들에게

　서은(瑞隱) 문병란은 자신의 삶과 미학, 그리고 사상적 지향을 '실
천하는 자신의 몸'에서 일체화하였던 '행동하는 시인'이었다. 그는 단지
시인으로만 존재하지 않으며 교육, 연구, 사회, 문화를 아우르는 다양
한 거점에서의 연대의 실천을 지속한 교육자이자 학자, 활동가였다. 하
지만 우리는 그의 정체성이 무엇보다, 시로써 광활한 대중의 범주를 누
빈 '문병란 정신'을 규명하는 과정을 통해 오롯이 확인될 수 있을 것으
로 여겼다. 시인 허형만은 문병란을 "온몸으로 시대를 끌어안은 시인"
이라 말하였다. 우리는 문병란의 온몸, 바로 그의 지성과 감성, 신체,
육성, 철학 등이 시대 앞에 발현된 바를 다각도로 추적하는 과정에서
그동안 그의 시 세계를 포착해 온 지표들—쉬운 시, 다작의 시인, 저항
시 등과 같은— 너머 그의 시가 호명되기 위한 새로운 의의가 발견될
것으로 보았다.
　이처럼 전남대학교 현대시연구회에서는 그의 시를 미학적 결실이자
사회구성적 도구로서 바라보는 관점이 총괄되도록, 총서를 기획하는
작업의 도입에서부터 그의 시를 공동으로 독해하고 상호 논의해 왔다.
우리는 그의 시를 대중적 소통의 기호로, 당대성과 현장성을 지닌 참여
적 예술로, 입 없는 민중의 무기이자 일상을 엮는 도구로, 전라도라는

장소의 특수성으로부터 한반도와 민족 또는 인간 층위의 보편성을 이끌어내는 철학적 텍스트로 바라보며 그의 시맥(詩脈)과 텍스트 의미망을 추적해보았다. 그러한 과정 끝에 얻은 이 책에는 문병란 시인의 생애와 발화를 탐문하다 곧, 그만큼의 시간 동안 학술적 사유 공간 속에서 그와 시적 대화를 나누며 이세계(異世界)에서 공재하게 되었던 현대시연구회 일원들의 경험과 관점이 담겨 있다.

이 책의 제1부에는 문병란 시인의 생애에서 발견되는 경험적 인식과 시대적 실천의 연관 관계를 통찰하고자 시도한 내용을 담고 있다. 그의 시론과 교육에 관여하는 세계관을 추적하는 이 과정은 문병란 시인론을 정립하기 위한 한 단의 단초를 제공할 수 있을 것이다. 「문병란의 초기 시세계 연구」(이동순), 「문병란 시세계에서 제1시집 『문병란시집』의 위상 재고(再考)」(김미미)는 그러한 시도의 범주에 속하는 글들이다. 한편, 제1부는 문병란의 시 텍스트가 지니는 다종의 의미 구조를 분석하고 가시화하는 과정이기도 하다. 「문병란 시의 정서 유형과 시어 선택 원리」(최혜경), 『5월의 연가』에 나타난 오월시의 대중성」(김민지)는 그러한 과정의 연장선에 놓이는 사례로 볼 수 있다. 이 과정은 문병란 시의 개성적인 시 언어적 특질을 논구하는 동시에, 당대에 호명될 수밖에 없었던 시대정신의 맥락을 오늘날 이곳에 '다시-잇기'하려는 시도라고도 할 수 있다.

또한, 1부에서는 문병란의 생애와 시를 매개로 시의 수용자 앞에 소환된 가치 의식이 시 밖 또는 주변의 형식을 통해 연호(連呼)되며 새롭게 의미화되는 양상들을 조명하기도 한다. 「문병란의 오월시와 문학적 증언」(정민구), 「문병란 제2시집 『정당성』의 위상에 관한 단상(斷想)」(김청우)와 같은 글이 그러하다. 이 과정은 공시적 장소성이나 통시적 시간성을 교차하며 공명해 온 유의미한 테제들을 시적 탐색에 기대어 슬로건화 하는 실천적 제안이라 할 수 있다. 동시에 1부는 저항의 시의식이 연유한 삶 속 계기와 생애의 맥락을 몇 종의 담론으로 간추려보면서 오늘날의 우리 사회 속에서 시적인 연대와 소통의 가능성을 확인하려는 담론의 장이기도 하다. 「문병란 시의 고향 모티프」(정병필), 「갑술년 개띠 시인이 카랑카랑 늙어가는 법」(정다운)은 문병란 시를 끌어당기며 일상적 담화를 심화·확장해가는 감상 방식의 사례로 보인다.

이에 더해 제2부는 1부의 각 글에서 분석한 시 텍스트들의 전문을, 제3부는 이 총서의 집필 과정에서 저자들이 함께 읽고 토론해가며 시인의 시와 세계를 탐문하는 데 이해의 바탕으로 삼았던 시론들을 아울러 제시한 것이다. 더불어, 이후 문병란 시인에 대한 연구 과정에서 참조할 기본 정보로 생애 연보와 수상 경력, 발간 자료 목록을 일괄하여 부록으로 제시해 두었다.

　이 책을 열람하는 여정 속에서 독자는 문병란 시인이라는 하나의 접안점을 통해 삶 속에서 개인의 시선과 행적이 담론과 의식의 차원에서 연결되는 동선을 확인할 수 있을 것이다. 나아가, 시를 통해 기록되고 증언되는 생애의 흔적들이 이와 같은 읽기와 접속의 행위를 통해 물음과 울림(共鳴)의 시간을 확장하며 당대와 현재를 끊임없이 이어가는 것임을 인지하게 될 것이다. 혹은 지금까지 그렇게 공동체를 구성해왔던 공감과 연대의 작용을 이 책에 담긴 문병란의 시와 분석적 독해를 계기로 다시금 체험할 수 있을 것이라 여긴다.

2021년 7월
전남대학교 현대시연구회 일동

책을 펴내며

문병란의 시 세계, 그 장소에 접속하고 호명하며
응답하는 모든 이들에게 · 04

제1부

문병란 시 연구

제2부

문병란의 작품 세계

제3부
문병란의 비평 세계

문병란
시 연구

문병란의 초기 시세계 연구

이동순

1. 서론

시인 문병란은 조선대학교 재학 중인 1959년에 김현승의 추천을 받아 등단하였지만 등단 초기의 시 몇 편을 제외하고 역사와 분리하여볼 수 없다. 그래서 그는 "한국이 만들어낸 위대한 국민시인"(김준태, 1981), "반체제 저항시인"(백수인, 2001), "권위로 병풍 치고 씨암탉 걸음 걷는 놈, 생모가지에 기부스 한 놈, 쥐소리를 호랑이소리로 가성 쓰는 놈, 좁쌀대가리에 호박배로 통배 내미는 놈, 이런 자들을 용납할 속기 한 오라기가 없"는 "고고한 시인"(송기숙, 2002)이라는 평가 위에 있다. 그리고 "당대 민중의 소리의 지층을 탐지"(조영훈, 2002:104)한 "유신독재에 온몸으로 저항"(김종, 2002: 261)한 대표적인 시인으로 호명된다. 이런 세간의 평가와는 달리 학계에서는 본격적인 연구가 시작되지 않았다.

문병란의 본격적인 문단활동은 박정희정권의 통치체제가 곤고하게 구축되어 한층 체제가 강화되던 때였다. 이때 시집『문병란시집』(1971), 제2시집『정당성』(1973), 제3시집『죽순밭에서』(1977)에는 농촌의 현실문제를 절실하게 담아내면서 1962년 경제개발 5개년 계획수립,

1969년 삼선개헌, 1970년 새마을운동, 1972년 유신선포로 이어지는 정치체제를 비판했다. 그에 따라 『죽순밭에서』는 판매금지를 당하였고, 이후 낸 제4시집 『벼들의 속삭임』(1980) 역시 당국에 압수당하는 수모를 겪었으며, 제5시집 『땅의 연가』(1981)도 판매금지 되었다. 이렇게 문병란은 유신독재 시대와 불화 속에서 시를 썼다.

이런 과정 속에서도 시인은 비판적인 태도를 가져야 한다고 주장 했다. 특히 "①거부적 태도, ②수용적 태도, ③비판적 태도" 중에서 "③항의 태도가 가장 바람직"(문병란, 1976:694)하다고 주장하였다. 이 주장은 어려운 시대를 정면에서 마주한 문병란의 문학적 태도와 자세는 2015년 타계할 때 까지 변함없이 유지되었다.

이에 본 연구는 문병란의 제1시집 『문병란시집』부터 제4시집인 『벼들의 속삭임』을 연구대상으로 삼아 분석하고자 한다. 이 시집들은 문병란의 초기시에 해당하고, 1980년 광주민중항쟁 이후 시세계와는 변별되기 때문이다. 따라서 언급한 4권의 시집을 주된 텍스트로 삼아 시와 산문집 『호롱불의 역사』, 시론집인 『저 미치게 푸른 하늘』에서 주장한 시론과 시세계의 상관성에 주목하여 초기 시세계를 규명하고자 한다.

2. 시대의 초극으로써 민중현실의 형상화

문병란은 "나의 문학의 싹은 이미 1947년~1949년 서석초등학교 재학 시 썼던 동요 「가을의 산길」과 「고향 계신 어머니」를 쓰면서 시작되었다"(문병란, 2008)는 고백에서 알 수 있듯이 초등학교 4학년 때 "아동문학가이자 문예반 지도교사 여운교선생께서 「가을의 산길」을 보시고 격찬"(문병란, 2008)한 것에서 출발하였다. 그때부터 시인의 꿈을 키웠고, 김현승의 제자가 되었다. 그는 "좀처럼 웃음이 없고 과묵하시어 애송이 문학청년을 꼼짝 못하게 억압하던 어색한 침묵의 계속, 결국 그 분위기에 못이겨 쫓겨 나오기 일쑤"였던 김현승에게서 50여편

의 "그 많은 시편 중에서 시다운 구절은 한 행이었다고 혹평"(문병란,
1979: 157)을 받았음에도 아랑곳하지 않고 습작기를 거쳤다. 제대 후
복학하여 김현승의 '시 연습시간'에 「가로수」라는 시를 썼는데 김현승
이 『현대문학』에 추천을 하여 등단하였다. 김현승은 문병란의 시를 추
천하면서 "타락하지 않은 감상을 알맞은 지성이 체격을 얻어 내용과 형
식에 균형을 이룬 시"(김현승, 1959)라는 찬사를 붙였다. 문병란이 "새
로운 의욕과 희망을 안고 문학공부에 본격적으로 정열을 쏟아 붓던 시
절"(문병란, 2008)을 대표하는 작품이 되었다.

　이후 문병란은 "시란 무엇이며 어떻게 써지는 것인가?"를 고민한
끝에 "오직 참되게 살고자 하는 하나의 가치의식"을 지닌 시인이 되고
자 "불행한 시대의 고독과 슬픔을 사랑"(강형철, 2002: 19)하게 되었
다. 그것은 결국 "자기 삶의 절대적 순결성을 확보함으로써만 세상이
바로 설 수 있다는 신념"(강형철, 2002:19)을 낳게 했고 "하나의 신앙
과 같은 것, 목적이상의 그 무엇을 위한 생명자체의 아픔이요 울음"(문
병란, 1976:694)인 시를 쓰게 했다. 그래서 "조국과 민족이 불행에 처
하였을 때 시인은 값비싼 文化의 장식에서 떠나 선구자가 되고 예언
자"(문병란, 1976:694)가 되고자 하였다. 시 「거울」은 좋은 예가 될 수
있을 것이다.

　　매일 아침
　　한번씩 옷깃을 여미는
　　시간.

　　나를 지키는
　　눈동자 속,
　　하나의 金屬性 良心과 만난다.

　　三百六十五日,

아침마다 한번씩 비쳐본
나의 모습.

저만치 고개숙여
하나씩 뉘우침이 모여 들고
외로운 눈동자 속,
두 손 모으는 기도를 배워
오롯한 마음의 窓을 연다.

-「거울」 부분

시 「거울」은 문병란의 자화상을 확인하는 시라고 할 수 있다. '거울'
은 투사된 것을 반사해서 보여주는 사물이다. 그것을 보고 나'를 지키
는 '양심'을 확인하는 순결성과 엄결성을 유지하고 있다. 그리고 세상
을 향한 시인의 마음이 '창'을 통해 투사되고 있다. 곧 '거울'은 '나'를 비
추는 것이며, '창'은 '세상'을 비추는 거울이다. 시인은 '거울'에 자신의
내면을 응시하여 양심을 확인하고 그 양심은 '창'을 통해 세상을 마주
함으로써 양심에 어긋나지 않는 삶으로 세상을 비추는 거울이고자 했
다.
　　문병란의 초기 시세계는 "선비정신의 자기모색기"(강형철, 2002:
174)를 거쳐 "죽순밭에서」, 「절교장」 등으로 민중문학 운동에 참여"(문
병란, 1990:277)하여 시적 변모를 보이 때 까지 변함없이 지속된다. 그
것은 '三百六十五日,/아침마다 한번씩' 거르지 않고 지속되었다. 그것
은 문병란이 규정한 시인이란 무엇인가에 물음은 아래 시에서 더욱 극
명하게 드러난다.

나의 양심은
빵처럼 눅진거리거나 달콤하지 않다.

나의 양심은
맹물처럼 차거나 싱겁지 않다.

나의 양심은
행커치처럼 편리하거나
넥타이처럼 목에 두르지 아니한다.

양심을 코거리처럼
코끝에 달고 다니는 사람들아,
양심을 귀고리처럼
귀에 달고 다니는 사람들아.

내 양심은 이제
한 마리 개에게 주고 없다.
한 밤중 보석을 들여다 보는
너의 눈동자 속,
환장한 오늘의 거리에서

넥타이처럼 목에 건 양심
너의 빛깔을 무엇이냐.

詩人의 양심은 혀를 깨물고
조용히 입을 다문다.

― 「詩人의 양심」전문

　　문병란이 유독 '양심'에 천착한 것은 '나'의 양심은 '빵', '맹물', '행거
치', '넥타이' 같은 것이 아니기 때문이다. '詩人의 양심'은 시류에 휩쓸
려 다니는 양심 없는 자의 감언이설이 아니기 때문에 문병란은 시인의

절대조건을 '양심'에서 찾은 것이다. 이렇게 "소시민적 양심주의의 번민기"(강형철, 2002:17)를 보낸 후, 양심 때문에 "그 어느 땅끝, 하나의/차가운 돌멩이가 되어 묻힐 수 없는/목숨, 뚝뚝 피가 흐르는/그 어느 뜨거운 목숨"(「늑대 우는 밤」)으로 울기 시작한다. "깔끔한 언어 선택과 정결한 정감을 풍기는 서정성에다 대담한 현실수용의 내용과 직설적 표현이 주는 강한 톤을 위주로 한『정당성』을 쓰던 70년대 초반 일차 자기변모를 시도"(강형철, 2002:17)는 "내 자신을 지킨다는 것은, 곧 내가 시를 쓴다는 것이요, 시를 쓴다는 것은 내 생명의 옹호"(문병란, 1971)였다. 그랬던 그가 시집『정당성』에서 자기변모를 시도한다. 문학적 변모과정의 핵심적인 주제어인 '사명의식'과 '소명의식'은 그의 시를 대변하게 된다.

중병을 앓는 것처럼 괴로웠던 내 시작 – 미끈하거나 아름답지 못한 처절한 울음이지만 서투른 대로 진실을 담고자 애쓴 절박한 시대의식의 소산이었다.

항상 작가는 상황을 의식하며, 그 상황을 떠나서는 작품이 이루어 지지 않는다. 오늘의 상황, 그것은 어느 때보다 어렵게 느껴지는 그 어떤 중대한 사명의식 속에 서게 하며, 시인의 어깨를 무겁게 하는 괴로움의 과중에 휘말리게 한다. 내 여기 하나의 소명의식으로, 비록 약하고 가냘프나, 굳이 날카로운 펜대를 꼭 움켜쥐고 쓴이 글들은, 나의 시대에 대한 의식적인 도전이요, 초극이다(문병란, 1973).

문병란이 시인의 자세와 시인이 있어야 할 자리에 대하여, 그리고 자기 자신에 대한 물음과 대답을 확실하게 명징하게 노출하고 있다. 그가 '서투른 대로 진실을 담고자 애쓴 절박한 시대의식'과 '소명의식', 그것은 '시대에 대한 의식적인 도전이요, 초극'으로서 시대정신을 담아내고자 하였다는 것, 그리고 그것은 자신에 대한 도전이기도 했다는 것을 알 수 있다. 이렇게 시대를 응시하고 시대에 대한 도전으로 시대를 초극하고자 했던 것은 그가 추구한 사명의식이었다.

> 半島의 허리가 가늘어
> 八方美人의 몸매가 되었는가.
>
> 오랑캐에 반쪽을 물리운
> 日충의 세월,
> 진물이 번지는 허리에
> 모진 이빨 자국이 아리히고.
>
> 빛깔이 다른
> 두 개의 계절 속에
> 금 그어진 線을 따라
> 따로 찾아 오는 봄,
> 한송이 꽃을 피울 한 뼘의 땅도 없다.

- 「韓國地圖」 부분

위의 시는 시인으로서 가져야 할 태도 중에서 '비판적 태도'가 가장 바람직 태도라고 했던 역사를 보는 비판적 태도를 확인할 수 있는 작품이다. 앞의 「거울」이나 「자화상」은 역사 앞에서 서성이던 화자였다면 이 시에서 화자는 '조선', '한국'을 호출하여 시적지향에 변화가 있음을 보여준다. 그리고 한국지도의 모형을 묘사한 1연, 역사적 수난을 묘사한 2연, 분단된 한반도를 묘사한 3연은 질곡과 수난의 한국현대사를 압축적으로 상징적으로 형상화하였다. 마지막 행의 '한송이 꽃을 피울 한 뼘의 땅도 없'는 비극의 현실과 마주하여 '통일'의 열망을 표상하고 있지 않지만 지도의 형상을 묘사함으로써 '분단'과 대면하고 그것이 '빛깔이 다른/두 개의 계절'이 아니기를 바라고 소망을 담고 있다.

1960년대와 1970년대를 관통하는 참여문학, 이른바 민중시는 지 배체제에 대한 민중들의 저항과 비판의 목소리를 담고 있다. 그 때 문병란은 민중현실의 형상화에 머물지 않고 누가 읽어도 쉽게 이해할 수 있는 시, 민중들의 삶과 유리되지 않은 민중의 언어로 썼다는 점에서, 무엇보다도 소명의식과 사명의식으로 시대를 걸었다는 점에서 여타의 시인들과는 변별된다.

민중들의 언어로 민중들의 삶을 반영한 시 중에서 「도둑놈」 같은 경우는 "넉넉한 시대의 문제점을 노출"(신동욱, 1971)하여 불의한 시대를 초극하고자 하였는데 그것은 문병란이 시인의 사명과 소명을 다하기 위한 내면의 소리였다. 또한 그것을 응시하며 비판적인 태도를 유지한 결과물로서 시는 시대의 불의 앞에 당당한 목소리를 지닌 시인으로서의 자존심이었다. 이것이 농민들의 삶으로 시선을 옮겨 농촌의 현실과 농민들의 삶에 천착한『호롱불의 역사』와『벼들의 속삭임』을 출판하는 동력이다. 또한 1970년대 농촌의 물적 토대가 무너진 것과 무관하지 않은 것이다. 여기에도 시인의 사명의식과 소명의식이 강하게 작용하고 있다.

3. 시대적 정당성으로써 농촌현실의 형상화

시인이 시를 쓰는 이유와 목적을 확인하는 일은 시인이란 무엇인가의 질문과 닿아 있을 뿐만 아니라 시세계를 해명하는 단초이자 지름길이다. 1970년대 참여문학 진영에서는 새마을운동과 유신독재체제와 견고한 대결구도를 형성하여 유신의 종언을 위해 애썼다. 그때는 "입이 있어도 '말'을 함부로 할 수 없었고 '말'을 하면 잡혀가는 군사파시즘적 예술관이 지배하던 시기"(주강현, 1974)였던 만큼 문병란은 이에 맞서는 대항담론을 형성하였다. '말'할 수 없는 시대에 '말'을 했던 문병란의 작가정신은 어디에서 기인한 것인지를 다음의 글과 시를 통해 확인해 보기로 한다.

시란 무엇이냐, 왜 쓰느냐. 이 우문에 대하는 나는 우문으로 반문하고 우문으로 대답한다. 후꾸오까 감옥에서 윤동주시인이 악형으로 숨질 때 세 번 지른 「고함」의 의미를 최고의 시로서 감상하고, 하얼삔 역두에서 이등박문의 가슴에 민족 의혈의 총탄을 먹일 때 읊은 안중근 의사의 「의거시」「보난대로 죽이리라」를 가장 아름다운 시라고 간직할 때 나의 시적 변명과 정당성은 성립된다. 이 최상의 걸작을 두고 그와 같은 참된 시를 쓸 수 있는 그날까지 열렬한 시정신을 지킬 뿐 더 이상 무슨 확언이 필요하랴(문병란, 1977).

내 故鄕 生家의 헛간에
번 듯이 날 서 걸려 있는 朝鮮낫.

벼도 베고 보리도 베고
농부와 더불어 날(刀)을 세우며
5천 년의 역사를 지켜 온 연장,
땡볕이 타는 마당 구석에
主人도 없이
너는 아직도 번 듯이 날서 걸려 있다.

녹슬지 않는 그 날의 분노,
삼천리 뒤덮는 잡풀도 싹뚝 자르고
주재소 왜놈 순사의 목을 걸어 당기던
그 날의 울분도 그 날의 설움도
녹슬지 않고 시퍼렇게 날 서 있다.
(중략)

그대는 아는가, 내 故鄕 헛간에 걸려 있는
아직도 시퍼렇게 날 선 朝鮮낫.
어떤 상놈의 손에 단단히 쥐어지고
東學軍의 손 끝에서 잠든 역사도 찍어 내던
그 날의 서슬진 분노, 그날의 뜨거운 피도 남아 있다.

– 문병란. 「낫」 부분

　　문병란은 윤동주와 안중근의 최후를 '최상의 걸작'이며 '참된 시' 로 규정하고 있다. 이 규정은 목숨을 아끼지 않은 두 사람의 '시'아닌 '시' 인 '절규'야말로 가장 '참된 시'라는 주장을 통해 문병란 자신도 '참된 시를 쓸 수 있는 그날까지 열렬한 시정신'을 지키겠다는 선언이다. 그래서 시집과 산문집이 압수당하지만 그렇다고 시를 쓰지 않는 비겁함으로 대응한 것이 아니라 최후를 맞는 '최상의 걸작' 쓰기를 그만 두지 않았다.

　　이 선언대로 그는 '내고향 생가의 헛간에/번듯이 걸려 있는 조선 낫'을 들고 '3천리 뒤덮는 잡풀도 싹뚝자르고/주재소 왜놈 순사의 목을 걸어당기'며, '동학군의 손끝에서 잠든 역사도 찍어'냈다. 그래서 여기 '조선낫'은 동학농민혁명에서부터 70년대 유신정권에 이르기 까지 민중들과 농민들이 민중들의 삶을 유지하는 수단이자 도구이자 모순된 것들을 제거한 무기 '조선낫'이지 농사를 짓는 도구가 아니다. 민중들의 주체성이 '조선낫'으로 표상하여, '왜낫'과 즉, 외세와 정치적인 억압과의 대결구도에서도 지지 않는다는 강조하였다. 곧 참된 시를 쓰고자 하였던 시정신은 '낫'으로 상징화한 것이며 그 '낫'을 들고 있는 주체가 바로 농민이며 시인이라고 할 수 있다. 그래서 그는 "해방 30년에도 민족분단으로 민족문화의 재건이 여의치 않았고 다시 외래문화로 위장한 제반 문화가 일본문화를 그대로 거느리고 들어와 이 땅을 지배하고 있"(문병란, 1978)는 현실을 용인할 수 없었다.

할아버지는

日本과 손 잡아선 안 된다고 가르쳤고

아버지는

日本은 우리의 철천지 원수라고 가르쳤다

(중략)

70年이 지난 오늘

다시 自由友邦이 된 日本

역사를 묻는 아들에게

나는 日本을 무어라 가르칠까.

(중략)

할아버지 썩은 뼈는 일어 서는데,

시퍼런 도낏날에

아버지 원통한 넋은 번득이는데,

오늘도

현해탄의 드높은 파도 위에

덮어 버린 역사책이 활활 타고 있다.

아들아! 너와 나의 가슴이 활활 타고 있다.

—「歷史」 부분

시인은 일제 식민치하의 굴욕의 역사를 관통하였던 '할아버지'와 '아 버지'를 통해 역사의식을 드러낸 이 시는 '손 잡아선 안되'는 '철천지 원 수'가 '우방'이 된 한일협정 앞에 '아들'에게 할 말을 잃고 만다. 화자는 다시 '썩은 뼈가 일어 서'고 '원통한 넋은 번득'여 '활활 타'오르게 하고 다시 아들의 가슴도 타게 함으로써 일제의 식민화정책으로 인해 겪었 던 민족수난의 역사를 기억하게 한다. 또한 참된 시인 윤동주와 안중근 이 그토록 갈망하였던 조선의 독립을 무력으로 통치한 일제의 지배문 화와 지배담론을 '폐기'함으로써 비합리적인 한일협정의 허위를 고발하고 있다. 독재체제를 강화하여 국민들의 의사를 무시한 일방적인 정책적 판단이 "신식민지적 독점자본제 속의 처참한 삶의 조건 속에서" 그 "굴레를 벗어던지는 알몸의 항전"으로 문병란시인 "그 자신이 하나의 시"(강형철, 2002:32)가 되었다.

그리고 박정희 정권이 수립한 경제개발 5개년 사업 등으로 지속 된 산업화는 그늘을 깊게 드리워 농민들의 삶이 피폐해지자 "생활과 지식 수준에 접근한 농민시, 민중시의 대담한 시도"로 시세계를 확장시켜 나갔다. 민중들의 "생활 현장이나 생활감정과 밀착된 시, 그들의 정신 속에 뿌리를 둔 현대시 운동은 결코 무용하거나 도로에 그치"(문병란, 1978)는 것이 아님을 증명해 나갔다. 여기서 문병란이 시인으로서 "민족사적으로 보아 가장 어려운 시기에 처한 이 땅에서 과연 시인은 무엇을 노래할 것인가?", "불행한 민족수난의 절박한 상황"을 어떻게 시로 형상화할 것인가 하는 고뇌와 고민은 "이상이요 의식인 동시에 행동의 한 양식"(문병란, 1977)의 시를 쓰게 하였다. 그가 '거울'을 들여다보고 '양심'을 확인한 것도 이 같은 문제의식의 소산이다.

군화가 찍고 간 아스팔트 위에서
윤나는 구두가 밟고간 아스팔트 위에서
모진 학대 속에 짓밟힌 고무신,
기나긴 형벌의 불볕 속을
오늘은 절뚝이며 절뚝이며 쫓겨간다.

선거 때 야음을 타고
구장 반장의 손을 거쳐
살금살금 박서방 김서방을 찾아간
10문짜리 검정 고무신

민주주의의 유권이 되었던 자랑도

알뜰한 관록도 사라진 채
오늘은 구멍 뚫린 밑창으로
영산강 황톳물이나 마시고 있구나.
머슴의 발바닥 밑에서
식모살이 순이의 발바닥 밑에서
뜨겁게 뜨겁게 닳아진 세월,
돌멩이도 걷어차며 깡통도 걷어차며
사무친 설움 날선 분노 안으로 삭이고
변두리 변두리 쫓겨 온 고무신.

번뜩이는 竹槍에 구멍난 가슴 안고
장성 갈재를 넘어가던 짚신,
그 발자국마다 핏물이 고이는데,
오늘은 구멍 뚫린 고무신이 쫓겨난다.

썩어도 썩어도 썩지 못하는 한많은 가슴,
땅 속 깊이 파묻혀도
뻘밭 속에 거꾸로 쳐박혀도
한사코 두 눈 부릅뜨고
영영 죽지 못하는 恨
여기 벌떼같이 살아나는 아우성이 있다.

-「고무신」 부분

　　문병란은 시인의 내면을 응시하는 것에서 출발하였던 시세계로부터
점차 민중들의 구체적인 삶으로 시세계를 확장하였다. 시 「고무신」은
그것을 잘 보여주는 시로 '고무신'을 짓밟고 탄압한 '군화'와 대척점에
있다. 영구집권을 위해 관건선거와 금권선거에 동원한 '고무신'은 경제
개발 5개년 계획의 허상을 그대로 적시하여 '가진 자'들에 의해 '도시의

뒷골목'이나 '변두리의 진흙밭'을 뒹구는 신세가 된 '가난한 자'들의 삶을 대변한다. 즉 구멍 뚫린 '고무신'신세로 전락했을지라도, '땅속'에, '뻘밭 속'에 묻혀서도 '썩어도 썩어도 썩지 못'하고, '영영 죽지' 않은 '벌떼 같이 살아나는 아우성'으로 '군화'와 '윤나는 구두'에 저항하는 민중들의 강인함으로 대항한다. 문병란은 '고무신'으로 유신독재와 산업화의 그늘이 민중들의 삶을 잔인하게 짓밟더라도 이에 굴하지 않고 일어서는 주체인 민중들의 다른 이름으로 '고무신'을 표상한 것이다.

이와 같으면서도 다른 지점에서 민중들 중에서도 가장 피폐했던 계층인 농민들의 삶에 주목하였다. 그 중에서도 가장 넓은 평야를 가진 전라도 농민의 삶과 현실에 착목하고 있다. 역사적으로 끊임없는 수탈지졌기 때문이고 시인의 고향이 농촌이기 때문이다.

> 넘어가면 돌아 오지 못하는 고개마다
> 피울음 뿌리고 아픈 살점 뿌리고
> 전봉준 피 묻은 짚신 발자국 따라
> 절뚝이며 절뚝이며 끌려 가는 소.
>
> 전라도의 살, 전라도의 피가 운다.
> 허옇게 허옇게 쌓이는 뼈,
> 한많은 全羅道도가 죽어가고 있다.
>
> ─「全羅道소」 부분

갑오농민 혁명에서부터 1970년대에 이르기까지 수탈의 현장을 지킨 주체인 '전라도소'는 '피울음' '아픈 살점'을 도려내며, '절뚝이며 끌려가는' 전라도 농민을 표상하고 있다. 거대한 정치권력과 자본권력 아래서 살점을 도려내며 피 토하는 절망 속에서 신음하는 농민들의 삶을 직정적으로 그려낸 이 시는 "아무도 아직 절망하지 않은 곳에서 전라도는 꿋꿋이 성장하고 있다"(문병란, 1978:123)는 것을 증명한다. 그리고 "농촌의 기능 복귀"(문병란, 1978)를 위해, 삶을 박탈당한 농민들을 위해 "다른 사람에 의해 누군가가 박탈되는 상태를 결정짓는, 이미 구축되어 있으면서도 선취적일 수밖에 없는 상실들을 모두 아우"(주디스, 2016:19)르고자 했다. 그래서 "죽어 가는 詩의 껍질을 버리고/정수리를 퉁기는 까시"요, "복판으로 날라가는 창끝"(「詩」)으로 굽히지 않는 정신으로 시대와 대결하였다. 그래서 그는 "교과서나 고급 양장의 시집에 끼어서 명성과 여백을 자랑할지라도 그것이 민중에 의해 읊어지거나 공감을 불러일으키지 않을 때는 시를 위한 시"(문병란, 1980)에 불과하다고 봤다. 그리고 "한과 체념에 길든 패배적 정서의 소산, 그것은 결코 민족 문학도 참다운 서민들의 저항적 민중의지도 될 수 없"다고 단언하였다.

그 한을 극복하는 것이 "민족문학의 과제"이며, 산업화와 도시화의 그늘 아래 신음하는 농촌 현실을 바라보며 "무등산도 버리고 영산강도 버리고/버림받은 전라도 땅 위에/버림받은 우리네 설움만 두고/장성 갈재 후딱 넘어/그대 밤봇짐 싸 버린 새벽만 남았어요./살강에 먹다 남은 보리밥만 남았어요."(「나를 버리고 가신 임」)라고 절규하다가도, 그것이 '자기 도피며 대결을 기피하는 비겁성'이어서는 안 된다고 경계하였다.

> 사운 사운 내리는 달빛 속에
> 달빛을 받아 먹고
> 이슬을 받아 먹고
> 천근 누르는 바위 밑에서도
> 만근 뒤덮은 어둠 밑에서도
> 쑥 쑥 뽑아 오르는 소리
> 마디마디 매듭이 지는 소리
> 이윽고 참대가 되고 왕대가 되고
> 유혈이 낭자하던 대밭

壬辰年 의병의 손에서
원수의 가슴에 꽂히던 죽창이 되고,

甲午年 白山에 솟은 푸른 참대밭
우리들의 가슴을 뚫고
사무친 아우성이 솟아 오르는 소리
안개 속에서 달빛 속에서
어둠을 뚫고
굳은 땅을 뚫고
모든 뿌리들이 일제히 터져 나오는 소리

죽순 밭에는
뾰쪽 뾰쪽 일어서는
카랑한 달빛이 흐른다
도도한 기침 소리가 들린다
묵은 끌텅에 새 순이 돋아
창 끝보다 날카로운 아픔이 솟는다.

— 「竹筍밭에서」 부분

　그래서 땅에서 솟아오르는 대나무가 되기 전의 어린 생물인 '죽순'
은 죽순이 될 수 없다. '죽순'은 '壬辰年 의병의 손에서/원수의 가슴에
꽂히던 죽창'이며, '甲午年 白山에 솟은 푸른 참대밭'에서 '아우성이 솟
아 오르는' 함성이며, '창 끝 보다 날카로운 아픔'을 주는 저항의 도구
다. 죽순이 대나무가 되고 대나무가 죽창이 되었던 것은 민중들이 대
항했던 저항의 역사를 호출한다. 그리고 "별다른 지식 없어도 한번 읽
으면 이내 그 뜻을 알 수 있는 평범하고 친숙한 언어들"(이시영, 1977)
로 농민들의 삶을 재현한다. 그가 추구하는 삶과 세계가 농민과 격리된
것이 아니라 농민의 현실 속으로 들어가 함께 있다. 그것은 농촌 민중

의 주체성에 대한 믿음이고 확신이다. 그래서 "잠자는 시를 깨워 그들과 함께 노래함으로써 시의 주인인 농민과 함께 이 땅의 온갖 불평등과 억압의 현실을 극복"(이시영, 1977)하고자 했다. 민중들로 대표되는 농민들의 삶을 구체적으로 형상화하는데 심혈을 기울였던 문병란은 그가 주장하였던 '비판적 태도'를 견지한 시세계를 구축하였다. 그러나 감정과 분노의 직접적인 노출과 막연한 서러움을 타령조로 읊은 한계점을 노정하고 있다. 이에 대해서는 후속된 논의가 있을 것이다.

4. 결론

문병란의 시집 제1시집 『문병란시집』부터 제4시집인 『벼들의 속 삭임』과 시와 산문집 『호롱불의 역사』와 시론집인 『저 미치게 푸른 하늘』에서 주장한 시론과 시세계의 상관성 속에서 초기 시세계를 규명하고자 하였다. 유신체제에 대한 저항으로 일관하였던 문병란의 초기시를 그가 쓴 시론을 통해 분석함으로써 시세계를 살필 필요가 있었기 때문이다.

시인 문병란은 조선대학교 재학 중인 1959년에 김현승의 추천을 받아 등단하였지만 등단 초기의 시 몇 편을 제외하고 역사와 분리하여 볼 수 없는 저항성 가득한 시세계를 구축하고 있다. 시대와 역사 안에서 시인이란 어떤 존재여야 하는지를 자문한 결과 양심에 어긋나지 않는 삶을 사는 존재로서 시인이어야 한다는 결론을 내렸다. 그리고 그렇게 시를 썼다.

여기서는 크게 시대와 대결하면서 민중들의 삶을 형상화한 시세 계와 농촌현실을 구체적으로 형상화한 시세계로 대별하여 살펴보았다. 그가 시론에서 주장하였던 것처럼 그는 쉬운 언어로 민중들의 삶을 사실적으로 묘사함으로써 민중들과 농민들의 강인성을 탁월하게 형상화하였다. 그것이 가능하였던 것은 등단 초기부터 시인으로서 양심을 지키고자 한 순결성의 토대 위에서 '참된 시'를 쓰고자 했기 때문이다. 그리고 민중들의 삶에 천착하여 산업화의 그늘 속에 무너져가는 농촌과 농민들의 피폐한 삶의 원인을 꿰뚫는 '비판적인 태도'를 견지하였기 때문이다. 그는 역사성의 토대위에서 농민들의 주체성을 형상화한, 그리고 저항의 순결성을 유지한 시인이었다. 그의 시에 대한 지속적인 연구가 있어야 할 것이다.

출전
이동순, 「문병란의 초기 시세계 연구」, 『리터러시연구』 제10권 2호, 한국리터러시학회, 2019.

참고문헌

• 기초자료

문병란, 『문병란시집』, 삼광출판사, 1971.

문병란, 『정당성』, 세운문화사, 1973.

문병란, 『죽순밭에서』, 인학사, 1977.

문병란, 『호롱불의 역사』, 일월서각, 1978.

문병란, 『저미치게 푸른 하늘』, 일월서각, 1979.

문병란, 『벼들의 속삭임』, 농민문고, 1980.

• 논문 및 단행본

강형철, 「문병란론」, 『문병란 시연구』, 시와사람사, 2001. 14~32쪽.

김종, 「문병란 문학의 생애적 민중예술적 면모」, 『문병란 시 연구』, 시와사람사, 2002. 251~264쪽.

김준태, 「영원한 청춘 시인」, 『땅의 연가』, 창작과비평사, 1981. 142~147쪽.

김현승, 『추천후감』, 현대문학, 1959.

백승철, 「11월의 문학」, 경향신문, 1974.

백수인, 「민중 속의 시인 문병란」, 『문학춘추』 35, 2001. 46~55쪽.

송기숙, 「있어야 할 곳에 있는 시」, 『문병란시연구』, 시와 사람사, 2002. 233~236쪽.

조영훈, 「문병란 시세계의 언어·사회·혁명」, 『문병란 시 연구』, 시와사람사, 2002. 90~104쪽.

주디스 버틀러, 아테나 아타나시오우, 「박탈―정치적인 것에 있어서의 수행성에 관한 대화」, 김응산 옮김, 자음과모음, 2016.

이시영, 「도덕적 시각의 문제」, 『문병란 시 연구』, 시와사람사, 1977. 116~121.

문병란 시세계에서
『문병란시집』의 위상 재고(再考)

김미미

1. 들어가며

　문병란은 1959년, 조선대학교 재학 중에 시인 김현승의 추천으로 시 「가로수」가 『현대문학』 10월호에 게재된 것을 시작으로 1962년에 시 「밤의 호흡」과 1963년에 시 「꽃밭」이 연달아 추천되며 총 3회 추천이 완료되어 본격적인 문단활동을 시작한다. 그는 1971년에 제1시집 『문병란시집』을 발간한 이래로 왕성한 시작(詩作)활동을 보여주었다.[1] 문병란의 초기 시집으로 분류할 수 있는, 1977년에 발간된 『죽순밭에서』는 판매금지되었고 1980년에 발간된 『벼들의 속삭임』도 계엄사에 압수당했으며 1981년에 발간된 『땅의 연가』가 다시 판매금지되는 일련의 사건을 통해 역설적이게도 문병란은 그의 시적 지향을 뚜렷하게 보여주었다고 할 수 있다.

---

[1]　1935년에 출생하여 2015년에 향년 80세로 영면한 시인은 시선집과 재간시집을 제외하고도 26권의 시집과 12권의 산문집을 출간하였다.

이와 같은 사실은 그의 시세계에 관한 연구들에서도[2] "유신독재에 온몸으로 저항해 온 시인"[3]이라든지 "치열한 형상화 작업을 통해 끊임 없이 당대 민중의 소리의 지층을 탐지"[4]한다는 식의 평가가 대부분을 차지하는 것을 통해 확인할 수 있다. 문병란의 시세계에 관한 기존의 연구들은 주로 문병란이 1980년대를 전후로 행한 시작(詩作)활동을 대상으로 삼아 연구를 수행하는 경향을 보인다. 실제로 문병란의 시작(詩作)활동을 살펴보면 1980년 광주에서 일어난 5·18민주화운동의 경험을 기점으로 시적 세계관이 선명해짐과 동시에 시적 포즈가 격렬해짐을 확인할 수 있다. 그리고 5·18민주화운동이 결정적 계기가 되어 해당 사건 이후에 보인 시인의 행보가 단순한 시인으로서만이 아닌 일종의 운동가의 모습을 띠게 한 것도 엄연한 사실이라고 할 것이다.

그런데 문병란의 민중 혹은 민족 시인적인 면모가 강조될수록 그의 시세계에 대한 연구들 속에서 제1시집 『문병란시집』이 (무)의식적으로 은폐 혹은 배제되었다는 혐의를 떨칠 수 없다. 아마도 이와 같은 은폐 혹은 배제의 1차적인 이유는 제1시집 『문병란시집』이 "다듬어진 언어를 통해 사상과 감정을 정서적으로 형상화하는 언어예술파적 경향"[5]을 보이는 것으로 여겨져 제2시집 『정당성』에서부터 보여주기 시작한 민중 시인의 면모와는 전혀 부합하지 않는 것으로 여겨졌기 때문일 것이다. 하지만 방식을 달리하더라도 문병란의 광대한 시세계를 탐구하려는 연구자는 어떤 식으로든 문병란의 제1시집 『문병란시집』을 경유해야 할 것이다. 본고는 대개의 연구들이 제1시집 『문병란시집』에 수록된 작품

2 문병란은 1935년 전남 화순군에서 출생하고 생애의 전반을 광주광역시에 거점을 두고 활동한 시인이다. 그가 중앙문단을 통해 등단은 하였으나 실질적인 활동은 주로 지역과 지역문단에서 이루어지다보니 그에 대한 연구는 아직까지 활발히 이루어지지 못하였다. 또한 문병란 시인이 2015년에 영면에 들었으므로 그의 시세계에 대한 본격적인 연구는 이제부터 시작이라고 보아도 무방할 것이다. 현재까지 문병란의 시세계에 주목하여 연구한 결과물로는 최혜경의 석사학위논문(「문병란 시 연구」, 전남대학교, 2008)과 논문집 『문병란 시 연구』(허형만·김종 편, 시와 사람, 2002)가 있다.
3 김종, 「문병란 문학의 생애적 민중예술적 면모」, 허형만·김종 편, 위의 책, 261쪽.
4 조영훈, 「문병란 시세계의 언어·사회·혁명」, 허형만, 김종 편, 위의 책, 104쪽.
5 백수인, 「민중 속의 시인 문병란론」, 허형만·김종 편, 위의 책, 47쪽.

들을 예외적인 것으로 분류·판단하고 문병란 시세계의 초입에 제2시집
인『정당성』을 배치하여 문병란 시세계의 지형도를 그리려했다는 점에
문제의식을 지니고 제1시집『문병란시집』에서 보여주고 있는 시세계가
과연 제2시집『정당성』이후의 시세계와 단절된 별개의 것인지를 확인
해 보고자 한다.

2. 이미지의 조형과 실존 감각

　　문병란은 일제강점의 말기인 1935년에 출생하여 청소년기에 6·25
전쟁을 겪는다. 이와 같은 사실은 1959년에 25살의 나이로 등단한 청
년 문병란이 전후문학의 토대에서 문학적 자양분을 얻어 성장했다는
점을 보여준다. 한국 전후문학[6]에서 주요한 단어는 '실존'이며 이 '실존'
이라는 단어는 문학을 넘어 문화 전반에 걸쳐 핵심적인 단어로 기능하
였다. 당대의 실존주의 수용과 유행은 국내 정신사에 한 획을 그으며
훗날 참여의 문제까지도 예비하고 있다는 점에서 큰 의미를 지닌다.[7]
국내의 실존주의 수용은 해방 후부터 이루어졌지만 해방 후의 공간에
서 새로운 사회의 건설과 민족문제의 해결이라는 과제에 당면한 지식
인들에게 개인의 의식에 주목하여 삶에 대한 본질적 성찰을 행한다는
것은 공허한 외침일 뿐이었다. 결국 실존주의 문학이 우리 문단에서 주
요 대상으로 부각된 것은 전후(6·25)의 상황에서 가능하였다. 전쟁 체

6　한국에서 전후문학은 복합적인 결을 가진 단어로 단순히 6·25전쟁과 그 이후의 문학적 반응만을 의미
　하지 않으며 해방 직후, 양차대전 종결 이후에 이루어진 세계문학의 하나로서 전후문학과 세계문학의
　보편성에의 지향 의지라는 측면도 고려해야 한다. 하지만 이 글은 전후문학에 대한 본격적인 연구가
　아니므로 여기에서는 6·25전쟁을 기점으로 전개된 일련의 흐름으로 전후문학의 의미를 한정한다.
7　국내에서 실존주의 문학의 수입은 해방 후 1948년 무렵부터 본격화되었으며 주로 미국과 일본을 통해
　서 들어왔다. 주요 작가는 프랑스를 중심으로 사르트르와 카뮈에 집중되어있는데 이는 미국에서 프랑
　스의 실존주의 문학이 호평을 받고 있었기 때문이다.(진기철, 「해방 후 실존주의 문학의 수용양상과 한
　국문학비평의 모색」, 『한국현대문학연구』1, 한국현대문학회, 1991, 151쪽 참조.)

험은 지식인들로 하여금 존재의 불합리성과 불안과 허무라는 시대의식을 갖게 만들었고 이러한 불안과 절망의식을 자신의 문제를 넘어선 존재 보편의 문제로 환원시켰으며 지식인들은 그 속에서 자신이 처한 시대의 역사적 의미를 찾게 되었다.[8] 전쟁이 가져온 이념적 공백 상태와 실존주의가 지향한 이성중심주의에 기반한 사유에 대한 거부는[9] 기존 문학에 대한 신인들의 거부감에 부합하면서 실존주의를 전후문단의 주요 사상으로 자리매김하도록 한다.

문병란의 시세계는 일반적으로 '민중', '민족', '참여', '통일', '쉬운 시' 등등의 단어로 대표되며 그의 시가 갖고 있는 힘과 선전적 효과는 "유행가"[10]라고 칭해지기도 한다. 하지만 그의 제1시집은 이러한 일반적인 이해와는 사뭇 다른 양상을 띠고 있다. 그의 제1시집에 수록된 대부분의 시편은 "다듬어진 언어를 통해 사상과 감정을 정서적으로 형상화하는 언어예술파적 경향"[11]을 보인다. 다른 말로 하자면 문병란이 제1시집에서 보여준 시세계는 모더니즘적 면모를 드러내는 것으로 보이기 쉽다.

> 하늘이 말려 가는
> 동그란 오후.
> 街
> 路
> 樹는
> 하나씩 차례로 쓰러져 가다
> 하나씩 차례로 일어서
> 걸어 오기도 하고

---

8 배경열, 「1950년대 실존주의론」, 『한국문학이론과 비평』20, 한국문학이론과 비평학회, 2003, 243쪽.
9 위의 글, 235~136쪽 참조.
10 황지우, 「문병란의 『죽순밭에서』에 대하여」, 허형만·김종 편, 위의 책, 56쪽.
11 백수인, 「민중 속의 시인 문병란론」, 허형만·김종 편, 위의 책, 47쪽.

서 있기도 하는

街

路

樹는

시방 무리져 흐르는

하늘의

窓口.

- 「오월」 부분¹²

오후의 고요가 흐르는 室內에

이만치 앉아 눈을 주면

고이 나래 접은 한 마리의 鶴.

그 가는 허리에 손을 얹으면

애틋한 線을 따라

병을히는 꽃인가.

- 「화병」 부분

　　한 폭의 풍경화나 정물화를 보는 듯한 위의 두 시는 이미지의 제시
로 일관하고 있다. 나와 사물 사이에 일정한 거리가 가로 놓여 있고 감
정을 배제한 시선과 묘사를 통해 나와 사물은 일대일로 조응한다. 나의
시선을 통해 묘사된 객관적 이미지의 제시를 통해 사물은 그 자체로 존
재를 드러낸다. 모더니즘 시가 주체의 정서나 관념보다도 시의 대상인
사물에 먼저 주목하고, 사물의 질서와 본질을 가장 적확하게 파악하려
는 지성의 힘에 의해 제작된다고 할 때 이미지의 조형성은 모더니즘 시

12　문병란, 『문병란시집』, 삼광출판사, 1971. 25쪽.
　　앞으로 2장에 제시될 시는 모두 이 책에서 인용할 것이므로 이후부터는 원전표기를 하지 않겠다.

에서 가장 핵심적인 특징을 드러낸다.[13] 위에 인용한 시에서 보듯이 문병란의 제1시집에서 두드러지는 특징 중의 하나는 회화성으로 이는 모더니즘 시에서 현대성의 원리를 재현하는 중요한 방법 중의 하나이다.

> 이제는 나래 펴 날을 수 없는
> 에메랄드빛 하늘이 머언
> 여기는, 琉璃의 壁을 끼고 흐르는
> 두 줄기 街路의 道心地帶.
>
> — 「조롱(鳥籠)의 새」 부분

제1시집 『문병란시집』에 수록된 시편들에 등장하는 화자는 대부분 창문 안쪽에 자리 잡고 시선을 창 밖에 두고 있다. 그에게 창문은 하나의 액자이자 카메라 렌즈가 되어 사물의 이미지를 제시하는 프레임으로 쓰인다. 벽의 이미지로 제시된 유리창은 화자의 현재 심적 상태를 간접적으로 제시하며 창 안에서 바라본 가로수의 이미지를 두 줄기로 대변되는 '눈물'의 이미지와 병치하고 "도심지대"와의 연관 하에 해석하도록 유도한다. 1950~60년대 모더니즘 시인들에게 이미지는 사물에 대한 자아의 인식, 사고의 과정을 드러내는 독자적인 시적 방법으로 사용되었다는 점이 중요하다.[14] 제1시집 『문병란시집』에 수록된 시편들의 소재는 대부분 나와 사물(자연)인데 그 대표적인 사물은 '가로수'와 '화병에 꽂힌 (부재하는)꽃'이다. 이는 "도심지대"의 '창 안'에 있는 화자의 신분 혹은 일상을 짐작할 수 있게 하는 대표적인 사물이며 생활의 굴레에 얽매여 있는 화자의 모습에 대한 환유로 볼 수도 있다. 화자의 일상은 "시계 바늘 초침 끝에서 서성이다 숨어버린 하루"(「기다림」)의

---

13 서진영, 「1950~60년대 모더니즘 시의 이미지와 자아 인식」, 『한국현대문학연구』33, 한국현대문학회, 2011, 373쪽.
14 위의 글, 374쪽.

연속이며 "街路에 輕音樂처럼 시작되는 向日性"과 같이 반복된다. 보러(Karl Heinz Bohrer)는 눈에 보이는 현상세계를 넘어서는 궁극적이면서 초월적인 관계, 즉 시작과 끝이 없는 '무한성'의 개념은 사물에 대한 관습적인 관찰이 중지되고 스스로에 침잠하는 주체의 심미적 상태를 전제로 한다고 말하였다.[15] 문병란이 제1시집을 통해 보여준 시세계는 이미지의 조형에 주력하였다고 할 수 있는데 이는 반복을 통한 무한성과 자아의 세계가 지닌 무시간성을 드러내어 존재의 내면으로 침잠하는 주체를 심미적으로 형상화하는 데 성공하였다고 말할 수 있다.

이 지점에서 다시 물어야 할 점은 문병란이 제1시집에서 보여준 시세계를 모더니즘적인 것으로 치부하고 제2시집에서부터 보여주는 참여적인 경향의 시들과 단절된 별개의 것으로 볼 것인가이다. 이에 대한 답은 한국 전후문학의 특수성에서 찾을 수 있으며 그래야만 문병란의 시세계에 대한 이해가 피상(皮相)적인 수준에서 머무르지 않을 수 있다. 한국 전후문학에서 실존주의가 지닌 독특한 지점은 실존주의의 수용과정에서 그 의미가 굴절되어 한국적 특수성을 지니게 되었다는 것이다.[16] 1950년대 한국문학에서 실존주의는 전후의 불안의식을 내재화하면서 자의식을 탐구하는 형태로 모더니즘과 결합하여 수용되면서도 실존주의 문학이 가진 정치성이 이후 참여문학으로 나아가게 하는 발판을 만들어 주었다.[17] 한국 전후문학에서 실존주의가 갖는 이와 같은 복합성은 문병란의 제1시집 『문병란시집』과 제2시집 『정당성』 이후의 시세계와의 차이를 단절이 아닌 연속으로 읽게 하는 주요한 참조점이다. 사르트르는 진정한 자기는 근원적인 자기존재, 타자에 대한 인식 이전의 존재 자체라고 설명하며 자아와 타자 그리고 의식존재와 사물

---

15 칼 하인츠 보러, 『절대적 현존』, 최문규 옮김, 문학동네, 1988, 44~58쪽 참조.
16 본고는 문병란의 시세계를 실존철학에 입각해서 본격적으로 분석하고자 한 논문이 아니다. 이 논문은 문병란 시세계 이해에 반복되는 은폐와 배제를 확인하고 그 해결책을 한국 전후문학의 특수성에 대한 이해와 적용에서 찾고자 한 글임을 밝힌다.
17 이진영, 「전후 모더니즘 문학론에서 서구사조의 수용」, 『한국문학이론과 비평』13, 한국문학이론과 비평학회, 2001, 182쪽.

존재간의 넘어설 수 없는 존재의 분리를 주장하는데 이런 관점에서 실존주의는 모더니즘의 주관적 보편성의 미적 범주와 상통하는 바가 있다.[18] 문병란의 시세계가 전후문학의 토대에서 길러졌다고 본다면 제1시집에서 보여주는 모더니즘적 면모는 실존주의의 한 단면이라고도 볼 수 있는 것이다.[19]

> 어느날 나무는
> 제 자리를 떠나고 싶어
> 퇴화한 날개를 펴어 보는 것이다.
>
> 어쩌다
> 거기 서있게 된 그날부터
> 나무는 파아란 하늘을 머리에 인
> 아름다운 囚人.
> (중략)
> 豫感의 강가에 서서
> 뿌리를 어쩌지 못하는
> 그는 變身의 날개를 꿈꾸고 있다.
>
> — 「나무의 연가」 부분

---

18 위의 글, 180쪽.
19 1950년대 한국문단의 실존주의 수용과정에서 실존주의와 모더니즘과의 관계를 바라보는 시각은 연구자에 따라 상이한 것으로 보인다. 크게 셋으로 분류할 수 있는데 첫 번째는 양자의 관계를 착종되어 동시적으로 존재하는 것으로 보는 것이고(전기철, 「해방후 실존주의 문학의 수용양상과 한국문학비평의 모색」, 『한국현대문학연구』1, 한국현대문학회, 1991.) 두 번째는 모더니즘을 실존주의의 상위항으로 보는 것이다.(이소영, 「1950년대 모더니즘의 이념지향성 연구」, 『국제한국학연구』4, 명지대학교 국제한국학연구소, 2010.) 마지막으로 세 번째는 모더니즘과 실존주의를 별개의 것으로 보는 것인데(정영진, 「1950년대 실존주의 지성론과 시적 사고의 보수성」, 『서강인문논총』31, 서강대학교 인문과학연구소, 2011.) 본고는 실존주의와 모더니즘이 착종되어 동시적으로 존재하는 것으로 보는 첫 번째 시각을 취한다.

전후의 피폐한 사회상과 가치의 혼란으로 인한 정신적 불모성은 감정의 직접적 표출인 서정성을 지양하고 객관적 상관물이 될 수 있는 실재의 모습을 만들어내야 한다는 모더니즘의 방법론을 불러오게[20] 되었다. 전후문학의 한 양상인 실존주의 문학과 그것이 담지한 모더니즘적 면모가 전후의 허무와 불안을 고발하는데서 멈췄다면 당대에 실존주의가 전폭적으로 수용될 수 없었을 것이다. 당대의 실존주의 문학과 그것이 담지한 모더니즘적 면모는 실존의 부정적 상황을 긍정적 계기로 마련하고 삶의 전망을 길어 올리는 데까지 나아갔다. 제1시집『문병란시집』에서 제시된 이미지들의 대부분이 창 안에서 바라본 도심의 풍경으로 그 중에서도 땅에 못박혀 꼼짝할 수 없는 가로수나 꽃에 한정되어 있어 수동적이고 부동적인 것에 비해 위의 시는 "변신의 날개"를 "예감"하는 나무의 능동적 이미지를 제시하고 있다. "뿌리"는 나무의 실존근거이자 한계이지만 이 시는 '꿈'을 꾸는 행위를 통해 존재의 실존이 갖는 한계를 인지하되 좌절하지 않는 의지를 보여주고 있다. 이 시에서 드러나는 단순한 고발을 넘어선 의지의 형상화는 모더니즘과 실존주의의 착종이라는, 한국 전후문학에서 실존주의 수용이 갖는 특수성에 근거해야 온전한 이해가 가능하다. 이 시에서 드러나는 의지적 태도는 제2시집『정당성』이후의 시세계에서 보여줄 참여적 면모로의 전환을 예비하고 있다고도 할 수 있다.

오랑캐에 반쪽을 물리운
日蝕의 세월,
진물이 번지는 허리에
모진 이빨 자국이 아리히고.

---

20 이진영, 「전후 현실의 조응으로서의 모더니즘 문학론」, 『한국문예비평연구』33, 한국현대문예비평학회, 2010, 328쪽.

빛깔이 다른
두 개의 계절 속에
금 그어진 線을 따라
따로 찾아 오는 봄,
한송이 꽃을 피울 한뼘의 땅도 없다.

―「한국지도」 부분

위 인용시에는 비록 정도는 약하지만 제1시집 안에 이미 제2시집
『정당성』이후에 본격적으로 펼쳐 보일 문병란 시세계의 단초가 드러나
있음을 보여준다. 달과 선(線)의 이미지를 조형하고 있는 위의 시는 앞
서 제시한 시편들과 비교하였을 때 사회적·정치적 현실에 대한 참조에
서 자유롭지 못 함을 알 수 있다. 문병란에게 실존적 조건은 전후의 사
회적·정치적 현실이고 문학적 토대는 전후문학이므로 그의 초기 시작
활동이 실존주의와 모더니즘의 조우 하에서 진행되었다고 하더라도 한
국적 특수성으로 인해 단순히 실존적 자의식의 표출에만 머무를 수는
없었을 것이다. 이와 같은 사실은 그가 제2시집 『정당성』이후에 보여
주는, 자의식의 재현에서 현실세계에 대한 개입으로의 전환을 정당하
게 만들어준다.

3. 시공간의 확장과 실존에의 의지

문병란의 제2시집 『정당성』은 이후에 그가 보여줄 시세계의 초기적
형태를 지닌 것으로 여겨진다. 이 장에서는 제2시집 『정당성』에서 드러
나는 시세계의 특징을 제1시집 『문병란시집』과 비교하여 살펴보고 최
종적으로 제1시집 『문병란시집』과 제2시집 『정당성』이후의 시세계가
한국 전후문학의 특수성이라는 공통의 토대에서 발아한 것임을 확인할
것이다.

한국의 경우 종전(終戰)은 국가의 소멸이 아니며 한국인에게 있어서 국가의 소멸은 경술국치 이후 30여년이나 존속되어 온 지루한 사건으로 종전은 국가의 소멸이 아니라 민족의 호명, 국가의 건설[21]을 의미한다. 김건우는 특정 단어는 담론적 맥락을 고려해야 그 올바른 의미를 파악할 수 있다는 전제 하에 한국문학에서 실존이나 참여 혹은 앙가주망의 의미는 담론적 맥락에서 각기 다른 의미를 지닌다고 말한다. 그는 "1950년대 후반 한국에서 '앙가쥬망'이 논의되던 방식은 60년대 중반 이후 '참여론'과는 말할 것도 없고, 서구의 앙가쥬망론과도 다른 의미를 가지게 되는 것"[22]이라고 본다. 한국문학의 실존주의 수용에 있어 '참여'의 의미가 1950년대 후반과 1960년대 초반에 지식인 담론의 분열이 일어나기 전에는 전통의 고수가 곧 퇴행을 의미했던 것의 상대항으로서 새 시대의 담론을 의미하는 것에서, 1960년대 말에 오면 사르트르의 참여론이 한국적 근대화에 대한 비판을 의미하는 것으로 의미장의 선회(旋回)가 일어났다고 보는 것이다. 그러므로 한국 전후문학에서 실존주의와 참여 혹은 앙가주망의 의미는 근대 문명과 합리성에 대한 반성으로 등장한 서구의 실존주의와는 달리, 1차적으로 1950년대 후반 한국 사회의 경우 그러한 '근대적 합리성'의 영역에 도달하지 못한 상태에서 '전후'라는 공통의 상황만을 공유한 채 실존주의를 수용하였고 이는 정치적 독재, 경제적 궁핍, 의식의 봉건성으로부터의 해방이 실존주의를 표방하는 지식인의 과제[23]로 제시되었다고 볼 수 있는 것이다.

시베리아로 끌고 가 평등이 되고

---

21 박현수, 「한국문학의 '전후'개념의 형성과 그 성격」, 『한국현대문학연구』49, 한국현대문학회, 2016, 327쪽.

22 김건우, 「현대 한국문학의 실존주의 수용에 있어 '참여'의 의미 변화에 대한 연구」, 『비교문학』29, 한국비교문학회, 2002, 175쪽.

23 위의 글, 179쪽 참조.

월남으로 끌고 가 자유가 되고
오늘은
우주 밖 달나라로 끌고 가는
허무한 사상아
우리들의 가슴에 구멍을 뚫고
아무데서나 눕힌 여자,
세계 지도 위에 선을 긋고
어디서나 철조망과 이별을 만드는
사상의 하수인,
너는 도처에서 날뛰고 있다

— 「무지」 부분

　　문병란의 제2시집 『정당성』에 수록되어 있는 위 시는 "무지"라는 제목 하에 당대인이 처한 고통의 원인으로서 정치적 독재, 경제적 궁핍, 의식의 봉건성이 이데올로기와 그 대립에 있음을 선명하게 제시한다. 이를 통해 이 시의 화자가 지닌 명백한 계몽의 의도와 당대의 사회에 대한 비판적 자세를 확인할 수 있다. 1950년대 후반의 실존주의는 새 시대의 담론으로서 예술의 역할은 젊은 세대에게 그들이 처한 실존적 조건인 '부정, 가난, 무지'를 깨우쳐주는 것이 우선적 과제가 된다. 1950년대 후반의 실존주의에서 참여 혹은 앙가주망이란 새 시대담론의 전파를 통한 봉건적 무지의 타파나 계몽으로 그 의미가 굴절된 것이다.

　　그런데 1960년대에 들어서면서 대중 저널리즘의 시대가 열리고 공화당 정권의 근대화가 산업화에 국한되어 진행되는 등 한국 사회의 구조적 변화가 일어나면서 실존주의에서 참여 혹은 앙가주망의 의미도 변화하는데 이제 앙가주망은 제3공화국식(박정희식) 근대화 정책에 대한 저항의 의미로 이해되기 시작한다.[24] 한국 전후문학에 수용된 실존주의의 영향 하에서 참여의 의미망이 변화하는 것은 문병란의 시세계에서 그대로 살펴볼 수 있다.

> 고추를 못먹는 무리들아
> 오늘의 눈물을 외면하고
> 미끈한 혓바닥 위에
> 커피를 굴리는 너희야 알 수가 없지.
>
> 텁텁한 코카콜라,
> 그 시금털털한 게트림 속의 문명,
> 썩은 빠다 속에 스미는
> 그 어느 쭈리엣의 사랑보다
> 더욱 진하게 스미는 매운 춘향이의 절개.
>
> ― 「매운 고추를 먹으며」 부분[25]

제2시집 『정당성』에서 펼치는 문병란의 시세계는 제1시집 『문병란시집』이 주로 자아의 세계에 집중되었던 것과 달리 (적대적)타자가 전면에 등장한다. 그에게 현실의 부조리와 불합리의 근본적인 원인은 이데올로기 대립에 근거한 전쟁과 이데올로기에 기생한 부정적 세력이다. 위 시는 "커피"와 "코카콜라"로 대변되는 미국과 미국을 위시한 서구문명의 수입에 의존하여 전개되는 근대화에 대한 비판적 자각의 초기적 모습을 보여준다. 비판적 자각의 대상이 전근대적 봉건주의가 담지한 무지에서 폭력적 근대화의 주체로 옮겨갔다고 볼 수 있는 것이다. 실존주의는 본질보다 존재를 앞세우고 있었기 때문에 현존재로서 인간에게 중요한 것은 '상황논리'와 '선택'의 문제이며 여기서 탄생한 것이 휴

---

24 위의 글, 185쪽 참조.
25 문병란, 『정당성』, 세운문화사, 1973, 14쪽.
　　3장에서는 모두 이 책에서 시를 인용함으로 이후에 시를 인용할 시, 원전표기를 하지 않겠다.

머니즘이고 이를 비평의 영역으로 끌어들여 저항, 행동, 모랄, 책임 등 새로운 가치 창조와 행동지향의 근거로 삼은 것이 참여와 저항의 문법으로 발현된다.[26] 이처럼 문병란이 제2시집 『정당성』에서 보여주는 참여적 면모와 그 참여의 속성변화는 한국 전후문학에 수용된 실존주의의 영향 하에서만 온전히 설명이 가능하다. 결국 문병란이 제2시집 『정당성』에서 보여주는 참여적 면모는 제1시집 『문병란시집』과 같은, 한국 전후문학의 주요한 양상인 실존주의에 근원을 두고 있는 것이라고 할 수 있다.

문병란의 제2시집 『정당성』에서부터 본격적으로 드러나기 시작한 참여적 태도에 대해 조금 더 살펴본다면 이는 시·공간의 확장이라는 전략을 통해 제시되고 있음을 볼 수 있다. 제1시집 『문병란시집』에서는 화자가 주로 창 안에서 대상과 정신적·물리적으로 일정한 거리를 유지한 채 존재하며 이미지의 조형에 주력하였던 것과는 달리, 제2시집 『정당성』의 세계에서 화자는 창 밖으로 나와 현실에 적극적으로 개입하기 시작함을 볼 수 있다. 화자의 적극적인 현실개입은 먼저 시간의 확장을 통해 실현된다. 문병란의 제2시집 『정당성』의 화자는 제1시집 『문병란시집』에서 보여주었던 무시간성(나를 중심으로 반복되던 시간)의 밀실에서 나와 적극적으로 과거와 미래를 호명하는데 제2시집 『정당성』에 이르러 두드러지는 변화는 고전의 인유(引喩)이다. 제2시집 『정당성』에서는 춘향, 굴원, 도연명, 흥부놀부로 대변되는 역사 속 민초가 시적 소재로 사용됨을 확인할 수 있다.

> 눈이 있어도 보지 못하고
> 귀가 있어도 듣지 못하고
> 입이 있어도 말하지 못하는

---

26 배경열, 앞의 글, 244쪽.

지금은
당신의 입과 혀를 빌려
그날의 역사를 이야기할 때

－「굴원과의 대면」 부분

　　문병란 시세계의 토대라고 할 수 있는 한국 전후문학과 실존주의의
특수성은 그의 시세계가 이미지의 조형에서 참여에의 의지로 전환되는
것에 특별한 자각을 요구치 않았고 그가 자연스럽게 적극적으로 시대
와 현실에 개입하도록 만들었다. 그의 시세계가 이미지의 조형에서 참
여에의 의지 재현으로 전환하였을 때 가장 먼저 대면한 필요는 연대에
대한 요구였을 것이다. 연대를 위해서는 타자를 호명하고 설득해야 하
는데 원활한 소통이 힘든 급박한 사회적·정치적 상황에서 많은 내용을
효과적으로 전달하기 위한 전략적 방법의 하나로 시인은, 누구에게나
익숙한 고전의 사례를 끌어왔다. 고전 속의 인물을 끌어옴으로써 문면
에 언급하지 않아도 해당 인물을 호명한 순간, 해당 인물이 함축한 서
사가 동시에 작동하여 방대한 내용을 한 단어(위 인용시의 "춘향"이나
"굴원")로 전달할 수 있는 것이다. 문병란이 이와 같은 시적 전략을 사
용하였다는 사실을 통해 제1시집 『문병란시집』에서 전후 실존의 문제
가 모더니즘을 기반으로 일종의 (실존)감각의 재현에 머물렀던 것에서
제2시집 『정당성』의 단계에 오면 전후 실존의 문제가 실존에의 '의지'로
강화되어 변형됨을 확인할 수 있다.

호롱불 가에 모여 앉아
트랜지스터 라디오 속에서
나날이 근대화되어 가는 고향,
자꾸만 간지럼을 시키는 유행가와
자꾸만 몸살을 시키는 드라마와
눈부신 날개타고 날아오는

찬란한 광고 속에 부황난 호롱불
(중략)
호롱불의 역사는 시들하구나
풍년 속에 흉년이 오고
기공식 착공식이 차례로 지나간 다음
아무리 파보아야 금이 나오지 않는 땅,
한 평에 3백 원짜리 땅을 버리고
라디오 소리 따라
서울로 오입가는 전라도

– 장시 「호롱불의 역사」 부분

셋방살이 전세 사글세
땅이 없는 사람들이 모여사는 변두리
봄이 와도 꽃밭이 없는 마음 속에
나날이 철조망만 높아 가고
솥 속에 설설 끓는 물소리와
굴뚝에 솟는 연기는
슬픈 흑인 영가를 부른다

– 「죽은 땅」 부분

　　다음으로 제2시집 『정당성』에서 보여주는 화자의 적극적인 현실개
입은 공간의 확장을 통해 실현된다. 여기서 공간의 확장은 지면(紙面)
에 쓰인 시의 길이에 관한 것과 시에 형상화된 소재로서 공간이 국내를
넘어 제3세계까지도 시적 대상이자 공간으로 인식하고 있는 것에 해
당한다. 첫째, 시의 장형화는 제2시집 『정당성』의 제4부가 '장시(長詩)'
로 명명된 단 두 편의 시로 구성된 것을 통해 확인할 수 있다. 시대적
국면이 암담하고 억압과 폭력이 만연할수록 시대적 진실을 문학적으
로 형상화할 것을 요구받는 시인들에게 시의 장형화 경향은 필연적 선

택이다. "호롱불"로 대변되는 민초의 삶은 단형의 시로는 온전히 드러낼 수 없기에 문병란은 '장시(長詩)'로 명명하여 따로 지면을 할애한 것이다. 그는 고전의 인물을 인유(引喩)하는 것으로 부족한 부분은 시의 장형화 시도를 통해 본격적으로 이야기를 꾸려감으로써 서사의 전략을 보강한다. 이는 시의 독자로 '민중'을 상정한 점에서도 필수적인 선택으로 이와 같은 선택은 이후 그의 시가 '쉬운 시'를 지향하는 초석이 된다. 둘째, 시적 공간의 확대를 통해 제3세계와의 연대를 인식하는 초기적 모습을 보인다. 해방 후부터 전후까지 한국문학에서 실존주의의 수입은 세계적 동시성 속에서 우리 문학을 인식하고 자리매김하고자 하는 의지의 반영이라고 볼 수 있다. 또한 '반둥회의'라고도 불리는 '아시아·아프리카회의'(1955)가 한국사회에 미친 영향에 대해서도 간과할 수 없는데 이는 정전협정이 이루어진 지 얼마 되지 않은 1950년대 한국사회에서보다 1960년대에 이르러서 국내에 활발한 논의를 일으켰다. 4·19혁명을 계기로 냉전 이데올로기에 근거한 굳건한 벽에 균열이 가해짐과 동시에 국내 지식인들은 제3세계에 대한 인식과 대안적 상상력을 발휘하게 된다. 제2차 세계대전 이후 유럽과 미국 중심의 제1세계와 소련과 중국 중심의 제2세계가 양축을 형성하며 냉전체제가 구축되었던 상황에서 '반둥회의'의 개최는 기존의 서구적 보편성에 대항하는 새로운 정치공간의 형성을 의미했다.[27] 1960년대 문인·지식인 사회는 '반둥회의'를 포함한 아시아·아프리카의 제3세계의 비동맹 회의에서 분단 극복의 가능성을 탐색했지만 1964년과 1965년을 계기로 박정희 정권은 '제3세계적 가능성'을 배제하고, '조국 근대화론'을 내세워 '아시아·아프리카 회의'가 지향한 가치와는 다른 길을 채택한다.[28] 위의 시 「죽은 땅」에서 땅을 빼앗긴 자들은 타의에 의해 철조망이 쳐진 공간에서

---

27 오창은, 「결여의 증언, 보편을 향한 투쟁–1960년대 비동맹 중립화 논의와 민족적 민주주의」, 『한국문학논총』72, 한국문학논총, 2016. 31쪽.
28 위의 글, 33쪽.

기쁨을 모른 채 살아가고 "흑인 영가"를 부르며 자신들의 처지를 제3세계의 구성원들과 동일시하는 모습을 보여준다. 이 시를 통해 문병란이 제3세계적 가능성을 추구하고 있음을 확인할 수 있는데 이는 제3세계적 가능성을 말살하고 일방적인 근대화를 추진한 박정희 정권의 근대화 정책에 대한 저항의 의미로도 읽을 수 있다. 즉 한국 실존주의 수용사에서 참여의 의미가 1950년대 후반과 1960년대 초반에 봉건적 질서의 무지에 대한 고발과 비판에서 1960년대 후반에는 근대화에 대한 비판으로 변화된 것과 맥락을 같이 한다고 할 수 있다. 제2시집『정당성』에서 보여주었던 참여의 초기적 모습은 점차 본격화되어 일시적 캠페인이 아닌 항구적 운동의 차원으로 심화되어 가는데 문병란 시세계의 토대가 되었던 전후문학과 실존주의는 하나의 문학적 개념을 넘어 실존에의 '의지'가 되어 문화적 개념으로 확장된다.

4. 나가며

본고는 '민중' 혹은 '참여'라는 키워드로 대변되는 문병란의 시세계에 대한 기존의 연구들이 그의 제1시집인『문병란시집』을 (무)의식적으로 은폐 혹은 배제하고 있는 문제적 상황을 확인하고 그의 시세계에서『문병란시집』이 놓여 있는, 혹은 놓여 있어야 할 자리를 비판적으로 검토하고자 하였다.

문병란은 전후문학의 토대에서 문학적 자양분을 얻어 성장한 시인임에 주목하고 한국 전후문학의 주요한 흐름인 실존주의의 수용과정이 갖는 한국적 특수성에 기인하였을 때 제1시집『문병란시집』의 위상 및 이후에 그가 보여준 시세계와의 관계가 온전히 설명될 수 있었다. 그가 제1시집에서 보여주었던 이미지의 조형에 주력한 모더니즘적 면모는 1950년대 한국문학에서 실존주의가 전후의 불안의식을 내재화하면서 자의식을 탐구하는 형태로 모더니즘과 결합하여 수용되었기 때문임을 살펴보았고 제2시집과 그 이후의 시세계를 대변하는 '참여'적 면모는 실존주의 문학이 가진 정치성의 발로임을 살펴보았다.

이를 통해 문병란의 시세계에서 별개의 것으로 여겨졌던 문병란의 제1시집 『문병란시집』은 전후문학과 실존주의 수용사라는 프레임을 적용할 경우, 그가 제2시집 이후에 보여주었던 참여적·민중적 시세계와 같은 토대에서 발아한 것임을 알 수 있었다. 결국 문병란의 제1시집이 그의 시세계에서 차지하는 위상은 제2시집 이후에 그가 보여주는 시세계와 별개의 것이 아니라 오히려 연장선 상에 있는 것으로 실존 감각의 재현에서 실존에의 의지 표출로 심화·확장된 것이라고 할 수 있었다.

출전
김미미, 「문병란 시세계에서 제1시집 『문병란시집』의 위상 재고(再考) −『문병란시집』과 『정당성』을 중심으로」, 『비평문학』 제68집, 한국비평문학회, 2018.

참고문헌

• 기초자료

문병란, 『문병란시집』, 삼광출판사, 1971.

문병란, 『정당성』, 세운문화사, 1973.

• 논문 및 단행본

김건우, 「현대 한국문학의 실존주의 수용에 있어 '참여'의 의미 변화에 대한 연구」, 『비교문학』29, 한국비교문학회, 2002.

박현수, 「한국문학의 '전후'개념의 형성과 그 성격」, 『한국현대문학연구』49, 한국 현대문학회, 2016.

배경열, 「1950년대 실존주의론」, 『한국문학이론과 비평』20, 한국문학이론과 비평 학회, 2003.

서진영, 「1950~60년대 모더니즘 시의 이미지와 자아 인식」, 『한국현대문학연구』 33, 한국현대문학회, 2011.

오창은, 「결여의 증언, 보편을 향한 투쟁-1960년대 비동맹 중립화 논의와 민족적 민주주의」, 『한국문학논총』72, 한국문학논총, 2016.

이소영, 「1950년대 모더니즘의 이념지향성 연구」, 『국제한국학연구』4, 명지대학교 국제한국학연구소, 2010.

이진영, 「전후 모더니즘 문학론에서 서구사조의 수용」, 『한국문학이론과 비평』13, 한국문학이론과 비평학회, 2001.

이진영, 「전후 현실의 조응으로서의 모더니즘 문학론」, 『한국문예비평연구』33, 한 국현대문예비평학회, 2010.

정영진, 「1950년대 실존주의 지성론과 시적 사고의 보수성」, 『서강인문논총』31, 서강대학교 인문과학연구소, 2011.

진기철, 「해방 후 실존주의 문학의 수용양상과 한국문학비평의 모색」, 『한국현대 문학연구』1, 한국현대문학회, 1991.

최혜경, 「문병란 시 연구」, 전남대학교 석사학위논문, 2008.

허형만·김종 편, 『문병란 시 연구』, 시와사람, 2002.

칼 하인츠 보러, 『절대적 현존』, 최문규 옮김, 문학동네, 1988.

문병란의 오월시와 문학적 증언

정민구

1. 들어가며 : 사건의 기념과 진상의 규명 사이

1980년 5월 18일을 전후로 한 광주, 공식적인 표현으로는 5·18민주화운동, 상징적인 표현으로는 '5·18'이자 '오월 광주'[29]로 불리는, '그날'이자 '그곳', 물론 '그 사람들'을 포함한, 한국현대사에서 일어난 미증유의 역사적 사건은 어느덧 40주기를 앞둔 시공(時空)의 흐름 위를 지나가고 있다. 기억과 망각의 시차(視差) 속에서 오월 광주는 어떤 모습이나 내용으로 남아있는 것일까. 이 글을 쓰던 날들에 주요 언론에 보도된 오월 광주 관련 뉴스들의 경향을 비교하여 분석한 한 기사는 오월 광주의 현재적 생(生)을 단적으로 보여준다.

2019년 "3·4월 지상파 방송과 종합편성채널, 일간신문을 분석한 결과"를 보건대, 여러 "언론은 5·18 관련 새로운 의혹을 보도하거나 신군부 폭력 진압의 피해자 인터뷰를 하는 등 진상규명 보도를 하기도 했다. 그러나 진상을 본격 파헤치는 보도보다는 … 자극적 망언 보도나

---

29 이 글에서는 특별한 경우를 제외하고 '오월 광주'라는 표현으로 통일하여 사용한다.

중계 보도에만 열을 올린 언론"이 많았으며, 그러한 언론은 "진상규명을 위한 타 언론사의 보도를 가리는 역할을 했다"라는 것이 기사의 요지였다.[30] 즉 오늘날 우리가 마주하는 오월 광주의 생은 여전히 규명과 은폐 사이에 놓여있다는 것을 알 수 있다.

기사문이 "올해는 5·18 광주민주화운동이 일어난 지 39주년이 되는 해다."로 모두(冒頭)를 열고 있다는 사실은 놀랍지 않다. 오월 광주로부터의 시간이 그만큼 많이 흘렀기 때문이다. 정작 놀라운 것은 기사문의 다기한 목적에 있다. 40주년을 앞둔 '기념할만한 해'에 기사문은 여러 언론 자료에 대한 분석 결과를 토대로 하여, 오월 광주와 관련된 의혹이 '새롭게' 제기되고 있다는 사실과 그에 따른 '철저한' 진상 규명이 요구된다는 당위, 그럼에도 불구하고 '여전히' 진실을 왜곡하려는 시도가 지속되고 있다는 아이러니의 상황을 '지금-여기'에서 제기하고 있기 때문이다. 요컨대 기념할만한 해에 이르러서도 오월 광주와 관련하여 요청되는 것은 여전히 '진상의 규명'인 것이다.

기존의 것을 포함하여 새롭게 제기되고 있는 의혹-들과 그것들에 대한 철저한 진상 규명, 그리고 진실의 왜곡화에서 벗어나는 일은 궤를 같이 한다. 의혹에 대한 진상 규명이 완료되는 날, 비로소 진실은 자신에 대한 지속적인 '왜곡' 혹은 '고문'[31]의 고통에서 해방될 수 있는 것이다. 그러므로 기념의 해는 여전히 요원하다. 왜곡이나 고문이 전치(轉置)시킨 진실의 지위가 제자리에 놓이게 되는 날, 사건의 실체가 온전히 규명되어 진실의 이름으로 명명될 수 있는 '그날'이 도래해야만 비로소 '진상(眞相)'이라는 이름을 빌어 사건에 대해 기념할 수 있을 것이

---

30 해당 기사는 오월 광주 관련 저녁종합뉴스(KBS, MBC, SBS, JTBC, TV조선, 채널A, MBN 대상) 기사 153건과 일간신문(경향신문, 동아일보, 조선일보, 중앙일보, 한겨레) 기사 156건을 분석한 결과를 통계 자료와 함께 제시하고 있다. 「5·18, 진상규명보다 망언에 주목한 언론은」, 『미디어오늘』, 2019.5.14.(http://www.mediatoday.co.kr/?mod=news& act=articleView&idxno=148406)

31 영어에서 'torture'라는 단어는 '고문'과 '왜곡'이라는 두 가지 뜻을 갖는다. 'tort'가 'twist(비틀다, 꼬다, 뒤틀다)'라는 개념을 전달하기 때문이다. 그래서 비틀린/뒤틀린 것이 말이나 의도라면 그것은 '왜곡'이 되고, 신체라면 그것은 '고문'이 된다.

기 때문이다.

이처럼 오월 광주와 관련한 어휘적 용법에서 '진상'이라는 단어는 '규명(糾明)'이라는 단어를 필요로 한다. 그런데 '진상 규명'이라는 익숙한 말에 주목해보자. 이 말은 어떤 '사실'[사실이면서 아직 진위 여부에 대한 판단이 되지 않은 것]의 진위 여부에 대하여 자세히 따져보고 거짓이 없는 모습이나 내용, 즉 진상(眞相)을 바로 밝히는 것을 뜻하는 용어이다. 일상생활 속에서 한 단어처럼 사용하고 있지만, 그것은 실은 두 단어가 결합한 것이다. '진상 규명(眞相糾明)'이라는 말이 일상생활에 통용되는 단어들을 담은 국립국어원 『우리말샘』에는 수록되어 있지만, 어문규범에 맞는 단어들을 담은 『표준국어대사전』에는 수록되어 있지 않은 까닭은 그 때문이다.

'사물이나 현상의 거짓 없는 모습이나 내용'을 가리키는 진상(眞相)을 다른 말로 바꾸어 표현하자면 '진실(眞實)'이 된다. 또한 '어떤 사실을 자세히 따져서 바로 밝히는' 행위를 가리키는 규명(糾明)을 다른 말로 바꾸면 '증명(證明)'이 된다. 그래서 '진상을 규명하는 일'은 '진실을 증명하는 일'과 다르지 않다. 요컨대 이 '기념할만한' 시대는 여전히 오월 광주에 대한 진상 규명을 요청해야만 하는 시대, 진실에 대한 증명이 지속되어야만 하는 시대, 그래서 '아직은' 기념할만하지 않은 시대가 되지 않을 수 없는 것이다.

기왕의 문학 연구들에서 기념(물)화되거나 제도화되어가는 오월 광주에 대한 비판적인 입장을 발견하기가 어렵지 않은 것은 그런 연유와 무관하지 않아 보인다.[32] 그런데 오월 광주에 대한 기념화와 제도화에

---

32 일부를 소개하자면, "오월이 공식 역사에 등록된 순간부터 '사건'으로서의 힘을 잃고 제도화의 수순을 밟게 된 것 또한 사실"(강소희, 「오월을 호명하는 문학의 윤리」, 『현대문학이론연구』 제62집, 현대문학이론학회, 2015, 7쪽); "공식적 역사로 편입되면서 나타난 제도화 경향은 … 5·18을 과거의 사건으로 화석화시키는"(장은영, 「증언의 시학: 역사에서 윤리로」, 『민주주의와 인권』, 제11권 2호, 전남대학교 5·18연구소, 2011, 40쪽); "광주민주화운동에 대한 시적 복원은 기억을 통한 기억의 사유화와 화석화를 거부"(한원균, 「문학의 정치, '광주민주화운동'의 시적 재현」, 『한국문예창작』 제10권 제3호, 한국문예창작학회, 2011, 16쪽) 등이 있다.

대한 이러한 비판은 ①사건의 화석-화를 경계하고 그 의미를 현재화하기 위한 규명/증명 작업과 더불어 ②온전히 밝혀지지 않은 탓에 여전히 묻혀 있는 사건의 진상을 현재화하기 위한 규명/증명 작업을 요청하려는 이중의 목적과 맞닿아 있다. 또한 본래 '밝고 명징한 것'을 '밝고 명징하게' 말할 수 없도록 만든 시대적 상황 속에서, 그것을 야기한 '어두운' 장막을 걷어내어 사건이 자신에 대해 말할 수 있도록 만들고자 하는 저 두 가지의 방식은 공히 현실을 마주한 문학의 태도, 즉 문학의 윤리에 입각한 방식이 아닐 수 없다.

문학(연구)의 관점에서 보았을 때, ①이 도래할 진리(眞理)를 산출하기 위한 문학적 공정(工程)의 과정이라면, ②는 얽혀있는 진실(眞實)을 풀어내기 위한 문학적 증언(證言)의 과정에 해당한다. 물론 사건과 그것의 진실/진리를 둘러싼 두 가지의 방식을 반드시 구분해야만 하는 것은 아니다. 하지만 두 가지의 방식은 얼마든지 서로 다른 지향으로 나타날 수 있다. ①과 ②의 다른 지향에 대해 논의하는 것은 차후의 일이 되겠지만, 여기에서는 논의의 진행을 위해 일정한 오류를 감안하면서 대강을 풀어볼 수 있겠다. ①에 입각한 연구 방식이 오월 광주라는 사건에 대한 의미를 확장하기 위하여 오월 문학의 '미학성' 혹은 진리 공정의 '정치성'을 묻는다면, ②에 입각한 연구 방식은 해당 사건에 대한 오월 문학의 존재 의미를 현재화하기 위하여 그것의 '진실성'과 증언 공정의 '당위성'을 묻는 방식이라고 말할 수 있다. 그에 따라 사건 이후에 ①이 사건의 새로운 (재)의미화를 위한 문학의 역능을 파악하고자 한다면, ②는 사건의 지속적인 현재화를 위한 문학의 역능을 파악하고자 한다.

한편, 오랜 기간에 걸쳐 수행된 오월 광주 관련 자료의 아카이브화[33]를 통해 오늘날 우리에게 오월 광주가 일어난 시공간적 좌표는 비교

---

33 2011년에 5·18기록물이 유네스코 세계기록유산으로 등재되었으며, 2015년에 5·18민주화운동 기록관이 개관하여 관련 자료를 지속적으로 수집, 보존, 관리하면서 현재에 이르고 있다.

적 명확하고 상세한 것이 되었다. 그래서 이제는 사건의 전후 상황에 대해, 오월 광주에 있었던 수많은 사람들의 정보에 대해 비교적 소상하게 접근할 수 있다. 그 수많은 사람들 가운데 시인 문병란을 발견하는 것은 그리 어렵지 않은 일이다. 당시 그는 시집 출판금지를 당한 적이 있으며 정보기관의 주목을 받을 만큼, 세상에 대해 '바른' 소리를 내기로 유명한 지역 인사이자 문단의 중견 시인이었다.[34] 그러나 오월 광주에서 일어난 참상(慘狀) 앞에서 그가 새삼스럽게 깨달은 것은, 아우슈비츠(Auschwitz)에 대한 아도르노(Theodor W. Adorno)의 절규나 오월 광주에 대한 여러 문인들의 참회(懺悔)를 언급할 필요도 없이, 바른 소리는커녕 아무것도 할 수 없는 자신의 무력감과 무능 그 자체였다.

시인으로서 갖게 된 무력감/무능이 만들어낸 수치(羞恥)와 죄책감(罪責感)에서 벗어나기 위하여, 아니 비인간적인 사건의 진실이 어둠의 길로 내몰리는 사태에 대한 인간적인 분노(憤怒)를 표출하기 위하여, 그가 선택한 방식은 다름 아닌 '시-쓰기'였다.[35] "젊은 시인 이상의 정력으로 광주문학을 거느리"[36]면서 사건의 진실이 왜곡되는 것을 보고 사건의 진실을 증언하기 위하여 그가 선택한 방식 또한 '시-쓰기'였

---

34 문병란은 70년대 초부터 이미 광주에서 '거리의 교사'로 명성을 얻고 있었으며, 농민운동, 양서보급운동, 교육운동 뿐만 아니라 지역 단위로는 최초였던 '앰네스티(국제사면위원회) 광주지부 활동에 적극 동참하면서 정치적 이유로 수감된 양심수의 석방 운동에도 힘을 보탰다(이승철, 『광주의 문학정신과 그 뿌리를 찾아서』, 문학들, 2019. 191~194쪽). 70년대 후반에 시집 『죽순밭에서』를 재간행하면서 정부로부터 판금조치를 당했으며 오월 광주와 관련하여 배후의 내란음모 선동자로 수배되기도 했다(문병란, 「시인이 걸어온 길(作家年譜)」, 『무등산에 올라 부르는 백두산 노래』, 시와사회사, 1994. 504~516쪽. 이후 같은 책은 『무등산』으로 표기함). 오월 광주에 관한 최초의 시를 썼던 시인 김준태의 다음과 같은 언급도 참조할 수 있다. "문병란 선생은 그만큼 광주라는 땅에서 빼놓을 수 없는, 이를테면 광주 시민들이라면 모르는 사람이 없을 만큼 사랑과 존경을 받고 있는 시인이다. 학생들은 서점가의 어디에서나 그의 시를 즐겨 찾고 있다. 그들의 부모들인 어른들은 그의 꾸밈없는 노랫가락을 무슨 콧노래처럼 흥얼거린다." 김준태, 「영원한 청춘시인 문병란」, 『땅의 연가』, 창작과비평사, 1981. 142쪽.

35 오월 문학에서 시 부문의 활동에 대한 견해를 묻는 〈아주대학보〉 인터뷰어의 질문에 대한 문병란의 답변을 참고할 수 있다. "과거 광주 이야기만 해도 주목의 대상이 되어 버리던 시절에 광주의 울분을, 광주시민의 민주화의 열기를 시로써…억울하게 당해 아픈 것을 아프다고 말하는 것…." 아주대학보 편집부, 「우리시대 작가와의 만남」, 『아주대학보』, 아주대학교, 1989.1(『무등산』 40쪽).

36 고은, 「광주5월민중항쟁 이후의 문학」, 『5·18민중항쟁과 문학·예술』, 5·18기념재단, 2006. 330쪽.

다.[37] 당시에 그가 쓴 것은 분명 예술주의에 반하는 시['反詩']였거니와 그의 시는 그 자체로 다른 시['詩']로서 읽혔다.[38] 어떤 의미에서 그것은 시라기보다는 차라리 분노였으며, 분노라기보다는 오히려 증언으로서 읽혔던 것이라고 말할 수 있다.

'반시적 서정주의'라는 조어(措語)를 통해 스스로 언급했던 바,[39] 문병란이 쓴 오월 광주에 관한 시의 대부분은 문학의 미학성에 입각하여 축조된 시적 언술('시를 통한 표현')보다는 문학의 윤리(성)에 입각하여 기입된 시적 증언('시를 통한 증언')을 지향하고 있다. 물론 그러한 지향을 전면적으로 고려할 경우, 시의 문학성이 떨어진다는 비판에서 자유로울 수 없을 것이나, 애초부터 시적 지향을 달리했다는 점을 쉽게 간과해서도 안 될 것이다. 문학주의에 입각한 시에 반하는 시[反詩]라고 해서 그것을 시가 아닌 것[非詩]으로 규정할 수는 없기 때문이다. 다만 그러한 시는 시라는 장르 안에 놓인 것이되, 자신의 지향을 증언의 기능에로 좀더 밀착시킨 시라고 말하는 편이 보다 더 적절할 것이다.

그러나 정작 문제는 증언 혹은 증언의 방식에 있다고 사료된다. 주지하다시피 증언이란 어디까지나 완결된 사건이 아닌 미완의 사건을 위해 작동하는 것이다. 물론 그것이 완결된 사건을 위해 작동하는 경우도 있다. 그럴 때에도 그것은 사건의 완결성에 균열을 내면서 사건의

---

37 오월시에 대해 묻는 공주사대 국어과 〈우금치문학〉 인터뷰어의 질문에 대한 문병란의 답변을 참고할 수 있다. "당시 많은 사람들이 광주를 오해하고 있었기 때문에 광주가 정당했다는 것을 알리기 위한 자료적 성격이 강하고…." 우금치문학 편집부, 「황토빛 땅에 희망의 노래를 심으며」, 『우금치문학』 제20권, 공주사대 국어과, 1994. 『무등산』 30쪽.)

38 황지우는 미(美)라는 껍데기를 지향하는 예술주의 시의 속성들을 부정함으로써 삶이라는 알맹이를 지향하는 문병란의 반시[反詩]가 비로소 시의 이름을 획득하게 된다고 말한다. 즉 문병란의 반시주의는 시가 아닌 시[非詩]를 지향하는 것이 아니라 예술주의 시의 자리를 대체하는 다른 시[詩]의 자리를 모색하려는 시적 태도의 일환으로 볼 수 있는 것이다. 황지우, 「문병란의 『죽순밭에서』에 대하여」, 『죽순밭에서』, 인학사, 1977(『무등산』 170쪽).

39 등단 이후, 60년대, 70년대, 80년대의 사회적 격변기를 거치면서 "나의 시세계에서 어느 새 저항·비판·고발·증언·풍자 이런 낱말에 어울릴 **반시적 서정주의**의 시를 쓰기에까지 이르고 말았다."(문병란, 「나의 삶 나의 예술」, 〈전남일보〉, 1991. 4. 20. (『무등산』 71쪽) 강조는 인용자.

미완결성을 드러내려는 목적을 갖기 마련이다.

사건에 대한 증언(화)와 대척되는 지점에 놓이는 것이 기념화나 제도화이다. 그것은 사건에 대한 지배를 위해 명시적으로 사건의 완결성을 선포하고 암묵적으로 사건과의 거리나 시차를 형성하려는 목적을 갖는다. 그런 점에서 사건에 대한 기념-화와 제도-화가 미완의 사건을 완결된 것으로 고정시켜 버릴 위험을 가져오는 '지배적' 행위라면, 역으로 증언-화는 그것을 부정하고 균열을 내어 사건의 미완결성을 환기시키려는 '저항적' 행위라고 말할 수 있을 것이다.[40]

시를 통해 오월 광주라는 사건을, 그것이 여전히 미완의 사건이라는 점을 증언하는 일은 문병란에게 있어서 시-쓰기를 통한 저항의 방식에 다름 아니다. 오월 광주라는 사건의 발생과 사건의 지속에 대해 증언하는 시, 그것을 이 글에서는 문병란의 '오월시'라 부른다.[41] 오월 광주에서 시인이 보고 듣고 경험하고 글로 써내려간 사건의 진실은, 아니 사건의 진실에 관해 증언하고 있는 그의 오월시는 그러므로 앞서 언급한 ②의 관점에서부터 조명될 필요가 있다. 이는 너무 이르게 '아카이브화'되어버린 그의 오월시를 지금-여기에서 다시 들려질 증언[反詩]이면서 다시 읽혀질 시[詩]로 정립시켜 보고자 하는 시도의 일환이 될 것이다.

오월 광주라는 사건은 아직도 끝나지 않았으며, 진실 규명을 위해 여전히 사건에 대한 세부 증언이 요청되고 있다. 이러한 시대적 상황 속에서, 이 글은 문병란의 오월시를 다시 소환하면서,[42] 역사적 사건에

---

40 "예속과 수난으로 점철된 이 땅의 현대사가 배태한 여러 민중시인·민족시인 가운데서도 **특히 문병란 시인을 돋보이게 하는 것은**, 그가 30년 남짓한 시적 일생을 통하여 가장 일관되게, 그리고 **가장 전면적으로 지배적 이데올로기 장치로서의 문학적 모델을 거부하였다는** 데 있다."(조영훈, 「문병란 시세계의 언어, 사회, 혁명」, 『견우와 직녀』, 한길사, 1991(『무등산』, 238쪽) 강조는 인용자.

41 이 글에서 말하는 '오월시'는 『오월시』 동인이나 그들의 작품을 한정하여 가리키는 것은 아니며, 오월 광주를 노래한 다수의 시를 포괄하는 범주의 명명이다. 또한 시인 고은이 오월시의 앞면에서 문병란을 언급한 다음 구절과도 그 맥락을 같이 한다. "문병란을 비롯한 광주의 기성 시인을 아울러 젊은 시인들의 대거 출현으로 '오월시'와 그 밖의 광주 문학은 우리 민족문학운동에서 항쟁문학 또는 항쟁 이후의 문학에 매우 굳건한 실체로 성장하기에 이르렀다." 고은, 앞의 책, 318쪽.

대한 시적 증언이 지금-여기에서 과연 어떤 역능을 수행할 수 있는가라는 물음의 답을 타진(打診)해보려 한다.

2. 증언의 역능(1): 사라지는 신체와 돌아오는 목소리

2009년 8월 17일자 〈나주신문〉에는 「독자의 회상」이라는 제목 하에 오월 광주의 홍기일 열사를 그리는 한 독자의 글이 실렸다. 오월 광주에서 시민군으로 참여하여 총상을 입었고, 이후 건축노동자로 일하면서 살아남은 자의 부끄러움과 아직 이루지 못한 민주화에의 책무로 괴로워하다가, 광복 40주년이 되던 1985년 8월 15일, 오월 광주의 상징인 도청 앞에서 자신의 몸에 불을 붙인 채 "광주 시민이여 침묵에서 깨어나라"라고 절규하면서 분신, 곧바로 병원으로 옮겨져 치료를 받았으나 끝내 회복하지 못하고 산화했던 이가 바로 홍기일 열사이다.

'불타는 몸'이자 '타오르는 (불)꽃'[43]으로 여겨지기도 했을 법한 그의 육체를 그날, 그 시각, 그 거리에서 직접 목격했던 시민들은, "앗 저게 뭐야", "저런저런", "아이구야", "뭐야뭐야 응?", "어쩌냐? 아이구"와 같은 탄식에 배어나오는 것처럼, 처음에는 그것이 사람인 줄 혹은 어떤 상황인 줄 전연 몰랐다. 그러다가 차츰 눈앞에서 타오르는 불꽃이 살아있는 사람이라는 것을, 그가 자신들에게 애써 목소리를 내어 '깨어나라'고 외치면서 불타는 몸으로 구청을 향해 걸어 나가고 있음을 비로소

---

42 이 글에서는 논의의 방향 및 지면의 제약으로 인하여 문병란의 오월시 전부를 다룰 수 없었으며, 그의 오월시 가운데 특히 증언의 형식으로 쓰여진 시들을 대상으로 한다. 대상이 되는 시들의 출전은 『오월 광주 대표 시선집』 4권「누가 그대 큰 이름 지우랴」, 인동, 1987; 『하늘이여 땅이여 아아, 광주여』, 황토, 1990; 『마침내 오고야말 우리들의 세상』, 한마당, 1990; 『시 - 5월문학총서·1』, 문학들, 2012)이며, 본문에 인용시 제목만을 표기했음을 밝혀둔다.

43 이후에 쓰인 다른 시에서 문병란은 홍기일 열사를 "타오르는 꽃"으로 호명한다. "나 대신/우리 모두의 아픔 대신/스스로 타오르는 꽃이 된/한 젊은이의 죽음"(〈한 젊은이의 죽음〉 부분), 문병란, 『화염병 파편 뒹구는 거리에서 나는 운다』, 실천문학사, 1989.

인식했을 때, "아니, 뭐야" "사람이래", "아이고 큰일났네", "사람이야, 사람인디", "으응? 사람이 왜?", "아이고 어쩐다냐?"에서 들리는 것처럼 급기야 사람들의 목소리는 다급해졌고 걱정과 탄식이 이어졌다고 한다.

공기(空氣)와 더불어 살아가는 인간이, 공기를 소진하는 불꽃에 휩싸여 죽어가는 인간을 목도했을 때의 심정이란 이루 헤아릴 수 없는 것이었을 테다. "직접 목격한 이 사실에 10개월여를 먹지 못하는 고통으로 지내게 되었다. 알 수 없는 슬픔으로 고통스러웠다."라는 회고는 그래서 당시를 떠올리는 한 목격자—독자(獨者)의 비통한 심정이자 인간으로서 그것에 십분 공감할 수밖에 없는 우리—독자(讀者)의 인정적(人情的) 심정이기도 할 것이다. 그처럼 비탄의 심정이 가득한 거리에서 목격자—독자는 "무엇 때문에, 왜, 저 사람이 이래야만 했던 걸까?"[44]라는 의문을 떠올렸다고 한다. 과연 '무엇 때문에' 그는 시민들 앞에서 불타는 죽음을 맞이할 수밖에 없었던 것인가.

당시 홍기일 열사의 분신 과정에서 뿌려진 전단지에는 "시민들이 깨어나길, 독재, 착취, 민주주의를 부르짖는 내용이 [수기로] 적혀 있었다"라고 한다. 그가 오월 광주의 시민군이었다는 것을 굳이 환기하지 않더라도, 분신하는 한 인간과 그를 바라보는 시민들에게 나온 의문의 근원이 오월 광주라는 사건에서 비롯된 것임을 추정하는 일은 그리 어렵지 않다. 그로부터 약 30년의 시간이 흐른 뒤 쓰여진 목격자—독자의 "지금, 대한민국의 민주주의가 어떠한지 돌아보게 된다."라는 회고의 한 대목에서도 적확하게 추정되고 있기 때문이다. 통상 시간의 흐름 속에서 인간이 던진 물음은 제 답을 찾아가기 마련이다. 그렇다면 저 목격자—독자의 회고, 그리고 그 회고에 담긴 자문(自問)에서 다시 10여 년의 시간이 흘러간 지금—여기의 우리는 과연 '무엇 때문에 그가 산

---

44 「독자의 회상 – 홍기일 열사를 그리며」, 〈나주신문〉, 2009. 8. 17.

화해야 했는가'라는 물음에 충분히 답할 수 있는 것일까.

'오월 광주 때문에' 그랬으리라는 역사적 사건의 호명을 통한 답변은 가장 우선적인 것처럼 보이면서 가장 가능한 답변 중의 하나이다. 그러나 동시에 그것은 가장 충분하지 않은 답변이기도 하다. 왜냐하면 상징적인 호명은 사건의 완료를 의미하기 쉬운데, 여전히 사건이 완료되지 않은 탓이다. 이를테면 "'광주사태'가 '광주민주화운동'으로 '폭도들의 만행'이 '숭고한 시민정신'으로 규정되어진다고"해서 광주의 진실이 온전히 밝혀지는 것이 아닌 것과 같다.[45] 그것은 많은 오월 광주와 관련된 진실(들)을 압축하고 에둘러서 그것이 완료된 것으로 보이도록 쉽게 봉합하는 방식이 될 수 있다. 또한 그러한 방식의 답변은 물음의 지속성을 단절시킬 위험마저 내포한다. 아직 의문이 풀리지 않았다면, 아직 답이 충분하지 않다면 물음은 계속되어야만 한다. 그럴 때 다수의 시민들 앞에서 '외치는 불꽃'이 되어 산화할 수밖에 없었던 한 시민의 죽음은 과연 '무엇 때문'이었는가라는 물음 자체를 우리가 끊임없이 재생(再生)하는 일은 미래(未來)의 답변을 추동할 수 있는 한 방편이 될 것이다.

홍기일 열사의 죽음에 대해 발화하고 있는 시 「타오르는 불꽃」에서 문병란은, 오월 광주라는 사건이 일어난 지 불과 5년 밖에 지나지 않았음에도 불구하고, 눈앞에 보이는 것이

> 두 눈이 있어도 보지 못하는 마취의 거리
> 두 귀가 있어도 듣지 못하는 청맹의 거리
> 심장이 있어도 울지 못하는 산송장의 거리
>
> ― 「타오르는 불꽃」 부분

---

45 황토 편집부, 「책 머리에」, 『하늘이여 땅이여 아아, 광주여』, 황토, 1990, 12쪽.

라는 것을 직시한다. 사건에 대한 망각이 빠르게 진행되고 있는 현실에 대한 냉철한 직시와 함께 시적 언술에서 드러나는 것은 흥미롭게도 반복적으로 형성되는 (일종의) 리듬(3-3-5-5)이다. 그것은 언뜻 일상적인 공간을 살아가는 어떤 공동체적인 신체의 리듬처럼 보인다. 이는 오월 광주라는 사건 속에서 '깨어난' 시민들의 감각이 사건 이후에 다시 노동과 생활이 반복되는 '닫힌' 일상의 감각으로 되돌려졌음을 말하고자 한 것으로 읽힌다. 이때 '닫힘'이라는 표현이 의미하는 바는 부정적인 데에 있는 것이 아니라 오히려 일상적인 데에 있다. 그렇게 반복되는 일상의 리듬은 역사적 기억의 망각과 일상화된 신체의 현재성을 재생한다. 일상의 반복이 부정적인 것은 아니지만 사건이 완료되지 않은 상황에서 일상의 반복은 과연 문제적이라고 말할 수 있다. 그래서 예의 시가, 반복되는 일상의 리듬을 보여주면서, 아니 선연하게 그것을 부각시키면서, 보다 심층적인 인식을 통해 증언하고자 하는 것은 "광주의거의 선연한 핏자욱"으로 표상되고 있는 역사적 참상, 그 앞에서 강렬하게 깨어났던 신체와 거리의 감각(기억)에 다름 아닌 것이다. 그렇다면 잃어버린/잊어버린 것으로서 신체와 거리에 대한 절망감은 어디에서 오는 것인가. 그것은 시간의 흐름과 일상에의 귀속에 따른 자연의 측면도 없지 않지만, 사건과 거리를 두도록 유도하면서 진실을 은폐하려는 지배세력의 공공연한 왜곡과 폄훼 시도에 기인한 바가 보다 크다고 하겠다.

당시 신문은 홍기일 열사의 분신 사건에 대한 짤막한 기사들을 내보냈는데, "광주 정부비방 유인물 뿌리며 20대 청년 분신자살 기도"[46]에서처럼 그것을 정부에 반하는 유인물을 살포한 치기어린 청년의 자살 사건으로 쉽게 단정 짓거나, "분신 홍기일씨 영결식 재야단체 인사들 참가 못하게 막아"[47]에서처럼 그것에 대한 원인이나 경과 보도를 생략

---

46 「광주 정부비방 유인물 뿌리며 20대 청년 분신자살 기도」, 〈동아일보〉, 1985. 8. 16.
47 「분신 홍기일씨 영결식 재야단체 인사들 참가 못하게 막아」, 〈동아일보〉, 1985. 8. 24.

한 채, 재야인사들의 참석을 막아야만 하는 어떤 반정부적인 사건으로 축조하여 부각시키기 위한 보도들이었다. 사건에 대한 명확한 규명 없이 그것을 지배세력에 반하는 비방자의 분신자살로 확정하여 기술하는 기사 속에서는 당연히 사건과 주체를 둘러싼 진실이 온전히 포함될 수 없으며, 외려 그 과정에서 진실은 외면되거나 왜곡되기 쉽다. 뿐만 아니라 진실의 외면/왜곡의 차원에서 더 나아가 그것은 사건의 정당성을 박탈하는 기제로 작동한다.[48]

그래서 "보라! 태양이 떴어도 캄캄한 이 대낮", "보라! 법보다 의보다 총칼이 난무하는 이 몽둥이의 거리"와 같은 시적 언술에서 문병란이 외치는 것은 단지 일상의 거리를 '보라'는 것이 아니라 사건의 진실과 시민적 저항의 정당성이 박탈되어가는 거리를 '보라'는 것이었다. 그럴 때, 그 목소리는 시인의 것이자 망각의 거리에서 동일한 메시지를 외쳤던 홍기일 열사의 것이기도 하다. 즉 시인은 홍기일 열사의 목소리를 증언하고 있다. 이러한 증언의 목소리를 통해 시인이 요청하는 것은 일상의 리듬 속에서 "보지 못하는"[시각], "듣지 못하는"[청각], "울지 못하는"[공감각] 것에 대한 자각, 즉 일상화되는 거리의 감각−불가능성에 대한 반성(反省)이다. 사건이 일어났던 혁명과 해방의 거리, 참혹한 죽음 속에서도 진실의 가시화를 외쳤던 깨어있던 감각의 거리가, 불과 5년 만에, 눈앞의 참상을 보고도 듣고도 느끼고도 아무것도 할 수 없는 무력감/무능의 거리로 변모해버린 현실 속에서, 시인은 감각의 기억을 다시금 일깨우기 위해 산화했던 이에 대해, 깨어있는 불꽃의 목소리에 대해 증언하고자 했던 것이다.

사건의 기억이 망각되고 사건의 정당성이 훼손되어 가는 절망의 거리에서, 진실이 은폐되고 진실로부터 소외되어 가는 왜곡의 거리에서, 급기야 진실이 불타오르며 스스로 죽어가는 참상의 거리에서 무감각의

---

48 5월항쟁의 정당성을 박탈하려는 당시 언론의 표상 및 기술 방식들에 대한 구체적인 분석은 임종명, 「표상과 권력 : 5월광주항쟁의 전용」(『역사학연구』 제29집, 호남사학회, 2007)을 참고할 수 있다.

현실을 마주하게 된 시인이 할 수 있었던 것은 무엇이었을까. 불의한 현실의 제 문제에 대하여 정당성 있는 시적 실천을 지속해 온 문병란에게 있어서 가장 가능한 것은 비분강개의 심정 속에서 진실의 죽음에 대해 좌절하지 않고 시인의 책무를 굳게 수행해 나가는 일, 즉 시적 물음을 거듭하여 던지는 일 밖에 다른 선택지는 없었을 것이다.

> 문병도 가로막고 보도도 가로막고/총칼로 에워싼 병동/동지의 숭고한 죽음을 바라보면서도/내 뒤를 이으라는 임종의 유언을 들으면서도/끄실린 시신마저 못 지키는 이 울분의 현실/누가 이 꽃다운 젊은이를/개 끄실리듯 잔혹한 죽음으로 몰아넣었는가?/누가 이 거룩한 뜻을 짓밟아 개죽음을 만들려 하는가?
>
> — 「타오르는 불꽃」 부분

진실을 향한 몸부림과 고통, 죽음이 은폐되고 왜곡되었을 때, 그것은 진실이 새겨진 신체의 죽음 혹은 사람의 의연한 죽음으로 인식(認識)되는 것이 아니라 '아무런 보람이나 가치가 없는' 개죽음에 불과한 것으로 오인(誤認)되고 만다. 문학과 관련하여 오래된 윤리적 믿음이 하나 있다면, 적어도 문학은 현실을, 시인은 현실을 바로 보고자 하는 존재라는 것이다. 그처럼 현실을 바로 보려는 시도(試圖) 안에서 현실을 외면하지 못하는 시인이 지향하게 되는 것은 현실을 바꾸어 보려는 시도(詩道)일 것이다. 휘트먼(W. Whitman)의 시를 읽어가며 누스바움(M.C. Nussbaum)이 "시적 정의(poetic justice)"에 대해 언급했던 바, "다른 사람의 고통을 정확하게 상상하여 사려 깊게 측정하고, 나아가 그것에 관여하고 또 그것의 의미를 물을 수 있는 능력은 인간의 실상이 무엇인지 알고 또 그것을 바꾸어나가는 힘을 얻는 강력한 방법"[49]

---

49 마사 누스바움, 「시적 정의」, 박용준 옮김, 궁리, 2013. 195쪽.

이 될 수 있다. 따라서 '숭고한 죽음'의 고통에 공감하면서 죽음의 '거룩한 뜻'에 대해 거듭하여 시적 물음을 던질 수밖에 없는, 그러면서 현실의 무엇인가를 바꾸어 보고자 하는 시적 정의에서 쓰인 오월시의 목소리는 분명하게 문학적인 것이자 윤리적인 시적 태도에 입각한 것이 아닐 수 없다.

오월 광주가 권력욕에 눈이 먼 어떤 통치자(들)의 악행의 소산이 아니라 한국 근현대사에 내재된 역사적이고 구조적인 모순의 결과라고 했을 때,[50] 예의 시에서 가리키는 '누가'는 사건에 관여한 어떤 개인들 혹은 집행자들에 한정되지 않는다. "예나 지금이나 '오월시'는 특정 정치인을 안중에 두지도 않는" 것이다.[51] 현실을 바로 보고자 하는 것으로서, 사건의 원인과 진상 규명을 위한 것으로서 '누가'는 '무엇'과 같은 의미역을 갖는다. 그렇다면 '누가'를 묻는 것은 결국 '무엇 때문에'를 묻는 방식이 된다. 요컨대 그것은 '무엇 때문에' 꽃다운 젊은이가 죽을 수밖에 없었는가 그리고 '무엇 때문에' 그 죽음을 개죽음으로 왜곡하("짓밟")고자 하는 것인가에 대한 의문, 즉 사건의 진실에 대한 규명을 제기하고 있는 것이다.

하늘도 무심치 않은/1985년 8월 21일 5시부터 12시 30분 사이/
차마 감지 못하는 눈 다시 뜨고 다시 뜨고/까무라쳤다 다시 깨어나
고 다시 다짐하고/되풀이되는 기나긴 싸움 속에서/마침내 죽음을
넘어 영생하는 죽음의 승리!

– 「타오르는 불꽃」 부분

예의 시에서 시인은 짧았던 몇 시간이자 깊었던 고통과의 싸움 속

50 "5·18은 이제껏 은폐된 한국사회의 모순이 본격적으로 생상하게 드러나는 계기"였다. 조정관, 「5·18항쟁이 한국 민주화에 미친 영향」, 『5·18 그리고 역사』, 도서출판 길, 2008, 143쪽.
51 이창민, 「해방의 역설 – '오월시'의 주제와 표현」, 『5·18민중항쟁과 문학·예술』, 5·18기념재단, 2006, 123쪽.

에서, 공권력의 감시와 언론의 왜곡/모독 속에서 끝내 회복하지 못한 유한한 존재의 죽음을 선언적 목소리를 통해 숭고한 것으로 들려주고 있다. 시인은 죽음의 숭고함을 가리켜 죽음을 넘은 "영생"이자 죽음의 "승리"라고 애써 불러보지만, 그의 육체는 이미 잿더미가 되어 이 거리 위에서 사라지고 없다. 그렇다면 무엇이 영생이고 무엇이 승리라는 것인가.

시인이 말한 영생과 승리는 유한한 존재의 사라지는 신체에 기입되는 것이 아니라 사라지지 않는 목소리에 기입되는 것으로 볼 수 있다. 시인이 목도한 죽음 앞에서 '뜨고자', '깨어나고자', '다짐하고자', '되풀이되는 기나긴 싸움'은 사라지는 신체에서 사라지지 않는 목소리로 옮겨와 기입되고 있기 때문이다. 다시 말해 일회적인 신체의 움직임이 영속적인 목소리(언어)의 제스처로 전이되는 것이다. 또한 기억 작용의 메커니즘이 사건을 둘러싼 망각과 기억이라는 것을 상기할 때,[52] 사라지는 것과 사라지지 않는 것에 대한 시인의 성찰 속에서 형성되는 것은 사건 전후의 진실 혹은 진실에 대한 기억과 그것을 살아남은 자의 마음에 의미화하면서 "새겨" 넣고자 하는 목소리의 증언적 역능이다.

> 내 무덤을 만들기보다/그대들 내 말을 새겨 들으라/내 무덤 앞에
> 꽃다발을 바치기보다/내 몸을 태우는 불꽃의 의미를 생각해 보라/
> 몇 방울의 짠 눈물보다/그대 끄실린 내 육신 속에/마지막 샘솟는 피
> 의 의미를 생각해 보라
>
> ― 「타오르는 불꽃」 부분

에서 나타나는 것처럼, 시인은 '복화술(複話術)' 혹은 '빙의(憑依)'를 통해,[53] 이미 죽고 없어진 존재의 목소리를 여전히 남아 있는 자의 것

---

52 망각과 기억의 메커니즘에 대해서는 전진성, 『역사가 기억을 말하다』(휴머니스트, 2005. 67~77쪽)를 참조할 수 있다.

으로 전화(轉化)시킨다. 거기에서는 마치 죽은 자가 직접 진실을 말하는 것과 같은 방식으로 죽은 자의 목소리가 "숭엄한 역사의 증언"으로 재생된다. 요컨대 신체는 죽었지만 목소리는 여전히 살아있다. 이처럼 증언하는 시는 참혹한 사건의 이전에, 또는 사건의 이후에 비로소 사건과 관계된 죽음에 대한 '살아있는' 목소리를 들리게 함으로써 사건과 관계된 누군가의 죽음을 우리가 생동감 있게 직시하고 체험할 수 있게 해주는 역능을 갖는다.[54]

시적 역능을 통해 지금-여기에서 '살아있는' 목소리로 말할 수 있게 된, 존재/시인은 "일제 40년의 고통"과 "분단 40년의 오욕", "제국주의의 아가리에 물린…고난의 역사"에 대해 말하면서, "그 모순의 절정에서 터진 [것이]…5·18"이라는 것을, 사건의 원인과 결과가 단속(斷續)되어 있지 않고 역사적 연속(連續)에 의한 것임을 표명한다. 이러한 전언을 통해 희생자의 목소리는 자신의 죽음을 향한 '무엇 때문에'라는 애도(哀悼)의 꽃다발 대신, 살아남은 생(生)들을 향한 '무엇 때문에'라는 물음의 꽃다발=발화(發話/發花)를 지속해주기를 요청한다. 시인이 '숭고한 유언'이라고 부르는 그러한 요청의 방식은 사건의 계기(契機)를 단속되게 하지 않고 연속되게 만드는 일이며, 그것은 곧 증언('숭엄한 증언')하는 일과 다르지 않은 것이다.

3. 증언의 역능(2): 진상의 재현과 기억의 분유(分有)

1987년 오월 광주에 관한 첫 번째 대표 시선집을 묶으면서 편자들

---

53 복화술(複話術), 특히 빙의(憑依)는 역사적 사건에 대한 증언을 효과적으로 형상화하기 위한 시적 기제가 된다. 이에 대해서는 이순욱, 「거창민간인학살사건과 증언시의 논리」(『한국문학논총』 제36집, 한국문학회, 2004)를 참고할 수 있다. 또한 이것은 조영훈(『무등산』 242쪽)을 따라 '죽은' 진술에서 '살아있는' 발화행위로의 전환으로도 볼 수 있겠다.
54 Andrew Palmer and Sally Minogue, "Memorial Poems and the Poetics of Memorializing," *Journal of Modern Literature*, Vol.34, No.1, Indiana University Press, 2010, p.179.

은 "팔십년 오월은 완료된 것이 아니라 지금도 계속되고 있는 민족운동의 중심이기 때문에 누구나 감히 섣부른 판단으로 군더더기 말을 덧붙일 수 없는 바, 어쩌면 그날의 광주항쟁에 대한 역사적 평가는 미래에 속할지 모른다. 그렇다고 해도 오월은 그 중요성에 비추어 상당 부분 은폐당하거나 왜곡되어 왔으며, 그 전모는 고사하고 유언비어로 얼버무리려는 집권층의 의도가 그동안 있었다. 그러기에 지배자가 만든 위증의 기록이 아니라, 역사의 주체인 민중이 만든 참된 역사적 기록이나 증언이야말로 가장 소중한 그날의 참모습이 아닐까 한다."[55]라는 말로 모두(冒頭)를 열었다.

편자들에 따르면, 시선집에 수록된 시들은 '시(문학)'이자 일종의 '증언'들이다. 아울러 그것은 유언비어를 일삼는 집권층이 만들어낸 위증의 기록이 아니라 역사의 주체들이 만들어낸 참된 증언이기에 오월 광주의 참모습을 보여주는 데 소중한 자료가 될 수 있다. 여기서 '참된'이라는 표현에 주목해보자. 증언은 사실을 증명하기 위한 것이므로 그 내용의 '참'을 전제로 한다. 그렇게 볼 때, '참된 증언'이라는 표현은 '참된 참의 증명'이므로 일견 의미의 중복이 된다. 그러나 '참된 증언'을 앞의 "위증"이라는 표현과 결부 짓는다면, 그것은 오월 광주에 대해 지속적으로 난무하는 '거짓된 증명'에 대항하기 위하여 제출된 증언을 가리키고자 하는 의도적 수사라는 것을 알 수 있다.

『오월 광주 대표 시선집』을 묶으면서 편자들이 '참된 증명/증언'에 대해 고민해야 했던 까닭은 여전히 세상에 오월 광주에 대한 '거짓된 증명' 혹은 '위증'이 난무하고 있었기 때문이다. 박종철 열사 고문치사 사건에 대한 은폐 및 진상조사 회피, 5·18민주영령추모회를 불법집회로 규정, 행사 봉쇄 및 관련자 구속 등 오월 광주를 두고 벌어진 일련의 상황들은 집권층에게 오월 광주에 대한 진실 규명의 목적이 전무했

---

55 「책 머리에」, 『누가 그대 큰 이름 지우랴』, 인동, 1987, 11쪽. 물론 『오월 광주 대표 시선집』의 전반적인 출간 의도는 오월 광주에 대한 진상/진실의 표현에 있다고 보아도 무방할 것이다.

다는 것을 반증해준다.[56] "5·18은 역사의 정명(正名)도 얻지 못한 채 내연(內燃)한다. 흔히는 광주사태라고 부르지만, 광주의거 또는 항쟁 등의 주장도 타오른다 … 올해의 5월도 여전히 시끄럽고 어지럽다. 긴장이 고조된 거리의 모습도 여느 해와 다르지 않다."[57]라는 것이 『오월 광주 대표 시선집』이 묶이던 당시의 시대상에 대한 솔직한 소묘라고 한다면, 오월 광주의 진실은 '그날'로부터 '오늘'에 이르기까지 시끄럽고 어지러운 혼란의 "사태" 속에서 "여전히" 벗어나지 못했다고 말할 수 있다.

부조리한 권력 집단에 의해 자행되는 혼란의 사태 속에서 망각의 위험에 직면하게 되는 것은 사건에 대한 진실이다. 그런 의미에서 저 사태가 혼란시키고 있는 것은 사건 자체라기보다는 사건의 진실에 대한 기억이라고 말할 수 있다. 그럴 때, 진실에 대한 기억은 거짓에 대한 기억이나 진실에 대한 망각—화를 목적으로 만들어진 왜곡을 위한 기억과의 힘겨운 투쟁 국면에 놓인다. 이는 비단 오월 광주에 있어서만 그런 것이 아니다. 기억하려는 자와 기억을 막으려는 자 사이의 이른바 '기억투쟁'은 역사적인 사건 앞에서 항용 일어나는 것이다. 이런 투쟁의 과정에서 기억의 주체가 진실을 망각하거나 거짓을 기억하게 될 경우, 투쟁의 목적이었던 사건의 진실은 망각에 이르게 된다. 시인이

> 어디에도 있고/어디에도 없는 그대들/흔적도 없이 지워졌다가/
> 다시 80만 개의 아픔으로 돌아오는/그대들
>
> — 「부활의 노래」 부분

에서처럼, 사건의 현장 속에서 나타나는 주체들의 있음[삶]과 없음

---

56 추모행사를 저지하거나 방해하는 행위, 유족회를 분열시키려는 전략, 피해자들의 사건 감금 및 격리 등 집권층의 反진실적 행위에 대해서는 정호기, 「기억의 정치와 공간적 재현」(전남대 박사논문, 2002, 136쪽)을 참고할 수 있다.
57 「횡설수설」, 〈동아일보〉, 1987. 5. 18.

[죽음]에 대한 언급에 이어 다시 사건 이후의 상황 속에서 나타나는 흔적의 지워짐[망각]과 돌아옴[기억]에 대해 언급하는 것은, 그러한 교차 속에서 투쟁의 목적이었던 진실이 지워질 위험을 포착한 까닭에서이다. 사건을 둘러싼 주체와 기억이 하나의 신체를 구성하는 것일 때, 기억의 지워짐은 주체의 지워짐과 궤를 같이 할 수밖에 없는 것이다.

> 어떤 사람은/너의 죽음을 반국가 폭도죄라 부르고/어떤 사람은/
> 너의 죽음을 내란죄, 사회질서 파괴 소요죄라 부른다
>
> ─「송가」부분

오월 광주에서 군부담론은 무엇보다도 먼저 광주의 '시민'을 '폭도'로 왜곡하면서 자신들의 기억투쟁을 전개했다. 사람들이 시민을 폭도로, 진실을 거짓으로 전유하게 만듦으로써, 효과적으로 진실을 은폐하고 사건을 부정적인 것으로 낙인찍고자 했던 것이다. 이렇게 형성된 낙인효과는 쉽게 사라지지 않는다. 사실상 당시에 형성된 "폭도담론이 갖는 부정적 낙인효과는 5·18항쟁 시기 고립 및 왜곡효과의 잔영과 맞물리면서 지역과 세대의 측면에서 분절적으로 일정한 영향력을 보존하게 되었으며, 이러한 힘들이 5·18에 대한 폄훼와 왜곡의 기제로 현재화되어 작동하고 있"[58]다. 물론 폭도담론이 형성한 기억은 오월 광주에 대한 진실과는 거리가 멀다. 실상 군부의 폭력에 저항했던 시민들은 폭도도 반란군도 아니었기 때문이다. "어떤 사람"으로 표현된 군부담론의 세력과 그 담론에 포섭된 사람들은 오월 광주의 시민들을 지속적으로 왜곡하여 호명하지만, 그들은 다만 민주, 평화, 자유를 외친 민중이었을 뿐이다. 이러한 상황 속에서 시인은 그들에 대한 외부의 왜곡된 목소리를 가로지르면서 민중이었던 그들에게로 돌아가 그들 내부의 목

---

58 김희송, 「5·18항쟁시기의 군부의 5·18담론」, 『민주주의와 인권』 제13권 3호, 전남대학교 5·18연구소, 2013, 30쪽.

소리를 재생하여 들려준다.

> 아아 그러나, 그날만은 나도 사람,/1980년 5월 20일,/그날만은
> 열렬한 광주시민,/그날은 결코 구두닦이가 아니었다/그날은 천한
> 사람도 고아도 아니었다/아저씨들 곁에서/나의 단골 신사들 곁에
> 서/항상 부러웠던 대학생 여대생 곁에서/처음으로 불러 본 조국/처
> 음으로 불러 본 애국가/그날은 결코 부랑아도 우범자도 아니었다/
> 처음으로 내 것을 만들고 싶었던 자유,/처음으로 내가 사람이라 외
> 치고 싶었던 절규,
>
> — 「망령의 노래」부분

에서 들리는 것처럼, 죽은 자('나')의 목소리를 통해 시인이 증언하
고 있는 바, 오히려 '그'는 혹은 '그들'은 처음으로 시민이 되는, 처음으
로 공동체가 되는 자유를 느껴본, 사람답게 사는 느낌을 비로소 가져본
'민중'이자 '해방된 인간'이었을 뿐이다. 이처럼 민중이자 해방된 인간
존재로서의 느낌과 체험은 공동체의 기억을 이룬다. 그러나 공동체적
기억의 차원에서 이러한 느낌과 체험이 새로운 세대에게 지속적으로
현재화되고 분유(分有)되지 않는다면, 여전히 남아있는 이전의 부정적
낙인효과('그들은 시민이 아니라 폭도다')가 본래의 공동체적 기억에까
지 파급될 위험이 다분하다.[59]

시적 생애 내내 지속적으로 사회현실의 정당성을 외쳐왔던 시인 문
병란은 신군부 체제의 거짓된 담론이 언론 매체를 이용해 사건의 진
실을 왜곡하고 부정적인 것으로 낙인찍어 가는 상황 속에서 시인으로

---

[59] 기억투쟁과 공동체적 기억의 상관관계에 대해서는 기억투쟁의 관점에서 제주 4·3과 광주 5·18의 경
우를 대별하여 분석한 이성우, 「국가폭력에 대한 기억투쟁 : 5·18과 4·3 비교연구」(『오토피아』 제26권 1
호, 경희대학교 인류사회재건연구원, 2011)를 참고할 수 있다. 그에 따르면, 전자의 경우에는 사건 이후
기억투쟁의 부재로 인하여 공식 기억(official memory)에 담긴 부정적인 낙인효과가 오랫동안 지속되
었으나 후자의 경우에는 사건 이후 지속된 기억투쟁을 통해 공식 기억을 부정할 수 있는 사회적 기억
(social memory)이 자리를 잡을 수 있었다.

서의 무력감/무능, 죄책감과 대면하지 않을 수 없었다. 그러한 시인의 심사는 "동지를 잃은 우리들은/모두 다 하나의 죄인이 되었구나"(「송가」 부분), "나약하고 비겁한 자들 모여/모두 참회의 피눈물 흘려야 한다"(「타오르는 불꽃」 부분), "당신들 앞에 서면/온통 부끄러움뿐인 우리들, 영령이시여!"(「우리들은 당신들을 기억할 것입니다」 부분), "빚진 죄인같이 안절부절 못하는/죽다가 살아남은 이 치욕 때문이다"(「다시 금남로에서」 부분)에서 보듯, 오월시 곳곳에서 찾아볼 수 있는 시적 언술을 통해 표명되고 있다.

> 사랑한다는 것은 죽는다는 것/죽는다는 것은 다시 산다는 것…
> 누가 우리를 죄인이라 하는가/누가 우리를 죄인이라 하는가/목 메
> 어 부르는 진혼가의 절규 속에 있다
>
> ― 「부활의 노래」 부분

잘 알려져 있는 것처럼, 신군부가 유포한 폭도담론은 정의("사랑")의 외침을 위해 기꺼이 자신의 목숨을 내맡긴 시민들을 죄인으로, 그들의 진정성(진실)에 입각한 행위를 반역성(거짓)에 결부된 죄로 명명했다. 그렇게 죄인으로 명명된 그들은 죄인으로 죽어갈 수밖에 없었다. 이처럼 진실을 염원하다 죽어간 이들이 왜곡된 죄명으로 불릴 수밖에 없는 상황 속에서 "우리"의 억울함과 비통함에 대해 말하(려)는 시인의 목소리는 더욱 처절한 '진혼의 외침'이 되어 발화되지 않을 수 없었을 것이다. 문병란은 '불타오르지 못하고 숨어사는 존재로서 그것밖에 할 수 있는 일이 없었다'고 말했지만,[60] 진실을 향해 절규하며 외치는 목소리가 시인 '혼자'의 것이 아니라 '우리'의 것이었다는 점("누가 우리

---

60 문병란은 오월시와 관련하여 진행된 〈전남일보〉와의 인터뷰에서 "숨어 사는 마지막 방편으로 시를 택했습니다. 마지막엔 절대로 증오심을 버리지 않겠다는 각오로 대학노트 가득 시를 썼었죠."라고 술회한 바 있다. 「시로써 민중 삶에 동참」, 〈전남일보〉, 1989. 11. 14.(『무등산』, 419쪽).

를…/누가 우리를…")을 염두에 둔다면, 그가 했던 일은, '우리'가 사건에 대해 절규하는 목소리 '바깥에' 따로 존재하는 개별자가 아니라 바로 그 목소리 '속에' 함께 존재하는/존재해야만 하는 공동체임을 일깨워 준 것이라고 말할 수 있다.

오월 문학의 역사적 의의에 대해 임헌영은 "광주의 의미는 이제 더 이상 지역성도, 지방주의적 비극도, 개인적 감정과 정서의 차이도 사라지게 된다. 그 비극은 우리 모두의 것이었고, 그 책임은 우리 모두의 어깨로 와닿"는 것이라고 말한 바 있다.[61] 그런데 그는 '무엇 때문에' 오월 문학을 이야기하면서 오월 광주의 비극과 의미가 '우리 모두의 것'이라고 말하는 것인가. "시가 폭력을 추방할 수 없다는 비관론을 거부하자. 마찬가지로 시만이 폭력을 배격할 수 있다는 예술주의를 반성하자. 폭력의 시대에 시와 시인이 무엇을 할 수 있을까라는 문제만이 중요하다는 것을 확인하면서 1980년 5월 광주를 기억하자."[62]라고 그는 덧붙였다. 이는 시/시인은 할 수 없(었)다는 부정론과 시/시인은 할 수 있(었)다는 긍정론을 지양하면서, 여전히 거짓된 기억의 폭력이 난무하는 이 시대에 있어 우리가 시/시인과 함께 '무엇을 할 수 있을까'라는 물음을 던지는 일 자체가 무엇보다도 긴요하다는 인식의 표출로 읽힌다. 말하자면 오월 광주에 대해 증언하는 시는 사건을 마주한 시인을 위한 시나 사건에 참여한 시민을 위한 시가 아니라, 시 앞에서 사건을 기억하려는 우리들 모두를 위한 시여야 한다는 것이다. 그럴 때 오월시는 단지 작품이 아니라 우리를 향해 진실의 기억에 관한 물음을 던지는 기제가 된다. 오월 문학을 통한 끝나지 않는 물음-던지기를 통해 우리는 폭력 앞에서의 무력감/무능, 자족적 위안을 넘고 기억의 망각이나 왜곡에 저항하면서, 우리 모두가 기억해야할 진실을 지속적으로 성찰하는 한 방편을 마련할 수 있게 되는 것이다.

---

61 임헌영, 「5월문학의 역사적 의의」, 『누가 그대 큰 이름 지우랴』, 인동, 1987, 427쪽.
62 임헌영, 앞의 책, 426쪽.

증언하는 일이 진실을 규명하기 위한 한 과정인 것처럼, 증언하는 시는 진실을 묻기 위한 한 방편이 된다. 증언을 목적으로 하는 오월시의 거개는 사건의 참혹한 현장을 여과 없이 보여주거나 재구성한다. 문병란의 오월시도 예외는 아니다. 그것은 고통을 고통 그 자체로 재현한다. "젊은이들은 창자를 길바닥에 쏟아놓은 채/산짐승처럼 나자빠져 죽었고/더미더미 쌓였던 시체와 시체", "YMCA 양서조합 창턱에서 응전하다/들이닥친 계엄군의 사격을 등에 받고/앞으로 고꾸라져 숨진 고아출신 용준이", "도청 앞 분수대 앞으로 달려나가/맨주먹으로 탱크에 저항하다 죽어간/신학 대학생 유동운이", "고등학생 영진이가 외치며/총구멍난 앳된 가슴으로 끌어 안았던"(「송가」 부분) 오월 광주와 "절름발이 병신이 된 연인들/빼앗긴 눈 빼앗긴 팔다리/피묻은 변사체로 돌아온 친구들/쫓기며 갇히며 죽어갔던 사람들"(「우리들은 당신들을 기억할 것입니다」 부분)에서 보듯, 이들 시는 참상(慘狀)을 숨김없이 재현하면서 증언한다.

또한 증언하는 오월시는 고통의 재현과 더불어 오월 광주의 모습을 참된 공동체의 현현으로 재구성한다. "병원 앞에 열지어 선/여학생들의 헌혈로만 수혈이 모자라/우리의 피는 피가 아니냐 외치는/황금동 윤락녀들의 피까지/사경을 헤매는 젊은이들 핏줄기 속에 가서/따뜻한 동포애로 하나가 되던 공동체/어른과 젊은이, 학생과 노동자, 일하다 달려온 함평, 나주, 해남의 농민들/모두 다 함께 손에 손 마주 잡고/물 밀어 가던 해방의 거리 금남로/그날, 우리들은 모두 한덩어리였다/그날, 우리들은 모두 한마음이었다"(「송가」 부분), "그날만은 양반도 상놈도 없었다/그날만은 부자도 가난한 사람도 없었다./그날만은 모두 다 한덩어리/그날만은 모두 다 평등한 시민"(「망령의 노래」 부분)에서 언술하고 있는 것처럼, 시인은 그날, 그곳에서 본 것이 기성의 사회제도가 그어놓은 차별과 배제의 선(線)으로부터 해방된 자유로운 주체들의 '참된 공동체'[63]였노라고 말한다. 이처럼 문병란의 오월시는 고통의 참상(慘狀)과 함께 공동체의 참상[眞相]을 증언하고 있다.

오월 광주에 대한 망언과 왜곡, 그리고 진상 규명에 대한 요구가 계속되고 있는 지금—여기에서, '오월 광주는 아직도 끝난 것이 아니다'라고 말할 수밖에 없다면, 오월시를 통해 문병란이 재생하고 있는 저 두 가지의 참상은 여전히 증언으로서 들릴 수 있어야 하는 것이 아닐까. 또한 그것이 시[문학]인 이상 그러한 증언은 다시 시로서 읽힐 수 있어야 하는 것이 아닐까. 그러나 지금—여기의 현실은 그러한 물음의 정반대편에 놓여있다고 말해야 할지 모르겠다.[64] 물론 비인간적인 학살과 그러한 학살에 저항했던 인간적인 공동체를 재생하고 있는 두 참상은 증언의 방식이어도 고통스럽고 시의 방식이어도 고통스러울 것이 분명하다. 어쩌면 반복되는 고통에 대해 혹은 고통에 대한 지난 시대의 상투(常套)에 대해 이제는 벗어나고 싶을 수도 있다. 또한 오월 광주에 대해서라면 '새로운' 혹은 '다른' 문학적/미학적 형상화의 방법을 통해 덜 고통스러운 참상[慘狀/眞相]의 축조를 기대하는 것인지도 모른다. 이와 같은 태도들 역시 문학적이며 윤리적인 것이라고 말할 수 있다. 그러나 오월 광주와 관련하여 여전히 증언이 요청되는 시대라면 어찌할 것인가.

고통의 유무, 고통의 종류, 고통의 정도 등 고통의 계열체는 증언하려는 문학에 있어서 내용의 상당(相當)이 될법하다. 죽음의 경우도 마

---

63 오월 광주에서 현현한 공동체를 어떻게 부를 것인가에 대해서는 여러 의견들이 제출된 바 있다. 본고에 기술된 '참된 공동체'는 "항쟁공동체"와 "절대공동체" 개념을 참조한 것이다. '항쟁공동체'는 김상봉이 제안한 개념이다. "[5·18항쟁]공동체에서는 누구도 자신의 존재기반 때문에 객체화되거나 주변화되지 않았"다. "모두가 그 공동체의 주인이요 주체일 수 있었던 공동체가 바로 5·18공동체이다. 그런 한에서 그것은 우리가 추구하는 가장 이상적인 국가의 진리를 계시"하는 공동체였다. 김상봉, 「항쟁 공동체와 지양된 국가: 5·18 공동체론을 위한 철학적 시도」, 『민주주의와 인권』 제10권 3호, 전남대학교 5·18연구소, 2010, 38쪽. "절대공동체"는 최정운이 제안한 개념이다. "절대공동체는 군대와 같이 누군가 투쟁의 목적을 위해 개인을 억압하여 만든 조직이 아니었다. 그것은 폭력에 대한 공포와 자신에 대한 수치를 이성과 용기로 극복하고 목숨을 걸고 싸우는 시민들이 만나 서로가 진정한 인간임을, 공포를 극복한 용기와 이성 있는 시민임을 인정하고 축하고 결합한 절대공동체였다." 최정운, 『오월의 사회과학』, 오월의봄, 2012, 171~173쪽.

64 근래에 들어 역사적 사건을 대상으로 하여 쓰인 시, 특히 역사적 사건에 관해 '증언하는 시'는 거개가 다시 읽히지 않는 것으로 보인다. 오월 광주에 한정하더라도 증언시와 관련된 시집이 재출간되거나, 관련된 연구를 찾아보기가 쉽지 않은 실정이다.

찬가지이다. 그런데 고통이나 죽음은 사실 작가의 것이 아니라 오롯하게 희생자의 것이 아닌가. 만약 역사적 사건이 일어나고 사건에 대한 기억 또는 증언이 필요한 상황에서 희생자가 말하지 못하거나 말을 하더라도 말의 영향력이 크지 않고, 작가가 그것을 외면하지 못한다면, 그때 작가는 희생자의 고통에 대해 무엇을 할 수 있을 것인가.

니체(Friedrich Nietzsche)의 "끊임없이 고통스러운 것만이 기억에 남을 수 있다"라는 언급을 염두에 두면서 전진성은 고통스러운 역사적 사건을 잊지 않기 위해서라도 "분명한 점은 우리가 결코 희생자의 고통을 헤아릴 수 없다는 것이다. 그것은 오로지 '공허'로만 남아 있을 뿐이다. 따라서 우리가 할 수 있는 일이란 부재하는 그들의 목소리에 끊임없이 귀 기울이는 것뿐"[65]이라고 말한다. 그렇다면 오월 광주를 경험한 다수의 작가들에게 필연적 발병했던, '자신의 언어로 온전히 말할 수 없게 되는 병'으로 불리는 '실어증(失語症)'[66] 속에서 시인으로서 문병란이 할 수 있었던 일이란 무엇이었을까. 그날, 그곳, 그 사람들의 고통을 ('귀 기울여') 받아들이고 ('부재하는 그들의') 고통과 함께 하면서, 그 사건을 ('끊임없이') 기억하기 위하여 죽은 자의 목소리를 살아남은 자[시인]의 목소리에 기입하여 '오월시'를 쓰는 일 뿐이었을 것이다. 또한 그것은 시를 쓰는 일이면서 동시에 진실의 왜곡에 대항하기 위해 증언하는 일이기도 했을 터이다. 문병란의 오월시를 사건의 진실에 대한 기억투쟁의 한 방편으로 간주할 수 있는 것은 바로 그런 측면에 대한 고려에서이다.

오월 광주에 대한 기억은 기념화되고 제도화된 특정일에 한정된 것

---

65 전진성, 앞의 책, 396쪽.
66 "실제의 중력이 다른 이미지의 선택과 대체를 허용하지 않고, 사건의 충격이 문법적 구문에 충실한 문자를 만들지 못하게 한다. 오월문학의 실어증은 그런 의미에서라면 필연적이었을 것이다." 김형중, 「오월문학과 실어증」, 『인문학연구』 제45집, 계명대학교 인문과학연구소, 2011, 83쪽. 한편, 이러한 '언어적 표현을 초과하는 극단의 역사적 경험'이 야기하는 병증을 "진술공포증"이라고 명명한 사례도 있다. 한순미, 「고통, 말할 수 없는 것: 역사적 기억에 대해 문학은 말할 수 있는가」, 『호남문화연구』 제45집, 호남학연구원, 2009, 107쪽.

으로 축소되어 가고 있다. 오월 광주에 대한 망언과 왜곡의 시도는 상시적인 것이 되고, 사건과 관련된 새로운 의혹이 여전히 제기되고 있다. 이러한 작금의 상황 속에서, 증언하는 시가 갖는 역능은 과연 무엇일까에 대해 생각하지 않을 수 없다. 사건 이후에 살아남은 자로서 무력감/무능과 죄책감 속에서, 혹은 문학적, 윤리적 태도 속에서, 인간으로서 쓰지 않을 방도가 없었던 증언의 시, 오월시는 비단 사건의 진실을 기억할 책무가 있는 사람들을 위해서만 쓰인 것이 아닐 것이다. "다시 금남로에 와서 우리는/1980년 그날의 뜨거운 절규를 재확인한다/그 어떤 돈으로도 바꿀 수 없는/진정한 보상은 자유와 민주와 남북통일/민주를 역행하는 보혁의 허구성에/역사의 철퇴를 가하기 위하여/다시 금남로에 와서 우리는/영원히 내릴 수 없는 피 젖은 깃발을 일으켜 세운다"(「다시 금남로에서」 부분). 오월 광주를 바라보며 다시 '영원히 내릴 수 없는 피 젖은 깃발을 일으켜 세우는 일', 곧 증언하는 일의 목적이 진실의 규명에 있으며, 그것을 통해 지향하는 바가 '자유, 민주, 통일의 세계'라고 할 때, 오월시는 특정한 독자들을 위해서 쓰인 것이 아니라 사건 이후를 살아가는 존재들로서 새로운 세계를 열망하는 우리 모두를 위해서 쓰인 것이라고 말할 수 있다.

사실상 "시도 노래도 불가능한 증언을 구하기 위해 개입할 수 없다. 반대로 시의 가능성에 기초를 부여하는 것은 (만약 그런 것이 있다면) 바로 증언이다."[67] 오월 광주를 증언하는 시에 관해서라면 시가 증언을 기초하는 것이 아니라 증언이 시를 기초한다고 말해야 하는 것인지 모른다. 오월 광주를 증언하는 시 자체를 통해 우리가 참상의 피해를 구제하는 일은 불가능한 것이다. 다만 오월 광주를 증언하는 시를 통해 우리가 참상의 기억을 함께 '나누어 갖는 일(分有)'은 가능한 것이다. 기억의 분유는 공동체의 기억을 존속시킬 수 있는 효과적인 한 방편이

---

67 조르조 아감벤, 『아우슈비츠의 남은 자들』 정문영 옮김, 새물결, 2012, 54쪽.

된다. 그렇게 볼 때, 문병란의 오월시는 혹은 증언하는 오월시'들'은 증언이라는 시적 방식을 통해 여전히 지속되는 거짓되고 왜곡된 기억과 투쟁하면서, 오월 광주라는 역사적 사건에 관한 '참된' 공동체적 기억을 분유하는 것을 자신의 역능으로 삼는다고 말할 수 있다.[68]

4. 나가며: 증언과 기억, 다시 오월 광주를 읽는 일

앞서 가졌던 생각들과 던졌던 물음들을 다시 이렇게 바꾸어 말할 수 있겠다. 역사적 사건으로서 오월 광주의 진실을 다시 지금-여기를 살아가는 우리 모두의 기억으로 다시 나누어 갖는 일은 과연 가능한 것인가. 여전히 진실에 대한 규명이 요청되는 시대이며, 증언해야 하는 상황이 끝나지 않은 시대라면, 진실의 규명을 위한 증언이 지속될 필요가 있는 것이 아닌가.

증언하는 행위의 일면에 시적 증언이 있다. 물론 시적 증언은 현실의 법정에서 진술하기 위해 요청되는 증언이라기보다는 기억의 법정에서 진술하기 위해 요청되는 증언에 가까운 것이다. 거기에 증언하는 시로서, 오월 광주라는 사건을 기억하고 그것에 대한 망언이나 왜곡에 저항하는 방식으로 쓰인 오월시가 있다. 오늘날 오월시는 사건이 일어났던 광주라는 지역의 기억을 넘어 우리가 살아가고 있는/살아가야 하는 나라의 기억을 말하고자 한다. 그것은 한반도의 역사적 터전 위를 살아가는 우리가 망각에 저항하면서 기억해야하는 오월 광주라는 역사적 진실, 사건의 의미에 대해 끊임없이 증언하고자 한다.

역사적 과거와 현재의 역사는 별개의 대상이 아니다. 역사적 삶이 과거의 흔적으로 간주되어 잊혀지고 왜곡된다면, 남겨진 흔적 위를 살

---

68 '오월 광주에 관한 기억의 분유 가능성'에 대해 본고에서는 '문병란의 오월시'로 한정하고 있지만, 향후 오월시 전반으로 확장하여 다룰 필요가 있다.

아가는 현재의 역사는 나아가야할 길을 잃게 된다. 하물며 역사적 삶이 불행과 수난으로 점철되었을 경우에는 더욱더 그러할 것이다. 한국인으로서 우리의 과거 역사는 그야말로 불행과 수난의 역사였다. 또한 역사에 대한 기억투쟁의 과정에서 우리는 망각과 왜곡을 동반한 숱한 어려움을 겪어왔다. 그러한 불행과 수난의 굴레에서 이제는 벗어났노라고 확신하여 말하기도 어려운 것이 현재의 사정이다. 그렇기 때문에 더더욱 역사적 사건에 대해 잊지 않으면서 과거와 현재의 계속(繼續)을 위한 반성적 성찰이 요청되며, 역사적 기억이 살아있는 현재적 기억이 되도록 일상 속에서 망각에 대한 저항, 망언과 왜곡에 대한 기억투쟁, 지속적인 고투(苦鬪)의 수행을 지속할 필요가 있다.

역사적 사건에 대한 혹은 사건의 진실에 대한 폄훼-화와 왜곡-화는 과거는 물론이요 현재의 삶까지도 지워가려는 역사적 부정의 행위이다. 역사적 부정의 행위에 저항하는 일은 그러므로 시대적이고 공동체적인 문제의식에 입각해 있는 것이다. 오월시 「우리들은 당신들을 기억할 것입니다」에서 문병란은 이렇게 말한 바 있다. "아버지와 아들의 제삿날이 같은 날/우리들은 광주를 기억할 것입니다." 이는 아버지라는 과거와 아들이라는 현재(혹은 미래)가 지워지려고 하는 날, 지워지는 비극적인 날에도 우리는 결코 역사적 진실을 잊지 않겠다는 다짐이자, 죽음이 오월 광주의 신체를 소멸시키더라도 그 기억은 여전히 남아있을/살아있을 것이라는 의지의 표출이다.

오월 광주에 대한 목소리를 발화하는 시가 사건의 진실과 함께 참된 공동체의 기억을 '우리-독자'에게 증언하고자 하는 것이라면, 증언을 듣는/읽는 '우리-독자'가 광주-인이자 한국-인이며, 한국-인이자 불행과 수난으로 점철된 역사를 지닌 세계-인, 곧 인류에 해당하는 존재를 지향한다면, 오월 광주를 증언하는 일과 그 증언을 '다시' 듣는/읽는 일은 인류의 역사를 기억하는 한 방편이 될 수 있다. 이러한 증언과 기억의 행위가 더 나은 공동체로서의 인류의 삶을 만드는 기초(基礎)가 된다는 것에 의문을 부치기는 어렵다고 생각한다.

한때 "화해보다는 투쟁이, 사랑보다는 이념이 필요했던 시기에 광주를 정말 '광주' 답게 그린 시는 배척받았"으며, "단지 그 시가 '광주'를 그려냈다는 이유로 백안시되기도 했다." 그러나 시간의 흐름 속에서도 끊임없이 지속된 기억투쟁과 더불어 "광주의 상처만큼이나 깊었던 이념의 골이 메워지면서 '광주'의 새로운 양식을 요구하고 있다."[69] 오월 광주 이후로 오월문학에 대한 새로운 양식이 요청되는 것은 사건의 진실과 공동체의 의미화를 토대로 하여 조금 더 나은 삶과 일상에 대한 비전을 도래시키기 위함일 것이다. 그렇다면 다시 시작이 요청되는 것은 '새로운 오월문학'에 대한 읽기와 더불어 문서고에 보관되어 잊혀져 가고 있는 '오래된 오월문학'을 꺼내어 따로 혹은 겹쳐 읽어가면서 역사적 사건의 과거-현재-미래적 계속(繫屬)을 위한 틀과 결들을 지속적으로 벼려내려는 시도의 실천일 것이다. 문병란의 오월시를 시작으로 하여 아카이브에 잠들어 있는 오월 광주에 관한 시를 다시 읽어 가는 일을 이 글의 향후 과제로 남긴다.

출전
정민구, 「문병란의 오월시와 문학적 증언」, 『인문학연구』 제58집, 조선대학교 인문학
　　연구원, 2019.

---

69 이황직, 「'5·18 시'의 문학사적 위상」, 『5·18민중항쟁과 문학·예술』, 5·18기념재단, 2006, 33쪽.

참고문헌

「광주 정부비방 유인물 뿌리며 20대 청년 분신자살 기도」, 〈동아일보〉, 1985. 8. 16.

「분신 홍기일씨 영결식 재야단체 인사들 참가 못하게 막아」, 〈동아일보〉, 1985. 8. 24.

「횡설수설」, 〈동아일보〉, 1987. 5. 18.

「독자의 회상 – 홍기일 열사를 그리며」, 〈나주신문〉, 2009. 8. 17.

「5·18, 진상규명보다 망언에 주목한 언론은」, 〈미디어오늘〉, 2019. 5. 14.

5월문학총서간행위원회 편, 『시 – 5월문학총서·1』, 문학들, 2012.

김남주·김준태 편, 『마침내 오고야말 우리들의 세상』, 한마당, 1990.

문병란·이영진 편, 『누가 그대 큰 이름 지우랴』, 인동, 1987.

문병란, 『화염병 파편 뒹구는 거리에서 나는 운다』, 실천문학사, 1989.

문병란, 『무등산에 올라 부르는 백두산 노래』, 시와사회사, 1994.

황토 편집부, 『하늘이여 땅이여 아아, 광주여』, 황토, 1990.

강소희, 「오월을 호명하는 문학의 윤리」, 『현대문학이론연구』 62, 2015. 5~31쪽.

고은, 「광주5월민중항쟁 이후의 문학」, 『5·18민중항쟁과 문학·예술』, 5·18기념재단, 2006, 315~346쪽.

김상봉, 「항쟁 공동체와 지양된 국가 : 5·18 공동체론을 위한 철학적 시도」, 『민주주의와 인권』 10(3), 2010. 5~46쪽.

김준태, 「영원한 청춘시인 문병란」, 『땅의 연가』, 창작과비평사, 1981. 142쪽.

김형중, 「오월문학과 실어증」, 『인문학연구』 제45집, 계명대학교 인문과학연구소, 2011. 83쪽.

김희송, 「5·18항쟁시기의 군부의 5·18담론」, 『민주주의와 인권』 제13권 3호, 전남대학교 5·18연구소, 2013. 30쪽.

이성우, 「국가폭력에 대한 기억투쟁: 5·18과 4·3 비교연구」, 『오토피아』 제26권 1호, 경희대학교 인류사회재건연구원, 2011. 63~86쪽.

이순욱, 「거창민간인학살사건과 증언시의 논리」, 『한국문학논총』 제36집, 한국문학회, 2004. 187~216쪽.

이창민, 「해방의 역설 – '오월시'의 주제와 표현」, 『5·18민중항쟁과 문학·예술』, 5·18기념재단, 2006. 123쪽.

이황직, 「'5·18 시'의 문학사적 위상」, 『5·18민중항쟁과 문학·예술』, 5·18기념재단, 2006. 11~50쪽.

임종명, 「표상과 권력 : 5월광주항쟁의 전용」, 『역사학연구』 제29집, 호남사학회, 2007. 279~321쪽.

장은영, 「증언의 시학: 역사에서 윤리로」, 『민주주의와 인권』 제11권 2호, 전남대학교 5·18연구소, 2011. 40쪽.

정호기, 「기억의 정치와 공간적 재현」, 전남대 박사논문, 2002. 136쪽.

조정관, 「5·18항쟁이 한국 민주화에 미친 영향」, 『5·18 그리고 역사』, 도서출판 길, 2008. 143쪽.

한순미, 「고통, 말할 수 없는 것 : 역사적 기억에 대해 문학은 말할 수 있는가」, 『호남문화연구』 제45집, 호남학연구원, 2009. 107쪽.

한원균, 「문학의 정치, '광주민주화운동'의 시적 재현」, 『한국문예창작』 제10권 제3호, 한국문예창작학회, 2011. 16쪽.

이승철, 『광주의 문학정신과 그 뿌리를 찾아서』, 문학들, 2019. 191~194쪽.

전진성, 『역사가 기억을 말하다』, 휴머니스트, 2005. 67~77쪽/396쪽.

최정운, 『오월의 사회과학』, 오월의봄, 2012. 171~173쪽.

마사 누스바움, 『시적 정의』, 박용준 옮김, 궁리, 2013. 195쪽.

조르조 아감벤, 『아우슈비츠의 남은 자들』, 정문영 옮김, 새물결, 2012. 54쪽.

Andrew Palmer and Sally Minogue, "Memorial Poems and the Poetics of Memorializing," *Journal of Modern Literature*, 34-1, Indiana University Press, 2010. p.179.

문병란 시의 정서 유형과 시어 선택 원리

최혜경

1. 시인의 페르소나, 시어

시인 문병란은 1934년 전남 화순에서 출생하여 1961년 조선대 문리대 문학과를 졸업했다. 1959년 10월 조선대학교 재학 당시『현대문학』10월호에 김현승 시인의 추천을 받아「가로수」가 제 1회 추천작으로 게재되었고 1962년 7월「밤의 호흡」이 2회 추천, 1963년 11월호에「꽃밭」이 제 3회 추천 완료되어 본격적인 문단활동을 시작하였다.[70] 70년대 이후 그는『죽순 밭에서』(1977),『벼들의 속삭임』(1980),『5월의 연가』(1987),『양키여 양키여』(1989) 등 현실에 입각해서 저항·비판 의식을 주조로 한 민족·민중문학 창작에 몰두한다.

등단 이후 사십여 년에 이르는 문병란의 시력(詩歷)은 "문학을 민주화 운동에 연결하려는 현실 참여적 문학에 열도를 가"[71]하는 과정이었다. 민중시를 '60년대와 70년대에 현실 참여시로 분류되었던 시를 승계한 것으로, 지배 체제에 대한 민중 계층의 저항과 비판의 목소리가

---

70 허형만·김종 엮음,「문병란 시 연구」시와사람사, 2002, 552쪽.
71 문병란 엮음,「무등산에 올라 부르는 백두산 노래」1994, 508쪽.

담겨진 시'[72]라고 한다면, 문병란은 당대 모순된 현실과 배치되는 시대 정신을 민중시라는 이름 아래 표출한 민중적 시인이라 할 수 있다.

그의 삶은 줄곧 그의 이상과 양심에 대립하는 현실 세계와의 싸움으로 진행되어 왔다. 강형철의 「문병란 론」에 따르면 문병란의 삶은 '선비 정신의 자기모색기', '소시민적 양심주의자의 번민기', '민중적 자기긍정의 시기 혹은 사회운동 시기'로 구분할 수 있다.[73] 각 시기의 삶은 시인의 자아가 속해 있는 세계가 점차 확장되어 감을 나타낸다.

시인의 고뇌가 확장되어 가는 과정은 그의 삶 속에 존재하는 현실 대립 양상과 함께 시 속에서 화자를 통해 나타난다. 시의 화자가 살고 있는 세계, 겪고 있는 감정과 문제, 지향하는 이상, 언어 속에 드러나는 심리 등은 문병란의 삶 속 그것과 비슷하다. 시인과 화자의 관계 설정에 대한 논쟁은 시를 보는 관점의 문제와 결부되어 역사적으로 계속되어 왔다. 장도준의 연구에 따르면 시를 보는 관점은 개성론적 시관과 몰개성론적 시관으로 대별될 수 있다.

개성론적 시관은 서정시를 본질적으로 "시인의 심혼적인 자기 표현"[74]으로 보는 낭만주의적 태도나 시를 시인의 성정의 반영으로 보는 우리의 전통적인 성정론과 연결된다. 특히 성정론적 시관은 조선조 이후 우리 시의 전개 과정에서 중요한 원리로 자리 잡아 왔었다. 그러나 현대시로 발전해 오면서 점점 시인들의 자의식이 강해지고 전문화되면서 의식적으로 자신의 문학과 삶을 등식화시키기를 거부하기도 하고, 시를 시인과는 별개의 형식적이고 자율적인 예술 체계로 이해하려는

---

72 허형만·김종 엮음, 앞의 책, 33쪽.
73 첫 번째 시기는 문 시인이 조선대학교를 졸업하고 순천에서 교사를 할 때까지의 시기로, 이 시기의 시집으로는 「문병란 시집」, 「정당성」을 들 수 있다. 두 번째 시기는 광주일고, 조선대 등지로 직장을 옮겨 생활하다가 사임하고 1980년 5월을 맞기 전까지의 삶인데 이 시기는 「죽순밭에서」, 「호롱불의 역사」, 「땅의 연가」, 「벼들의 속삭임」등의 시집이 그의 삶에 조응한다. 세 번째의 시기는 광주항쟁 이후 현재까지인데 「새벽의 서」라는 시선집을 간행했고, 「동소산의 머슴새」, 「무등산」, 「아직은 슬퍼할 때가 아니다」, 「5월의 연가」라는 시집들이 그의 삶에 조응된다. 허형만·김종 엮음, 위의 책, 187쪽.
74 볼프강 카이저, 「언어예술작품론」, 김윤섭 역, 대방출판사, 1984, 297쪽.

비평가들의 형식주의적이고 몰개성적인 시관으로 인해, 시인과 시의 목소리는 의식적으로 구별지어져 왔다.[75]

그러나 시인과 시적 화자의 관계를 완전히 분리하거나 포함하여 설정할 수는 없다. 시가 시인에 의해 만들어진 하나의 예술이라는 점에서 시적 화자 역시 허구적인 것이라 할 수 있다. 하지만 시적 화자를 시인과 완전히 분리된 허구적 존재로 보는 것보다 시인의 개성과 의도에 의해 창조된 페르소나로 보는 것이 타당하다.

이후는 문병란 시의 시어가 시적 자아의 의식 세계, 즉 특정한 심리 기제와 결합하여 어떠한 선택원리를 통해 드러나고 있는지를 분석하고 정서적 의미에 따라 이를 유형화하는 단계로 전개된다. 이 글은 결과적으로 시적 자아의 의식 세계와 시적 화자의 조응 양상, 시어 선택의 원리와 서정적 형상화 과정을 분석하면서 문병란 시의 심리기제와 시적 정신을 정리해보는 것을 목적으로 두고 있다.

사회적 인간은 현실 속 도덕적 가치관을 지켜가는 과정에서 간혹 딜레마의 어려움과 직면한다. 동시대를 살아가는 민중적 시인의 시적 자아를 살펴보는 과정은 그러한 어려움의 극복에 긍정적 도움을 줄 것이다. 또한 문병란 시를 추후 학술적으로 연구해가는 데 있어서도 그 관점의 폭과 연구 성과의 저변을 넓히는 데 일조할 수 있을 것이라는 기대로 이 글을 시작해본다.

2. 시적 화자의 정서 유형과 발화(發話)

은유의 작용으로 의미가 옮겨지는 과정은, 어떤 말이 정상적으로 사용된 문맥과 이 말이 적용된 새로운 문맥 사이에 연결 관계가 맺어질

---

75 장도준, 「한국 현대시의 화자와 시적 근대성」, 태학사, 2004, 22~23쪽.

경우에 이루어진다.[76] 문자적으로 드러난 시어가 비유하고 있는 의미 역시 시행과 연의 연결 관계 속에서 드러난다. 시행과 연의 연결 관계 속에서 드러나는 시의 의미는 곧 시적 화자의 정서를 반영하고 있다. 그러므로 시적 대상은 시적 화자의 정서와 유추 관계에 놓인다.

선명감을 주는 장식, 유추에 의한 유사성의 발견, 새 말의 창조, 지적 자극 등등 수사학적인 관점은 정작 시적 비유를 가지고 논할 때 피상적임을 알게 된다. 비유가 정확한 유추에 의해서 발견된 것도 아니다. 둘 사이의 관계는 사람의 논리로써는 무리하지 않게 만들 수가 없는 억지이다. 수사학적 비유는 명백한 유사성을 근거로 하여 한 낱말을 다른 낱말로 대치하면 끝나는 것이다.

그러나 시적 비유는 두 낱말의 유사성 못지않게 오히려 유사성보다도 그 엄청난 차이점을 살리고 있다. 영국 이론가 리처즈는 비유를 매개어와 취의로 분석하여 둘의 특수한 상호작용에서 비유가 성립된다고 하였다. 필연적인 듯한 인상을 주면서 연결되는 상황은 그 둘의 서로 다른 점이 드러날 때 더욱 긴장을 조성하며 더욱 필연적인 것으로 느끼게 한다. 그러므로 비유에는 두 개의 서로 다른 두 문맥이 서로 엇갈려 접하게 된다.[77]

문학적 상징은 우선 심상의 일종으로 본다. 일반적 심상이 구체적, 감각적 사물을 환기시키는 낱말이라면, 상징은 그런 사물이 가리키거나 암시하는 또 다른 의미의 영역을 나타낸다. 상징은 다른 뜻을 함축하고 있는 심상이라는 점에서 은유의 일종이라고 할 수도 있으나 일반적 은유는 두 사실 사이의 유사성, 상호 암시성을 근거로 한 유추적 관계에 의존하므로 그러한 유추적 관계를 갖고 있지 않은 상징과는 다르다. 더욱이 일반적 심상이나 은유가 작품의 한 부분에서 맡은 일을 하는데 비하여 상징은 작품전체를 지배하는 의미 또는 암시성의 배경을

---

76 박인기 편역, 앞의 책, 237쪽.
77 이상섭, 앞의 책, 105~107쪽.

형성한다. 따라서 어떤 심상이 상징인가 아닌가를 가려내는 일은 작품 전체의 의미 또는 암시성이 그 심상을 중심으로 하여 구성되어 있는가 여부를 가려내는 일이 된다.

상징은 문학의 다른 요소들과 마찬가지로 작품 속에서의 그 기능을 발휘하도록 쓰였을 때에만 상징의 구실을 한다. 상징은 저절로 그 효과를 발휘하는 것이 아니라, 그것이 상징 노릇을 할 수 있도록 전체가 짜여야 하는 것이다.[78]

말하는 존재로서의 화자가 가지고 있는 의식 세계가 화자의 어조, 즉 특정한 성격으로 구분할 수 있는 태도로 드러난다면 그 서정적 형상화 양상은 비유나 상징과 같은 시어의 선택 원리와 특질에 관련되어 나타난다. 문병란 시가 가지고 있는 서정성은 그 정서에 따라 몇 가지로 나눌 수 있으며 각각의 서정적 형상화 양상은 특징적인 시어 선택 원리와 결합되어 있다.

우선 시적 화자에서 각각 공격성과 방어성을 띠고 나타났던 태도와 함께 정서 역시 양분되어 나타나는 양상을 보인다. 부정적 심리와 긍정적 심리가 바로 그것이다. 여기서 부정적 심리란 자아를 옭아매거나 불안함의 상태를 유지하여 자의식을 파괴하는 상태를 말하는 것이 아니다. 적대적이고 대결구도를 가지고 있는 대상에게 가지는 공격적 심리와 관계된 것을 의미하고 있다. 그 정서의 예는 분노, 대결, 원한, 서러움으로 나타난다. 또한 옹호적 화자의 지사적 수호 의식과 관계되는 긍정적 심리의 예는 승리, 희망, 사랑, 연민으로 나타나고 있다. 이렇게 크게 양분되는 서정적 경향성은 각각 특징적인 시어 선택의 원리와 결합되어 있다.

먼저 분노와 대결의 정서는 정당성, 대결의지, 양심, 공격, 정의 등의 관념적 수호 의식을 대변하는 시어들의 조합과 선택으로 드러난다.

---

78 이상섭, 위의 책, 130~132쪽.

이 정서를 강조하기 위해 선택되는 시어는 긍정과 부정, 지켜야 할 것과 공격해서 파괴시켜야 하는 것 등 대립되는 성질이 분명하게 나타난다. 정당성에 반하는 것을 상징하는 시어는 정당한 것의 가치를 더욱 선명하게 드러내기 위한 대립 매체로서, 역시 부정적인 것의 관념성을 띠고 나타난다.

두 번째, 원한과 서러움의 정서는 민중의 아픔, 모순된 현실 속에서 잘못 짊어져야 했던 서글픈 무게에 대한 슬픔의 카타르시스를 유발하고 있다. 이 서정적 정서가 드러내는 것은 패배적 삶의 자세가 아닌, 현실의 정화와 새 삶에 대한 의지이다. 현실적 슬픔에 대한 감정 정화는 시적 화자가 심리적 거리를 가까이 하고 있는 옹호적 대상에 대한 것이다. 그러므로 시어 역시 민중성과 울음, 고난을 상징할 수 있는 범위에서 선택되고 있다.

이 정서는 곧 승리와 희망의 정서로 이어지게 되는데 승리와 희망은 대립적 존재를 전제로 놓았을 때 현재 옹호적 대상이 가져야 할 심리적 자세와 여건을 강변하는 것으로서, 시어는 대부분 시의 종연에 변화적 양상으로 드러난다. 즉, 민중의 아픔, 혹은 적대적 대상에 대한 분노 등이 점철되어 민중의 승리와 희망으로 귀결되는 양상을 보이는 것이다.

원한, 서러움, 분노, 대결, 승리, 희망 등의 정서가 시적 자아의 의식 세계 중에서도 외부적 대결의지나 드러내고자 하는 시적 진실성과 관련된 것이라면, 사랑과 연민의 정서는 내부적 성찰, 혹은 내면적 힘의 생산과 관련되어 있다. 민족, 민중, 가족, 자아 등의 대상 뿐 아니라 평화, 자유, 그리움 등의 관념적 존재에 대한 사랑, 연인의식, 연민은 시적 자아의 서정적 균형을 이룰 수 있도록 하고 있다. 이 정서의 서정적 형상화에서는 반복적 묘사와 점층적 강조 등이 시어 조합과 선택에서 드러나고 있다.

그렇다면 문병란 시에 나타난 시어의 선택과 조합 원리, 즉 비유와 상징으로 나타난 시어가 어떠한 형태적 구성의 특징을 가지고 각각의 정서를 형상화하고 있느냐에 대한 문제를 살펴보기로 한다.

3. 관념적 시어로 나타난 분노와 대결의 정서

문병란 시에서는 정당하지 못한 것, 정당한 것을 억압하는 부정한 대상에 대한 분노와 대결의 정서가 두드러지게 나타난다. 이것은 착취당하거나 억압당하는 민중에 대한 동정이나 동질 의식에 해당하는 것이 아니다. 현실적 삶에서 보게 되는 비양심적 행태와 부정한 권력의 남용 등, 정의롭지 못한 모든 존재와 행위에 대해 갖는 불편하고 불쾌한 감정을 거침없이 드러내는 것이다. 이러한 분노와 대결의 정서는 비유를 통해 시어가 가지는 관념과 연결되어 나타난다. 시어 선택 원리와 서정적 형상화 양상에 대한 구체적 사례를 다음과 같은 시를 통해 살펴보도록 한다.

> 언젠가는
> 향기로운 자양이 고여
> 굶주린 아세아의 밤을 안고 딩굴며
> 전쟁을 꽃 피우던 아메리카의
> 식욕.
>
> －「깡통」 부분

「깡통」에서 '깡통'은 땅 위에 굴러다니는 더러운 물체의 이미지로 그려져 있다. 시적 화자는 욕망의 전쟁으로 말미암은 온갖 죽음과 슬픔에 대한 분노를 깡통에 이입하고 있으며 '깡통'은 '아메리카'와 동일시된다.

> 깡그리 빈 주린 껍질 속에
> 전후에 내리는 비,
> 배고픈 겨울이 들어 앉아
> 빈 바람으로 채운 녹슬은 창자.

오늘은 역전 부근,
전쟁 고아의 정다운 벗이 된
아메리카의 잉여물.
차라리 나는
너를 모질게 발길로 차야 하는가.

지금은
오만과 비정의 아스팔트길
죽음의 손길이 새겨 놓은
저주와 울분의 자화상을 그릴 때

빈 깡통 속으로 깊이
숨어 버린 한국의
거울——.

―「깡통」 부분

'빈 바람으로 채운 녹슬은 창자'에서 깡통은 아메리카에 귀속되어
버린 한국의 정체성을 나타내는 것으로 바뀐다. 한국은 '녹슬은 창자'
를 가지고 있는 부끄러운 나라가 되어 버린 상태다. 그래서 화자는 '차
라리 나는/너를 모질게 발길로 차야 하는가'하는 분노를 터뜨리고 있
다. 강대국의 힘으로 시골길 대신 아스팔트를 깔고 전쟁고아들은 깡통
으로 구걸을 하게 된 비참한 현실에 대해 스스로 '저주와 울분의 자화
상'을 그리고 있는 것이다.

때때로 나의 주먹은
때릴 곳을 찾는다.

그 어느 허공이든가
그 어느 바위 모서리이든가
주먹은
때릴 곳을 찾아 고독하다.

뻔뻔한 이마,
오만한 콧날을 향하여
꼭 쥐어진 단단한 주먹.

- 「정당성2」 부분

「정당성」에서 주먹 또한 분노와 대결 의식의 결정체이다. 시적 자아
는 정당성은 오만하고 뻔뻔한 모습으로 존재하는 부조리한 것에 대해
언제라도 대결할 준비가 되어 있다. 단단하게 꼭 쥐어진 주먹은 강인한
대결 의지를 나타낸다.

응집된 핏덩일 물고
사각의 정글 속에
불꽃을 튀기는
일순,
산산히 부서져 가는
그 어느 절정에서
나의 주먹은 피를 흘린다.

- 「정당성2」 부분

일촉즉발의 긴장된 분위기는 피를 흘리는 주먹으로 절정에 이르는
데, 여기서 피 흘리는 주먹은 희생과 상처를 두려워하지 않는 자아를
의미한다. 자아가 끊임없이 지키는 대상은 자신의 싸움을 정당하게 만
드는 진실이다. '고독한 주먹'은 희생을 전제로 정당성을 지키고 있는

투사의 이미지를 나타낸다.

「파리 떼와 더불어」에서 파리는 인간의 삶과 존재 유무를 같이 하는 숙명을 가진 대상이다. 파리는 정당한 노력 없이 나의 소득을 자신의 것인 양 누리는 비겁한 존재를 의미한다. 시적 자아는 이 존재에 대해 커다란 증오심을 가지고 있으며 없애거나 공격하는 대결 의식도 가지고 있다.

> 증오여, 증오여,
> 마음을 썩히고,
> 오늘의 구린내 위에서
> 너와 나는 어쩔 수 없이 대결하고 있다.
>
> – 「파리 떼와 더불어」 부분

죽여도 죽여도 오히려 나를 비웃는 듯 비행하는 파리 떼에 대해 화자는 들끓는 증오심을 느끼지만 '증오여, 증오여'라고 반복함으로써 탄식하듯 분노를 가라앉힌다. 부조리한 대상에 대한 적개심이 냉정한 대결 의식으로 전환되는 부분이다.

코카콜라, 창자, 가시, 죽순, 개, 창, 식칼 구더기 등 분노와 대결의 정서에 해당하는 대상물은 더러움과 날카로움, 시끄러움과 같이 강한 자극성을 가지고 있다는 특징을 가진다. 이것은 불안을 야기하는 자극적 대상, 즉 자아와 대립하는 대상을 직접 공격하거나 비슷한 수준의 자극성을 가지고 신랄하게 비판함으로써 불안을 해소하려는 시적 자아의 정서가 이입된 것이다.

「촛불」에서 '초'에는 정의를 지키기 위한 삶의 결연한 의지가 이입되어 나타난다.

> 마지막 한 방울 눈물까지
> 다 태워 버리고

어둠의 영토 안에서도
스스로 벌거벗은 외로운 영혼,
송두리째 주어 버리고
끝내 후회하지 않겠습니다

누리에 남은 가난한 육신
아무리 어둠이 깊을지라도
사랑이여, 스스로의 살을 녹여
한 점 그리움이 다할 때까지
값진 피 죄다 녹이겠습니다

- 「촛불」 부분

　‘어둠의 영토'와 대립하고 있는 존재는 ‘아무리 어둠이 깊을지라도'
‘스스로의 살을 녹이'겠다고 결심하고 있는 ‘초'이다. ‘초'는 거대한 힘을
가지고 ‘어둠'과 겨루고 있는 상황이 아니다. ‘초'는 희망과 정의가 없는
암담한 현실을 상징하는 ‘어두운 땅'에서 고독하게 사투를 벌이고 있는
투사의 이미지를 투영한다. 암담한 현실과 싸우는 결연한 의지는 ‘남
지 않겠습니다', ‘끝내 후회하지 않겠습니다', ‘값진 피 죄다 녹이겠습니
다', ‘끝내, 어두운 땅을 지키겠습니다', ‘당신의 작은 창을 지키겠습니
다', ‘결코 울지 않겠습니다', ‘결코 후회하지 않겠습니다'의 단언적 어
조를 통해 나타난다. ‘~하더라도 ~하겠다' 혹은 ‘~하더라도 ~하지 않
겠다'는 형태로 나타나는 반복적 약속은 어떠한 상황에도 자신의 자세
를 굽히지 않겠다는 강인한 투지를 담고 있다.

태우고 태우고도 남는
사랑은 한 줄기 목마름,
이 누리 아무리 밤이 길지라도
작은 창을 지키며

마지막 어둠이 물러갈 때까지
내 온몸 사루어
끝내, 어두운 땅을 지키겠습니다

-「촛불」부분

'작은 창'을 통해 볼 수 있는 것은 정의와 사랑이 남아있는 세상이
다. '초'는 작은 희망을 지키기 위해 거대하고 절망적인 현실 억압에 당
돌하게 맞서는 거센 대결의지를 담고 있다. '다 타 버리고/남지 않겠습
니다'로 시작하는 부분에서부터 드러나듯 이 시에서는 정의와 사랑을
지키기 위해 존재의 유무에 개의치 않는 결연한 자세가 나타나고 있다.

「개」에서 '개'는 현실의 모순에 대한 자아의 경계와 경각심을 나타내
는 존재다. 즉, 시적 자아가 스스로 요구하는 자화상이라 할 수 있다.
이 시에서 현실 모순과의 대결의식은 자아의 경각심을 강화하는 데 쓰
이고 있다.

개는
밤마다 짖어야 한다
캄캄한 어둠을 향하여
불가사의의 그림자를 향하여
개는 밤마다 짖어야 산다.

보고 짖을 것이 없으면
개는
빈 달이라도 보고 짖어야 한다
자기 그림자라도 보고 짖어야 한다
누가 짖는 개를 나무랄 것인가
누구나 보면 짖을 줄밖에 모르는
허공이나 달을 향하여

항상 짖을 줄밖에 모르는
누가 저 개를 나무랄 것인가

―「개」 부분

  어둠 속에서 그림자를 향해 짖는 개는 다름 아닌 시적 자아 자신이
다. 이는 부조리한 현실과 그 현실에 대립하여 싸우는 과정에서 자신의
존재를 확인하고 살아가는 자아이다. '짖어야 산다'는 것은 대결 의지
가 곧 자신의 존재 의미이자 본능이 되고 있음을 의미한다.

어디선가
검은 그림자가 드는 밤
짖어야 할 개가 짖지 않는다
짖는 법을 잊어버린
발톱과 이빨을 잃어버린
짖어야 할 개가 짖지 않는다.

어째서 갑자기 세상이 조용해지는가
어째서 짖어야 할 개가 짖지 않는가
한 덩이 먹이를 물고
지금 뒷전으로 가버린 개
주인의 발 아래 엎드려

홰 홰 꼬리를 치며
먹이를 핥고 있는 노예의 개
앞문이 열린 채
지금 뒷문으로 사라진 개
한 무리의 도적들은 유유하다.
(중략)

개는 짖어야 한다

개는 짖을 때만 개가 된다

쇠사슬을 끊고

두 귀를 쫑긋 세우고

기름진 먹이를 내던지고

개는 앞문으로 나와야 한다

당당히 당당히 짖어야 한다

순종의 미덕을 찢고

야성의 이빨을 세워야 한다

으르렁 으르렁

날카론 발톱을 세워야 한다

- 「개」 부분

'짖어야 할 개가 짖지 않는다'는 것은 현실에 대한 경계와 경각심을 놓쳐버린 자아의 상태를 의미한다. 이러한 자아는 '주인의 발 아래 엎드려/해 해 꼬리를 치며/먹이를 핥고 있는' 것처럼 비속하다. 이는 '노예의 개'로 나타날 만큼 천박하고 비루한 존재를 의미하고 있다.

시적 자아는 현실의 모순 앞에 당당하고 날카롭게 맞서 싸우는 자아를 이상으로 제시하고 있다. '앞문으로 나와' '당당히 짖어야 한다'고 말하고 있다. 이것은 현실의 부조리를 비판하고 한순간의 안락 때문에 부정에 물들지 않아야 한다는 경계 의식을 전제로 하는 것이다. 이 시에서 '개'는 분노와 대결의 정서 속에서 '어둠'으로 상징되는 현실의 부조리를 경계하고 세상을 향해 경각심을 일깨워 주어야 한다는 소명 의식을 가진 자아의 정서가 드러나는 시어가 되고 있다.

달콤하기가 싫어서

미지근하기가 싫어서

혀 끝에 스미는 향기가 싫어서

온몸에 쓴내를 지니고
저만치 돌아 앉아
앵도라진 눈동자
결코 아양 떨며 웃기가 싫어서

(중략)

온몸에 툭 쏘는 풋내를 지니고
그대 희멀쑥한 손길 뿌리쳐
눈웃음치며 그대 옷자락에 매달려
삽상하게 스미는 봄바람이 싫어서

(중략)

뿌리에서 머리 끝까지 온통
어느 흉년 가난한 빈 창자 속에 들어가
맹물로 피를 만드는
모진 분노가 되었네
그대 코 끝에 스미는
씁쓰름한 향기가 되었네.

─「씀바귀의 노래」 부분

　「씀바귀의 노래」에서 '씀바귀'는 시 텍스트 속에서 구체적으로 드러
나지는 않는다. 씀바귀의 존재는 '저만치 돌아 앉아' 누군가의 '희멀쑥
한 손길을 뿌리치고' 있는 여인의 모습과 닮아 있다. 이는 '앵도라진 눈
동자'를 하고 '아양 떨며 웃고' 있거나 '눈웃음치며' 누군가의 옷자락에
매달려 '건달들 하룻밤 입가심'으로 전락하고 있는 존재와 대립적이다.

불안정을 야기하는 외부적 자극은 두 대상에게 함께 제공되고 있다. '진종일 마음을 설레게 하는 바람'이나 '눈물을 죽죽 흘릴 것 같은 상황', '어느 흉년 가난한 사람의 빈 창자 속'과 같은 어려움은 두 대상에게 공통된 고난이다.

하지만 '씀바귀'는 차라리 쓰디 쓴 내음을 지니고 저만치 돌아앉아버린 존재, 즉 부정한 회유와 타협하지 않는 선비 혹은 열녀의 상을 담고 있다. 이 시에서도 역시 시적 화자는 씀바귀의 정서와 공감적 합의를 가지고 있다. '고결한 인품', '선비 혹은 열녀적 의지'에서 출발한 관점은 외부적 고난과 타협하는 주변의 대상을 대립적으로 인식하고 있다. 이는 현실의 부정한 상황에 대한 경계의식으로 이어지고 있는데 '맹물로 피를 만드는/모진 분노'와 같은 강렬한 시어의 사용, 대립적 대상을 다루는 시의 경우에 강한 분노와 척결의식이 드러나는 마지막 연의 특징은 「씀바귀의 노래」에서도 여실히 드러나고 있다.

이처럼 분노와 대결을 나타내는 비유적 시어는 개인적, 개별적 혹은 한정적 정서를 드러내는 보조관념으로 쓰이고 있다. 대결과 분노의 감정을 느낄 수 있는 비유적 시어는 '깡통', '창자', '파리' 등 보편적 정서를 유발하는 관념적 시어로 나타나고 있다. 따라서 비유적 시어의 공감 대상으로 설정되는 범위 역시 시적 자아와 같은 경험과 인식을 할 수 있는 한정된 범위에서 해당하고 있다. 이러한 한계 범위는 공감의 대상, 담고 있는 의식 세계 등 내용과 형식의 면에서 상징적 시어를 통해 확장되고 있는데, 상징적 시어를 통해 확대되어 나타나는 양상은 원한과 서러움의 정서에서 다음과 같이 발견할 수 있다.

4. 상징적 시어로 나타난 원한과 서러움의 정서

문병란의 시에서 민중은 부당한 권력을 가진 존재에게 착취당하고 억압당하는 존재이다. 하지만 속수무책 피해와 상처만 입고 있는 연약하고 무기력한 존재는 아니다. 대결의 강인한 의지와 끈질긴 생명력을 가지고 있는 성격으로서의 민중인 것이다. 그러나 이러한 민중의 대결 의지와 끈질긴 생명력은 자신의 삶을 존중하고 보호하고 싶은 정당성이 파괴되는 것에 대한 원한과 서러움을 포함한다. 가장 연약한 것마저 파괴되는 위협에 이르렀을 때 모든 것을 내던지며 대결하게 되는 에너지 가 생성되는 것이다. 이러한 원한과 서러움의 정서는 다음과 같은 시에 서처럼 상징적 시어라는 수사적 표현으로 나타나고 있다.

싸구려 농사 내던진 억만이가
새별 이슬 떨며 떠나간
황토빛 고갯마루에
올해도 뻐꾸기가 찾아와 운다.

보따리 싸버린 순이가
처녀를 빼앗긴 보리밭 너머
저수지 언덕 위에서
올해도 뻐꾸기만 찾아와 운다.

억만이도 떠나고
순이도 떠나간 곳
사람들은 고향을 버리는데
순이가 벗어놓고 간
하얀 고무신 위에
눈부신 햇살만 고이는데
다시 찾아온 전라도 뻐꾸기.
이 산에서 저 산에서 울어쌓는다.

—「전라도 뻐꾸기」 부분

「전라도 뻐꾸기」에서 '뻐꾸기'는 역사 속에서 소외된 민중의 슬픔을 대변하는 존재이다. 돈이 되지 않는 농사로 고생하고 배고픔에 굶주리던 농민이 결국 고향을 버리고 떠나가는 슬픔을 대신하여 뻐꾸기가 소리 내 우는 것이다. 고향을 버리고 일자리를 구하러 타지로 떠나야 했던 처녀가 냉혹한 현실 속에서 순수를 잃고 서러움을 겪어야 했던 슬픔도 뻐꾸기의 울음으로 전이되어 나타난다. '순이가 벗어놓고 간/하얀 고무신'은 소박했던 시골 처녀가 고향을 떠나면서 맞바꾸어야 했던 애심을 나타낸다. '이 산에서 저 산에서 울어쌓는' 뻐꾸기는 이처럼 슬프고 애달픈 마음을 대변하는 정서를 나타낸다.

슬픔의 정서는 시간과 동일 경험이 쌓이면서 원한과 서러움의 정서로 바뀐다. 다음 연에서는 사무친 서러움의 정서가 절정에 달하고 있음을 알 수 있다.

　　　　올해도 뻐꾸기만 운다,
　　　　못 살고 떠나간
　　　　철이도 남이도 돌아오지 않는데
　　　　갈 곳 없는 사람들만 모여 사는 땅,
　　　　하늘만 미치게 푸른 땅에서
　　　　황토빛 무덤만 늘어가는 땅에서
　　　　백년을 울고도 남은 울음을
　　　　천년을 울고도 남은 울음을
　　　　작년에도 울고 남은 울음을
　　　　올해도 울고 남을 울음을
　　　　이 산에서 뻐꾹
　　　　저 산에서 뻐꾹
　　　　전라도 뻐꾸기만 피를 토한다.
　　　　뻐꾸기야
　　　　뻐꾸기야

울다가 울다가 시진한 전라도 뻐꾸기야.

– 「전라도 뻐꾸기」 부분

슬픔과 한을 가지고 고향을 등진 사람들은 이 시의 공간 속에 존재하지 않는다. 여기서 뻐꾸기가 울고 있는 시적 공간은 하늘과 무덤, 그리고 갈 곳 없는 사람들만 남아 있는 전라도 땅이다. '천년을 울고도 남은 울음', '작년에도 울고 남은 울음', '올해도 울고 남을 울음'은 역사를 소급하는 원한, 그리고 현재까지 계속되는 모순된 역사를 반영하고 있다. '피를 토하'고 '울다가 시진'할 정도가 되어버린 뻐꾸기는 이처럼 왜곡된 역사의 흐름과 함께 소외되고 수난 당했던 민중의 슬픔이 극한에 달하고 있음을 나타낸다.

민중의 원한과 서러움의 정서가 '뻐꾸기'라는 새의 울음에 실려 있는 것에는 새에 대한 문병란의 다음과 같은 생각이 반영되어 있다.

봄날 고향의 산자락이나 보리밭 머리에 누워서 듣는 뻐꾹새 소리는 가슴 속 깊이까지 파고드는 신비한 소리다. 한밤중 청승스럽게 우는 두견새에 비하면 비통하게 들리거나 처량하지는 않지만 확실히 시간을 넘어 먼 천년 전으로나 우릴 끌고 가는 매력이 있다.(중략) 시인도 하나의 「울음」을 운다는 점에서는 이 새들과 같다. 다만 새는 본능으로 울지만 시인은 인생관과 사상과 정서를 언어로써 표현하여 운다. 그 「울음」은 각기 다 개성에 따라 틀리다. 우는 방법, 우는 소리는 모든 시인에게 주어진 「울음」의 자유다. (중략) 시인아! 모름지기 참된 울음을 위하여 저마다 병든 카나리아가 되지 않도록 천성을 지켜 곧고 바른 「울음」을 울어야 할 것이 아니냐.[79]

---

79 문병란, 「새의 울음소리」, 『저 미치게 푸른 하늘』, 일월서각, 1979, 92~93쪽.

새의 울음소리에 담긴 인생고, 시대고에 대한 정서는 곧 시인의 인생관과 사상, 정서가 담긴 언어적 울음인 것이다. 그런데 원한의 상징인 '뻐꾸기'는 무기력하게 통곡만 하고 있는 존재가 아니다.

> 처음엔 한 마리가 울다가
> 나중엔 두 마리 세 마리
> 결국엔 수십 마리 수백 마리가 되어
> 이 산에서 뻐꾹
> 저 산에서 뻐꾹
> 억세게 억세게 울어쌓는다.
>
> — 「전라도 뻐꾸기」 부분

슬픔이 울음이 되고, 울음이 통곡이 되고, 통곡은 억세게 우짖는 한 덩어리의 결집체를 이룬다. 원한과 서러움의 정서는 곧 의기와 결합의 양상으로 이어질 가능성을 내포하고 있다.

> 그 소리는 못 먹다 죽은 어느 농민군의 망향곡 같기도 하고, 쫓겨가고 다시 못오는 사람들의 화신만 같아 때로는 처절하기도 하고 때로는 오싹하기도 하다. 그렇게도 예뻐만 보이던 산지기 딸이 시집가던 날에도 울고, 동네 아저씨들이 징병으로 징용으로 끌려갈 때도 울고, 선배님의 전사 통지서가 오던 때도 울고, 내가 고향을 떠나던 날 아침에도 어머니가 돌아가신 그 어느 날에도 울고 이제는 눈만 감으면 그 소리는 내 심령의 아득한 골짜기에서 아다지오로 들려 온다. (중략) 항상 갑오년만 계속되는 이 유배의 땅에 원민의 가슴 저미는 저 새벽의 휘푸른 자락에서 너는 올해도 머리 풀어 통곡만 할 것이냐.[80]

즉, 뻐꾸기는 원한과 서러움의 정서를 표출하는 개체임과 동시에,

현실을 직시하고 의합할 수 있는 민중의 생명력과 가능성을 내포하고 있는 것이다.

다음 시에서 '뻘 밭'은 고단하고 소득 없는 세상사의 불합리함을 나타내고 있다.

> 질펀하게 펼쳐진 고향의 뻘밭 우으로
> 흉어기의 아침이 시작된다.
> 뻘 속을 뒤지는 뻘투성이의 손가락
> 아무리 뒤져 보아야 진주도 조개도 없다.
>
> ― 「뻘 밭」 부분

위의 시에서 갯벌은 생명이 숨어있거나 바다의 신선함이 드러나는 공간이 아니다. 갯벌은 단지 질펀하게 펼쳐진 진흙으로, 그 이상의 것이 아니다. 이 시에서 고향의 '뻘 밭'은 먹고 살 수 있는 어획 대상으로도, 교환이나 축적을 통해 화폐 가치를 가질 수 있는 경제적 대상으로도 제 기능을 하지 못한다.

> 고기도 안 잽히고
> 장땅도 안 나오고
> 삼학소주를 마시며 우는 김생원
> 소득 증대 100억불 앞에서
> 따라지만 잡은 운수가 슬프다.
> 뻘밭 우으로 갈기는
> 새벽녘 김생원의 오줌 소리가 슬프다.
> 썩은 동태가 두 눈깔 부릅뜬

---

80 문병란, 「시작 노트」, 위의 책, 211쪽.

술상에 그물은 던져 보아야
한 마리 고래도 새우도 없다.
차라리 고래가 되고 싶은 김생원
고래고래 소리치며 엉엉 울었다.

―「뻘 밭」 부분

소득 없이 서러움만 계속되는 고단한 생활의 공간에서, 민중이 참아 왔던 슬픔은 '김생원'의 행동을 통해 터져 나온다. 생명과 삶의 재부를 제공하던 공간에 오줌을 갈기는 행위가 그것이다. 갯벌이 절망과 슬픔의 공간으로 쇠락하면서 민중이 갖게 된 원한과 서러움이 터져 나오는 것을 나타내는 것이다. 「뻘 밭」에서 '김생원'의 행동은 '망해버린 노후선이 매어 있는 작은 부두 바라보기' → '소주를 마시며 울기' → '뻘 밭 위로 오줌 갈기기' → '술상에 그물 던지기' → '용왕님, 신령님께 절규하며 통곡하기' → '고향 떠나기' → '도시의 뒷골목에서 또 다른 뻘 밭 발견하기'의 순서로 진행된다. '뻘 밭'은 실제적 공간으로뿐만 아니라 쇠락의 의미를 가진 상징적 공간이 된다.

뻘밭만 남은 홍어기의 아침을 안고
소년은 멀리 고향을 떠났다.
오늘 도시의 뒷골목을 가면서도
고향의 뻘내음이 풍기는 저녁
뻘 속에 숨어 사는 털게같이
사람들은 뻘밭 속을 기고 있다.
고향의 뻘밭보다 더 괴로운
또 하나의 질펀한 뻘밭 속을 기다가
문득 오줌이 마려운 그날의 소년,

―「뻘 밭」 부분

생명력과 활기를 상실한 쇠락의 공간으로 '뻘 밭'은 도시에서도 역시 존재한다. 더 이상 얻을 게 없어 고향을 포기한 '소년'에게 도시의 뒷골목은 고향의 '뻘밭'과 다름없이 암울하고 절망적인 공간이 된다. 오히려 '고향의 뻘밭보다 더 괴로운' 공간이자 '또 하나의 질펀한 뻘밭'이 되고 있는 도시 공간 속에서 '소년'으로 비유되는 민중은 다시 '오줌이 마렵듯' 원한과 서러움이 쌓이는 것이다.

그런가 하면 「고무신」에서 고무신은 부조리한 권력에 핍박받고 억울한 삶을 살아온 민중들의 삶을 나타내고 있다.

어느 노동자의 발바닥 밑에서
40대 여인의 금간 발바닥 밑에서
이제는 닳아지고 구멍 뚫린 고무신,
이른 새벽 도시의 뒷골목 위에서나
저무는 변두리의 진흙밭 속에서나
그들은 쉬지 않고 아득히 걷고 있다.

태어날 때부터 쉬임없이 걸어온 운명,
즌데만 딛고 온 고단한 발길 따라
캄캄한 어둠도 밟고 가고
끝없이 펼쳐진 노동의 아침,
타오르는 불길도 밟고 간다.

아득한 시간의 언덕 너머 펼쳐진
고향의 잃어진 논둑길을 걸어서
가물거리는 호롱불을 찾아가는 고무신,
두메산골 머슴의 발바닥 밑에서도
흑산도 뱃놈의 발바닥 밑에서도
뿌듯한 중량의 눈물을 안고

그들은 어디서나 돌아오고 있다.

영산포 어물장 법성포 소금장
이 장 저 장 굴러다니다
영산강 황토물 속에 처박혀
멀뚱멀뚱 두 눈 부릅뜨고
한많은 가슴 썩지 못하는 고무신.

주인의 정든 발에 신기었을
또 하나의 고무신을 생각하며
그 주인의 발가락 사이
솔솔 풍기는 고린내를 생각하며
송송 구멍 뚫린 가슴 안고
빈 달빛에 젖는 양로원 뜨락.

오늘은 엿장수의 엿판에 실려
보이지 않는 땅으로 팔려간다.
뒷골목 쓰레기통에 누워 낮잠을 자고
허름한 변두리의 술집에서 술을 마신다.

군화가 밟고 간 아스팔트 위에서
윤나는 구두가 밟고 간 아스팔트 위에서
모진 학대 속에 짓밟힌 고무신
기나긴 형벌의 불볕 속을
오늘은 절뚝이며 쫓겨간다.

선거 때 야음을 타고
구장 반장 손을 거쳐

살금살금 박서방 김서방을 찾아간
10문짜리 검정 고무신
민주주의의 유권이 되었던 자랑도
알뜰한 관록도 사라진 채
오늘은 구멍 뚫린 밑창으로
영산강 황토물이나 마시고 있구나.

머슴의 발바닥 밑에서
식모살이 순이의 발바닥 밑에서
뜨겁게 뜨겁게 닳아진 세월,
돌멩이도 걷어차며 깡통도 걷어차며
사무친 설움 날선 분노 안으로 삭이고
변두리로 변두리로 쫓겨온 고무신.

번득이는 죽창에 구멍난 가슴 안고
장성 갈재 넘어가던 짚신,
그 발자국마다 핏물이 고이는데
오늘은 구멍 뚫린 고무신이 쫓겨난다.

썩어도 썩어도 썩지 못하는 한많은 가슴,
땅속 깊이 파묻혀도
뻘밭 속에 거꾸로 처박혀도
한사코 두 눈 부릅뜨고
영영 죽지 못하는 한
여기 벌떼같이 살아나는 아우성이 있다.

-「고무신」 전문

위의 연에서 볼 수 있듯이 민중의 여러 모습을 표상하는 고무신을 제시하고 있다. 이 시에서 고무신은 실향민, 한 많은 장꾼, 외롭게 버려진 노인, 빈민, 정치권력과 횡포에 핍박받는 시민, 모순된 봉건제도 속의 피해자 등 한 많고 서러움에 사무친 민중을 표상하고 있다. 또한 '민주주의의 유권이 되었던 자랑도/알뜰한 관록도 사라진 채/오늘은 구멍 뚫린 밑창으로/영산강 황토물이나 마시고 있구나/'의 부분에서는 유신체제 부정선거의 수단이 되었던 당시의 상황을 풍자하고 있다. 민중의 원한과 서러움의 정서는 마지막 연에서 가장 크게 확대되고 있다.

이 시에 나타나는 민중의 원한 역시 의기와 분투로 연결될 가능성을 내포하고 있음을 알 수 있다. 각 연에 제시된 슬픔과 한의 정서, 즉 그러한 정서를 가지고 있는 민중의 심리는 '썩어도 썩어도 썩지 못하는' 원한의 정서로 이어진다. '두 눈 부릅뜨고/영영 죽지 못하는 한'으로 사무친 민중은 결국 '벌떼같이 살아나는 아우성'으로 도약하게 됨을 제시하고 있는 것이다. 이처럼 문병란 시에서는 시적 서정을 나타내는 시어가 슬픔의 정서를 반영하고 있을 때, 슬픔이 더해져 원한으로 사무치고, 원한과 서러움은 절망과 포기가 아닌 의기와 분투의 행동 양상으로 연결되고 있다. 이러한 특징은 다음과 같은 문병란의 민중관이 반영되어 있는 것으로 볼 수 있다.

민을 생각해 본다. 백성이라는 우리말의 한자이다. 군주의 군의 반대요, 민주의 민, 글자 그대로 민이 나라의 주인이라는 뜻일 게다. 고래로 민심은 천심이라고 했고 민즉천이요, 천즉민이라고도 했다. 인내천의 인도 실은 민내천일 것이다. (중략) 민은 모두 민이 아니다. 민다와야 민이다. 우민도 있고 창맹도 있다. (중략) 민중이 아닌 우중, 호민이 아닌 창맹일 때 민주는 불가능하다.[81]

---

81 문병란, 「민(民)이라는 것」, 위의 책, 41~42쪽.

현실을 직시하지 못하는 우민이나 원망만을 품고 있는 원민에 머문다면 민중이 나라의 주인이 되지 못한다는 의식이 원한과 서러움의 정서에 연결되어 있는 것이다. 「엉머구리 합창」에서는 원한과 서러움의 정서는 원민의 정도에 머무르고 있는 민중이 '엉머구리 떼'를 통해 상징적으로 나타나고 있다. 「엉머구리의 합창」에서 민중은 승리나 의합분투의 단계로 나아가는 가능성이 보이지 않는다. 하지만 우민 혹은 원민에 머무는 민중의 한계를 풍자를 통해 꼬집어 내고 있다.

> "저 요란한 소리는 무엇인고?"
> "예, 배고픈 백성의 소리올시다!"
> "당장 그 소리 그치게 하지 못할까?"
> "원체 무식한 엉머구리라 그리할 수 없사옵니다!"
>
> — 「엉머구리의 합창」 부분

이 시에서 '엉머구리 떼'로 상징되는 민중은 '배고픈 백성'의 현실조차 가늠하지 못하며 오히려 폭압적 권력을 행사하는 나라에 살고 있다. 현실을 직시하지 못하고 극복의지를 갖지 않은 채 무기력한 개탄만 계속하는 민중은 '배고픈 엉머구리 떼'를 통해 풍자되고 있다.

> 법도 사상도 모르는 무식한 엉머구리 떼,
> 누가 저 울음 소리를 멎게 할 것인가
> 누가 우는 저 개구리를 벌할 것인가
> 자식의 무덤이 떠내려가고
> 애비의 무덤이 떠내려가고
> 짓궂게 계속되는 기나긴 장마,
> 배고픈 엉머구리들이 울고 있다.
>
> 여기서도 개굴개굴

저기서도 개굴개굴
날마다 개구리의 장례식은 계속되고
본시 울기를 좋아하는 엉머구리 떼,
아이고 아이고
밤마다 초상집 통곡 소리만 요란하다.

근심 딘 구름 어지러이 뒤덮고
또 작달비는 퍼붓는데
법을 모르는 무식한 엉머구리 떼들,
운다는 것이 죄가 되는 것을 모르는
본래 울 줄밖에 모르는 엉머구리 떼들.

- 「엉머구리의 합창」 부분

　이 시에서 민중은 현실을 개탄하고 서러움의 정서를 가득 담고 있지만 현실 극복 의지나 의기로 병합하는 양상을 보이지는 않는다. 그러므로 시적 화자는 '법도 사상도 모르는 무식한 엉머구리 떼' → '본시 울기를 좋아하는 엉머구리 떼' → '운다는 것이 죄가 되는 것을 모르는' → '본래 울 줄 밖에 모르는 엉머구리 떼들'이라는 표현으로 이들을 비꼬고 있다. 이 시에서는 서러움과 원한의 정서가 주류를 이루고 있지만 이 정서의 원인이 구체적으로 나타나 있지는 않다. 구체적인 대립 대상이 드러나지 않으므로 대결 의지나 승리에 대한 정서도 나타나지 않는다. 이 시에서는 '엉머구리 떼'에 담긴 원한과 서러움의 정서가 민중으로 하여금 현실적 개탄에 매몰되는 것을 경계하도록 하는 데 쓰이고 있는 것이다.
　이와 같이 시어가 가진 상징성은 개인적, 정서적인 서정에서 이데올로기적, 문화적, 집단적, 이념적인 것으로 확대되어 나타난다. 앞서 말한 비유적 시어가 개인적이고 개별적 정서를 담고 있는 것이라면, 상징적 시어, 즉 하나의 상징체를 통해 투사, 투영되는 내용은 개인에서 집단으로 확장된 집단적, 민중적 의식 세계라 말할 수 있다. 이것은 극한 한계 상황 제시 후, 마지막 연으로 향해 갈수록 한계 상황을 극복하고 민중적 분투와 행동 양상으로 연결되어 나타나는 시의 형식적 특징을 낳고 있다.

5. 변화적 시어로 나타난 승리와 희망의 정서

전술한 바 있듯, 문병란의 시에서 민중은 부당한 권력을 가진 존재에게 착취당하고 억압당하는 존재이다. 하지만 속수무책 피해와 상처만 입고 있는 연약하고 무기력한 존재는 아니다. 대결의 강인한 의지와 끈질긴 생명력을 가지고 있는 성격으로서의 민중인 것이다. 민중이 겪는 외부적 고난과 어려움은 시의 종연에서 결국 더욱 단련되고 현실을 극복해가는 변화적 귀결로 나타난다. 즉, 고난과 역경은 승리와 희망의 정서와 동일선상에 연결되고 있는 것이다.

「보리 이야기」에서 '보리'는 험난한 삶 속에서도 함께 힘차게 일어서는 민중의 저력을 나타내고 있다.

> 한 알의 보리씨가
> 기나긴 겨울 동안 흙 속에 묻혀
> 모진 추위에 죽지 않고
> 스스로 살을 썩혀 살을 틔웠다.
>
> — 「보리 이야기」 부분

'기나긴 겨울', '모진 추위'는 보리씨가 싹을 틔우는 데 있어 외부적 고난이 된다. 보리씨가 한 알로 외떨어져 존재한다는 것과 외부적 양분이 공급되지 않는 것도 한계 상황이 되고 있다. 그런데 결국 '스스로 살을 썩혀 싹을 틔운' 보리씨는 강인한 생명력과 의지를 가지고 있음을 나타내고 있다. 보리씨가 틔운 싹은 '툭툭 불거지는 푸른 줄기 끝에/뚜 룩뚜룩 여물이 차오르는 소리/'에서 그 생명력을 더욱 발산하고 있다.

> 가난한 백성의 땀방울 먹은
> 오지게 익어 가는 푸른 아우성이
> 들판 가득히 넘쳐 흐른다
> 제법 점잖은 꺼시락 수염 달고
> 일제히 고개 드는 모가지들
> 꺼끌꺼끌한 속삭임이 들린다.
>
> — 「보리 이야기」 부분

4연에서 민중의 생명력은 '푸른 아우성', '제법 점잖은 꺼시락 수염', '꺼끌꺼끌한 속삭임'에 반영되어 힘과 활기가 넘쳐흐르는 단계로 진입 하고 있다. 의기와 분투는 결집으로 이어지고 결국 민중의 승리적 단계 로 이어진다.

> 히히죽거리며 벙글거리며
> 오 들판 가득히 일어나는
> 무수한 모가지들의 아우성
> 겉보리 만세
> 풋보리 만세
> 누우런 이빨 드러내고 웃는
> 씩씩한 백성들의 만세가 들린다.
>
> — 「보리 이야기」 부분

4연에서 '일제히 고개 드는 모가지들'과 '들판 가득히 일어나는 무수 한 모가지들의 아우성'은 의합한 민중의 고군분투를 나타내고 있다. 결 국 이 시에서 민중의 존재 양상이 보리의 생애에 비유되고 있음을 알 수 있다. 여기서 보리의 생애는 한 알의 보리씨가 흙 속에 묻혀 존재하는 것부터 스스로 싹을 틔우고 여물이 차오르며 결국 들판 가득히 익어 흔들리는 모습에 해당한다. 이에 비유된 내적 의미는 의지적 민중의 자세로서, '보리'는 의지적 민중의 존재를 긍정하고 민중 승리에 대한 희망을 나타내고 있다.

　다음 시에서는 만나기 어려운 분단 조국의 현실을 극복하고자 하는 민중의 염원을 나타내는 것으로 '노둣돌'이 쓰이고 있다.

　　　이별이 너무 길다
　　　슬픔이 너무 길다
　　　선 채로 기다리기엔 은하수가 너무 길다.

― 「직녀에게」 부분

　위의 시에서 은하수를 가운데 둔 견우와 직녀의 이별은 남과 북의 분단 상황을 비유하고 있다.

　　　면도날 위라도 딛고 건너가 만나야 할 우리,
　　　(중략)
　　　유방도 빼앗기고 처녀막도 빼앗기고
　　　마지막 머리털까지 빼앗길지라도
　　　우리는 다시 만나야 한다
　　　우리들은 은하수를 건너야 한다
　　　오작교가 없어도 노둣돌이 없어도
　　　가슴을 딛고 건너가 다시 만나야 할 우리,
　　　칼날 위라도 딛고 건너가 만나야 할 우리,
　　　이별은 이별은 끝나야 한다
　　　말라붙은 은하수 눈물로 녹이고
　　　가슴과 가슴을 노둣돌 놓아

슬픔은 슬픔은 끝나야 한다, 연인아.

—「직녀에게」부분

위 부분에서는 긴 분단 상황이 말미암은 사회, 정치, 경제, 문화적 단절의 현실을 더 이상 방관하고 있을 수 없다는 의지가 드러나고 있다. 한 민족에 대한 그리움은 '칼날 위'나 '사방이 막혀버린 죽음의 땅'과 같은 극한 상황에서도 반드시 만나야만 한다는 절절한 연인 의식으로 나타난다.

극한 상황에 대한 인식과 극복 의지는 곧 실천적 양상으로 이어진다. '가슴과 가슴으로 노둣돌을 놓'는다는 데 나타난 '노둣돌'의 상징적 의미는 분단 극복과 민족 회복에 대한 희망의 결집체이다. 민중의 가슴 속에서 우러나오는 통일 염원 의지가 분단 현실을 극복하는 데 큰 밑받침이 될 것이라는 희망을 담고 있는 것이다.

'면도날 위라도 딛고 건너가 만나야 할 우리'나 '마지막 머리털까지 빼앗길지라도'에서 알 수 있듯이 위의 시에서 통일은 필수불가결한 현실 과제로 제시되고 있다. '노둣돌'은 현실 과제 해결을 가능하게 하는 첫 번째 시어로서 민중 자체의 통일 염원 의지를 나타내고 있는 것이다.

다음 시에서 '죽순'은 억압적 현실 속에서 의합 분투하여 싸우는 민중의 승리 의식을 나타내는 상징물이다. 이것은 1894년에 죽창을 들고 관군과 싸웠던 농민들의 이미지와 연결되고 있다.

무엇인가 뽑고 싶은 가슴들이
무엇인가 뽑아 올리고 싶은 욕망들이
쑥 쑥 솟아 오른다
도란도란 속삭인다

—「죽순밭에서」부분

2연에서 '죽순'은 모순된 현실에 대한 거부와 변혁 의지가 나타나는 초입에 있다. '왕대 참대 곧은 줄기/다투어 뽑아 올리는 대나무밭'과 '나도 한 그루 대나무 되어 서면'에서는 박진감 있게 결집되는 의기를 읽을 수 있다.

갑오년 백산에 솟은 푸른 참대밭
우리들의 가슴을 뚫고
사무친 아우성이 솟아 오르는 소리
안개 속에서 달빛 속에서
어둠을 뚫고
굳은 땅을 뚫고
모든 뿌리들이 일제히 터져 나오는 소리

죽순밭에는
뾰족뾰족 일어서는
카랑한 달빛이 흐른다
도도한 기침소리가 들린다
묵은 끌텅에 새순이 돋아
창끝보다 날카로운 아픔이 솟는다.

가슴이 막혀 답답한 날
대밭에 가서 창을 다듬자
왕대 곁에 서서
꼿꼿이 휘어지지 않는
한 줄기 죽순을 뽑아 올리자

― 「죽순밭에서」 부분

6연에서는 억압과 모순, 즉 현실의 의기를 가로막는 답답한 장애물이 민중의 결집된 힘으로 해소되는 순간에 이른다. '안개', '어둠', '굳은 땅'에 해당하는 현실의 장애물은 '모든 뿌리들이 일제히 터져 나오는 소리'처럼 강하고 단합된 힘으로 제거되고 있다. 6연은 민중의 의합과 분투에 의한 승리와 해방감이 절정에 달하는 부분이다. 이러한 승리 의식은 '죽순밭'의 분위기로 이어지는데, '뾰쪽뾰쪽', '카랑한', '도도한', '날카로운'의 시어는 '죽순'의 날렵한 이미지와 함께 민중의 승리감을 고조시키는 역할을 한다. 특히, '카랑한 달빛'과 '도도한 기침 소리'는 '카랑카랑한 기침 소리', '도도한 달빛'이라는 본래적 의미와 달리 수식어와 피수식어의 대구를 맞바꿈으로써 이미지에 집중하게 하는 효과를 낳고 있다.

'가슴이 막혀 답답한 날'이 함축하고 있는 것은 억압과 모순으로 점철된 현실이다. '꼿꼿이 휘이지 않는/한 줄기 죽순을 뽑아 올리자'에서는 시적 자아의 현실 경계 뿐 아니라 민중의 결집과 분투에 대한 자신감과 승리 의식이 드러나 있다.

「장난감이 없는 아이들」에서는 민중과 억압 세력의 대결 의식과 관련된 승리의 정서보다는 현실을 극복하는 데 대한 희망의 정서가 두드러지게 나타난다. 이 시에서 '장난감'은 어른들이 만들어 놓은 타락한 현실을 극복할 수 있는 힘과 희망을 나타내고 있다.

> 장난감이 없는 아이들은
> 양지 쪽에서 흙장난을 하며 논다.
>
> 아무리 생각해 보아야
> 신통한 일이 없는 아이들,
> 다섯 살짜리 고추들은
> 마침내 오줌싸기 시합을 한다.
>
> – 「장난감이 없는 아이들」 부분

심심하다 못해 흙장난이나 오줌싸기 시합을 하며 노는 아이들은 현실에 때묻지 않은 순수한 동심 자체를 드러낸다. 아이들의 놀이에는 돈과 권력이 개입된 쾌락의 도구가 발견되지 않는다. 이 때 아이들은 사람과 사람이 동등하게 만나 그들의 감정과 요구를 교류하는 순수한 단계에 머무르고 있다.

> 어른들이 술을 마실 때
> 어느 값진 장난감보다도
> 더욱 귀중한 장난감,
> 한줌 흙을 파 놓고
>
> 값진 금이드키
> 맛있는 과자이드키
> 냠냠냠
> 햇살과 어울려 웃음꽃을 피운다.
>
> — 「장난감이 없는 아이들」 부분

'햇살'은 아이들의 밝은 웃음과 기쁨, '하늘'은 아이들의 상상력이 존재하는 세계, '한줌 흙'은 아이들의 장난감을 의미하고 있다. 아이들에게 장난감은 '없는 것'이면서도 '있는 것'이다. 이러한 모순은 '장난감'의 의미에 대한 이중성에서 기인한다. '어른들'에게 '장난감'은 '술', '값진 금', '맛있는 과자'와 같은 현실적 쾌락과 욕구의 재부에 해당한다. 그러나 '탱크도 비행기도 군함도/그들의 손에선 한낱 장난감'에 불과한 아이들의 관점에서 '장난감'이란 즐거운 상상과 웃음을 가져다주는 모든 자연이다. '햇살과 어울려 웃음꽃을' 피울 수 있는 아이들의 상상력과 순수함은 어른들이 만들어 놓은 현실 세계와 대립되면서 시적 자아가 회복하기를 원하는 상태이다. 즉, 어른들의 세계에 속한 시적 자아가 그리워하면서도 현실의 타락함을 극복할 수 있는 힘과 희망으로 인식하는 것이다.

> 내가 어른이 되었을 때
> 내가 처음으로 술을 마셨을 때
> 내가 잃어버렸던 하늘
> 아름다운 그날의 꿈은 무엇이었던가.
>
> — 「장난감이 없는 아이들」 부분

'술'이라는 어른들의 장난감을 접한 '나'는 이미 어른의 세계에 속한 자이다. 동시에 '나'는 잃어버린 상상의 세계와 순수한 정서를 그리워하는 자이다.

> 그 어느 눈보다
> 더욱 무서운 맑은 눈 앞에
> 나는 두손을 번쩍 들어야 한다.
> (중략)
> 어른들이 투표를 할 때
> 어른들이 술을 마실 때
> 선거권이 없는 아이들은
> 양지 쪽에서 흙장난을 하며 논다.
>
> — 「장난감이 없는 아이들」 부분

시적 자아가 희망의 정서를 이입하고 있는 아이들의 '장난감'은 어른들의 세계와 공존하고 있다. '그 어느 눈보다/더욱 무서운 맑은 눈'은 '탱크도 비행기도 군함도', '제2차 대전도 6.25도' 두려워하지 않는 힘을 가지고 있다. 정치·경제적 욕구가 만들어낸 전쟁과 현실의 타락한 모습, 곧 어른들이 만들어놓은 타락한 현실을 극복할 수 있는 힘을 가진 동심의 세계에서 희망의 정서를 읽을 수 있다. '장난감'은 이러한 희망의 정서를 내포하고 있는 시어가 되고 있다.

앞서 살펴본 바와 같이, 승리와 희망의 정서는 '선 한계 후 극복'의
형식으로 나타나고 있다. 현재 상황에서 시적 자아가 부딪히는 모순적
구조, 불편부당한 시대 상황, 분노하게 되는 억압, 슬픔과 서러움 등에
해당하는 부정적 정서가 시적 자아로 하여금 분노와 대결의식을 생성
케 하고 결국 승리와 희망에 대한 의지로 귀결되는 양상을 보이게 된
다. 이것은 하나의 시 안에서도 두드러진 변화 양상으로 나타나며 시어
는 결국 승리와 희망으로 귀결되는 정서의 특성을 지닌 채 변화하고 있
는 것을 알 수 있다.

6. 강조적 시어로 나타난 사랑과 연민의 정서

부정한 것에 대한 거침없는 대결의지와 분노의식과 대조적으로 정
당한 것, 민중적인 것, 민속적 아름다움이 드러나는 것, 자연의 편안한
아름다움과 동심의 세계가 드러나는 것 등에 대해서는 깊은 사랑과 연
민의 정서가 두드러지게 나타난다. 사랑과 연민의 정서는 다음과 같은
시에서처럼 반복과 강조를 통해 점차 강화되어 나타난다.

「뚝배기 부」에서는 소박하고 성실하게 살아가던 역사 속 민중의 아
름다움이 '뚝배기'라는 매개물에 의해 나타나고 있다. 우선 이 시에서
는 투박한 민중의 삶에 대한 시적 자아의 애정을 발견할 수 있다.

> 아무데 놓여도 어울리는 폼이
> 청자보다 더 미쁘다
>
> 부잣집 응접실이 아니고
> 박물관 진열장이 아니어도
> 두메 산골

허름한 목로판이나
시골집 살강 위에 놓여져도
너는 항상 투박한 마음
우리들의 목마름을 채우게 한다.

조금 비뚤어졌으면 어떠냐
상놈집 게다리 상 위에서도
뭉게뭉게 김 오르는
시락국 된장국
질화롯가의 겨울밤은 익어 가고
가물거리는 호롱불 아래
한국 여인의 그므는 눈매가 곱다.

—「뚝배기 부」부분

'부잣집 응접실', '박물관 진열장'에서 볼 수 있는 '청자'보다 더 믿음 직하고 애정을 느끼고 있는 '뚝배기'는 자리한 곳이나 생김새로 보아 귀한 대접을 받는 대상이 아니다. '허름한 목포판', '시골집 살강', '상놈 집 게다리 상'과 같이 초라하지만 민중의 삶과 가까운 곳에 자리하여 '목마름을 채우게' 하거나 '뭉게뭉게 김 오르는' 된장국과 '시커먼 보리 밥'이 퍼 담기는 존재다.

이러한 소박한 서민적 대상물은 화자로부터 '청자보다 더 미쁘'고 '조금 비뚤어져' 있는 생김새가 흉이 안 되는 따뜻한 관심을 받고 있다. '뚝배기'는 가난하지만 부지런하고 열심히 살아가는 서민들의 모습, 소 박하고 투박한 삶에서 풍겨 나오는 구수한 인정을 상징적으로 담아내 고 있다. 소박한 민중에 대한 사랑을 나타내는 매개체인 것이다. 이러 한 사랑의 정서에는 고되고 궁핍하게 생활할 수밖에 없는 민중의 현실 에 대한 안타까움과 연민의 정서가 뒤따른다. 서글픈 민중은 보호하고 사랑하는 대상임과 동시에 한편으로는 애잔한 연민의 대상으로 나타난다.

> 낮잠 자는 배고픈 뚝배기
> 빈 그릇 가득 채울
> 우리들의 가난한 눈물도
> 박박 바닥 긁는 몽당 숟가락
> 쓸쓸한 박타령도 철철 넘친다.

— 「뚝배기 부」 부분

　　민중의 서글픈 현실을 어진 눈으로 바라보는 관점에서 사랑과 연민의 정서가 나타난다. '종일토록 살강에 엎어져/낮잠 자는 배고픈 뚝배기', '빈 그릇 가득 채울/우리들의 가난한 눈물', '바닥 긁는 몽당 숟가락'은 모두 특별한 잘못 없이 궁핍한 생활을 하는 민중의 서러움을 나타낸다. 이들에 대한 연민과 사랑은 '뚝배기'라는 개체를 통해 나타나고 있다.

　　위의 시에서 사랑과 연민의 정서는 원한과 서러움의 정서와 구별되는데, 이것은 시의 종연에 나타나는 해학적 발화의 제시 때문이다.

> 상감청자 고운 빛깔이 아닌
> 이조백자 하얀 살결이 아닌
> 투박한 빛깔에
> 구수한 맛
> 아차차 배꼽까지 나왔네.

— 「뚝배기 부」 부분

　　배고프고 서러운 현실 속에서 열심히 참고 일해도 가난한 민중에게 돌아오는 것은 결국 '한줌 흙이 되는 뚝배기'같은 서글픔이다. 하지만 종연에서는 '아차차 배꼽까지 나왔네'라고 익살을 부림으로써 자칫 무거워지거나 유약해질 수 있는 슬픔의 정서 사이에 균형을 꾀하고 있다. 위의 시에서 사용된 익살은 한과 슬픔을 해학과 풍자 등의 기지로 이겨내던 민중적 삶의 방식과 맞닿아 있는 시적 도구라고도 말할 수 있다.

「겨울 산촌」에서 '눈'은 맹목적으로 도시화되어가는 농촌에 대한 안타까움과 그리운 고향에 대한 사랑을 강조하는 존재다. 시적 자아는 '겨울 산촌'에 쌓인 '눈' 때문에 외부와 단절된 시간과 공간 속에 자리하고 있다.

> 사방이 막혀버렸다, 깊은 겨울
> 버스도 들어오지 않았다, 차라리 막혀버려다오
>
> -「겨울 산촌」 부분

'차라리 막혀버리'기를 바라는 화자의 태도에서 자아가 현재 자리한 공간에 대해 특정한 의도를 가지고 있음을 알 수 있다.

> 겨울 산촌은 막힌 대로가 좋아
> 눈은 이틀째 자꾸만 내리고
> 자꾸만 내리고
> 신문도 배달부도 안 오는 깊은 겨울.
>
> 도시에서 실려오는 편지도
> 새마을 잡지도 오지 말아다오
> 차라리 신문이여 오지 말아다오
>
> 우리를 슬프게 만드는 유행가여 들리지 말아다오
> 지불명령을 가지고 오는 우체부 아저씨여 오지 말아다오.
>
> -「겨울 산촌」 부분

시적 자아가 눈으로 고립된 산촌이 지속되기를 바라는 의도는 '도시에서 실려오는 편지', '새마을 잡지', '신문', '우리를 슬프게 만드는 유행가', '지불명령을 가지고 오는 우체부'를 거부하는 데서 확연히 드러난다. 이들은 농촌을 도시화하거나 농촌이 도시화되었음을 확인할 수 있는 예에 해당한다.

> 눈 내리는 소리만 들리게 하고, 차라리
> 호롱불 가에서 심청전을 읽으며 울게 해다오
> 춘향이와 이도령의 서러운 이별을 함께 울게 해다오.
>
> ─「겨울 산촌」 부분

농촌의 도시화에 대한 거부 의식은 '호롱불 가에서 읽었던 심청전'과 같은 어릴 적 고향 모습에 대한 아련한 향수와 맞닿아 있다. 그러나 고향이 변하지 않기를 바라는 마음은 단지 이러한 그리움 때문만은 아니다.

> 읍내로 나가는 고개도 막히고, 학교로 나가는 앞길도 막히고
> 간이역으로 나가는 윗길도 막히고,
> 막힌 땅에서 농부가 울어, 막힌 가슴으로
> 고향이 울어,
>
> ─「겨울 산촌」 부분

위의 시에서 농촌은 '새마을 잡지', '신문', '유행가' 등 도시화의 그럴싸한 분위기가 한창 유입되고 있지만 생활의 편리와 생계의 안정을 누리지 못하는 실속 없는 공간이다. 눈으로 인해 '읍내로 나가는 고개', '학교로 나가는 앞길', '간이역으로 나가는 윗길' 등 현실 삶의 공간으로 이어질 길이 모두 막혀 있는 상태다. 이 때 '겨울 산촌'이라는 공간 속에서 삶의 주체인 농부가 할 수 있는 일이란 '막힌 가슴으로' 우는 것

밖에 없다.

> 차라리 모두 다 막혀버려다오.
> 차라리 모두 다 막혀버려다오.

– 「겨울 산촌」 부분

시적 자아는 차라리 고향의 순수성이라도 지키고 싶은 마음에, 긍정적인 발전도 이루어지지 않고 주체적인 변화의 힘도 가지지 못한 공간의 현실을 개탄한다.

위의 시에서 '눈'은 시선을 농촌의 한 공간으로 집중시켜 그 곳에 대한 시적 자아의 감정을 부각시키는 역할을 한다. 즉, 맹목적으로 도시화되는 현실 속에서 실속을 잃어버린 농촌에 대한 안타까움과 고향에 대한 애틋한 사랑을 강조하는 시어로 작용하고 있다. 다음의 시에 등장하는 '쑥'은 초근목피로 허기를 면하던 굶주린 빈민에 대한 연민을 함축하고 있다.

> 모진 흉년,
> 너와 더불어 허리띠 졸라매고 넘던
> 허기진 눈동자 속에
> 뱅뱅 맴돌던 하늘,
> 그날의 어머니는 어디로 갔을까?
>
> 맹물로 끼니를 때우던
> 윤사월
> 석양이 되어도 연기가 솟지 않는 마을에
> 시진한 뻐꾸기 울음도 사라지고
> 빈 하늘에 솔개만 돌던 마을
> 손톱이 까아만

우리 어메를 울리던 쑥아
똥구멍이 찢어지게 가난한
우리 이웃을 살려낸 쑥아
오늘은 아침 밥상에 향기로 고인다.

―「쑥」 부분

'맹물로 끼니를 때우'고 쑥을 캐먹으며 윤사월 보릿고개를 넘던 '모진 흉년'이 만들어내는 풍경에는 연민의 정서가 가득 담겨 있다. 흉년이 든 마을에는 저녁이 되어도 밥 짓는 연기가 나지 않고, 먹을 것이 없는 마을에 사는 뻐꾸기조차 기력이 있을 리 만무하다.

쑥꾸욱 쑤꾸욱
아지랑이 속 꾸꾸기는 우는데,
쓰쓰름한 눈물 속에 돋아나는
쓸쓸한 정력의 풀
나라도 못구한 가난을 구하던
너는 어질디 어진 풀
언덕에 앉아 쑥을 뜯으면
손가락 마디마디 아픔이 스민다.

―「쑥」 부분

허기에 허덕이며 초근목피로 생계를 이어야 하던 백성은 '쑥'을 캐먹으며 당장의 굶주림을 면하지만 '손가락 마디마다' 스미는 서글픈 아픔을 느낀다. 위의 시에서 '쑥'은 서글픈 백성을 위로하고 힘을 주는 존재임과 동시에 가난한 백성에 대한 연민을 강조하는 시어로 작용하고 있다.

앞서 살펴본 바, 불편부당한 것에 대한 거침없는 대립과 대결 의식은 분노, 증오, 원한, 서러움과 같은 부정적 정서를 동반하고 있다. 그러나 민중과 민족, 자연과 미풍양속과 같이 시적 자아의 공동체적 삶에 대한 이상에 부합하는 대상의 경우 승리, 희망, 사랑, 연민과 같은 긍정적 정서와 옹호적 자세가 동반함을 알 수 있었다. 정당하지 못한 것에 대한 타협 없는 대결의식은 그와 양립한 정당성에 대해 강한 사랑과 옹호의식을 강조하고 있다. 사랑과 연민의 정서는 한 편의 시 안에서도 반복적, 점층적, 나열적인 시어로 강조되어 나타나고 있음을 확인할 수 있다.

7. 결어: 힘의 생산과 서정의 균형

지금까지 서은 문병란의 시를 분석하며 두드러지게 나타나는 정서의 의미를 어떠한 시어들을 통해 발화하고 있는지 살펴보았다. 이는 즉, 문병란의 시에서 화자의 정서와 시어의 작동 관계를 살펴보는 과정이었다.

은유의 작용으로 의미가 옮겨지는 과정은, 어떤 말이 사용된 문맥과 그 말이 적용된 새로운 문맥 사이에 연결 관계가 맺어질 경우에 이루어진다.[82] 또한, 문자적으로 드러난 시어가 비유하고 있는 의미 역시 시행과 연의 연결 관계 속에서 드러난다. 시행과 연의 연결 관계 속에서 드러나는 시의 의미는 곧 시적 화자의 정서를 반영하게 되므로 시적 대상은 시적 화자의 정서를 유추할 수 있는 상징물로 볼 수 있다.

이러한 논구의 전거로 문병란 시에 나타난 시어의 선택과 조합 원리, 즉 비유와 상징으로 나타난 시어가 어떠한 형태적 구성의 특징을 가지고 각각의 정서를 형상화하고 있느냐에 대한 문제를 다루어 보았다. 우선 텍스트 속의 시어들을 분류하고 이것의 시적 의미와 선택 원

---

82 박인기 편역, 앞의 책, 237쪽.

리를 분석했으며, 시어들이 가지는 정서적 의미에 따라 시어가 선택되는 양상과 조합 유형을 밝혀 보았다.

말하는 존재로서의 화자가 가지고 있는 의식 세계가 화자의 어조, 즉 특정한 성격으로 구분할 수 있는 태도로 드러난다면 그 서정적 형상화 양상은 비유나 상징과 같은 시어의 선택 원리와 특질에 관련되어 나타난다. 이 글에서는 문병란 시가 가지고 있는 서정성을 그 정서의 특질에 따라 네 가지로 나누었는데, 각각의 서정적 형상화 양상은 특징적인 시어 선택 원리와 결합되어 있다.

시적 화자의 태도가 공격성과 방어성의 양면을 띠고 나타나는 바와 같이, 시어를 통해 발화·발현되는 정서 역시 양분되어 나타나는 양상을 보인다. 부정적 심리와 긍정적 심리가 바로 그것이다. 여기서 부정적 심리란 자아를 옭아매거나 불안함의 상태를 유지하여 자의식을 파괴하는 상태를 말하는 것이 아니다. 그것은 적대적이고 대결구도를 가지고 있는 대상에게 가지는 공격적 심리와 관계된 것을 의미하고 있다. 그 정서의 예는 분노, 대결, 원한, 서러움으로 나타난다. 또한 옹호적 화자의 지사적 수호 의식과 관계되는 긍정적 심리의 예는 승리, 희망, 사랑, 연민으로 나타나고 있다. 이렇게 크게 양분되는 서정적 경향성은 각각 특징적인 시어 선택의 원리와 결합되어 있다.

먼저 분노와 대결의 정서는 정당성, 대결의지, 양심, 공격, 정의 등의 관념적 수호 의식을 대변하는 시어들의 조합과 선택으로 드러난다. 이 정서를 강조하기 위해 선택되는 시어는 긍정과 부정, 지켜야 할 것과 공격해서 파괴시켜야 하는 것 등 대립되는 성질이 분명하게 나타난다. 정당성에 반하는 것을 상징하는 시어는 정당한 것의 가치를 더욱 선명하게 드러내기 위한 대립 매체로서, 역시 부정적인 것의 관념성을 띠고 나타난다.

두 번째, 원한과 서러움의 정서는 민중의 아픔, 모순된 현실 속에서 잘못 짊어져야 했던 서글픈 무게에 대한 슬픔의 카타르시스를 유발하고 있다. 이 서정적 정서가 드러내는 것은 패배적 삶의 자세가 아닌,

현실의 정화와 새 삶에 대한 의지이다. 현실적 슬픔에 대한 감정 정화는 시적 화자가 심리적 거리를 가까이 하고 있는 옹호적 대상에 대한 것이다. 그러므로 시어 역시 민중성과 울음, 고난을 상징할 수 있는 범위에서 선택되고 있다.

이 정서는 곧 승리와 희망의 정서로 이어지게 되는데 승리와 희망은 대립적 존재를 전제로 놓았을 때 현재 옹호적 대상이 가져야 할 심리적 자세와 여건을 강변하는 것으로서, 시어는 대부분 시의 종연에 변화적 양상으로 드러난다. 즉, 민중의 아픔, 혹은 적대적 대상에 대한 분노 등이 점철되어 민중의 승리와 희망으로 귀결되는 양상을 보이는 것이다.

원한, 서러움, 분노, 대결, 승리, 희망 등의 정서가 시적 자아의 의식 세계 중에서도 외부적 대결의지나 드러내고자 하는 시적 진실성과 관련된 것이라면, 사랑과 연민의 정서는 내부적 성찰, 혹은 내면적 힘의 생산과 관련되어 있다. 민족, 민중, 가족, 자아 등의 대상 뿐 아니라 평화, 자유, 그리움 등의 관념적 존재에 대한 사랑, 연인의식, 연민은 시적 자아의 서정적 균형을 이룰 수 있도록 하고 있다. 이 정서의 서정적 형상화에서는 반복적 묘사와 점층적 강조 등이 시어 조합과 선택에서 드러나고 있다.

이 같은 시어 선택 원리를 구축하며 시인이 발화·발현하고자 했던 시 정신으로서 주제 의식은 다음의 네 가지로 분류해볼 수 있다. 그것은 첫째, 부조리에 대한 저항의식, 둘째, 자주적이고 독립적인 민족의식, 셋째, 분단 극복과 통일 염원 의지, 넷째, 이농민 및 도시 빈민 노동자들의 삶이다.

문병란 시의 소재는 우리 생활 속에서 흔하게 접할 수 있는 물건이나 경험에서 비롯된다. 일상생활 속에서 겪고 있는 사항들을 비판하거나 격려함으로써 현실의 삶에 참여정신을 부여한다. 문병란이 시의 소재나 시어를 가장 민중적인 것으로 선택하는 것은 그가 쉬운 시를 쓰는 다음과 같은 이유와 연관되어 있다.

누구나 쉽게 이해된다면 그것은 어찌 시라고 하겠는가 식의 시적 오만심은 버려야 한다. 아무나 아무데서나 쉽게 읽을 수 있고 유행가보다 강한 매력으로 대중을 사로잡을 수가 있고 그들에 의해 항상 입에 오르내리는 그런 친근한 정서여야 한다. 그런 대중성이 강한 쉬운 시가 타락이 아니라 시적 확산이며 시의 귀족적 편협심을 탈피하여 시가 대중의 연인으로 복귀되는 시의 기능 회복이다.[83]

민중의 삶과 정당한 권리를 위협하는 모든 대상에 대한 경계, 끊임없이 자신의 양심을 돌아보고 자신을 가다듬는 단련 의식, 실천적이고 능동적인 자아, 와신상담하며 수행하는 시적 자아의 자세 등 시적 자아의 의식 세계 역시 문병란 시의 민중성을 드러낸다.

한글을 알고 모국어를 사용하는 사람이면 다 전달되고 공감할 수 있어야 하는 민중적 언어의 대량 수용으로서 보다 친근한 민중시 운동은 시인 자신만의 지고한 예술적 쾌락에서 나온 것이 아닌 독자와의 유대 속에서 창조되는 공동의식의 소산이며, 특권층만이 점유해온 문화적 귀족화를 방지하고 문학의 평등화 민주화를 실현하는 도덕적 윤리적 입장으로서 민중 문학은 바로 정치적 경제적 민주화와 똑같이 실현되어야 한다.[84]

포기하지 않는 끈질긴 자세로 민중적인 것과 민중적이지 않은 것의 대립을 확고히 하고 줄곧 차별적 태도를 보이는 화자의 특성 역시 문병란 시의 민중적 성격을 더하는 요인이다. 문병란 시에서 정당성에 대한 발화가 줄곧 민중성과 동일시되어 읽히는 것은, 그의 시어가 '진실

---

83 문병란, 「나의 詩的 正當性」, 앞의 책, 1993, 277쪽.
84 위의 책, 289쪽.

한 시, 인간을 위한 시, 민족과 다수 민중을 위한 시'[85]를 쓰고자 한 그의 시관과 맞닿아 있기 때문일 것이다.

출전
최혜경, 「문병란 시 연구」, 전남대학교 국어국문학과 대학원 석사논문, 2008.

---

85 위의 책, 278쪽.

참고 문헌

• 단행본

권영민 엮음, 『한국현대문학대사전』, 서울대학교 출판부, 2004.

금동철, 『한국 현대시의 수사학』, 국학자료원, 2001.

김동근, 『서정시의 기호와 담론』, 국학자료원, 2001.

김병철, 『헤밍웨이 문학의 연구』, 을유문화사, 서울, 1969.

김욱동, 『문학이란 무엇인가』, 문예출판사, 1996.

김욱동, 『은유와 환유』, 민음사, 1999.

박인기 엮음, 『현대시론의 전개』, 지식산업사, 2001.

손광은, 『우리 시대의 시인 연구』, 시와 사람사, 2001.

이명섭 엮음, 『세계문학비평용어사전』, 을유문화사, 1989.

이무석, 『정신분석에로의 초대』, 이유, 2006.

이미순, 『한국 현대시와 언어의 수사성』, 국학자료원, 1997.

이상섭, 『문학비평용어사전』, 민음사, 1976.

이승훈 엮음, 『한국현대대표시론』, 태학사, 2000.

이지엽, 『현대시창작 강의』, 고요아침, 2005.

장도준, 『한국 현대시의 화자와 시적 근대성』, 태학사, 2004.

정재완, 『한국현대시인연구』, 전남대학교 출판부, 2001.

허형만·김 종 엮음, 『문병란 시 연구』, 시와사람사, 2002.

Abrams, M. H, 『문학용어사전』, 최상규 옮김, 예림기획, 1997.

Barthes, Roland, 『텍스트의 즐거움』, 김희영 옮김, 동문선, 1997.

Chatman, Seymour, 『이야기와 담론-영화와 소설의 서사구조』, 한용환 옮김, 고려원, 1991.

Easthope, Antony, 『시와 담론』, 박인기 옮김, 지식산업사, 1994.

Freud, Sigmund, 『정신분석학의 근본 개념』, 윤희기 옮김, 열린책들, 2003.

Freud, Sigmund, 『정신분석 강의』, 홍혜경 옮김, 열린책들, 2003.

Kayser, Wolfgang, 『언어예술작품론』, 김윤섭 옮김, 대방출판사, 1984.

Langer, Susan, 『예술이란 무엇인가』, 박용숙 옮김, 문예출판사, 1984.

Matthiessen, F. O, The Achievement of T. S. Eliot, New York & London ;

Oxford University Press, 1974.

Sandler, Joseph, 『안나 프로이트의 하버드 강좌』, 이무석 · 유정수 옮김, 하나의 학사, 2000.

Scholes, Robert, 『문학이론과 문학교육-텍스트의 위력』, 김상욱 옮김, 하우, 1995.

• 논문

금동철, 「정지용 시론의 수사학적 연구」, 『한국시학연구』, 한국시학회, 2001.

금동철, 「1930년대 한국 모더니즘시의 수사학적 연구」, 『우리말글』 제24집, 우리 말글학회, 2002. 4.

김영철, 「시와 상징」, 『현대시』, 1999. 10.

김화성, 「현대시의 화자 유형 연구」, 목포대학교 석사논문, 1996.

남승원, 「김남주 시의 시적 화자 연구」, 『고황론집』, 경희대학교 대학원, 2003.

노창수, 「한국 현대시의 화자 유형 연구」, 조선대학교 석사논문, 1989.

노창수, 「시적 화자 유형에 따른 작품의 특징 고찰」, 『국어교육』, 한국국어교육연 구회, 1990.

노창수, 「문학사조와 시적 화자의 관계 고찰」, 『국어교육』, 한국국어교육연구회, 1991.

박경화, 「한국인의 자아방어기제에 관한 연구」, 이화여자대학교 박사논문, 1991.

박태룡, 「T. S. Eliot의 시에 대한 관점」, 『어문학연구』, 목원대학교 어문학연구소, 1993.

안중은, 「T. S. Eliot의 객관적상관물 이론」, 『솔뫼어문논총』, 안동대학교 어학연 구소, 1989.

윤의섭, 「정지용 시에 나타난 시간성의 수사학적 의미」, 『한국시학연구』, 한국시학 회, 2003.

이숭원, 「백석 시의 화자와 어조 연구」, 『한국시학연구』, 한국시학회, 1998.

임정숙, 「은유 : 그 철학적·수사학적 관련」, 『미학』, 한국미학회, 1986.

조내희, 「한국시의 화자유형 연구」, 고려대학교 석사논문, 1985.

한영희, 「객관적 상관물」, 『인문과학연구』, 안양대학교 인문과학연구소, 2000.

문병란 제2시집
『정당성』의 위상에 관한 단상(斷想)

김청우

1. 들어가며

같은 '전라도 사람'이라는 것 외에—이 '전라도'라는 지역은 그에게 '수난'이라는 의미를 갖는데, 최근 나 역시 그런 '지역성'을 의식하고 그 의미망의 전모(全貌)를 파악하려 노력 중이다—문병란 시인과의 그 어떤 개인적인 접점도 없는 내게 문병란의 시는 알 수 없는 '거리감(距離感)'이 느껴지는 것이었음을 고백하면서 이 글을 시작해야겠다. 나는 그의 첫 시집인『문병란 시집』(1971)을, 문학 스승인 다형(茶兄) 김현승의 색채가 묻어나오는, 한 마디로 '시는 언어예술이다'라는 말을 증명하려 한 듯한 시들로 채워져 있다고 읽었다. 그 어떤 이해든, 그것은 필시 어떤 '오해' 혹은 '오류'에 기반을 둔 것이라는 사실을 이제 와 새삼스레 말할 필요는 없을 테지만, 그럼에도 불구하고 이렇게 언명하는 것은 어떤 망설임이 도사리고 있어서가 아닐까.

아무튼 그의 첫 시집과, 이른바 '오월시(五月詩)'를 찾아 읽다 접하게 된 그의 '중기' 이후의 시들 사이에 '거리'가 있음을 느낀 것이 문병란 시에 관한 내 첫 감상이었다. '변모(變貌)'라 할 수 있는 이 '거리'는,

그의 두 번째 시집인 『정당성』(1973)에서 시작되고 있음이 감지된다. 내가 그의 시를 읽고 느낀 '거리감'은, 첫 시집의 경우는 언어의 박제품을 보는 듯해서, 그리고 나중의 시들은 그가 그토록 처절하게 읊는 '울분의'(때로는 패배와 단절을 통해 서정성의 완성을 노리는) 시적 언어가 '어떻게 말하느냐'의 고민을 '무엇을 말하느냐'라는 문제의식이 짓눌러버린 듯한 모습을 보았기 때문이다. '무엇을 쓰느냐'가 '시'의 '정당성'을 확보해준다고 여겼으리라 생각한다면 또다시 '오해' 혹은 '오류'일까. 하지만 확실한 것은, 적어도 내게 문병란의 시는 스스로 너무 아름다워했고, 또 너무 슬퍼하고 분노했다. 나는 고난을 말하면서 이미 슬퍼하고 분노하는 무대 위의 배우에게 공감하지 못한다.

2. 『정당성』의 문제성

그래서 『정당성』이라는 시집은 문제적이다. 내 관심사에 의해서만이 아니라, 혹시 이런 말이 가능하다면 문병란의 시세계에 있어서도 『정당성』은 문제적인 시집이 아닐까 한다. 이 시집에 수록된 시들의 면면을 보면, '시'와 '반시(反詩)' 사이의 길에 놓여 있는 한 젊은 시인의 초상이 떠오른다. 이렇게 보면 그가 '거리[街路]의 교사, 시인'이었다는 사실이 새삼 시적으로 느껴지기도 한다. 물론 결과적으로 그가 선택한 '반시'로의 길이 열어준 지평을 폄하하려는 의도는 결코 아니다. 어떤 식으로든 시대에 투신(投身)하여 그 상처를 읊은 시들은 역사적 정당성을 얻는다. 다만 '시대적인' 문학은 (근본적으로) 그 '시대'에서 자양분을 얻기 때문에, '시대'를 지나면서 그 '울림'을 잃는다는 말을 하고 싶었을 따름이다. 즉 시대적인 문학은 공감의 반감기(半減期)를 갖는다. 그럼에도 불구하고, 아니, 그런 이유로 인해 그의 『정당성』은 흥미로운 시집이 된다. 『정당성』은 '시처럼' 읽힌다. 직접적인 언술과 알레고리 사이에서 진자운동을 하는 시, 과거로 침잠하기보다 끊임없이 '지금-여기'로 과거를 데려오려는 시, 그리고 스스로 설득당하기보다 오히려 자신에게 질문하는 시들이, 이 시집에는 있다.

> 칼집을 빠져나온/阿Q의 칼날과 같이/주인의 배를 가르고/그 주먹 속에서 법(法)이 된다.//6·25의 피비린내 속에서/우리들의 가슴에 구멍을 뚫은/따발총 탄환/오늘의 양심은 피를 흘린다.//앵속꽃 향기 속에서 태어난 무지/독약과 같이 피를 썩히고/맑스 레닌의 혓바닥 위에서/전쟁과 아름다운 혁명(革命)을 수행한다. (중략) 시베리아로 끌고 가 평등(平等)이 되고/월남으로 끌고 가 자유(自由)가 되고/오늘은 /우주 밖 달나라로 끌고 가는/허무한 사상아/우리들의 가슴에 구멍을 뚫고/아무데서나 눕힌 여자,/세계 지도 위에 선(線)을 긋고/어디서나 철조망과 이별을 만드는/사상의 하수인(下手人),/너는 도처에서 날뛰고 있다.//阿Q의 주먹 속에서 살인(殺人)이 되고/阿Q의 비굴 속에서 죽음이 되고/오늘은/투표함 속에서 도둑이 된 무지/검은 구월(九月)의/베트남 정글에서 포탄이 되었다.//어느 날 철사줄로 목을 졸인 혁명/미아리 고개 넘어 사라져 가고/레닌모 속에서 음모가 된 6월/오늘은 다시/벤츠 자가용(自家用) 속의 씨이트가 되고/한국의 수도,/서울의 동빙고동 호화주택이 되고//판문점 원탁 위에/한 장의 휴지(休紙)가 되어 놓여 있는가.
>
> ─「무지(無知)」부분

『정당성』이후 문병란의 시는 일제의 수탈과 한국전쟁, 그리고 분단과 1960~80년대 독재로 점철된 한국 근현대사를 직시하려는 태도를 견지한다. 식민지 제국주의의 산물인 일제(日帝), 강대국의 이데올로기에 대한 광적인 신봉과 지배 논리가 만들어낸 한국전쟁, 경제성장을 빌미로 타인에 대한 타인의 착취와 지배를 정당화한 독재 등에는, 말하자면 파시즘이 전제되어 있다. 문병란의 시는 이러한 파시즘의 민낯을 밝히고 이에 대한 담론의 직조 및 확산을 위한 것이라 할 수 있다. 그의 시에는 위에 인용한 「무지」에서도 읽을 수 있듯이, 한국 근현대사 전반에 걸쳐 드러난 수많은 부조리가 무겁게 얹혀있다. 구절들마다 녹아 있는 그러한 사건의 코드들은, 이 시의 읽기를 자꾸만 지연시킨다. 하지만 그와 같은 '지연'이 '무지'를 거스른 '앎'을 요청하고 있다면, 그리고 그것이 사건들에 관한 입체적인 독해를 유도함으로써 '시적인' 효과를 얻는다면 어떨까. 물론 이때 '시적'이라는 것은 문학과 정치의 만남에서 비롯되는, 말하자면 '예술의 자율성'을 재고하게 만드는 '문학+정치'의, 근대 문학의 범주의 '파괴'와 '확장'에서 비롯되는 효과일 것이다.

식민지 시대의 알레고리인 루쉰의 「아Q정전」, 그로부터 한국전쟁의 폭력은 "맑스 레닌의 혓바닥 위에서" 수행된 "아름다운 혁명"과 "아메리카의 켄터키 목화밭에서 흑인 여자를 들어눕힌 무지"로 해석된다. 이 두 힘의 격돌이, "우리들의 가슴에 구멍을 뚫"어 피를 볼 만큼의 가치가 있었는가, 이 시는 묻는 듯하다. "빛나는 개척 정신"으로 꾸며진 원주민에 대한 폭력과, 시베리아에서 외쳐진 "평등", 그리고 베트남에서 울려 퍼진 "자유"는 이제 "우주 밖 달나라로" 가는 우주선을 움직이고 있다. 소련과 미국의 '개척'과 '냉전'은 무엇을 남겼는가. 인간이 달에 갈 수 있다는 그 신기성(新奇性)에 가려진 것은 도대체 무엇이었는가. 1969년 전 세계로 생중계된, 브라운관 앞에 사람들을 모으는 것도 모자라 그들로 하여금 그토록 땀을 쥐게 만든 아폴로 11호의 달착륙 장면은 무엇을 보여주지 않았는가. 그 '장막'을 걷어내자는 것, 그것이 이 시의 말하고자 한 바이리라. 개척과 평등과 자유의 이름으로 이루어진 힘없는 자들에 대한 폭력과 착취, 그 위에 '아폴로'는 서 있다. 이것이 진정한 의미에서의 '개척'이고 '평등'이고 '자유'은 아닐 것이다. 그래서 허무하다.

하지만 이 "허무한 사상"은 자신의 허무함을 가리는 데 성공했다. 어떻게 그럴 수 있었는가. '무지'는 이 "허무한 사상"의 하수인이다. 사상이 그 자신의 허무함을 감추는 데는, 또 그럼으로써 사람들을 움직이는 데는 '무지'의 힘이 작용할 필요가 있다는 것이다. 다시 말해 그 '장막'을 걷어내는 것은 곧 '무지'를 '앎'으로 전환하는 작업에 다름 아니다. 이 지점에서 이 시집의 '미덕'이 드러난다. '사상'을 또 다른 '사상'으로, 더 정확히 말하자면 당위적인 윤리성으로 자리바꿈하지 않고 시인 자신에게로 '솔직하게' 돌아가기 때문이다. 이는 시대적 문학의 숙명인 감응의 반감기를 거스르게 하는 데 충분하다. 이 시는 '손'에 관해 노래한다. "아Q의 주먹"과 "하루 종일 일하며 포복한 손", "짠 발장의 손", "모독 당한 아빠의 손"이 그 목록이다. 특히 "아빠의 손"에 이르러 손의 변주는 절정에 다다른다. "이젠 알프스 산골짝이나 먼 히마라야 산정"에 다다를 것을 꿈꾸지 않고, 확고한 신념으로 하얀 서류를 '기어' 마침표를 찍고 지문을 남기는 손. 그리고 또 "저녁 일곱 시", "모든 악수를 거부하고 스스로 두 개의 손을 모으는" 손.

> 비지를 먹고도 건트림을 내뿜었던/그날의 선비,/갈 지(之)자 걸음 속에 거드름을 피웠던/그날의 긍지도 허세도 소용이 없네.//내가 월봉(月俸) 3만 원의 대학 전임강사를/그만 두었을 때/악마는 내게 흥정을 벌이며/메피스토펠레스는/내 영혼을 저당 잡아갔네.//그대 악마여, 능청 떨며/그 누우런 손을 내미는/악수, 내 약한 마음을 으깨려/군만두를 만드는 도마 위의 난도질.//저울 추 위에서/한점 살코기가 되어 떠는 오늘의/심판, 내 파멸의 언도 앞에/심장 부근의 살 한 파운드를 뗄까나.
>
> ─ 「실패기(失敗記)」 부분

그렇다. 문병란의 『정당성』은 '실패'의 기록으로서 '사회'에 비로소 눈을 돌린 것이다. 먹을 것 앞에서 그 어떤 누가 초연할 수 있을 것인가. "긍지도 허세도 소용이 없"는 가난을 당해 그의 앞에는 어느덧 유혹의 '악수'가 어른거리고, "영혼"과 "심장 부근의 살 한 파운드" 모두 저당 잡혀 죽음과 삶 가운데 처해있게 됨으로써 세계의 엄혹함에 맞선 그의 여정이 시작된 것이다. 그는 그럼에도 불구하고 '악수'를 하지 않는다. 대신 현재의 '생존'을 위해 과거의 꿈을 버리고 "스스로 두 개의 손을 모으"며 단절과 고립을 받아들일 수밖에 없었음을 이 시는 고백한다. "아빠의 손"은 고전적인 클리셰지만(「아버지의 귀로(歸路)」는 아버지의 마음을 절절하게 읊는다), 한국 사회에서 그만큼 강렬하고 복합적인 이미지와 의미를 가진 사물이 또 있을까. "아빠의 손"은 한편으로 무기력한 손이고 부끄러운 손이다. 자신이 '소시민의 손'을 가졌음을 안다는 것, 또 그 손으로 타협의 악수를 하지 않았다는 것만으로도 이 시의 화자는 '실패'를 넘어선 모종의 '승리'를 쟁취했다고 말할 수도 있다. 실로 시인 문병란의 삶은 타협 없는 강직한 '선비'의 삶이었으므로.

3. 과거 지향과 현실 사이

하지만 그럼에도 이 시는 아슬아슬하다. 그 '승리'를 지탱하는 힘이 '과거'로부터 왔기 때문이다. 그에게 현실은 실낙원(失樂園) 이후의 세계요, 스스로는 추방된 아담이기 때문이다. 과거를 '황금시대'로 규정하는 관념으로부터 서정시는 전개된다. 저 '승리'를 받치는 힘이 현실이 아닌 그러한 과거로부터 발생하는 것일 때 시는 생기를 잃을 뿐만 아니라 현실은 슬픔과 고통의 도가니 그 이상도 이하도 아니게 될 위험을 갖는다. 물론 이러한 판단은 그리 단호하게 말할 것은 못 된다. 그러나 그 징후들은 문병란 시의 곳곳에서 발견되기에 여전히 논의선 상에서 지울 수는 없다. 그가 『죽순(竹筍)밭에서』 단절과 고립을 선언하고 '춘향'을 부르거나, '전봉준'을 언급하며 전라도의 '설움'을 말하는 것 등이 이러한 판단을 하지 않을 수 없게 만드는 요인이다. 이시영 시인은 「전라도 소」를 두고, "한 편의 시로서 응당 갖추고 있어야 할 구체적인 시적 현실이 없다"(이시영, 「도덕적 시각의 문제」, 허형만·김종 편, 『문병란 시 연구』, 시와사람사, 2002. 120쪽)라고 말하며 시인이 독자는 염두에 두지 않은 채 '자기의 설움과 분노만 표출하고 만 시'라고 혹독하게 비판했는데, 그 원인이 아마도 여기 있지 않을까 싶다.

> 장난감이 없는 아이들은/양지쪽에서 흙장난을 하며 논다. (중략)
> 탱크도 비행기도 군함도/그들의 손에선 한낱 장난감,/제2차 대전도
> 6·25도 모르는/그들은 아무것도 두려워 않는다.//내가 어른이 되었
> 을 때/내가 처음으로 술을 마셨을 때/내가 잃어버린 하늘/아름다운
> 그날의 꿈은 무엇이었던가. (중략) 어쩌다/꼬마 서부(西部)의 사나
> 이 장난감 권총 앞에선/아빠,/그 어느 눈보다/더욱 무서운 맑은 눈
> 앞에/나는 두 손을 번쩍 들어야 한다.//장난감이 없는 그들에게/아
> 빠는/또하나의 장난감,/나는 곡예사(曲藝師)의 웃음을 배워야 하는
> 가.

—「장난감이 없는 아이들」 부분

『정당성』에는 '현실'이 있다. 그것이 문병란의 적지 않은 시집 중에
서도 유독 『정당성』을 펼쳐 들게 만든다. 그 예로 들 수 있는 또 다른
시는 「장난감이 없는 아이들」이다. 하도 가지고 놀 장난감이 없어 끝
내 서로 오줌을 싸는 '놀이'를 하는 아이들의 모습이 이 시의 출발점이
다. 이상(李箱)의 「권태(倦怠)」가 묘사한 한 장면이 떠오르는 이 시에
서, "아빠"라는 존재는 또 등장한다. 오줌싸기를 놀이로 만드는 아이들
의 상상력, "파보아야 아무것도 없"는 흙을 가지고도 놀 줄 아는 이 아
이들의 상상력은, 어른들의 눈에는 섬뜩한 무기로만 보이는 "탱크도
비행기도 군함도" 그저 '장난'을 위한 사물로 만들어 버린다. 이것은 그
와 관련된 직접적인 경험이 부재하기 때문이기도 하겠지만, 한편으로
이들이 두려워하지 않는 이유는, 그 상상 속에서 자신들이 매번 절대적
힘을 가진 주인공의 자리를 꿰찰 수 있기 때문이다. 그 속에 비극성이
들어설 자리는 없다. 이것들이 '무기'임을 안다고 해도 여전히 그들에
게 '장난'감일 수 있는 이유다. 자신에게 장난감 총을 쏘는 아이의 "그
어느 눈보다 더욱 무서운 맑은 눈"은, 화자에게 그러한 극단의 순수성

(혹은 지독한 잔인성)을 언뜻, 내비치는 창문이다.

하지만 화자는 이미 나이를 들었고, 그러한 세계(시각)를 잃어버렸다. 그의 손은 그저 하얀 서류를 '기는' 비굴한 손이요, 혁명을 꿈꿔 봤자 투표용지만 함에 떨어뜨리는 손에 불과한 것이다. 이에 그는 그 잃어버린 순수성(혹은 잔인성)을 회복하고자 염원한다. 물론 그것이 가능할 리 없다. 우리는 여기서 그의 과거 지향성을 또 한 번 확인한다. 다만 상기했듯이, 이 시집은 그러한 과거 지향성이 스스로 원한 현실에의 고립을 정당화하는 데까지 나아가지는 않는다는 점은 강조해두어야 하겠다. 이것이 내가 그의 시를 읽는 데 있어 모종의 '희망'으로 작용하기 때문이다.

4. 남은 과제

문병란 시인은 여전히 내게 '숙제' 같은 시인으로 남아 있다. 같은 지역에서 한때 같은 하늘을 이고 살았을 뿐만 아니라, 한쪽은 '지역성'에 관심을 가지고 시를 썼고 다른 한쪽은 그러한 '지역성'을 연구하는, 그런 관계 때문이다. 또 한편으로는 '문학과 정치'라는 문제와 관련하여 김남주 시인을 비롯한 광주 지역의 '실천 시인'들을 이 시대에 어떻게 바라보아야 할지, 그런 점에 있어서도 내게 문병란 시인은 꼭 짚어야 할 시인인 것이다. 그러나 그 마음만 앞설 뿐, 아직은 그를 어떻게 바라보아야 할지, 아직은 암중모색 단계라는 사실을 말하지 않을 수 없다. 이 글은 그 '숙제'를 풀기 위한 첫걸음으로 쓴 것이다. 기회가 된다면 언젠가 다시 한 번 그를 내 노트 위로 불러올 것을, 그때는 더 깊이 있는 논의를 할 수 있게 되길 스스로 주문하면서 그 의지를 여기 적어두는 것으로 이 짧은 글을 마친다.

『5월의 연가』에 나타난 오월시의 대중성

김민지

1. 들어가며

문병란은 언어 차원에서 대중의 언어를 사용하는 시를 추구하고자 이른바 '쉬운 시', '유행가調'를 지향하며 독자와 문학 간의 거리를 좁히는 데 관심을 쏟았다. 이 글에서 다룰 시집 『5월의 연가』의 자서(自序)에서도 그는 "노래처럼 쉽게 불리어지고 젊은이들의 입에 오르내릴 수 있는 친근감"을 견지하면서도 "일과 싸움을 위한 정신적 에네르기가 담긴 힘의 시", "건전한 양능으로서의 정서적 정화감을 주는" 시를 창작하고 싶었다고 밝혔다.[86]

그에 대한 평가도 그가 바란 바와 크게 다르지 않게 이루어졌다. 80년대 그의 시에 대한 평가는 두 가지 차원에서 일반화되어 있다. 먼저 민중의 언어를 사용하고 지역적 특성과 역사 인식을 탁월하게 연결하여, 시의 정치적 기능을 일정 부분 달성했다는 평가가 있다. 그리고 다른 한 편으로는, 앞선 평가를 인정하면서도 메시지와 교시적 기능에 치

---

[86] 문병란, 『5월의 연가』, 전예원, 1986, 13~14쪽.

중하여 문학성을 획득하는 데 어려움이 있다는 주장이다.

　여기서는 그의 시가 진부하여 문학적 의의보다는 대중의 편에 서서 문학의 장을 넓혔다는 문화사적 의의가 있다는 평가에 앞서, 그의 시적 언어가 대중에게 '쉬운 시'로 다가갈 수 있었던 이유를 살피고자 한다. 특히 『5월의 연가』 시집 속에서 그의 광주 오월 체험과 관련된 시에서 반복적으로 등장하는 시어와 은유를 갈래지어 볼 텐데, 이 작업은 '쉬운 시'의 면모 및 오월시로서 갖는 특징을 동시에 확인하는 데 도움이 될 것이다.

2. '붉음'과 '대지' 이미지

　오월 체험이 드러나는 문병란의 오월시에는 붉음의 색채가 자주 등장한다. 그리고 이 붉은색은 모든 사물에 걸쳐 나타나는 것이 아니라, 그의 오월에 대한 역사 인식을 전제한 사물과 겹쳐 등장한다.

> 　광주에 5월이 와서/장미꽃이 빨갛게 타오르면/우리는 어떻게 타오를까?//금남로에 5월이 와서/가로수들이 새옷을 갈아입으면/(중략) 해마다 5월이 오면/우리들은 부끄럽고 괴로웠다/꽃처럼 곱게 타오를 수도 없고/(중략) 최루탄 경찰봉 속에서 5월이 오면/우리는 온몸으로 사랑하는 뜨거움을 알았다./(중략) 5월이 오면/우리는 어떻게 사랑할까?/진정 무등산 밑 광주 금남로에 5월이 오면/원수여, 나는 너를 어떻게 사랑할까?/(중략) 총칼 대신 이 뜨거운 눈물을 어떻게 줄까?/오오 광주에 5월이 오면,
>
> 　　　　　　　　　　　　　　　　　　　　　　　　- 「5월의 연가」 부분

　인용한 「5월의 연가」에서 붉은색은 "장미꽃", "빨갛게", "타오르면", "뜨거움" 시어에서 발견된다. 먼저 장미꽃의 의미 구조를 살펴보면,

"광주에 5월이" 왔다는 구절과 "장미꽃이 빨갛게" 피었다는 구절은 장미가 5월에 개화하는 꽃이기에, 개연성과 정합성을 갖게 된다. 이제 해당 시어는 이 시집에서 쉽게 오월 광주를 떠올리게끔 만든다. 그리고 이어지는 "가로수"가 "새옷을 갈아입"는다는 구절과 함께 장미꽃은 해마다 돌아오는 자연의 속성도 함께 연상시킨다. 그래서 "장미꽃"은 세월의 흐름과 오월의 특수성을 동시에 의미할 수 있게 된다.

이제 이 "장미꽃"은 "빨갛게 타오르"는 '불'의 의미로 나아간다. 타오름은 "뜨거움"이라는 온도에 대한 수용자의 신체적 경험을 이끌어 낸다. 이 타오름과 뜨거움은 열정, 열망, 갈망 등의 의미로 일상 속에서도 사용되는 표현이다. 그것은 '불꽃이 죽다', '생명이 꺼지다'와 같이 일상적으로 사용하는 표현에서도 어렵지 않게 발견된다. '생명'과 '불' '뜨거움'이 동기화되는 것은 '뜨거움'에 대한 신체적 경험에 의해서다. '뜨거움'은 인간이 활발한 신체 활동을 함으로써 발생하는 열에 의해 그를 신체적으로 경험함으로써 '움직임', '격렬함'과 같은 속성을 가진 영역과 동기화한다. 인간은 적정 체온을 유지해야 건강한 상태로 생명을 이어갈 수 있다. 그리고 그를 위해 몸의 각 부분들은 부단히 움직이고 있다.

그리하여 그의 오월시에서 '불'과 '뜨거움', '타오르는 장미'는 오월 광주의 운동적 저항성, 실천, 민주주의에 대한 열망을 의미한다. 한편 "총칼 대신"인 "뜨거운 눈물"은 폭력에 반대되는 '사랑'을 의미하는데, 이러한 의미 수용을 가능하게 하는 것은 마찬가지로 '뜨거움'에 대한 의미 때문이다.

작년에 핀 미친 불길로/꽃이 피는 이 봄에/진정 내가 배울 건 사랑이 아니다/그 사랑을 장식하는 미지근한 눈물/남몰래 간직한 그리움이 아니다/꽃이 피면, 진정 봄이 와/가시 위에도 맨발의 홍장미/피 흘리며 요요로이 웃으면/(중략) 나는 그대를 사랑하지 않는다고/가장 아름다운 날을 골라/나는 또 하나의 절교장을 쓴다/꽃이 피는 날은 나 혼자 미친다고/그렇게 마지막 편지를 쓴다.

― 「이 봄에」 부분

그런데 「이 봄에」는 "사랑이 아니"며 "절교장을 쓴다"는 자세를 보인다. 여기서도 "불길"과 "홍장미", "꽃이 피는" "봄"을 이야기한다는 점에서 앞의 시에서와 상치되는 의미를 가진 것처럼 읽힌다. 그러나 이 상치되는 것처럼 보이는 의미를 하나로 묶는 것은 역시 '붉음'의 색채다. "피"는 이 시에서 '붉은색'을 가진 또 다른 시어다. "피 흘리"는 "홍장미"는 "맨발"로 "가시 위에" 선 오월 광주의 고통과 희생 경험을 함의한다. 그래서 이 시에서는 앞선 시에서의 '붉음'이 사랑을 의미하기 이전에 고통과 희생에 대한 억울함과 분노가 우선하고 있다. 하지만 이 분노는 그것을 단순히 표출하는 데서 끝나지 않는다. "절교장을 쓰"는 것은 일종의 실천적 행위이며, 이는 궁극적으로 '사랑'으로 도달하기 위한 선행적 행위이기 때문이다.

이 시어들은 문병란의 오월시에서 '붉은색'으로 묶임으로써 오월 광주와 열정, 열망 등이 하나의 의미로 연결된다. 그런데 흥미로운 지점은 이 붉은색으로 묶인 사물들이 근접한 속성의 성격들로 확산하는 데 영향을 미친다는 것이다. 예를 들면 장미꽃은 크게 '꽃'으로 확장되고, 그에 따라 '피다'의 의미가 덧붙여지고, 이것이 다시 '타오르다'와 만나 오월로서 이루고자 할 것이 마침내 '피어나'야 할 어떤 열망이 있음을 시사한다.

그리고 이 확장은 '꽃이 피는' 계절로 쉽게 상정되는 '봄'으로 이어진다. '봄이 오다'라는 표현은 고통 및 갈등의 해소, 원하던 것의 획득을 의미하는데, 위 시의 화자는 그러한 봄에 "절교장을 쓴다"고 말한다. 사랑이 아니라 절교장을 쓰겠다는 배경에는 "맨발의 홍장미"가 "피 흘리"는 장면이 놓여있다.

위 의미들을 표로 정리하면 다음과 같다.

응집			→ 의미확장	
붉은색	장미(5월 개화)	꽃	개화, 자연	삶, 생명
	불	뜨거움	열정, 사랑	
	피	고통	–	죽음, 희생

이와 같이 '붉은색'을 가진 시어들은 오월 체험에 대한 화자의 이미지들을 구성하며 응집된다. 그리하여 문병란 오월시의 붉은 색채 의미는 오월에 대한 특수성으로서 기능하기에 이른다.

> 민정으로 이양한 아르헨티나/군부 지도자의 죄상을 물어/실형을 선고하는/알폰신 대통령의 민정재판/그 나라 민중의 승리를 생각한다/커피가 아니라/차라리 핏물,
>
> – 「커피를 들며」 부분

> 아르헨티나는 여기서 얼마나 먼가?/지구를 한 바퀴 돌아 저쪽/광주 무등산 밑 도청 앞 분수대/5월의 소식을 전하는 이 아침/지산동 내 작은 뜰 위에 와서/새빨간 장미꽃으로 활활 타오르는 아르헨티나.
>
> – 「아르헨티나」 부분

문병란은 오월 체험 및 그의 역사 인식을 제3세계와 연대하고자 시도한다. 미국의 "경제적 종속국가" 아르헨티나의 커피가 미국산으로 둔갑했다 말하는 화자에게서, 문병란의 반제국주의적 역사 의식을 읽어낼 수 있다. 아르헨티나는 1983년 국민들의 민정이양 요구에 의하여 총선거를 실시해 급진당의 알폰신 라울이 대통령이 취임해 민간정부가 출범하였다. 문병란은 이를 "민중의 승리"라 보면서, "커피가 아니라 차라리 핏물"이라 말한다. 여기서 "핏물"은 붉은색과 연결되어 민중들의 저항성을 의미하고 있다.("작은 민중들의 주먹을 생각한다", 「커피를 들며」)

나의 마지막 지닌 생명은 정열/남몰래 간직해 둔 가시로/비수보
다 서느러운 아픔을 지니고/나는 당신의 가슴에 뜨겁게 스민다//부
드러운 빛깔/현기증 나는 어질어질한 내음새/어쩔 수 없는 그리움
으로/스스로의 연옥을 안고/미친 불길의 춤을 추며/나는 온통 당신
을 삼켜 버린다.//송두리째 드러낸 나의 육체/한 겹 의상마저 벗어
버린 알몸으로/가시 돋힌 햇살을 밟고 춤을 추며/희멀쑥한 그대 손
길 찔러/눈부신 대낮 속을 달려가는/한줄기 돌개 바람이 된다.

-「장미」부분

　민중의 저항성, 오월 광주 등은 「장미」에서 '장미'로 집약되어 드러
난다. 이제 붉은색과 꽃, 태양, 불 등의 이미지들로 형성된 의미 맥락
에서 '장미'는 그 의미들을 모두 함의한 이미지로 수용자에게 읽혀진
다. 붉은색에서 장미로 연결·응집되는 이 시적 언어 운용은 수용자의
신체적 경험에 기반을 두어 그 이해를 용이하게끔 만든다. 불에 대한
인간의 경험은 경계와 공포이면서 추위와 어둠을 몰아내는 따뜻함과
빛에 대한 인식이다. 그리고 이 불에 대한 경험은 '불의 색'에 대한 경
험과 불가분의 관계에 있으며 "색을 응시했을 때에 생기는 제2의 결과,
즉 색들의 심리적인 효과에 이르게" 된다.[87] 붉은 색은 불에 대한 경험
에 기초하여 따뜻함에 대한 의미를 불러일으키지만, 반면에 "고통을
야기하거나 흐르는 피에 대한 연상 때문에 혐오의 대상이 되기도" 한
다.[88] 병치될 수 없어 보이는 이 두 가지 속성은 '붉은색'이라는 색채와
신체적 경험에서 공존하고 있다. 시인은 이를 포착하고 있으며, 오월이
가진 생명성과 저항성, 그리고 희생과 죽음에 동기화하고 있는 것이다.
　붉음의 색채가 오월 광주의 특수성으로서 시에 드러났다면, 거리나

87　바실리 칸딘스키, 『예술에서의 정신적인 것에 대하여』, 권영필 옮김, 열화당, 2000, 59쪽.
88　위의 책, 같은 쪽.

땅과 같은 대지의 이미지는 문병란의 시세계에서 오월 체험이 지닌 연속성으로 나타난다.

> 1920년에도/이 거리 위에는/저렇게 궂은 비 내렸을 것이네/(중략) 지금은 60년 더 지난/1980년대의 거리/또 궂은 비는 내리는데/피지도 못한 장미 밑둥까지 썩는데/(중략) 이 땅은 거대한 하나의 감옥/한반도가 온몸으로 떨고 있네
>
> ─「거리의 사랑가」 부분

> 백두산의 안부도 전해 오고/시멘트도 쌀도 넘어오는데/편지 한 장 못 가는 땅/봄바람마저 철조망에 걸려/서러운 상사곡 흐느낄까?
>
> ─「북향 가로에서」 부분

"거리"는 1920년과 1980년 사이의 60년 세월 속의 역사를 그대로 안고 있다. '땅'은 시간이 흘러도 그 자리에 있는 속성을 지니기 때문에, 위와 같은 시적 상황은 정합성을 갖는다. 1920년대의 식민지 상황에서 1980년 오월 광주 이후에도 여전히 제국주의의 틀 안에서 벗어나지 못하고 있다고 여기는 화자의 역사의식을 보여준다. 문병란의 "광주의 비극 뒤에 숨어 있는 제국주의의 음모, 바로 그것이 분단이었고, 그 분단의 틀을 유지하는 것이 바로 미국이며 그 조종에 의해 광주의 학살이 일어난 것"[89]이라는 생각과 대응되는 것이다.

이 '거리'는 '땅'으로 확장되어 '한반도' 역사의 설움으로 의미되기에 이른다. 오월 광주가 '광주'라는 지역에만 머무는 사건이 아니라, 한국의 사건이자 분단국가의 사건이라는 역사의식이 대지의 이미지를 통해 총체적으로 나타나는 것이다.

---

[89] 문병란, 「5·18 문학과 연극」, 『문병란 시연구』, 시와사람, 2002, 499쪽.

그 가슴속에선/천년을 울고도 남은/기나긴 슬픔을/한 마리의 전라도 뻐꾸기가/슬피 울고 있다.

- 「무등산」 부분

온몸으로 사랑하고 싶어도/마침내 산산히 부서지고 마는/그런 안타까운 가슴처럼//천년을 선 채로 부르다 죽을/허공 중에 헤어진 그런 이름처럼//너는 두 손으로 얼굴 가리우고 운다.

- 「광주」 부분

문병란 시를 작동시키고 있는 주된 원동력인 대지의 이미지는, 대부분 그가 태어나고 자라나고 지금도 살고 있는 전라도, 그 "잘못 태어난 땅"의 무진장한 한·설움에 저장되어 있다. '전라도'는 이용악, 김영랑, 조태일, 이성부, 김지하, 김준태 등 여타 많은 시인들에 의해 지리적 개념을 넘어선다. 즉, 그것은 하나의 보통명사로서, 몹시 저주받았으므로 축복받은 시의 땅으로 편입되어 있다.

1980년 5월에도 아기는 태어나고/1985년 5월에도/젊은이들은 멋진 연애를 한다/또 술을 마시고 밤을 하나로 만든다/과거와 현재가 같이 앉아/미래의 술을 마시는 골목

-「밤 거리 뎃상」 부분

모이면 즐겁고/그 기쁨으로 사랑을 만들어/당당하게 결합하고/허물없이 손을 잡는 그들/광주는 그들의 가슴속에서 새로이 탄생한다./서로의 눈동자 속에서/뜨겁게 확인하는 신성한 자유의 언어/이 땅의 어둠까지 끌어안는/그들의 넉넉한 두 팔 안에서/충장로는 하나의/강물이 된다./도도히 흐르는 역사의 숨결이 된다.

- 「우다방」 부분

동시에 '거리'는 그에게 하나된 공동체와 민중의 힘이 내재된 이상적인 공간이기도 하다. 「밤 거리 뎃상」이나 「우다방」은 모두 거리를 청년의 공간으로서 시선을 둔 작품이다. 거리는 화자에게 수난의 60년 역사를 간직하고 있는 거리이기도 하지만, 역사를 바꾸어 나갈 청년들에게 주어진 공간이기도 하다. "과거와 현재"가 만나 준비하는 미래는 "젊은이들"이 "멋진 연애"를 하고 "밤을 하나로" 만들듯 민중으로서 목소리를 모아 분단 상태를 극복해 나갈 미래다. 대지의 이미지에 대한 의미들을 정리하면 다음과 같다.

응집	→ 의미확장			
대지(땅)	거리	다수의 행인(대중)	혁명의 장소	공동체, 통일
	국토	–	분단 현실	
	농지	농민	전통 수호	

　문병란에게 '대지(땅)'은 오월 체험 이전에도 민중을 위한, 농민을 위한 시를 창작하는 데 있어 줄곧 사용된 은유에 관계를 맺고 있다. 그의 이러한 이미지 사용은 오월 체험 이후에도 일관된 역사의식에 따라 유지된다. 특히 그의 대지의 이미지는 역사가 일어난 과거의 장소에만 국한되는 것이 아니라 미래를 향한 소망과 그를 실천하기 위한 원동력까지 닿아 있다. 즉 그에게 '하나되는 것', '포용'의 속성인 대지는 '하나(통일)되기 위하여' '하나(민중)되자'는 목적과 수단이 함의된 이미지가 표출된 것이라 할 수 있다.
　하지만 그의 이러한 대지 이미지를 아주 새로운 것이라 할 수는 없다. 예컨대 6, 70년대 한국시에서 '풀'은 '민중'의 객관적 상관물로 여겨졌다. 또한 농민 문학과 분단 문학에 있어 '땅'에 대한 의지는 일반적이라 할 만큼 대중화된 것이기 때문이다. 그러나 문병란은 이같은 대중적 상징을 이용하는 데 거리낌이 없다. 오히려 그는 80년대, 90년대에도 이어서 '대지'를 호명하고 있다. 그는 그와 같은 '대중적 상징'을 '민중적 상징'으로 여겨, 오월 이후에도 바뀌지 않은 역사에 대한 연속성을 그대로 드러내고 있는 것인지도 모른다.

3. 나가며

문병란의 시집 중 『5월의 연가』를 바탕으로 하여 반복적으로 나타나는 은유들을 갈래지어 그 양상들을 살펴보았다. 시에서 은유들은 크게 붉은색의 색채와 대지적 이미지들을 중심으로 운용되었다. 붉은색의 색채는 오월 광주의 특수성으로 집약되고, 대지적 이미지는 문병란의 시세계를 관통하는 역사 의식과 연대되는 의미로 나타났다. 이러한 바가 시사하는 것은 문병란의 시세계에 있어 오월 광주가 하나의 분기점으로서의 역할이자 시세계의 연대 속에 그 체험이 녹아들었다는 것이다.

그러나 한편으로 그의 오월시에서 발견되는 은유들은 특별히 새롭거나 기존의 상징 및 의미들을 전복시키지는 않는다. 그 이유는 문병란이 의도했던 대중을 위한 언어에서 찾을 수 있다. 그는 문학의 역할을 "인간의 신념이나 행동을 정서적으로 형상화하여 감성에 호소함으로써" "시대의 선두에 서서 인간의 삶을 이끌어 나가는 선도적 역할"[90]로 본다. 일차적으로 그는 문학의 역할에서 선전의 기능, 교시적 기능을 중시하는 것이다. 하지만 그는 구호주의에 대해 경계하였고, "감동을 강요하기 보다는 저절로 감화시키는 관조와 승화작용"[91]이 필요함을 덧붙였다.

그의 문학 및 시에 대한 관점을 바탕으로 보면, 그의 오월시에서의

---

[90] 문병란, 「5·18 문학과 연극」, 『문병란 시연구』, 시와사람, 2002, 484쪽.
[91] 위의 글, 549쪽.

시적 언어는 계몽적 기능과 감화 기능을 동시에 운용하고자 한 흔적이라 할 수 있다. 그는 붉은색의 색채를 중심으로 오월 광주를 형상화하였고, 거리, 대지를 중심으로 공동체와 미래를 이야기하여 독자에게 오월 광주를 역사적 사건으로 인식시키고 나아가 실천하게끔 하고자 했다. 그 과정에서 붉은색과 거리, 대지는 독자를 설득시키기에 어렵지 않은 의미로 다가가기 위한 일종의 전략으로 사용된 것이다.

참고문헌

• **기초자료**

문병란, 『5월의 연가』, 전예원, 1986.

• **단행본 및 논문**

김종·허형만 엮음, 『문병란 시 연구』, 시와사람, 2002.

바실리 칸딘스키, 『예술에서의 정신적인 것에 대하여』, 권영필 옮김, 열화당, 2000.

문병란 시의 고향 모티프

정병필

1. 고향 – 장소를 넘어 정서까지

사전에서 '고향(故鄕)'을 찾아보면 그 의미가 여러 가지다. 그 중 첫 번째 의미는 '자기가 태어나서 자란 곳'이다. 그렇다, 고향은 장소의 개념이다. 누군가 "고향이 어디세요?" 라고 묻는다면, 누구나 특정된 지역 이름을 말할 것이다. 하지만 동시에 고향은 단순한 장소가 아니다. 고향이 어디냐는 질문에 자기와 같은 고향 사람임을 알게 됐을 때, 누구나 친밀감을 느껴봤을 것이다. 낯선 곳에서 같은 고향 사람과의 만남은 편안함을 주기도 한다. 즉, 고향은 정서를 갖는 장소이다. 정서는 매우 주관적이지만, 고향의 정서는 낯선 사람과 친밀감을 형성한다는 점에서 공유할 수 있는 무언가를 가지고 있다. 그런 점에서 '고향'은 사전의 첫 번째 의미보다 빈도수는 낮지만, 세 번째 의미인 '마음속에 깊이 간직한 그립고 정든 곳'이 대표적 의미가 돼야 한다.

백석의 시 「고향」에서는 이러한 고향의 의미가 잘 담겨있다. 이 시에서 시적화자는 타지에서 몸이 아파 낯선 의원을 찾아간다. 낯선 환경에서도 그 의원이 시적화자의 고향 사람을 알고 있다는 것만으로, 의원의 진맥 속에 '손길이 따스하고 부드러워/고향도 아버지도 아버지의 친구도 다 있었다'고 언급한다. 여기서 고향은 단순히 '평안도 정주'라는 지역이 아니라, 그립고 따뜻한 정서를 불러오는 장소이다. 그 정서를 개인적인 측면에서만 바라본다면, 낯선 의원과의 공유 지점을 찾기 어려울 것이다. 고향의 정서가 개인적 정서를 넘어 누구나 갖고 있는 원형적인 순수성에 기반을 두고 있기 때문에 낯선 타자와 친밀감을 공유할 수 있는 것이다.

2. 과거의 장소 – 그리움과 위안

문병란 시에서의 '고향'도 이와 같은 원형적인 순수성을 보여준다. 그의 시 「不惑의 戀歌」를 보자. 이 시는 불혹의 나이에 접어든 시적화자가 어머니에 대한 그리움을 노래한 시다. 시에서 강은 출렁이는 이미지를 보여주는데, 출렁이며 흐르는 강은 시적화자가 네 명의 아이를 키우며 살아온 격정의 세월이다. 동시에 어머니가 자식들을 키우면서 말로 다 하지 못한 눈물의 사연이다. 그렇게 강은 시적화자와 어머니를 같은 장소에 배치시킨다. '넉넉한 햇살 속에서/이마 묻고 울고 싶은/지금은 고향으로 돌아가는 시간입니다'에서처럼 고향은 슬픔과 걱정거리를 공유하고, 나아가 마음의 울분을 토로하고 위로받을 수 있는 순수성을 간직한 장소이다.

어머니뿐 아니라 아버지도 고향을 회상할 수 있는 주요한 시적대상이다. 「아버지의 歸路」에서는 직접 고향이란 시어가 등장하진 않지만, '아들은 아버지의 발가락을 닮았다'에서 아버지를 통해 과거의 순수했던 장소를 회상한다. 고된 일을 마치고 집으로 돌아오는 아버지의 모습을 담은 이 시에서, 초라하고 가난한 아버지는 시적화자에게 어느 누구보다 위대한 대통령이다. 그러기에 '무너져 가는 가슴을 안고/흔들리며 흔들리며 돌아오는/그 어느 아버지의 가슴속엔/시방/따뜻한 핏줄기가 출렁이고 있다'처럼 아들, 딸을 만나러 가는 장소는 친밀감을 공유하기에 심장을 뛰게 하는 곳이고, 이는 고향에 대한 그리움으로 나아갈 수 있다.

위의 두 시는 단지 어머니, 아버지에 대한 그리움에서 그치지 않는다. 자식에게 부모는 부모가 된 자식이 마주친 현실의 어려움을 공유하는 존재이다. 그러기에 어릴 적 어머니, 아버지와 함께 한 순수했던 그 시절이 마음을 따뜻하게 하는 위안의 장소가 되는 것이다. 이처럼 순수성의 장소로서의 고향은 현실의 어려움과는 대조되는 장소이다. 대표적인 예가 「고향의 들국화」에 제시된 감옥의 독방과 고향에 핀 들국화이다. 독방이 인고의 현실이라면, 고향의 들국화는 그 인고를 위로해 주는 순수한 원형의 장소이다. 물론 고향은 과거의 순수한 원형의 모티프에서만 멈추지 않고 다양한 모티프를 그려 나간다. 이 시에서 고향은 감옥이라는 현실과 맞물려 이를 이겨내려는 회복 의지, 실천의 문제로 발전하기도 한다. 이처럼 문병란의 시에서 '고향'은 다양한 모티프를 보여주는데, 편의상 이를 장소와 연결해 세 가지로 나눠 살펴보고자 한다.

앞서 살펴본 시의 '고향'은 현실의 어려움과는 대조되는 순수한 원형의 장소였다. 동시에 그 장소는 현실과 떨어져 있는 과거의 장소였다. 이를 '과거로서의 고향'이라 하자. 나아가 앞으로 살펴볼 고향의 여러 가지 모티프를 '현재로서의 고향', '미래로서의 고향'이란 틀로 나눠보고자 한다.

3. 현재의 장소 - 상실과 소외

'현재로서의 고향'은 과거의 고향에서 머물지 않고 현재의 장소로서 연속되고 있다. 장소로서 과거의 고향을 현재 안에 포섭시키는 것이다. 그러기에 장소의 변화는 현재뿐 아니라 과거의 고향과도 연결된다. '과거로서의 고향'은 현재와 떨어진 고향이기에 현재의 어려움을 해결하는 위안이 됐다. 물론 '현재로서의 고향'도 과거와 동일한 장소이기에 순수한 원형의 장소로서 낯선 타자에게도 어려움을 해결하는 위안이 돼야 하지만, 급격한 장소의 변화는 공유해왔던 낯선 타자와의 공감대를 분산시킨다.

문병란 시에서 '현재로서의 고향'은 현재의 시대적 상황이 배경으로 크게 작동한다. 그 배경을 크게 두 가지로 나눠볼 수 있는데, 첫 번째는 정치적 배경이고, 두 번째는 경제적 배경이다. 정치적 배경은 지역 차별로 드러난다. 역사적으로 행해진 지역 차별이 오늘날까지 연속적으로 이어지면서 그 지역만의 정서에 영향을 미친다는 것이다. 그의 시 「전라도 노래」에서 이를 확인해보자. 이 시에서 장소로의 전라도는 고려의 훈요십조에서 시작해, 동학농민운동, 3·1운동, 여순반란 사건, 6·25, 4·19, 5·16, 5·18 등 수많은 난리 속에 위치해 있다. 지속적인 사건 속에서 수많은 사람들이 죽어 가고, 전라도에 사는 사람들의 희생에 시적화자의 안타까움이 직접적으로 분출된다. '막국수 한 그릇에 허기를 달래며/내 고향 5월을 못잊어/……/외치고 외치다/억울해서 울다가'에서처럼 시적화자에게 고향은 과거의 순수한 원형의 장소가 아닌 현재의 아픔으로 나아간다. 고향은 '과거로서의 고향'과 같은 위안의 모티프를 갖지 못한다. 지역 차별은 고향을 위안의 장소 대신 고통이며 슬픔과 노여움의 정서적 모티프를 갖는 장소로 만들었다. 그러기에 오늘날 정치적 배경으로 억압받은 전라도의 정서는 전라도라는 장소의 순수한 원형의 정서가 아니다. 장소는 그 순수한 원형성을 가지고 있더라도, 그 정서를 낯선 타자와 공유하지 못한다. 갈등으로 인한 지역 감정은 장소로서 '현재로서의 고향'의 가치를 대신하기엔 부족하다. 이러한 갈등은 정서에서 장소를 바라보지 않고, 장소에서 정서를 바라봤기 때문이다. 즉, 안타까움이라는 보편적 정서를 통해 전라도의 수난을 바라보기보다 전라도가 아닌 다른 지역에서 보는 안타까움은 그들만의 문제로 보일 수 있기 때문이다. 이는 '현재로서의 고향'이 정서가 아닌 장소에 중점을 둔 정치적인 배경에 놓여 있다는 점이다.

'현재로서의 고향'의 두 번째 시대적 배경은 경제적 배경인데, 이를 「고향 소식」에서 살펴보자. 이 시는 고향의 농산물이 도시에서 싼 가격에 팔리고 있는 상황을 담아내고 있다. 농산물이 싸지면 싸질수록 시적 화자의 아내는 식재료 값을 아낄 수 있기에 즐거워하고, 농민들은 제대로 된 대우를 받지 못한다. 이를 통해 시적화자는 여러 고향의 모티프를 보여준다. 먼저, 고향은 '아직도 송아지 해설피 길게 우는/무슨 꿈 같은 산마을이 있는가'에서 시작해 '캔터키산 목화도 사오고/캐나다산 밀가루도 사오고/……/밑지는 농사 던져 버리고/이제는 도시로 이농해 버렸다는데'로 옮겨간다. '과거로서의 고향'은 그대로이지만, 경제적 배경으로 인한 장소의 변화는 고향의 정서를 '꿈 같은 산마을'에서 '던져 버린' 곳으로 바꿔버렸다. 이는 고향의 상실 모티프를 보여준다. 또한 농산물은 식재료에 있어 가장 필수적인 것임에도 도시에서 대접받지 못한 현실은 농민들의 모습이기도 하다. 수많은 농민들이 고향을 버리고 이농했음에도 현실은 도시에서 대접받지 못하는 사회적 약자로 남게 된다. 이는 고향이 갖는 소외의 모티프이다. 나아가 아내가 농산물이 싸다고 즐거워하는 모습은 도시에 사는 사람들이 고향을 잊고 단지 경제적인 논리로 고향을 생각하고 있음을 보여준다. 즉, 도시에서는 고향을 생각할 여유가 없기 때문에 농촌은 도시의 한낱 재료로서 소비된다. 마치 시의 마지막 '우리들의 뱃속에 가서/똥이 되는 고향이여/푸대접 받는 무다발이여'처럼 말이다. 이를 통해 고향에서 망각의 모티프도 찾을 수 있다. '현재로서의 고향'은 물리적 장소의 변화라는 시대적 배경에 의해 장소가 그려내는 정서적 변화가 낯선 타자와 공유할 수 없는 매우 부정적인 측면에 위치해 있음을 확인할 수 있다. 우리 현대사의 경제 발전은 매우 빨랐고, 이는 과거의 고향의 정서를 공유하기에는 매우 냉혹한 변화였다.

지금까지 살펴본 '현재로서의 고향'은 사전적 의미로 살펴본 고향의 의미와는 다소 어긋나있다. 낯선 타자와의 정서의 공유도 갈등으로 점철될 수 있고, 따뜻하고 순수한 원형성도 부정적인 정서로 치환되었다.

이는 단지 시에 표현된 상황만이 아니라, 오늘날 현실에 영향을 미치는 정치적, 경제적인 상황과 다름없으며, 오늘날 고향의 상실은 정치적이고 경제적인 가치만을 찾는 우리들 모습의 반영이다.

4. 미래의 장소 – 가치 회복과 실천 의지

문병란 시는 '현재로서의 고향'에 머무르지 않고, 우리가 잊고 살아가고 있는 고향의 정서를 회복하려는 의지와 실천을 시를 통해 보여 준다. 이것이 문병란 시세계가 갖는 시사점이라 할 수 있다. 그의 시 「反祈禱」는 수감된 아들에게 시적화자가 들려주는 이야기이다. 시적화자는 아들에게 신에게 기도하지 말고, 매달리지 말고, 애걸하지도 마라고 한다. 그 대신 '고향집 뒤뜰에 선/쓸쓸한 감나무 가지 끝에/하나 남은 감'을, '해남반도 끝에 열리는 푸른 바다,/거기 날고 있는 한 마리/작은 갈매기의 날개'를, '황토산 뿌리 박은 한 그루 다박솔,/그 위에 펼쳐 있는/파아란 하늘'을, '고향집 울타리에 쑥쑥 뻗어 가는/한 줄기 호박 덩굴,/농부 아내의 미소'를 꿈꾸라고 말한다. 모두 희망차고, 따뜻하고, 치유되는 정서를 보여준다. 즉, 꿈을 꾼다는 것은 '과거로서의 고향'의 장소로의 회귀이기에 순수한 원형성을 지닌다. 하지만 꿈을 꾸는 것만으로는 수감된 현실의 부정적 상황을 타개할 수 없다. 꿈은 현실이 돼야 한다. 그러기에 시적화자가 신에게 기도하지도 말고, 매달리지도 말고, 애걸하지도 마라는 말은 말 그대로 하지마라는 것이 아니라 더욱 꿈을 현실화하자는 시적화자의 의지이다. '우리들의 신은 우리들의 고향/우리들의 신은 우리들의 마음 속에 있나니'처럼 신은 현실과 동떨어진 존재가 아니니 더욱 현실에서 고향을 찾겠다는 시적화자의 자기의지의 다짐이다.

또 다른 시 「강의 노래」에서도 '현재로서의 고향'에 대한 회복 의지를 보여준다. 이 시에서 강은 '어릴 적 듣던 따스한 어머니의 목소리'

와, '땅을 일구며 땀흘리던 억센 아버지의 손길'이다. 앞서 '과거로서의 고향'에서 살펴 본 어머니, 아버지처럼 그립고 따뜻한 순수한 원형의 장소이다. 강은 이 정서를 키워나간다. 키워간다는 것은 강을 통해 흘러가는 것이다. 강의 흐름은 '과거로서의 고향'에서 갖고 있던 순수한 원형성에서 나아가 '현재로서의 고향'을 향한다. 하지만 현재는 공유되지 못한다. 현재는 '모든 역겨움도 더러움'이다. 강은 이를 '삼켜버리'고 '어머니'와 '아버지'가 '쓰다듬'은 것처럼 포용한다. 흘러가는 강은 그렇게 '현재로서의 고향'의 더러움을 순수성으로 회복한다. 나아가 지속적으로 흐르고 흘러가는 강은 '미래로서의 고향'으로 향한다. 따라서 '고향'은 정화의 모티프를 갖는다. '흐르는 것은 서로 사랑할 줄 아는 것이다/흐르는 것은 서로 용서할 줄 아는 것이다/흐르는 것은 서로 섞일 줄 아는 것이다'처럼 '현재로서의 고향'에서 공유되지 못하는 정서를 사랑과 용서와 섞임으로 정화시킬 수 있게 된다.

이처럼 '과거로서의 고향'과 '현재로서의 고향'은 문병란 시에 있어 '미래로서의 고향'으로 향한다. 앞서 사전에서 고향의 의미는 낯선 타자와도 공유할 수 있는 순수한 원형성의 장소였다. 그러기에 문병란 시의 지향은 '현재로서의 고향'에서 공유되지 못하는 정서를 순수한 원형성의 정서로 회복하자는 것이다. '미래로서의 고향'은 공유될 수 있는 정서와 순수한 원형적 장소로서의 가치를 담아야 한다.

이런 측면에서 「우리들의 8월」을 살펴보자. 시적화자는 시의 첫 구절부터 '8월로 돌아가야 한다'고 규정 짓는다. 이런 의지가 광복의 상황을 과거가 아닌 미래의 상황으로 제시한다. 과거 광복에서 평양과 서울이 하나였듯이, 미래의 조국도 하나여야 한다는 것이다. 현재의 분단은 외세에 의한 결정이기에 극복되어야 할 상황이다. '이 땅은 우리의 땅,/우리가 우리의 주인이다/우리가 이 땅의 주인이다'처럼 분단은 우리 민족끼리 하나가 되어 자주적 실천으로 극복해야 하는 현재의 문제점이다. 물론 민중시인으로 알려진 문병란이기에 이런 상황이 급진적인 민족운동으로도 읽힐 수 있지만, 시적화자에 있어 외세는 저항하고 싸워야 할 존재가 아니다. 시적화자에게 미래는 다툼의 장소가 아니라 순수한 원형적 장소로의 회복이다. 그러기에 담담하게 외세에게 자기 나라로 돌아갈 것을 당부한다. '미래로서의 고향'은 외세에 의해 분단되어진 현재가 아닌 과거에 함께 했던 우리 민족끼리의 확장성으로 드러나야 한다. 민족에게 땅은 단순히 개별적 장소로서가 아니라 민족 정서를 가진 장소의 확장이며 태초부터 역사적으로 지켜온 순수한 장소로서의 회복이다. '우리들의 8월/우리들의 사랑/……/우리들의 희망 어린 꿈을 안고/우리들은 하나가 되자/하나가 되어 잃어버린 고향을 찾자'에서처럼 결국 광복의 상황은 분단의 현실을 회복하는 것에서 시작해야 한다. 그것은 우리민족끼리의 단합이며, 결속이고 이는 사랑이다. 그러기에 사랑은 나누어진 현재를 포용함으로써 순수한 과거의 장소를 회복할 수 있는 '미래로서의 고향'의 모티프가 된다. 문병란 시에서 사랑은 개별적인 마음상태에서 그치지 않는다. 그의 시 「사랑은 위대하여라」에서는 이러한 사랑의 의미를 구체화하고 있다. '한 사람보다 더 많은 이웃/온 동포 민중 전체를 사랑하는 것은/한 사람을 택하여 사랑하는 것보다/더욱 소중하고 위대하여라.'에서 볼 수 있듯이 사랑은 감각을 기반으로 하는 것이 아니라, 의지를 기반으로 한 실천이다. 한 사람의 실천으로 만들어 낼 수 있는 위대한 가치이며, 고향이라는 순수한 원형성의 장소로의 회복 또한 실천 의지와 맞닿아 있다.

위 시가 외세에 짓밟힌 장소로서의 민족의 현실을 과거의 순수했던 장소로서의 회복으로 보여 줬다면, 「독일에 핀 봉선화」는 '미래로서의 고향'의 모습을 타국에서 확인하고 있다. 이 시는 독일을 방문한 시적화자가 우리나라의 봉선화 꽃씨를 교민에게 주고 왔는데, 기후가 다른 타국에서 봉선화가 꽃을 피웠다는 내용의 전개이다. 타국은 우리나라와 장소뿐 아니라 정서도 다르다. 낯선 타자에게 공유할 만한 정서를 일으키지 못한다. 그럼에도 타국에서 핀 봉선화는 '고향이 그리우면/가만히 들여다보며/봉선화 꽃물 들이던 고향 툇마루'처럼 친밀감을 공유시킨다. 이는 타국이라는 장소가 아닌 정서를 더 강조했기 때문이다. 장소에서 정서를 바라보지 않고, 정서에서 장소를 바라봤기 때문에 타국에 있는 교민에게 있어 봉선화는 독일이라는 장소에 핀 여러 꽃 중의 하나가 아닌 민족의 순수한 원형적 정서를 공유하게 하는 상징성을 보여준다. 또한 '부디 장미가시에 찔리울지라도/모질디 모진 순정으로/언제까지나 모국어로 피어나가거라/울밑에 선 그 봉선화/두고 간 땅을 영원히 잊지 말아라'에서 봉선화는 타국에서 이민자로서의 어려움을 위로하고, '-해라'는 서술어처럼 시적대상의 의지를 고양시킨다. 시작은 단지 꽃씨라는 봉선화 씨앗뿐이었지만, 타국에서 핀 봉선화 꽃은 의지만 있다면 어디서든지 고향의 확장성이 가능함을 보여준다. 따라서 '미래로서의 고향'은 '과거로서의 고향'의 개별적인 정서의 장소에 한정되지 않고, '현재로서의 고향'처럼 공유되지 않거나 부정적인 감성에 머무르는 한계를 극복함으로써 민족으로 하나 되어 민족적 정서를 통해 앞으로의 확장된 가능성을 보여줄 수 있다.

갑술년 개띠 시인이 카랑카랑 늙어가는 법

-『금요일의 노래』 연작시 「늙어가기」 132편을 중심으로

정다운

1. 시작하며

　문병란 시인은 『현대문학』에 1959년 10월 「가로수」를 시작으로 1962년 7월 「밤의 호흡」, 1963년 11월 「꽃밭」을 김현승 시인에게 추천받아 본격적인 문단 활동을 시작하였다. 2015년 9월 향년 80세의 나이로 세상을 떠날 때까지 50년이 넘는 기간 동안 다수의 시집을 발간하고 계간지에 작품을 잇달아 발표하는 등 왕성한 작품 활동을 했다. 그의 작품은 반독재 저항 문학에 몰두하며 현실 참여의 민중 문학을 지향한 한국의 대표 저항 시로 평가받는다.[92]

　본고에서 다루고자 하는 『금요일의 노래』[93]는 2000년 8월 조선대학교 인문대학 국어국문학부 문창과 교수를 정년 퇴임한 직후부터 10여 년간 써 온 시편을 엮은 시집이다. 시인은 서문을 통해 본 시집에 수록된 작품들을 70세 이후 종점의 나이에 "삶의 주변에서 만난 단상이나 즉흥적 시상을 여과시키지 않고 격식에 구애됨이 없이 쉽게 읊은 것들

92　문병란, 「문병란 연보」, 『문학춘추』 35집, 문학춘추사, 2001. 42~45쪽 참고.
93　문병란, 『금요일의 노래』, 일월서각, 2010.

을 묶어 높은 시편들"[94]이라고 소개한다. 언뜻 듣기에는 문병란 시인이 젊은 날 거칠게 내뱉었던 저항 시와는 거리가 있는 것처럼 들린다. 시인 특유의 지향 정신과 힘을 내려놓고, 세월의 흐름에 따라 보통의 일상을 풀어내려는 것처럼 여겨지는 것이다. 하지만 시집에 수록된 132편 작품 전체에 '늙어가기'라는 부제를 붙인 것에서 사실 시인의 진짜 생각과 의도가 숨겨져 있을 수 있다는 상상을 하게 된다.

> 70년대 유신치하에서 시도했던 민중시 「유행가조」를 이어 받은 연작시로서, 그때그때 스쳐 지나간 단상들을 습작노트에 붙잡아 둔 시상으로 늙어가면서 카랑카랑한 아침, 저녁 나의 살아 있음을 알리는 기침소리이고자 하였다. 따라서 깊거나 심오하지 않고 오래오래 저작한 시상을 심화시킨 것은 아니다. 야망보다 자중자애 내 자신을 챙기는 나의 희망, 나의 좌절, 나의 고독, 나의 살아남기 그 다독거림이었다. 그러기에 바위를 깨트린다거나 불패의 저항이기보다 머리카락 하나 움직일 힘이 아니었는지 모른다.
>
> ─「시인의 말」 부분

실제로 시인은 이 연작시들을 "70년대 유신치하에서 시도했던 민중시 「유행가조」를 이어받"았다고 소개한다. 그리고 "야망"을 "자중자애 내 자신을 챙기는 나의 희망, 나의 좌절, 나의 고독, 나의 살아남기 그 다독거림"으로, "바위를 깨트린다거나 불패의 저항"을 "머리카락 하나 움직일 힘"으로 호환시킨다. "쉽게 읊은"시로 소개된 노년의 작품들은 여전히 젊은 날의 정신과 연결되어 있는 것이다. 어쩌면 이는 70살, 종심(從心)에 이르러 새로운 깨달음을 얻은 시인의 농익은 가치와 마주칠

---

94 문병란, 「시인의 말」 위의 책, 4쪽.(일상을 살아가면서 만난 단편적인 생각, 즉흥적인 시의 구상을 쉽게 읊었다는 시인의 고백을 통해, 본고에서는 시 속의 화자와 실제 문병란 시인을 일치시키는 것을 전제한다. 연작시를 분석하는 것은 시인 문병란의 시세계와 시론을 간접적으로나마 인터뷰하는 행위가 될 수 있을 것이다.)

수 있는 새로운 가능성의 발견일 수 있다.

본고에서는 『금요일의 노래』에 수록된 132편의 「늙어가기」 연작시를 통해 문병란의 정년 퇴임 이후 작품이 '노년'과 '늙음'을 모든 것이 끝나버린 정지의 세대가 아닌, 일생의 성찰을 통해 또 다른 방향을 제시할 수 있는 연결의 세대가 될 수 있음을 보여주고자 한다. 이를 통해 문병란의 또 다른 시 세계를 풍성하게 이해할 수 계기가 마련되기를 기대해 본다.

2. 70세, 청춘은 문패를 내린지 오래

문병란 시인의 「늙어가기」는 고향에 내려가 생가 빈터에 앉아서 참새 무리가 재잘거리는 풍경을 한참 바라보는 것에서부터 시작된다.

> (중략)
> 고향 참새 소리 들어본 지 얼마 만인가
> 한 50년 족히 지난 것 같다
> 그 사이 참새들의 말 모조리 까먹어
> 그들의 사투리나 노랜 못 알아먹는다
> (중략)
> 참새야, 참새야. 고향 참새야
> 실컷 지저귀려무나, 욕하려무나
> 이젠 이 못난 늙은이
> 너희들의 말 한 마디도 못 알아먹는다.
> — 「고향 참새 —늙어가기 1」 부분

고향은 자신의 일생을 성찰하는 데에 등장하는 보편적 공간이다. 특히 문병란의 작품 속에서는 재잘대는 참새가 누이를 비롯한 정답고 그리운 고향을 소환하는 매개체로 등장한다. 위에 인용한 「고향참새 −늙어가기 1」뿐만 아니라 「고향의 텃새 참새를 그리며 −늙어가기 5」, 「참새를 위하여 −늙어가기 57」 등의 작품에서도 이를 확인할 수 있다. 시인은 어느새 나이를 지긋하게 먹고 "참새들의 말 모조리 까먹"고 "못난 늙은이"가 되어 버린 자신을 발견하고는 쓸쓸함을 드러낸다.

70세는 시인에게 있어서 특별한 감상을 불러일으키는 나이로 보인다. 그에게 "나이 70은/갈 곳 없는 인생의 종점"(「꽃샘추위 −늙어가기 9」)이다. 60세였을 때에만 해도 객관적으로 인생을 성찰하겠다는 포부를 드러냈던[95] 시인이, 70세에 이르자 "참 많은 세월 그렇게도/무심히 흘렀구나, 그 사이/그대 나이 몇 살인가, 난 지금/막 일흔 엊그제 고희를 넘겼"다며 "후줄근해지고/별볼일 없는 늙은이가 된(「밤비 −늙어가기 35」)" 것의 고독과 좌절을 감추지 않는다. "기척도 없는/내 청춘은 문패를 내린지 오래"되었고, 그래서 "나는 이 새벽"이 춥고 외롭다(「早春 −늙어가기 33」)고 말한다. 그리곤 또래와 한바탕 즐겁게 어울리는 사내 아이의 건강한 신체 "떡 벌어진 어깨/만만치 않은 장딴지/요란스런 엉덩이"(「시새움 −늙어가기 11」)로 대표되는 젊음을 질투하기도 한다.

사실 노년의 삶에 들어선 사람이 어린 시절을 필두로 자신의 삶을 돌아보고, 동시에 나에게서는 지나가버린 젊은 시절을 보내고 있는 청춘들을 질투하는 것은 특별한 모습이 아닐 수 있다. 하지만 문병란 시는 노년을 이전, 정지의 이미지가 아닌 또 다른 진행의 모습으로 나아간다는 점에서 그 특별함을 찾을 수 있다.

---

95 이 시대적 부조리와 민족적 비극을 어쩌지 못한 채 가로수 길을 방황하며 아련한 향수와 실존의 고독을 노래하던 가로수의 소년은 커서 이제 도저히 젊은 날로 되돌아 갈 수 없는 60대의 황혼기를 맞이하였다. (중략) 그때 그때 필요에 의해 채 정리되지 못한 격정이나 객기를 모아 펴냈든 졸시집 18권 중에서 그래도 간직하고 싶은 몇 편을 추려내기로 한 금번의 작업도 과거의 내 자신에 대한 객관화를 통한 재평가 작업의 하나이다. 이런 작업을 굳이 회갑을 기하여 갖는 것은 60이 삶의 단계로 보아 하나의 정리요, 만년의 내면적 명상과 자아 성찰을 향한 점검의 시점이 되리라 믿는다.(문병란, 「시선집을 펴내며」 『새벽이 오기까지는』 일월서각, 1994. 5∼6쪽.)

132편 연작시의 제목인 「늙어가기」는 한창 때를 지나 쇠퇴하는 것을 의미하는 동사 '늙다'[96]가 가지고 있는 정지의 이미지에, 보조동사 '가다'를 결합시켜 또 다른 지점으로 나아가고 있는 진행의 이미지를 더하고 있다. 이는 연속하여 시를 이어가는 연작시의 시작(詩作) 방법과 연결되어 늙음의 행동이 무언가를 향해 진행되고 있음을 드러내는 데에 효과적인 장치로 활용되고 있는 것이다. 자신이 "못난 늙은이"가 되었다는 현실을 즉시하는 것에서 멈추는 것이 아니라, 이를 인정하고 새로운 생존 방법의 실천으로 시쓰기를 이어간다.

시인은 시를 쓰는 것이 늙은이의 욕심인 것처럼 느껴진다며 "이제 시는 안 쓰리라"고 주저한다. 하지만 "어느새 나는/빈 원고지를 찾는다"(「노욕 −늙어가기 13」)며 늙은이의 욕심이라고 지탄받더라도 부족한 나를 인정하고 시쓰기 활동을 이어가겠다고 다짐한다.

> (중략)
> 70살이 되는 날 아침
> 나도 시 쓰기가 무섭다
> 태초에 이미 아담은 타락했느니라
> 꽃 피어 아름다운 봄 올해도 죄 하나 지어야지
>
> −「고희古稀 −늙어가기 132」 부분

시인은 70살이 되던 날 아침, 동료 작가인 소설가 C씨와의 전화 통화에서 "타락할까봐 오래 살기 무섭다"는 말을 듣는다. 하지만 창세기의 카인의 모티브를 앞세워 이미 태초부터 타락과 살인이 있었다며, 시를 쓰는 것이 죄라면 자신은 기꺼이 죄를 짓겠다고 말한다.

---

96 국립국어원 표준국어대사전에는 '늙다'가 '1. 사람이나 동물. 식물 따위가 나이를 많이 먹다. 사람의 경우에는 흔히 중년이 지난 상태가 됨을 이르다. 2. 한창때를 지나 쇠퇴하다. 3. 식물 따위가 지나치게 익은 상태가 되다.'라고 명시하고 있다.

3. 떨어진 꽃도 꽃, 나의 쉬운 시

노년의 시쓰기는 낙화와 잡초 등 원기가 왕성한 한창때에서 벗어난 생명력을 다하고 주변으로 물러난 것들에서도 새로운 삶의 의미와 가치를 발견하게 한다. 「낙화 ─늙어가기 20」에서 새벽 유원지 벚꽃나무 아래에 떨어져 있는 꽃잎이 썩고 있는 것을, 지난날 떠들고 간 선남선녀가 떠들썩했던 장관과 겹쳐서 제시한다. "섧은 맘"에 "빈 바람만 찾아온다"며 쓸쓸한 감정을 드러내는 것도 잠시, "떨어진 꽃도 꽃은 꽃"이라는 경이로운 진리를 연결시킨다. 떨어진 꽃들도 자세히 살펴보면 여전히 고운 자태와 빛깔이 남아 있다며 다른 이들이 주목하지 않은 것들에 새로운 생명력을 부여한다.

> 누군가 모질게 밟고 간다
> 누군가 침 탁 뱉고 간다
> (중략)
> 무명초, 이름이 없다고 얕보지 말라
> 노방초, 길가에 있다고 짓밟지 말라
>
> ─「雜草 ─늙어가기 40」 부분

「雜草 ─늙어가기 40」에서도 누군가 모질게 밟고, 침을 뱉고 지나가도 "수유 인생 70은 남가일몽/잠깐 머물렀다 가는 나그네인데/이름 따지고 족보 따지고/오늘도 자리다툼 무어 그리 대수냐"며 "다시 일어나/말쑥한 얼굴로/씨익 웃고"만다. 진짜 중요한 가치가 무엇인지를 깨달은 노년의 지혜가 있기에 가능한 일이다. 이는 노년의 생존 전략으로 새로운 시쓰기를 대하는 시인의 태도에서도 드러난다.

2007년 8월 17일 금요일 창작과 비평 6년 전 묵은 호 111호 54
년생 후배의 시를 더듬더듬 읽고 있는데, 고장난 뻐꾹시계가 멋대로

정오를 알린다 외출할 것이냐 말것이냐 내 마음은 점점 외로워져 가
는데 살기도 힘들고 나의 내장은 먹은 것이 잘 안 내린다 읽는 시가
설컹설컹 목구멍에 걸린다 무슨 놈의 서정시가 이렇게 꼬장꼬장 꼬
여 어렵기만 한담! 혓바닥에 깔깔하고 눈알이 울울하다 창비에 시를
게재한 지 수년이 지났는데 그 사이 필진이 많이 바뀌었구나, 그때
전화벨이 울렸다 문선생이십니까 직장인을 위한 애송시 모음집을
묶는데 선생님의 시 「희망가」 재게재 동의서가 필요한데요, 아참 저
는 시 쓰는 고두현, 선생님께 광주에서 인사드린 적 있는데요, 조금
은 기분이 좋아진다. 어려운 시들 틈에 끼어 있을 해서체 나의 쉬운
시가 떠오른다 재수록 원고료 5만원 온라인 번호 대주고 오늘은 외
출을 단념한다 먼지 낀 묵은 시집을 꺼내놓고 희망 없는 나라의 슬
픈 희망가 속에서 나의 쓸쓸한 하루가 뻐꾸기 소리에 가뭇없이 묻힌
다.

– 「금요일의 노래 –늙어가기 47」 전문

　시인은 발간된 지 6년이 지난 계간지에 수록된 후배의 시를 읽는 것
이 낯설다. 벌서 한참 전에 발표된 "54년생 후배의 시를 더듬더듬" 읽
어가는 일이 "꼬장꼬장 꼬여 어렵기만"하고 "시가 설컹설컹 목구멍에
걸린다". 그러다 '직장인을 위한 애송시 모음집'에 자신의 시를 싣는
것에 대한 의뢰 전화를 받는다. 문학을 전문으로 다루는 '계간지'와 대
중성이 강조되는 '애송시 모음집'이 대조적으로 제시되고 있는 지점이
다. 사실 이제 시작 활동의 중심에서 벗어났음을 직시하게 되는 사건일
수 있다. 하지만 시인은 이러한 변화를 슬퍼하기 보다, 오히려 "해서체
나의 쉬운 시"를 떠올리며 "기분이 좋아진다." 이는 시인이 주창하는
'쉬운 시'의 정체가 무엇인가를 예상케하는 부분이다.
　흥미로운 점은 표제작이기도 한 「금요일의 노래」가 시집에 수록된
132편 연작시 중 유일한 산문시라는 점이다. 사실 현장에서 민중들과
함께하는 시작 활동을 이어왔던 시인의 입장에서는, 최근의 젊은 시인

의 작품들이 자신만의 서정성을 강조하며 독자의 이해를 고려하지 않는 불친절한 작품으로 읽힐 수 있다. 오히려 산문시의 형태로 떡 하니 쉬운 시를 내놓으며 자신은 돈은 안될지언정 삶의 희망과 지혜를 전할 수 있는 시를 쓰고 있다는 자긍심을 드러내고 있는 것이다.

> 이틀째 궂은비는 내리고
> 김소월의 두 배를 살아온 지루한 삶
> 내 서투른 초기 작품의 묵은 시집 위에
> 이상의 망령이 앉아 껄껄 웃고 있다
> 나의 시에서 암모니아 냄새가 난다구요?
> 저만치 쥐구멍이 내게 손짓을 한다
>
> ― 「똥파리 사냥 ―늙어가기 52」 부분

위의 작품에서 시인은 "마감 날을 어긴 원고 청탁서/310원짜리 속달 우표가/입을 벌리고 하품을 하"며 게으름을 피우고 있다. 게으름을 피우고 있던 시인을 일으킨 것은 어디선가 날아온 똥파리 한 마리이다. 잡기 위해 "드디어 일어"나서 "파리채를 들고 똥파리 사냥을 나"서는 자신의 상황을 현재를 재치있게 풀어낸다. 시인은 "초기 작품의 묵은 시집"이라며 겉으로는 자신의 시를 평가절하하고 있는 것 같지만, 자신의 쉬운 시 옆에 민족 시인이라 일컬어지는 '김소월'과 '이상'을 슬그머니 덧붙여 비교하고 있는 행위에 주목할 필요가 있다. 사실 이상의 시를 문병란 시 속에 슬쩍 얹어 놓는 행위는 다수의 작품에서도 종종 발견된다. 주지하다시피 비교하는 행위는 비교의 대상이 되는 것들이 견주어 볼만 하다는 전제가 성립할 때 이루어진다. 이는 자신의 쉬운 시를 높이 평가하는 시인의 태도가 드러난 부분이다. 혹은 서툰 것처럼 보이는 본인의 쉬운 시가 문학사적으로 보기에는 부족해 보이고 부끄러워 보일지라도, 그것 역시 자신의 시작 활동이라며 인정하고 있는 것이다.

4. 그리하여, 아직 못 버린 시

시인에게 있어서 모든 것을 다 버렸는데도 일곱 번의 일곱 번, 77살 동안 부정하고 절망하는 중에서도 버리지 못한 것이 바로 시이다. 진짜로 중요한 것이 무엇인지를 생각하게 해주는 살아남기 생존 방법으로의 시쓰기를 제시하고 있다.

다 버렸는데 아직
못 버린 것이 있다
詩,
스무 살 때 나의 첫사랑
긴긴 봄날을 안고
이름 없는 병을 앓았다
한평생 변하지 않을 그 마음 그 사랑
76세의 이 겨울
일곱 번의 일곱 번을 부정하고
바위 속에 쓰는 시
뼈 속에 새기는 시
낡은 책갈피 속에 숨어 있는
한 점 먼지 한 마리 책벌레
법이 되지 않았지만 굶지 않았고
너로 하여 나의 인생 고독을 배웠다
(중략)
절망하고 절망하고
일곱 번의 일곱 번을 절망하고
창자 속에서 꼬르륵 소리를 내는
겨울밤.
악마의 술잔을 들고 나는

동반 자살을 기도한다

그 실패의 미학 - 가치 없는 성공보다

가치 있는 실패 지고도 이기는 역설을 배워

손 끝에 피맺힌 낡은 거문고

다 버렸는데 아직

버리지 못한 것이 있다

아 시는 악마의 술인가

영혼의 정화제 신의 음성인가

─「마지막 연인 ─늙어가기 130」 부분

시인에게 시는 밥이 되지는 않았지만 굶지는 않게 해주어서 고마운 존재이다, 또 "실패의 미학─가치 없는 성공보다/가치 있는 실패 지고도 이기는 역설을 배"우게 해준 진리와 깨달음의 매개체이다. 깨달음의 매개체를 통해 시인은 "나는 개띠 갑술생. 평생 짖는 직업으로 살고 있"(「나의 출생 ─늙어가기 113」)다고 단언한다. 시를 쓰는 것과 갑술생 개띠의 짖는 행위를 동일한 선상에 올려두고 있는 것이다.

한 평생 짖어온 천성으로

나의 울대는 아직 성하다

이빨이 몇 개나 남았는가

발톱은 아직 빠지지 않았다

(중략)

쉿 - 개구멍으로 밤손님이 오신다

마지막 이빨과 발톱을 세워라

─「이 시대의 견유주의 ─늙어가기 7」 부분

"잡종 똥개 발발이 3대/아메리칸 핫도그와 교미하여 태어난/21세기 유전공학의 승리"인 "코메리안 핫도그/오늘밤 울대 제거 수술로 짖지 않는다!" 하지만 갑술년 개띠인 시인은 "한 평생 짖어온 천성으로" "마지막 이빨과 발톱을 세"우고 있다. 사실 문병란 시인에게 있어서 '개', '짖음', '이빨', '발톱'은 참담한 현실 속 세상을 향한 날카로운 경고에 다름 없다.

> 개는 짖어야 한다
> 개는 짖을 때만 개가 된다
> 쇠사슬을 끊고
> 두 귀를 쫑긋 세우고
> 기름진 먹이를 내던지고
> 개는 앞문으로 나와야 한다
> 당당히 당히 짖어야 한다
> 순종의 미덕을 찢고
> 야성의 이빨을 세워야 한다
> 으르렁 으르렁
> 날카론 발톱을 세워야 한다
> (중략)
>
> ―「개」 부분[97]

시인은 여전히 이 땅의 민주주의를 위협하고 있는 참담한 현실에 카랑카랑 목소리로 짖고 있다. "미국산 광우병 소고기 수입 반대/진정서 연명란에 이름을 써 넣"으며 서명에 동참하기도 하고(「촛불일기 ―늙어가기 128」), "MB방송언론악법/4대강 살리기 대운하 사업/마구마구 통과하는 단독국회"를 비판(「반대표 ―늙어가기 131」)하기도 한다. 실제 민중과 함께 불의한 정치 현장에서 소리치지 못한 것에 대한 부끄러움

---

97 문병란, 「문병란 시선집: 새벽이 오기까지는」, 일월서각, 1994, 124~127쪽.

을 작품 안에서 이야기하지만, "민중과 공유하는 정서적 소산"을 시 속에 표현하는 것만으로도 충분히 참여, 저항적 양상을 보이고 있다.

그리고 "푸른 하늘 아래서 나는 자유인"인 "진돗개 2대 잡종 이빨"(「나의 출생 ―늙어가기 113」)의 힘은 3대 손주에게 까지 이어진다. 모처럼 찾아온 외손주에게 할아버지는 공부를 잘 하느냐고 묻는다. 그리곤 "한 중간은 간다고 쉽게 대답"하는 손주를 기특하게 바라본다.

> 세상엔 일등만 사는 게 아니다
> 이등도 꼴찌도 다 필요하다
> (중략)
> 손주야, 일등은 못 해도
> 너는 내 사랑하는 외손주
> 중간이라도 꼴찌라도
> 늘 자신의 주인이 되거라
>
> ―「외손주 자랑 ―늙어가기 61」 부분

진돗개 3대 이빨의 카랑카랑한 짖음의 목적성은 "주인이 되어, 자기를 지킬 줄/아는게 제일이"라는 것을 인지하고 있는 것이다.

5. 마치며

『금요일의 노래』에 수록된 작품은 "많이 남지 않은 인생 여정에 푸념 섞인 견유주의 개띠 인생의 짖"는 소리로 치부해 달라는 시인의 당부와는 달리, 노년의 삶에서만 엿볼 수 있는 현명함과 지혜로움이 카랑카랑하게 담겨 있다.

시인은 늙은 자신의 좌절과 고독을 마주한다. 참새라는 매개체를 통해 그리운 고향을 호환하고, 갑술년 개띠의 자신의 삶을 되돌아본다.

하지만 좌절을 경험하며 포기하고 주저앉기보다 자신의 살아남기 방식으로 다시 시쓰기를 채택한다. 청춘에 대한 시샘을 인정하고 자신은 아직 철들지 못했다고 고백하며 시인은 70세 종심에 이르러서도 "떨어진 꽃도 꽃"이라며 시쓰기를 포기할 수 없다고 선언한다.

자신만이 할 수 있는 시작법으로 쉬운 시를 내세운다. 돈이 안 되어야 더 즐겁다는 시인의 시쓰기는 오히려 갑술년 개띠의 카랑카랑한 짖음이 살아 있음을 확인하는 기회가 된다. 그리고 일련의 과정의 중첩은 주인 의식을 가지고, 자기 자신을 지킬 줄 아는 사람이 되는 것이 행복하다는 깨달음으로 이어진다.

지금까지 살펴본 문병란의 「늙어가기」 연작시는 뜨거운 젊은 날을 살아온 시인이 지난 시절을 그리워하는 수동적인 태도의 병렬이 아니다. 오히려 여전히 뜨거운 현재를 카랑카랑 뱉고 있는 적극적인 시작 태도라 할 수 있다. '늙어가기'를 연속적인 주제로 제시하고 있는 시인의 목소리는 또 다른 시대를 살아갈 다른 이들의 삶 속에 울림을 줄 수 있는 계기가 되고 있다.

참고 문헌

• **기초자료**

문병란, 『금요일의 노래』, 일월서각, 2010.

• **논문 및 단행본**

문병란, 『문병란 시선집: 새벽이 오기까지는』, 일월서각, 1994.

문병란, 「문병란 연보」, 『문학춘추』 35집, 문학춘추사, 2001.

제2부

문병란의
작품 세계

제2부 「문병란의 작품 세계」에 수록한 시들은 제1부 「문병란의 시 연구」에서 분석 대상으로
삼은 시 텍스트들을 제목의 가나다순으로 나열한 것이다.

街路樹

鄕愁는 끝나고
그리하여 우리들은 午後의 江邊에서
돌아와 섰다.

생활의 廢墟에 부대끼던 겨울을 벗으면
永點에 서서 기다리는 우리들의 三月—
凍傷의 가지마다
부풀은 地熱에 窓門이 열린다.

허기진 발자국들이 돌아오는 午後의 入口.
아무데서나 너의 인사는 반갑고
너와 같이 걷는 이 길은
시진한 孤獨을 나누며 가는 季節의 좁은 길.

빈손 마주 모으고 돌아오는 밤이면
가난을 열지어 흐르는 어둠 속
서러운 까닭은
우리 모두 사랑을 따로이 간직하기 때문이다.

어둠을 呼吸하는 고요론 자리
누리지는 별빛을 머금어
다가오는 三月 같은 머언 얼굴들이
쏟고 간 눈물.

너는 보내야 했듯이 또 맞아야 하기에
철따라
새 옷으로 갈아입는 미쁘운 여인.

여기는 季節이 맨발로 걸어 왔다
맨발로 걸어 돌아 가는 길목.

가자,
우리 所望의 머언 山頂이 보이면
목이 메이는 午後.
街路에 나서면
너와 같이 나란히 거닐고 자운

너는 五月의 휘앙새, 기대어 서면 너도
나와 같이 고향이 멀다.

강의 노래

강은 흐르는 것이다
대지를 젖먹이는 정다운 어머니
강은 흐르며 노래하는 것이다
어릴 적 듣던 따스한 어머니의 목소리로
땅을 일구며 땀흘리던 억센 아버지의 손길로
적시고 스며들고 쓰다듬고
강은 생명을 고이 키우는 것이다.

오늘도 씨앗을 품은 논밭을 보듬고
천만 년 한결 같은 그 가락으로
기나긴 인간의 역사 꽃피워 갈무리며
불멸의 연가를 부르는 사랑의 강아!

흐르는 것은 썩지 않는 것이다
흐르는 것은 막힘을 모르는 것이다
흐르는 것은 쉴 줄을 모르는 것이다
흐르는 것은 뒤로 갈 줄 모르는 것이다

모든 역겨움도 더러움도 삼켜버리고
하늘 닮은 가슴을 열어
내일의 바다로 달리는 역사의 강아!

흐르는 것은 서로 사랑할 줄 아는 것이다

흐르는 것은 서로 용서할 줄 아는 것이다
흐르는 것은 서로 섞일 줄 아는 것이다

저마다 하나씩의 그리움을 안고
수천 개의 파도 하나의 노래 되어
어둠을 삼키고 새벽을 여는 여명의 강아!

흐르고 흘러 멈추지 말지어다
가꾸고 젖먹여 탐스런 꽃 피워낼지어다
시원의 아침 고운 새 소리도 간직하고
두고 온 산골의 맑은 고요도 간직하고
미움과 분노도 하나의 노래로 바꿀지어다

오오 대지의 가슴 가로 질러
굳게 막힌 역사의 벽 무너뜨리고
찬란한 태양의 큰 아들을 분만할지어다!

개

Ⅰ
개는
밤마다 짖어야 산다
캄캄한 어둠을 향하여
不可思議의 그림자를 향하여
개는 밤마다 짖어야 산다.

보고 짖을 것이 없으면
개는
빈 달이라도 보고 짖어야 한다
자기 그림자라도 보고 짖어야 한다
누가 짖는 개를 나무랄 것인가
누구나 보면 짖을 줄밖에 모르는
허공이나 달을 향하여
항상 짖을 줄밖에 모르는
누가 저 개를 나무랄 것인가

개는 개를 느낄 때 짖는다
개는 짖을 때만 개를 느낀다
적의가 숨어드는 밤
그림자가 기어드는 밤
개는 적의가 빛난다
개는 발톱을 모은다

개는 날카로운 이빨을 세운다.

거대한 어둠을 향하여
개는
쫑긋 두 귀를 세운다.

Ⅱ
어디선가 도적이 드는 밤
無邊의 어둠 속으로
어디선가
검은 그림자가 드는 밤
짖어야 할 개가 짖지 않는다
짖는 법을 잊어버린
발톱과 이빨을 잃어버린
짖어야 할 개가 짖지 않는다.

어째서 갑자기 세상이 조용해지는가
어째서 짖어야 할 개가 짖지 않는가
한 덩이 먹이를 물고
지금 뒷전으로 가버린 개
주인의 발 아래 엎드려
홰홰 꼬리를 치며
먹이를 핥고 있는 노예의 개
앞문이 열린 채
지금 뒷문으로 사라진 개
한 무리의 도적들은 유유하다.

조용한 밤

한 마리 개도 짖지 않는 밤
어디선가 그림자가 숨어든다
多島海의 안개 속으로
마산만의 달빛 속으로
소리 없이 그림자가 上陸하고 있다.

Ⅲ
개는 짖어야 한다
개는 짖을 때만 개가 된다
쇠사슬을 끊고
두 귀를 쫑긋 세우고
기름진 먹이를 내던지고
개는 앞문으로 나와야 한다
당당히 당당히 짖어야 한다
순종의 미덕을 찢고
야성의 이빨을 세워야 한다
으르렁 으르렁
날카론 발톱을 세워야 한다
多島海의 어둠 속으로 上陸하는 그림자
마산만의 달빛 속으로 숨어드는 그림자
옆문으로 들어온 자를 쫓아야 한다
몰래 숨어든 그림자를 물어 뜯어야 한다.

이 밤도 어디선가
깊어 가는 밤
모두 다 잠든 밤
보이지 않는 그림자를 향하여
텅 빈 허공의 빈 달을 향하여

컹 컹 컹
멍 멍 멍
한 마리의 고독한 개는
적막강산의 어둠을 짖고 있다.

으르렁 으르렁
날카로운 이빨을 모으고
쫑긋 두 귀를 세우고
어둠의 복판을 향하여 내닫고 있다.

거리의 사랑가

1920년에도
이 거리 위에는
저렇게 궂은 비 내렸을 것이네
尙火의 젊은 혼이
밤늦은 거리에서
전봇대 부여안고 통곡하면서
있지도 않은 마돈나 부르며
값싼 눈물 섞어 술주정 배우며
애젊은 마누라 속 많이 썩였을 것이네
식민지의 하늘 밑
절망한 가슴처럼 뒤덮은 검은 구름 속
그래도 비가 내리면 행결 부드러워
젖고만 싶은
식민지의 청춘 응어리진 가슴으로
밤마다 외상술 기생 치마폭에 토해 놓고
그래도 그게 식민지의 풍류라
동아일보 사장 김 성수의 보증수표로 술 마시고
空超님 최초의 스트리킹
헌병도 눈감고 외면하는 진풍경
그 밤에도 한반도가 취해 흐느꼈을 것이네.
지금은 60년 더 지난
1980년대의 거리
또 궂은 비는 내리는데

피지도 못한 장미 밑둥까지 썩는데
외상술도 없는 땅 위에서
울분 안주삼은 깡소주 취해 보네
尙火의 마돈나도 없는 거리에서
空超의 술주정도 없는 거리에서
미치랴 미치지도 못하는
이 땅은 거대한 하나의 감옥
한반도가 온몸으로 떨고 있네
전봇대에 이마 부딪고 실연한 가슴들
한반도가 온몸을 쥐어짜 흥건히 적시고 있네
허공에 목을 매달아 울고 있네.

거울

매일 아침
한번씩 옷깃을 여미는
시간

나를 지키는
눈동자 속,
하나의 金屬性 良心과 만난다.

삼백육심오일,
아침마다 한번씩 비쳐본
나의 모습.

저만치 고개 숙여
하나씩 뉘우침이 모여 들고
외로운 눈동자 속,
두 손 모으는 기도를 배워
오롯한 마음의 窓을 연다.

對話가 없어도
호젓한 시간 거울 앞에 서면
내가 아닌,
또하나의 나를 향해
고요히 두 눈을 감는 시간.

마음 속,
水墨빛
한그루 난초를 고이 가꾸다

거울은
내 마음이 비치는
슬픔 自畫像

오늘은 흐린 거울을 닦으며
맑은 눈으로 나를 지키고
항시
두 손 모아 기도하듯
또하나의 고요한 미소를 배우다.

겨울 山村

사방이 막혀버렸다, 깊은 겨울
버스도 들어오지 않았다, 차라리 막혀버려다오.

겨울은 내 고향의 구들목에
미신이 들끓는 달,
지글지글 끓는 사랑방 아랫목에서
머슴들의 사람이 무르익어가는 달,
화투장 위에도 밤새도록 흰 눈이여 쌓여다오.

겨울 山村은 막힌 대로가 좋아
눈은 이틀째 자꾸만 내리고
자꾸만 내리고
신문도 배달부도 안 오는 깊은 겨울.

도시에서 실려오는 편지도
새마을 잡지도 오지 말아다오
차라리 신문이여 오지 말아다오

우리를 슬프게 만드는 유행가여 들리지 말아다오
지불명령을 가지고 오는 우체부 아저씨여 오지 말아다오.

눈 내리는 소리만 들리게 하고, 차라리
호롱불 가에서 심청전을 읽으며 울게 해다오

춘향이와 이도령의 서러운 이별을 함께 울게 해다오.

이틀째 이틀째 내리는 눈, 심란하게 심란하게 내리는 눈,
과부네 집 창가에 바스락거리는 눈,
눈 녹으면 어이할거나, 얼음 풀리면 어이할거나.

읍내로 나가는 고개도 막히고, 학교로 나가는 앞길도 막히고
간이역으로 나가는 윗길도 막히고,
막힌 땅에서 농부가 울어, 막힌 가슴으로
고향이 울어,

차라리 모두 다 막혀버려다오.
차라리 모두 다 먹혀버려다오.

고무신

어느 노동자의 발바닥 밑에서
40대 여인의 금간 발바닥 밑에서
이제는 닳아지고 구멍 뚫린 고무신,
이른 새벽 도시의 뒷골목 위에서나
저무는 변두리의 진흙밭 속에서나
그들은 쉬지 않고 아득히 걷고 있다.

태어날 때부터 쉬임없이 걸어온 운명,
즌데만 딛고 온 고단한 밭길 따라
캄캄한 어둠도 밟고 가고
끝없이 펼쳐진 노동의 아침,
타오르는 불길도 밟고 간다.

아득한 시간의 언덕 너머 펼쳐진
고향의 잃어진 논둑길을 걸어서
가물거리는 호롱불을 찾아가는 고무신,
두메산골 머슴의 발바닥 밑에서도
흑산도 뱃놈의 발바닥 밑에서도
뿌듯한 중량의 눈물을 안고
그들은 어디서나 돌아오고 있다.

영산포 어물장 법성포 소금장
이 장 저 장 굴러다니

영산강 황토물 속에 처박혀
멀뚱멀뚱 두 눈 부릅뜨고
한많은 가슴 썩지 못하는 고무신

주인의 정든 발에 신기었을
또 하나의 고무신을 생각하며
그 주인의 발가락 사이
솔솔 풍기는 고린내를 생각하며
송송 구멍 뚫린 가슴 안고
빈 달빛에 젖는 양로원 뜨락.

오늘은 엿장수의 엿판에 실려
보이지 않는 땅으로 팔려간다.
뒷골목 쓰레기통에 누워 낮잠을 자고
허름한 변두리의 술집에서 술을 마신다.

군화가 밟고 간 아스팔트 위에서
윤나는 구두가 밟고 간 아스팔트 위에서
모진 학대 속에 짓밟힌 고무신,
기나긴 형벌의 불볕 속을
오늘은 절뚝이며 절뚝이며 쫓겨간다.

선거 때 야음을 타고
구장 반장 손을 거쳐
살금살금 박서방 김서방을 찾아간
10문짜리 검정 고무신
민주주의의 유권이 되었던 자랑도
알뜰한 관록도 사라진 채

오늘은 구멍 뚫린 밑창으로
영산강 황토물이나 마시고 있구나.

머슴의 발바닥 밑에서
식모살이 순이의 발바닥 밑에서
뜨겁게 뜨겁게 닳아진 세월,
돌멩이도 걷어차며 깡통도 걷어차며
사무친 설움 날선 분노 안으로 삭이고
변두리로 변두리로 쫓겨온 고무신.

번득이는 竹槍에 구멍난 가슴 안고
장성 갈재 넘어가던 짚신,
그 발자국마다 핏물이 고이는데
오늘은 구멍 뚫린 고무신이 쫓겨난다.

썩어도 썩어도 썩지 못하는 한많은 가슴,
땅속 깊이 파묻혀도
뻘밭 속에 거꾸로 처박혀도
한사코 두 눈 부릅뜨고
영영 죽지 못하는 恨
여기 벌떼같이 살아나는 아우성이 있다.

고향 소식

싸구려 김장무우 꼬리에 붙어온 고향이
내 아내의 식칼 끝에서 비명을 지른다.

모든 것 중에서 제일 싸다는 농산물이
우리집 안마당에 와서 쓰러져 있다.

어쩌면 오촌당숙의 주름진 얼굴과 같은
지지리 못생긴 물감자, 풋호박, 배추다발,
오지게 밑굵은 가을무우 꼬리에 붙어 온
고향의 싸구려 풍년이 도시로 팔려와
아내의 식칼 끝에서 도막도막 갈라진다.

산굽이 돌아 논둑길 지나서
들찔레 열매 익는 해거름 땅거미
시오리 자갈밭길 지나면 거기,
도깨비불 나와 깽매기 친다던
늙은 당산나무 외로이 서 있고
솔가지 타는 그윽한 내음내 속
아직도 송아지 해설피 길게 우는
무슨 꿈 같은 산마을이 있는가.

경작비 5분의 1만 들이면
켄터키산 목화도 사오고

캐나다산 밀가루도 사오고
온갖 싸구려 잉여 농산물 사올 수 있다고
미국산 옥수수가루 술에 취해 울며
내 고향 오촌당숙은
밑지는 농사 던져 버리고
이제는 도시로 이농해 버렸다는데,

올해도 시장 바닥에
양파가 딩굴고
무우 배추가 썩어 남아 간다는
아내의 즐거운 목소리 들으면서
나는 슬픈 민농시 써놓고
이튿날 찾아가야 할
강진 농민회 강연 원고를 생각하고 있었다.

오오 내 뜰 위에 와서
도막도막 갈라져
우리들의 뱃속에 가서
똥이 되는 고향이여
푸대접 받는 무다발이여.

고향의 들국화
- 옥중의 제자에게

고향의 들판 어느 구석에
이맘때쯤
남몰래 피어나 있는 들국화를
너는 알 것이다.

잡초 사이에 끼어
자랑하지도 뽐내지도 않는 수지운 꽃
혼자서도 외롭지 않은
하나의 슬픈 사랑을 너는 알 것이다.

시멘트 벽으로 둘러싸인 독방,
손바닥만한 하늘이 찾아오는 작은 獄窓에
풀벌레 울음소리 핏빛 恨을 짤 때
차가운 마룻바닥 위에 앉아
눈감고 견디는 인내의 하루.

이맘때쯤
노을지는 고향의 들판 어느 구석에
오들오들 떨고 있는 가녀린 숨결
한떨기 작은 기다림을
너는 알 것이다.

눈부시게 푸른 南道의 하늘 밑

서러운 사연을 간직한 채
그믐달빛 아래 쪼옥쪼옥 여위어 가는
한떨기 고향의 슬픈 노래를
너는 알 것이다.

아 진리란 무엇인가, 새삼
마음속에 맴도는 하나의 이름을 안고
벽 앞에 앉아 견디는 인고의 나날
뜨거운 피가 원통해
오늘도 긴긴 하루 해
옥창에 한숨 지우는 제자야.

너는 알 것이다, 서릿속
날로 높아 가는 향기 머금고
모질도록 참아 내는
애타는 기다림으로, 왜 고향에
작은 들국화가 피어 있는가를
너는 알 것이다.

고향 참새
– 늙어가기 1

고향의 생가 빈터에 가서
한식경 덤덤히 앉았노라니
한 무리 참새가 날아와
저희끼리 요란히 입방아 찧는다

무슨 말인지 모르나
꽁지를 흔들며 깔깔대는 폼이
썩 재미있는 소문인가 보다
혹여 나에 대한 정보?

고향 참새 소리 들어본 지 얼마 만인가
한 50년 족히 지난 것 같다
그 사이 참새들의 말 모조리 까먹어
그들의 사투리나 노랜 못 알아먹는다

내 흉을 본 대도 별 수 없다
과부 홀애비 상피 사건인들 어쩌랴
대밭에서 한참 재잘거리더니
이젠 앞마당 은행나무 가지로 옮겨 앉는다

이 집주인 모두 어디 갔을까
왜 집터만 휑하니 비어 있을가
옛날의 꼬맹이 막둥이 녀석

지금은 어디에 흰머리 이고 앉아 있을까

참새야, 참새야. 고향 참새야
실컷 지저귀려무나, 욕하려무나
이젠 이 못난 늙은이
너희들의 말 한 마디도 못 알아먹는다.

고희
― 늙어가기 12

소설가 C씨가 전활 했다

타락할까봐 오래 살기 무섭다

70살이 되는 날 아침

나도 타락할까 봐 세상이 무섭다

하지만 타락하지 않는 돼지에게도

도낏날 번쩍번쩍 사는 것이 무섭다

타락은 이미 날 때부터 시작된 것을

태초에 살인은 이미 날 때부터 시작된 것을

태초에 살인은 이미 있었느니라

소설가 C씨가 다시 전활 했다

타락할까봐 사랑하기가 무섭다

70살이 되는 날 아침

나도 시 쓰기가 무섭다

태초에 이미 아담은 타락했느니라

꽃 피어 아름다운 봄 올해도 죄 하나 지어야지.

光州

온몸으로 사랑하고 싶어도
마침내 산산히 부서지고 마는
그런 안타까운 가슴처럼

천년을 선 채로 부르다 죽을
허공 중에 헤어진 그런 이름처럼

너는
두 손으로 얼굴을 가리우고 운다.

모양 지을 수 없는
커다란 고독을 지녔기에
밤이면 무등을 부둥켜안고
응얼응얼 울음을 운다.

목이 잘리운 두루미인가?
날개 잘리운 봉황인가?

눌러도 눌러도 솟아나는
한줄기 죽순을 품었기에
어둠을 뚫고 솟아나는
벌떼 같은 아우성을 안고
두엄 자리 썩는 곳에

뿌리 내리는 잡초로 어우러진다.

먹물을 벅벅 칠할까?
내 온 가슴을 뜨겁게 문지를까?

고개 들면 저만큼
버티고 선 무등산!

구천에 사무치는
천고의 피리는
어디가 깨어져 버렸는가?

연한 살 파고드는
날카로운 죽창의 아픔이여.

굴원과의 對面

한 밤중 펴는 책 갈피 속에서
나는 굴원을 만난다.
사뭇 안색이 나쁜 그
3천 년 전처럼
몹시 운수 사나운 몰골을 하고
그는 내 앞에 앉는다.
어울리지 않는
당신과 나의 대면
나는 당신에 대하여 무엇을 아는가?
그날 汨羅水에 투신하였을 때
웃음 절반 칭찬 절반
세상이 조롱과 박수를 보냈을 때
고기밥이 된 만고충신
당신은 무엇을 생각하고 있었을까?
3천 년 후
한국의 가난한 교사
월봉 5만 원짜리 교사 앞에서
당신이 하고 싶은 얘기는 무엇일까?
사뭇 진지한 이 시간
독서 강조 주간에
그 어느 古書 속에서 만난
당신과 나의 쓸쓸한 인연,
그날의 회왕도 간신도 없이

당신의 「어부사」도 「이소」도 없이
입다문 세계—
나는 당신에게 무엇을 말할까?
눈이 있어도 보지 못하고
귀가 있어도 듣지 못하고
입이 있어도 말하지 못하는
지금은
당신의 입과 혀를 빌려
그날의 역사를 이야기할 때
충신이여
당신의 혀를 잠깐 빌려주시라.

금요일의 노래
- 늙어가기 47

2007년 8월 17일 금요일 창작과 비평 6년 전 묵은 호 111호 54년생 후배의 시를 더듬더듬 읽고 있는데, 고장난 뻐꾹시계가 멋대로 정오를 알린다 외출할 것이냐 말것이냐 내 마음은 점점 외로워져 가는데 살기도 힘들고 나의 내장은 먹은 것이 잘 안 내린다 읽는 시가 설컹설컹 목구멍에 걸린다 무슨 놈의 서정시가 이렇게 꼬장꼬장 꼬여 어렵기만 한담! 혓바닥에 깔깔하고 눈알이 울울하다 창비에 시를 게재한 지 수년이 지났는데 그 사이 필진이 많이 바뀌었구나, 그때 전화벨이 울렸다 문선생이십니까 직장인을 위한 애송시 모음집을 묶는데 선생님의 시 「희망가」 재게재 동의서가 필요한데요, 아참 저는 시 쓰는 고두현, 선생님께 광주에서 인사드린 적 있는데요, 조금은 기분이 좋아진다. 어려운 시들 틈에 끼어 있을 해서체 나의 쉬운 시가 떠오른다 재수록 원고료 5만원 온라인 번호 대주고 오늘은 외출을 단념한다 먼지 낀 묵은 시집을 꺼내 놓고 희망 없는 나라의 슬픈 희망가 속에서 나의 쓸쓸한 하루가 뻐꾸기 소리에 가뭇없이 묻힌다.

깡통

戰後에
한겨울 눈이 내리다 간
하나의 不渡手票
빈 욕망의 껍질이 딩굴고 있다.

어느 資本主義의 손길이 새겨 놓은
眞珠가 아닌
하나의 녹슬은 분노가 쭈그러진 이마.

언젠가는
향기로운 자양이 고여
굶주린 아세아의 밤을 안고 딩굴며
食慾.

어느 시금털털한
게트림 속의 뜨거운 八月이
알몸으로 살다간
헐벗은 계절이 숨어 버린 전쟁의
껍질.

오늘은
내 自虐의 구두콧날과 對決하고 있다.

한밤중
어둠이 고이는 구멍 뚫린 가슴에
까옥까옥 까마귀의 울음이 고이고,

깡그리 빈 주린 껍질 속에
전후에 내리는 비,
배고픈 겨울이 들어 앉아
빈 바람으로 채운 녹슬은 창자.

오늘은 역전 부근,
전쟁 고아의 정다운 벗이 된
아메리카의 剩餘物.
차라리 나는
너를 모질게 발길로 차야 하는가.

지금은
오만과 非情의 아스팔트길
죽음의 손길이 새겨 놓은
저주와 울분의 自畵像을 그릴 때

빈 깡통 속으로 깊이
숨어 버린 韓國의
겨울—.

나무의 戀歌

어느날 나무는
제 자리를 떠나고 싶어
퇴화한 날개를 펴어 보는 것이다.

어쩌다
거기 서있게 된 그날부터
나무는 파아란 하늘을 머리에 인
아름다운 囚人.

千年을 빛의 鍊獄에 갇혀 사는
너의 슬픈 罪名은 무엇인가.

주체할 길 없는 잎사귀는
차라리 슬픈 고독의 衣裳

철따라 새옷으로 갈아 입고
어느 계절의 入口에 서서
邂逅의 그날을 기다리며 산다.

빛을 올올히 짜는
어느 대낮의 中心에
어쩔수 없이 자리해 버린
이 슬픈 均衡

어느날
고독한 물가에
잃어진 꿈을 비쳐볼 것인가.

오늘은
제 자리를 떠나
어디론가 떠나 갈 듯한 나무,

豫感의 강가에 서서
뿌리를 어쩌지 못하는
그는 變身의 날개를 꿈꾸고 있다.

낫

내 故鄕 生家의 헛간에
번 듯이 날 서 걸려 있는 朝鮮낫.

벼도 베고 보리도 베고
농부와 더불어 날(刀)을 세우며
5천 년의 역사를 지켜온 연장,
땡볕이 타는 마당 구석에
主人도 없이
너는 아직도 번 듯이 날 서 걸려 있다.

녹슬지 않은 그 날의 분노,
삼천리 뒤덮는 잡풀도 싹뚝 자르고
주재소 왜놈 순사의 목을 걸어 당기던
그 날의 울분도 그 날의 설움도
녹슬지 않고 시퍼렇게 날 서 있다.

朴서방 金서방
돌쇠 먹쇠
손바닥에 못박힌 낫의 역사
잘못 놀린 낫질에 손가락을 베이면
하얀 韓服에 번지던 핏물 꽃무늬졌다.

활활 타오르는 아지랭이 속

황토빛 대낮이 익어 가는데,
뻐꾸기는 자꾸만 미쳐 가고
여릿여릿 스미는 눈부신 햇살 속
서슬진 고요 기어내리는 뜨락
씩씩거리는 머슴의 숨결도 없이
대룽대룽 목을 매단 눈부릅뜬 思想鬼

그대는 아는가, 내 故鄕 헛간에 걸려 있는
아직도 시퍼렇게 날 선 朝鮮낫.
어떤 상놈의 손에 단단히 쥐어지고
東學軍의 손 끝에서 잠든 역사도 찍어 내던
그 날의 서슬진 분노, 그날의 뜨거운 피도 남아 있다.

엉겅퀴도 자르고
여뀌풀도 휘어 잡아 싹뚝 자르고,
미운 가시 덤불 억센 잡목 마구 찍어 내며
산에서 들에서
언뜻언뜻 빛나던 날 선 朝鮮낫.

무엇인가 겨냥하며
무엇인가 찍어내어 버이며
방울지던 핏방울 아픔도 찍어내던
그 날의 원통한 울음
그 날의 원통한 歷史가 놓여 있다.

6·25때 어느 머슴의 손에서 주인을 죽이고
背反의 역사 속에 殺人 도구가 되던 조선낫
잡풀대신, 살모사 왜놈의 모가지 대신

도막도막 양심을 갈라 내던 비극의 조선낫,
오늘은 어느 헛간에 걸려 피를 흘리는가.

한많은 역사, 그 날의 主人 떠나고
나날이 잡풀만 우거지는 마당 구석에
그날의 원수도 없이 걸려 있는 조선낫아
어떤 상놈의 손바닥 목박힌 모진 아픔 속에
대롱대롱 매달린 한많은 思想鬼
시퍼렇게 시퍼렇게 날 서 있는 설움아!

독일에 핀 봉선화

독일 방문시
선물로 주고 온 봉선화 꽃씨가
독일 땅에서 꽃을 피웠다고
교민의 편지와 함께 사진이 왔다.

기후가 다르고
토질이 다른
낯선 타국의 하늘 아래서도
교민 간호원의 정성을 머금고
작으나 어여쁜 봉오리가 영롱하다.

고향이 그리우면
가만히 들여다보며
봉선화 꽃물 들이던 고향 툇마루
그리운 얼굴들을 그리며
눈매도 삼삼한
교민 아가씨의 향수를 느낀다.

독일 하늘 아래 핀
코리아의 봉선화야
모진 양바람에 시달리면서도
끝끝내 피워낸 갸륵한 꽃송이

부디 장미가시에 찔리울지라도
모질디 모진 순정으로
언제까지나 모국어로 피어나가거라
울밑에 선 그 봉선화
두고 간 땅을 영원히 잊지 말아라.

똥파리 사냥
― 늙어가기 52

아무것도 하고 싶지 않을 때가 있다
마감 날을 어긴 원고 청탁서
310원짜리 속달 우표가
입을 벌리고 하품을 하고 있다.

무슨 사연일까? 열기를 기다리는
편지 봉투, 내 눈은 자꾸만 창밖으로 달아나고
호기심은 나의 게으름 속으로 숨는다
창밖엔 가을, 청 이른 단풍이 날 부른다.

이틀째 궂은비는 내리고
김소월의 두 배를 살아온 지루한 삶
내 서투른 초기 작품의 묵은 시집 위에
이상의 망령이 앉아 껄껄 웃고 있다
나의 시에서 암모니아 냄새가 난다구요?
저만치 쥐구멍이 내게 손짓을 한다

며칠째 읽다만 책이
27페이지 입을 벌리고 윗목에 놓여 있다
도덕경 ― 노자가 느릿느릿 산책을 하고 있다
어디서 날아온 똥파리 한 마리
한낮의 가미카제 ― 내 팡만한 방광에서
긴급조치 비상계엄이 내린다.

나는 드디어 일어났다 긴 게으름을 쫓고
나는 파리채를 들고 똥파리 사냥에 나섰다
직격탄 명중, 그 해 가을은 짧았고
마감 날을 어긴 원고 청탁서 위에서
또 낙엽은 한 잎씩 지기 시작했다.

뚝배기 賦

아무데 놓여도 어울리는 폼이
靑瓷보다 더 미쁘다.

부잣집 응접실이 아니고
박물관 진열장이 아니어도
두메 산골
허름한 목로판이나
시골집 살강 위에 놓여져도
너는 항상 투박한 마음
우리들의 목마름을 채우게 한다.

조금 비뚤어졌으면 어떠냐
상놈집 게다리 상 위에서도
뭉게뭉게 김 오르는
시락국 된장국
질화롯가의 겨울밤은 익어 가고
가물거리는 호롱불 아래
韓國 여인의 그므는 눈매가 곱다.

시진한 봄날
뻐꾸기는 자꾸만 울어 예는데
종일토록 살강에 엎어져
낮잠 자는 배고픈 뚝배기

빈 그릇 가득 채울
우리들의 가난한 눈물도
박박 바닥 긁는 몽당 숟가락
쓸쓸한 박타령도 철철 넘친다.

靑瓷도 아닌
錦冠도 아닌
깨어져 한줌 흙이 되는 뚝배기
걸걸한 백성의 눈물이 고이다
어진 백성의 배고픔
춘삼월 긴 봄날의 햇살이 고이다
오늘은 깨어져 버린 뚝배기.

황토산 너무 白丁의 마을
식칼 날 세워 살아 온
朴서방의 한 평생이 철철 넘치고
그날의 상놈
진흙 구워 먹고 살던 옹기쟁이
金서방의 설움이 철철 넘치고
오늘은 눈도 코도 없이
거꾸로 엎어져 말이 없구나.

천년을 기다려도
한 마리 鶴이 되지 못하고
끝끝내 鳳凰이 되지 못한 忍苦
지지리 못난 얼굴
항상 배고픈 입 벌리고
푸른 하늘이라도 죄다 삼키고 자운

원통한 가슴이다
쩔쩔 끓는 白沸湯이다.

그날의 백성, 그날의 역사는
한줌 흙이 되어 남고
시커먼 보리밥
南道의 설움 철철 넘치던
그날의 뜨거운 가슴
모진 凶年의 배고픔 안고
부뚜막에 놓인 조선 뚝배기야

상감청자 고운 빛깔이 아닌
이조백자 하얀 살결이 아닌
투박한 빛깔에
구수한 맛
아차차 배꼽까지 나왔네,
빡빡 얽은 얼굴로
껄껄 웃어 제키는
아, 이 땅의 목마름아 설움아!

마지막 연인
– 늙어가기 130

다 버렸는데 아직
못 버린 것이 있다
詩,
스무 살 때 나의 첫사랑
긴긴 봄날을 안고
이름 없는 병을 앓았다
한평생 변하지 않을 그 마음 그 사랑
76세의 이 겨울
일곱 번의 일곱 번을 부정하고
바위 속에 쓰는 시
뼈 속에 새기는 시
낡은 책갈피 속에 숨어 있는
한 점 먼지 한 마리 책벌레
법이 되지 않았지만 굶지 않았고
너로 하여 나의 인생 고독을 배웠다
사랑은 눈으로 들어오고
술은 입으로 들어온다 – 예이츠
시는 악마의 술이다 – 아우구스티누스
시가 성하면 나라가 흥하고
시가 쇠하면 나라가 망한다–신채호
붓 놓자 풍우가 놀라고
시편이 완성되자 귀신이 운다
筆落驚風雨 詩成泣鬼神 – 두보

절망하고 절망하고
일곱 번의 일곱 번을 절망하고
창자 속에서 꼬르륵 소리를 내는
겨울밤.
악마의 술잔을 들고 나는
동반 자살을 기도한다
그 실패의 미학 – 가치 없는 성공보다
가치 있는 실패 지고도 이기는 역설을 배워
손끝에 피맺힌 낡은 거문고
다 버렸는데 아직
버리지 못한 것이 있다
아 시는 악마의 술인가
영혼의 정화제 신의 음성인가

망령의 노래

나는 고향도 없었다
나는 어머니도 아버지도 없었다
어머니 곁에 누워 자장가도 들어 보지 못했고
밤이면 고추를 키워주던 할머니의 손길도 없었다
멸시받고 천대받고
항상 밀려나 눈치만 보며 자라난 스무 살
고아원의 긴 겨울밤과
배고픈 봄날의 시진한 그리움을 안고
구두통과 함께 살아온 서러운 사춘기
나는 친척도 없었다
열렬히 사랑해 주는 애인도 가족도 없었다
꿈속에서도 보이지 않는 어머니의 모습,
나를 낳은 여자는 어떻게 생겼을까?
고아원 돌담 위에 노을이 물들면
집으로 돌아오는 어느 아빠의 손에
작은 눈깔사탕이 쥐어질 때
어스름히 기어드는 처마 끝
벌레 물어오는 어미 제비를 볼 때
나는 언제나 남 몰래 하늘을 보았었지.
외로운 잠자리에서
너무 일찍 커버린 사춘기
어머니 대신 안길 품안이 그리웠다.
누더기 이불 밑에서

한 마리의 이와 함께 자라난
스무 살의 외로운 청춘이 부끄럽던 날
구두통 두들기며 돌아오던 귀로에서
그래도, 짤랑거리던 동전이 상냥스러웠지.
길가에서도 버스칸에서도
넌지시 비켜가는 아가씨들,
때묻은 손을 맞잡을 애인은 없고
구두통과 데이트하는 우리들의 휴일
어느 하늘 밑에 서 보아도
불러 볼 이름이 없는 스무 살의 청춘
구두통 안에 뒹구는 빈 깡통 속에는
언제나 모멸과 천대와 고독의 쓰레기뿐
나에게 조국은 저만큼 멀리 있었다.

아아 그러나, 그날만은 나도 사람,
1980년 5월 20일,
그날만은 열렬한 광주의 시민,
그날은 결코 구두닦이가 아니었다
그날은 천한 사람도 고아도 아니었다
아저씨들 곁에서
나의 단골 신사들 곁에서
항상 부러웠던 대학생 여대생 곁에서
처음으로 불러 본 조국
처음으로 불러 본 애국가
그날은 결코 부랑아도 우범자도 아니었다
처음으로 내 것을 만들고 싶었던 자유,
처음으로 내가 사람이라 외치고 싶었던 절규,
어느 날 밤 내 것으로 만든 순이의 입술처럼

열렬히 포옹하고 싶었던 조국,
그날만은 못생긴 구두닦이가 아니었다
당당한 광주의 시민
당당한 자유의 투사
그날만은 양반도 상놈도 없었다
그날만은 부자도 가난한 사람도 없었다.
그날만은 모두 다 한덩어리
그날만은 모두 다 평등한 시민
처음으로 조국을 얼싸안아 보았다
처음으로 자유를 입맞춰 보았다

죽어도 좋다던 그날,
맘껏 목이 터져라 만세 불렀던 그날,
저만치 멀어져 가는 조국을 안으려
저만큼 손짓하는 자유를 입맞추려
앞으로 앞으로 전진하던 그날,
총탄에 쓰러져 가면서
깨어진 구두통 옆에 쓰러져 가면서
아련히 울려 오는 만세소리 들으면서
나는 포도 위에 쓰러져 갔다

구두통을 두들기며 걸어도
항상 정들기만 하던 광주의 거리
무등산이 어머니처럼 굽어보며
아침 햇살에 부끄러운 허리 물들이며
수줍은 미소를 보내어 주던 광주의 거리
동전을 짤랑거리며 돌아오던
저녁 일곱 시의 버스 속에서도

라면으로 점심을 때운 날에도
어려서 자라난 고아원 앞을 지나면
항상 고향처럼 정다왔던 거리
어머니의 가슴 같은 그 포도에 안겨
연인의 입술 같은 그 광주의 품에 안겨
나는 마지막 눈을 감아 버렸다

아, 내 생명은 무엇이었던가?
아, 내가 죽어야 할 이유는 무엇이었던가?
끝끝내 알 수 없는 죄명을 안고
어느 날 갑자기 죽어 버린 나의 청춘
폭도라 부르고 불순분자라 부르고
아무 데나 끌어다 묻어 버린 우리들의 죽음,
영령이 못 되고 대접도 못 받고
개죽음이 되어 버림받은 우리들의 죽음,
한 개의 비목도 묘비명도 없이
증오와 지탄과 왜곡된 보도 속에
폭도가 되어 버린 우리들의 억울한 죽음,

그러나, 나는 슬퍼하지 않는다
나는 분해 하지도 않는다
내가 처음으로 안아 본 조국,
연인의 입술처럼 맘껏 사랑했던 자유,
스무 살의 생애가 너무 짧을지라도
버림받은 땅에 묻혀
편한 잠을 못 잘지라도
나는 후회하지 않는다
나는 원망하지 않는다

그날 나의 깨어진 구두통은 어디로 갔는가?
그날 역전에서 나의 짝이던 현이는 어디로 갔는가?
군화발에 채여 뒹굴고 있을 나의 구두통
탱크에 으깨어져 있을 나의 구둣솔,
나의 정다운 합숙소의 친구들은 어디로 갔는가?

살아 있는 형제여
나를 위하여 울지 말고
그대들 살아 있는 사람들을 위하여 울어다오
나의 무덤을 만들기보다
그대들 피 얼룩진 광주를 위하여 울어다오
나는 공동묘지,
아무렇게나 파놓은 참호 속에 묻혔을지라도
역사의 발바닥에 가 고운 흙이 되고
내 혼은 육신을 빠져나와
한 줄기 바람이 되어
정다운 광주의 거리,
정답고 의로운 사람들의 옷깃에 살랑이며
언제나 믿음직한 무등산,
어머니의 옆모습 같은 그 산허리께 불어가
외로움 뺨 부비며
그대들의 귓가에 속삭이리라
그날의 함성 물밀어 가던
금남로에서 광남로에서
나는 불멸의 연가를 부르리라
광주는 죽지 않는다
광주는 영원히 죽지 않는다고

오 사랑하는 사람들이여!
죽어서도 영원히 우리의 고향인
광주여!

매운 고추를 먹으며

오뉴월 더위에 약 오른
매운 고추,
된장에 찍어
그 정력제를 먹으며
맵고 毒한 오늘의 눈물을 삼킨다.

눈물을 흘리면서
호호 불면서
한사코 매운 것으로 골라 먹으면
뼈 속까지 스미는 이 맵고 독한
기운,
그 어느 장미의 肉香보다 더욱 진하게
우리의 오장 깊이 아리힌다.

오직 우리만이 알고 있는
서러운 눈물, 千年의 恨을 삼키듯
질겅질겅 씹어 삼키는 매운
분노,
모질게 으깨려 온
너와 나의 슬픔을 깨문다.

그 옛날 不逞鮮人의 눈물을 알고
그 半島人의 가슴에 맺힌 恨

닛본刀 끝에서 피흘리던
마디마디 맺힌 슬픔이
오늘은 작은 고추 속
알알이 스민 매운 역사.

체루탄 깨스보다 더 아리게
우리의 마음을 울리고
모질게 깨아무는
어금니의 충돌
그 속엔 무엇이 으깨려져 가는가?

고추를 못먹는 무리들아
오늘의 눈물을 외면하고
미끈한 혓바닥 위에
커피를 굴리는 너희야 알 수가 없지.

텁텁한 코카콜라,
그 시금털털한 게트림 속의 문명,
썩은 빠다 속에 스미는
그 어느 쭈리엣의 사랑보다
더욱 진하게 스미는 매운 춘향이의 절개.

썩은 오장 구석까지 스머드는
오늘의 방부제가 되고,
날카로운 콧날을 으깨리는
작은 주먹이 되고,
마침내 양심의 복판에 터지는 뇌관이 되어
Korea의 정력,

또하나의 傲氣 속에 불꽃이 탄다.

渾身의 정력으로 오늘을 깨무는
우리의 슬픔이여, 우리의 눈물이여.

무등산

항시
멀리 떠나고 싶은
그런 마음을 지니고
저 미치게
푸른 하늘을 우러러
제자리 우뚝 서서
광주를 지키는
의로운 산
그 가슴속에서
천년을 울고도 남은
기나긴 슬픔을
한 마리의
전라도 뻐꾸기가
슬피 울고 있다.

無知

칼집을 빠져나온
阿Q의 칼날과 같이
主人의 배를 가르고
그 주먹 속에서 法이 된다.

6·25의 피비린내 속에서
우리들의 가슴에 구멍을 뚫은
따발총 탄환
오늘의 양심은 피를 흘린다.

앵속꽃 향기 속에서 태어난 무지
독약과 같이 피를 썩히고
맑스 레닌의 혓바닥 위에서
전쟁과 아름다운 革命을 수행한다.

아메리카의 켄터키 木花밭에서
黑人 여자를 들어눕힌 무지,
오만한 양키의 라이플 총구에서
빛나는 개척 정신이 된다.

시베리아의 流刑場
蘇滿 국경 부근에서
양심을 숙청하는 붉은 연서,

露領近海의 저녁에 내리는 눈이 된다.

시베리아로 끌고 가 平等이 되고
월남으로 끌고 가 自由가 되고
오늘은
우주 밖 달나라로 끌고 가는
허무한 사상아
우리들의 가슴에 구멍을 뚫고
아무데서나 눕힌 여자,
세계 지도 위에 線을 긋고
어디서나 철조망과 이별을 만드는
사상의 下手人,
너는 도처에서 날뛰고 있다.

阿Q의 주먹 속에서 殺人이 되고
阿Q의 비굴 속에서 죽음이 되고
오늘은
투표함 속에서 도둑이 된 무지
검은 九月의
베트남 정글에서 포탄이 되었다.

어느 날 철사줄로 목을 졸인 革命
미아리 고개 넘어 사라져 가고
레닌모 속에서 음모가 된 6월
오늘은 다시
벤츠 自家用 속의 씨이트가 되고
한국의 수도,
서울의 동빙고동 호화주택이 되고

판문점 원탁 위에
한 장의 休紙가 되어 놓여 있는가.

마침내
人工衛星에 실려서
그 어느 우주 끝으로 실려가는
허무한 사상아.

주먹과 주먹이 만나 무지를 낳고
무지와 무지가 만나 피를 흘린다.
또하나의 阿Q가 죽어가는 땅 위에.

하루 종일 일하며
포복한 손,
지금은 방황하거나
망설이지 않는다.

확고한 신념 위에
고독의 피리엇을 찍고,
완강한 손마디마다
모진 못이 박힌다.

이젠 알프스 山골짝이나
먼 히마라야 山頂으로
꿈을 찾아 방황하지 않고
그 어느 서류의 빈칸에서
보이지 않는 전선을

포복한 손!

땀을 흘린 손이
하루의 여백에
때 묻은 지문을 남기고 있다.

모든 악수를 거부하고
스스로 두 개의 손을 모으는
완강한 손.
저녁 일곱 시의 고독한 손을 보아라.

여기
한 조각 빵을 훔친
짠 발장의 손,
모독 당한 아빠의 손이
그 어느 귀로에서 울고 있다.

反祈禱

아들아, 오늘도 긴긴 하루 해
작은 독방 마룻바닥에 앉아
눈감고 견디는 아들아,
아무리 밤이 길지라도
아무리 육신이 외로울지라도
결코 기도하지 말아라.

대답이 없는 우리의 신,
눈 멀고 귀 멀은 그의 발 아래 엎드려
아들아, 이제는 애원하지 말아라
우리들의 신은 우리들의 고독,
우리들의 신은 우리들의 분노,
우리들의 신은 우리들의 고난,
우리들의 신은 우리들 속에 있나니
아무리 고독이 입을 틀어막을지라도
아무리 밤이 육신을 파고들지라도
아들아, 결코 매달리지 말아라.

괴로울 땐 눈감고
고향집 뒷뜰에 선
쓸쓸한 감나무 가지 끝에
하나 남은 감,
가난한 농부의 염통 같은

빨간 까치밥을 생각하거라.

자유가 그리울 땐 눈감고
아득히 열리는 황톳길 지나
해남반도 끝에 열리는 푸른 바다,
거기 날고 있는 한 마리
작은 갈매기의 날개를 생각하거라.

고독하고 괴로울 땐 아들아
두 손 모아 눈감고
황토산에 뿌리 박은 한 그루 다박솔,
그 위에 펼쳐 있는
파아란 하늘을 생각하거라.

사무치게 그리울 땐 눈감고
고향집 울타리에 쑥쑥 뻗어 가는
한 줄기 호박 덩굴,
농부 아내의 미소와 같은
꽃초롱 켜든 둥그스럼한 호박덩이
구수한 우리들의 꿈이라도 꾸거라.

우리들의 신은 우리들의 눈물,
우리들의 신은 우리들의 사랑,
우리들의 신은 우리들의 고향,
우리들의 신은 우리들의 마음속에 있나니
아무리 그리움이 육신을 파고들지라도
아무리 가로막힌 벽이 두꺼울지라도
아들아, 결코 애걸하지 말아라.

아 神은 결코 존재할 뿐
결코 대답하지 않는다.

밤 거리 뎃상

광주 학생 독립운동 기념관 뒷골목엔
즐비한 포장마차집
밤이면 뿌우연 눈을 뜬다
잠깐 쉬어 가세요 딱 한 잔만
괴발새발 서투른 표음문자
애교도 만점 발길을 멈춘다
1929년을 깜빡 잊어도 좋다
그 곁에 있는 집이
학생 독립운동 기념관이란 걸 몰라도 좋다
최루탄 냄새 속에서도 술은 넘어가고
1980년 5월에도 아기는 태어나고
1985년 5월에도
젊은이들은 멋진 연애를 한다
또 술을 마시고 밤을 하나로 만든다
과거와 현재가 같이 앉아
미래의 술을 마시는 골목
마음 약한 젊은이가
해남 당 아버지 풋나락 판 돈으로 마시는
도시 재벌의 독주에 취하는 골목
돼지 똥보 매케한 구린내가 왈칵 서러워
갑자기 고향 생각이 나는 골목
張三李四 허물없는 손길들이
술보다 차라리 정을 마시는가

밤이면 헐벗은 거리 위에
함박눈이라도 펑펑 내리고 지고!
독립 기념관 벽돌담에 눈이 쌓이는데
5분간 적쇠 위 참새가 통째로 익어 가는데
과거와 현재가 나란히 앉아
미래의 역사를 마시는 골목
1985년이 함빡 취하여 울고 있다.

보리 이야기

I
한 알의 보리씨가
기나긴 겨울 동안 흙 속에 묻혀
모진 추위에 죽지 않고
스스로 살을 썩혀 싹을 틔웠다.

어진 농부의 손길 아래서
고이 심겨진 귀한 씨알
가난한 백성의 오줌똥 받아 먹고
오늘은 무성히 머리를 감았다.

만경벌 나주벌 물결치는 보리
춘삼월 단비에
삼단 같은 머리감은 조선 보리
빼앗긴 들이 아닌 내 땅
우리들의 아름다운 오월 속에서
저만치 생활을 밀어 두고
고향의 언어로 노래하는 종달새
툭툭 불거지는 푸른 줄기 끝에
뚜룩뚜룩 여물이 차오르는 소리

가난한 백성의 땀방울 먹은
오지게 익어 가는 푸른 아우성이

들판 가득히 넘쳐 흐른다
제법 점잖은 꺼시락 수염 달고
일제히 고개 드는 모가지들
꺼글꺼글한 속삭임이 들린다.

오 춤추는 모가지들이여
꺼끌꺼끌한 꺼시락들이여
너를 보듬고 딩굴어 볼거나
뚜룩뚜룩 두 눈 부릅뜨고
나를 노리는 완강한 모가지들이여
나는 너의 허리를 꺾어 볼거나

히히죽거리며 벙글거리며
오 들판 가득히 일어나는
무수한 모가지들의 아우성
겉보리 만세
풋보리 만세
누우런 이빨 드러내고 웃는
씩씩한 백성들의 만세가 들린다.

부활의 노래

돌아오는구나
돌아오는구나
그대들의 꽃다운 혼,
못다한 사랑 못다한 꿈을 안고
죽음을 넘어 시대의 어둠을 넘어
부활의 노래로
맑은 사랑의 노래로
정녕 그대들 다시 돌아오는구나

이 땅에 우뚝 솟은 광주의 어머니
역사의 증언자, 무등산 골짜기 넘어
우수절 지나 상그러이 봄내음 풍기는,
기지개 켜며 일어서는 무진벌 넘어
한 많은 망월동
이름 모를 먼 주소를 넘어
가난한 이웃들이 모여 사는
광주 지산동 광천동
청소부 아저씨네 낡은 울타리를 넘어
주월동 셋방살이 젊은 기사님네
작은 창문을 넘어
정녕 그대들
머나먼 저승의 길목을 넘어
언 땅 뚫고 솟아오르는

끈질긴 잡초 뿌리로 우거지는구나
툭툭 망울 트는 핏빛 진달래로 타오르는구나.

그날, 5월은 너무나 아름다왔고
너무도 뜨겁고 잔혹했던 달,
산산히 갈라진 목소리 속에서도
온몸 끌어안고
천 번이고 만 번이고
입 맞추고 싶었던 사랑,
융융한 강물로 막힌 둑을 무너뜨리었더니!
꽃같은 핏방울로 어둠을 찬찬히 불사르었더니!

지금은 다시 얼어붙은 땅
저 잔혹한 막힌 겨울의 어둠을 뚫고
광천동, 양동 다리 밑 넝마주이들의
해진 동상의 발가락 사이로
야학에서 늦게 돌아오는
나어린 여직공의 빈 창자 속으로
그날, 아세아 다방 앞
고아원 구두닦이들의 깨어진 구두통 속으로
목 메어 흐르는 시커먼 광주천의 오열 속으로
갇힌 벗들의 사랑이 우는 교도소 철장속으로
문득 어깨를 치며
여보게! 쌩긋 웃음지어 보이던
그 시원하고 큰 눈, 그 서글서글한 눈빛 속으로
그대들은 돌아오는구나
돌아와 우리들 곁에 나란히 서는구나.

튕겨오르는 새날의 태양처럼
황토 땅에 뿌리 뻗는
새봄의 향그런 쑥이파리처럼
맨살로 꿋꿋이 서 있는 참나무처럼
스스로 몸을 썩혀 싹을 틔우는
언 땅에 묻혀 겨울을 이겨낸 보리처럼
끝끝내 죽지 않은 뿌리로
과녁을 향해 달려가는 화살로
온 천지 가득한 눈부심으로
돌아오는구나,
돌아와 우리들의 가슴을 채우는 빛이 되는구나.

그날, 가시 우에도
맨발의 장미 툭툭 망울을 트고
피 함박 머금은 모란꽃
송이송이 낙화로 뚝뚝 떨어지던 날
무등산을 안고도 남았던 가슴
온누리를 안고도 남았던 가슴
우리들의 사랑 금남로 가득 벅차게 넘쳤더니!
우리들의 눈물 뜨겁게 샘솟아 타올랐더니!

어디에도 남은 가슴이 없는
지금은 엎대어 있는 고난의 거리
비닐공장 여공들의 퀭한 눈동자 속에서
시장 귀퉁이에 쭈그려앉은
생선장수 노파의 눈꼽 속에서
살아남은 사람들의 부끄러움
우리들의 비겁한 양심 속에서

집 없는 혼령들
짝 없는 혼령들
붕붕거리는 파리떼의 날개소리로
수채구멍 속에 스미는 꾸정물의 오열로
돌아오는구나,
돌아와 우리들의 슬픈 노래가 되는구나.

어디에도 있고
어디에도 없는 그대들
흔적도 없이 지워졌다가
다시 80만개의 아픔으로 돌아오는
그대들은
갓 사랑하기 시작한
귀여운 누이들의 귓속말
깔깔대는 그들의 밝은 웃음 속에 있고
머리칼 하나 남김없이 가버린
그대들은
절뚝거리는 재봉공의 목발
삐꺽거리는 휠체어의 바퀴 속에 있고
이 땅의 가장 캄캄한 어둠 속
척박한 황토땅에 뿌리 뻗은
한 줄기 꼿꼿한 죽순 속에 있다.

사랑한다는 것은 죽는다는 것
죽는다는 것은 다시 산다는 것
그날, 캄캄한 허공을 향해 날아간
깨어진 돌멩이 속에 숨어 있고
가슴을 뚫고 날아간 아픔,

어디선가 까맣게 녹이 슬었을
그날의 어둠 속에 숨어 있고
피와 눈물 대신에 마시는
금남로의 타는 목마름
한 젊은이의 목숨을 구한
황금동 여인의 뜨거운 핏줄기 속에 숨어 있다.
누가 우리를 죄인이라 하는가
누가 우리를 죄인이라 하는가
목메어 부르는 진혼가의 절규 속에 있다.
하나는 고향집 양지쪽에 핀
수수한 장다리꽃
하나는 어여쁘디 어여쁜 호랑나비
두 날개 쩍 벌려
춘향이와 이도령 상사춤 어우러지듯
꽃과 꽃의 순결한 입맞춤으로
아사달과 아사녀의 속삭임
그 순결한 배꼽과 배꼽의 만남으로
고구려적 하늘 아래 핀
맑고 고운 진달래꽃 빛깔로
한 줌 깨끗한 고향의 흙으로
그 위에 타는 찬란한 저녁노을로
풀 끝에 스미는 한 방울 이슬로
대장균 우글거리는 광주천의 검은 오열로
돌아오는구나,
돌아와 우리들의 빛나는 사랑이 되는구나.
무너진 땅에 다시 봄은 오는데
가시 위에도 맨발의 장미,
칼날을 딛고

또 피 먹은 장미, 5월의 장미는 피어나는데
콕콕 찌르는 아픈 가시로 오는 임!
소주 속에 스미는 독한 향기로 오는 임!
알큰한 고춧가루 매운 눈물로 오는 임!
역천하는 배반의 땅 위에 누워
아직도 잠들지 못하는 혼령이여
총각 귀신
처녀 귀신
집도 없고 짝도 없는
오오 구천을 떠도는 무주고혼이여!

오늘은,
깨끗한 혼과 혼으로 만나
이 땅을 끌어안고 입맞추는
한 줄기 고요한 바람이 되거라
저 미치게 푸른 하늘 아래
꽃과 꽃의 맨살로 만나

오늘은,
잠들지 못하는 땅의
찬란히 타오르는 한 줄기 노을이 되거라.

北向 街路에서

여기서 시작하여 新義州까지
몇천 리나 될까?
多島海의 꽃 소식 안고
걸어서 걸어서 가고 싶은 날
北上하는 봄바람의 은밀한 속삭임에
기지개 켜는 미류나무가 끄덕인다.

백두산의 안부도 전해 오고
시멘트도 쌀도 넘어오는데
편지 한 장 못 가는 땅
봄바람마저 철조망에 걸려
서러운 相思曲 흐느낄까?

얼음이 녹고 땅이 녹고
너와 나의 가슴에 꽃불이 타는데
남북을 가로막는 핵지뢰 밭
시멘트 방어벽은 두꺼워만 간다

까치야 까치야
너의 울음 부질없다
우수절 지나면 풀린다는 강
대동강 소식이 그리운 날
北向 가로에 서 보는 마음

붉다가 못해 타버린 가슴 안고
올해도 혼자서 피고 지는 진달래
막힌 땅의 슬픈 봄이 온다.

不惑의 戀歌

― 영산강 賦

어머니
이제 어디만큼 흐르고 있습니까
목마른 당신의 가슴을 보듬고
어느 세월의 언덕에서
몸부림치며 흘러온 역정
눈감으면 두팔 안으로
오늘도 핏빛 노을은 무너집니다.

삼 남매 칠 남매
마디마디 열리는 조롱박이
오늘은 모두 다 함박이 되었을까
모르게 감추어 놓은 눈물이
이다지도 융융히 흐르는 강
이만치 않아서 바라보며
나직한 대화를 나누고 싶습니다.

보셔요, 어머니
나주벌만큼이나 내려가서
3백리 여정 다시 뒤돌아 보며
풍성한 언어로 가꾸던 어젯날
넉넉한 햇살 속에서
이마 묻고 울고 싶은
지금은 고향으로 돌아가는 시간입니다.

흐른다는 것은
사랑한다는 것
새끼 네 명을 키우며
중년에 접어든 不惑의 가을
오늘은 당신 곁에 와서
귀익은 노래를 듣고 있습니다.

아직도 다하지 못한
남은 사연이 있어
출렁이며 출렁이며 흐르는 강
누군가 소리쳐 부르고 싶은
이 간절한 마음은 무엇입니까.

목마른 正午의 언덕에 서서
내 가슴 가득히 채우고 싶은
무슨 커다란 슬픔이 있어
풀냄새 언덕에 서면
아직도 목메어 흐르는 강,
나는 아득한 곳에서 회귀하는
내 청춘의 조각배를 봅니다.

이렇게 항상 흐르게 하고
이렇게 간절히 손을 흔들게 하는
어느 正午의 긴 언덕에 서서
어머니, 오늘은
꼭 한번 울고 싶은 슬픔이 있습니다.
꼭 한번 쏟고 싶은 진한 눈물이 있습니다.

뻘 밭

I
질펀하게 펼쳐진 고향의 뻘밭 우으로
凶漁期의 아침이 시작된다.
뻘 속을 뒤지는 뻘투성이의 손가락
아무리 뒤져 보아야 진주도 조개도 없다.
韓日協商 문구 속에 잠든
凶漁期의 아침이 오는 고향의 뻘밭
뻘투성이의 어머니의 손을 생각하다
소년은 문득 오줌이 마려웠다.
배가 고플 땐 山 위에 올라
멀리 멀리 펼쳐진 고향의 뻘밭
망해 버린 老朽船이 매어 있는
작은 부두를 바라보았다.
고기도 안 잽히고
장땅도 안 나오고
三鶴소주를 마시며 우는 金生員
소득 증대 100억불 앞에서
따라지만 잡은 운수가 슬프다.
뻘밭 우으로 갈기는
새벽녘 金生員의 오줌 소리가 슬프다.
썩은 동태가 두 눈깔 부릅뜬
술상에 그물은 던져 보아야
한 마리 고래도 새우도 없다.

차라리 고래가 되고 싶은 金生員
고래고래 소리치며 엉엉 울었다.
용왕님아 신령님아 인어 바위야
삼켜 버린 고기를 토해내다오.
삼켜 버린 바다를 토해내다오.

Ⅱ
뻘밭만 남은 凶漁期의 아침을 안고
소년은 멀리 고향을 떠났다.
오늘 도시의 뒷골목을 가면서도
고향의 뻘내음이 풍기는 저녁
뻘 속에 숨어 사는 털게같이
사람들은 뻘밭 속을 기고 있다.
고향의 뻘밭보다 더 괴로운
또 하나의 질펀한 뻘밭 속을 기다가
문득 오줌이 마려운 그날의 소년,
어느 선술집 목로판 위에서도
산 낙지는 아직도 꿈틀거리고
도마 위에 동강이 나도 늘어붙는 끈기,
벌겋게 입을 벌린 홍합 속에서도
독한 뻘 냄새, 짜디짠 바다 냄새,
다도해의 비린내는 코를 찔렀다.
어디를 가나 뻘밭 같은 한세상
두 다리 두 손 몽땅 범벅이 되고
온몸이 뻘투성이,
목로판 위에 질펀한 뻘밭이 펼친다.

Ⅲ

술잔을 따르는 多島海의 女子
가느른 손가락을 바라보다가
나는 문득 겨드랑이가 가려웠다.
여자의 손가락 끝에서도
여자의 유방 속에서도
생뻘 내음이 번지는 저녁
여자의 눈동자 속에서도
多島海의 고막이 입 벌리고 있었다.
허우대며 허우대며
자꾸만 뻘밭 속에 빠지는 두 다리
이윽고 나는 한 마리의 게가 되어
뻘밭 같은 여자의 가슴속, 두 눈,
끈끈하게 번지는 취기 속으로
나는 자꾸만 자꾸만 포복하고 있었다.

頌歌

너를 민주의 성지라 부르기엔
아직은 이르다
살아남은 자의 부끄러운 입으로
너를 위대한 도시라 찬양하기엔
아직도 우리의 입술이 무겁기만 하다

민족의 영산 백두에서 시작된 숨결이
장백산맥을 타고 태백산맥을 타고
골골이 꽃불 수놓아 굽이쳐 흘러
한 마리 조선곰의 부리로 처절히 울부짖으며
마침내 민족의 정점으로 솟아난 무등산

모란이 뚝뚝 떨어져 가던 5월에
그보다 짙은 낭자한 피의 5월에
천 년 한을 통곡하는
너 빛부리 우리들의 고향,
두루미의 목통으로 부르고 싶은 땅이여
네가 흘린 피, 네가 흘린 눈물이
강으로 바다로 흐르지 않아서가 아니라
너를 위해 죽은 목숨, 너를 위해 바친 고난이
부족해서가 아니라
광주여, 너를 민족의 성지라 부르기엔
너를 위대한 도시라 찬양하기엔

아직 우리의 죽음이 너무 억울하구나

사람답게 살고 싶어서
만신창이 민주주의를 끌어안고 싶어서
빼앗긴 고향, 빼앗긴 땅의 아픔을 지키고 싶어서
아직도 꺼질 줄 모르는 동학의 아우성
번드름히 날 선 죽창 이어받아
총칼 앞에 맨가슴으로 맞섰던 싸움

어떤 사람은
너의 죽음을 개죽음이라 부르고
어떤 사람은
너의 죽음을 반국가 폭도죄라 부르고
어떤 사람은
너의 죽음을 내란죄, 사회질서 파괴 소요죄라 부른다

그러나, 너의 죽음은
3·1의 핏자욱 위에 싹터
4·19의 순정 속에 자라난 민족혼의 순수
잿속에서 추리는 뼛속에 있고
썩어 문드러진 살덩이,
온몸을 파먹은 구더기 향기론 이 땅의 흙 속에 있다

왜곡과 모독과 질책과 형벌과
반역의 검거와 불의의 총칼이 뒤덮였던 땅
젊은이들은 창자를 길바닥에 쏟아놓은 채
산짐승처럼 나자빠져 죽었고
더미더미 쌓였던 시체와 시체

어른들과 산 사람들은 끌려가 갇히고
그날, 금남로는 거대한 하나의 지옥,
인간이 인간을 배반한 저주의 거리였다

병원마다 넘쳐나던 신음과 죽음의 거리
동족의 가슴에 겨눈 총부리들이
닥치는 대로 불을 뿜던 날
병원 앞에 열지어 선
여학생들의 헌혈로만 수혈이 모자라
우리의 피는 피가 아니냐 외치는
황금동 윤락녀들의 피까지
사경을 헤매는 젊은이들 핏줄기 속에 가서
따뜻한 동포애로 하나가 되던 공동체
어른과 젊은이, 학생과 노동자,
일하다 달려온 함평, 나주, 해남의 농민들
모두 다 함께 손에 손 마주 잡고
물밀어 가던 해방의 거리 금남로
그날, 우리들은 모두 한덩어리였다
그날, 우리들은 모두 한마음이었다

길목마다 번득이던 미친 독사의 눈초리
으르렁거리며 가로막던 탱크와 기관총
유린당한 여인의 찔리운 가슴 위에서
신성한 자유는 갈기갈기 찢기었고
미처 헤아릴 수도 없이
미처 달아날 사이도 없이
그날, 금남로는 하나의 피바다였다
그날, 도청 앞 분수대는 하나의 전쟁터였다

아 그날, 광주는 온몸으로 타오르는 활화산이었다.

민주주의의 이름으로 짓밟히고
안보의 논리로 으깨어지고
우방의 이름으로 배신당한 땅
한미방위조약은 소련이나 중공, 적이 아닌
동족의 가슴에다 총부리를 겨누었고
또 하나의 38선은 금남로에도 흐르고 있었구나
하수인의 손에 쥐어진 M16은
마침내 민중의 가슴에 구멍을 뚫고 말았구나

광주여, 이 시대의 불행한 수난자여,
너는 민족의 제단에 바쳐진 이 시대의 속죄양,
아직도 옆구리에 멎지 않는 피가 흐르고
꽃향기 대신 진동하는 피비린내
봄바람 대신 천지를 뒤덮은 화약내
우리들의 꿈, 여인들의 정다운 산책로는 어디로 갔는가?
아름다운 5월의 꽃들은 어디가 짓이겨졌는가?

지옥으로 변한 아비규환의 금남로 위에
굴비두름처럼 엮어가던 검거선풍
우리들의 여인, 우리들의 벗들은 어디로 갔는가?
빈 책상을 바라보며 흐느껴 울던 아이들
모란꽃은 뚝뚝 떨어져 어디가 묻혔는가?

아아 광주여, 이 시대의 아픈 죽음이여
너의 이름을 불러보면
벌써 우리는 목이 메인다

아름다운 꽃과 청춘의 고향
우리들의 사랑과 희망이
무등산보다 더 푸르고 높았던 곳
과부의 가슴속에서 까지도
홍장미가 망울을 툭툭 터치던 곳
거기서는 맘껏 끌어안고만 싶은 하늘이
무등의 이마 가까이 펼쳐져 있었다

그러나, 오늘은
증오와 핍박과 죽음이 스쳐간 스산한 거리
많은 사람들 쓰러져 죽었고
갇힌 사람과 쫓겨난 사람들의
낭자한 오열이 흐르는
이 시대의 비극의 대명사
동지를 잃은 우리들은
모두 다 하나의 죄인이 되었구나

도청 앞 길바닥에
창자를 쏟아놓으며 죽어간
도청팀 시민군 대변인이었던 상원이가
마지막 순간까지 사랑하다 간
우리들의 영원한 청춘의 고향

YMCA 양서조합 창턱에서 응전하다
들이닥친 계엄군의 사격을 등에 받고
앞으로 고꾸라져 숨진 고아출신 용준이가
온몸으로 입맞추며 사랑하다 간 거리

만류하는 목사 아버지의 손길 뿌리치고
내가 안 죽으면 누가 대신 죽어야 합니까?
도청 앞 분수대 앞으로 달려나가
맨주먹으로 탱크에 저항하다 죽어간
신학 대학생 유동운이가
마지막까지 끌어안고 사랑하다 간
꿈과 낭만과 자유의 도시

아버지, 어머니, 우리는 여기서 좌절하면 죽습니다
여기서 항복하면 안 됩니다, 우리는 싸워야 합니다
고등학생 영진이가 외치며
총구멍난 앳된 가슴으로 끌어 안았던
희망과 사랑과 우정이 넘치던 도시

장하다 내 아들아, 너의 죽음, 너의 피는
결코 헛되지 않으리라, 베니다 관 뚜껑 위에
손가락 깨물어 혈서를 썼던 아버지가
지금도 새파랗게 살아서
아들의 뒤를 이어
망월동과 충장로를 지키는 싸움의 도시
살아남은 부끄러움을 안고
교도소의 부당한 대우 항의 단식하다가
마침내 심장경색으로 숨진 관현이가
서른 세 살의 청춘을 바치고 간
우리들의 영원한 지성의 고향

공포의 명단을 가득 채운

사망자 아무개 아무개
어머니의 입술에서 통곡이 되었던
수십 명, 수백 명, 아니 수천 명
우리들의 언어는
너의 죽음을 노래하기엔 적당치 않구나

광주여, 이 시대의 불구자여,
아버지와 아들의 제삿날이 같은 날
우리들은 너를 기억할 것이다
절름발이 병신 연인을 가진 아가씨들은
너의 이마 위에 입술을 바칠 것이다
과부들은 너의 가슴에 꽃다발을 바칠 것이다

지금은 패배와 검거와 고문 속에
쇠고랑 차고 형벌을 견디는 사형수,
가슴마다 거대한 무덤을 안고 있지만
밤마다 목구멍 틀어막는 통곡을 안고 있지만
상원이, 용준이, 동운이, 영진이
망월동의 수많은 부릅뜬 눈들이 있고
관현이가 죽음을 간직한 5월이 있는 한
우리들은 너를 기억할 것이다

아직도 더 많이 흘려야 할 피
아직도 더 많이 쏟아야 할 눈물
아직도 멎지 않는 유혈 속에서
천 번을 죽어 천 번을 다시 살아나는
너 광주, 불사조여!

너는 두 번 세 번, 마침내 몇백 번을 죽을지라도
그 잿더미, 그 핏자욱 위에서
너는 다시 살고 다시 살아 숨 쉬고
영원히 꺼지지 않는 심장
상원이의 피로, 용준이의 눈물로,
영진이 동운이의 사랑으로
광주는 지금도 살아 숨쉬며 싸우고 있다
그 싸움 그치지 않은 곳에서
망월동의 무덤들은 입을 열어 외치고 있다

관 뚜껑 위에 쏟아놓은
뜨거운 어머니의 눈물 속에서
미쳐 버린 사나이의 웃음소리 속에서
용봉동의 타오르는 불길 속에서
망월동의 질긴 잡초 뿌리 속에서
다시 소생하는 광주의 숨결은 융융하다!

아직도 끝나지 않은 기나긴 싸움
광주는 결코 광주만이 아닌
민중, 민족, 인류 공동의 운명
인간의 양심을 대신하여
민족의 비극을 대신하여
반독재, 반유신, 반군부집권,
반민족, 불의를 무찌르기 위하여
두 번 세 번 다시 죽는
죽어 다시 살아나는
너는, 죽음을 넘어 돌아오는
영원한 희망이다 사랑이다

잿속에서 추리는 뼈
마지막 남은 이 시대의 싸움이다

오 어떤 반역의 혀가 광주를 모독하는가?
누가 광주를 감히 죄인이라 하는가?
둥둥 북이 되어 처절히 쏟고 싶었던 울음!
누가 광주를 함부로 짓밟으려 하는가?
죽음은 오직 진실일 뿐,
말이 없는 무덤이 오직 진실일 뿐,
관 뚜껑 위에 떨어지는 어머니의 눈물이 진실일 뿐
살아남은 사람은 오직 싸움뿐이다!

산 자의 치욕을 안고 죽은 자의 분노를 합하여
아직도 잠들지 못하는 망월동의 무덤들
일제히 입을 열어 외치리라
우리는 죄인이 아니다!
우리는 폭도가 아니다!
민족을 배반하고
역사를 거역하고
양심을 처형하고
인륜을 말살한
아, 잔인한 그날의 5월!

금남로와 충장로, 민주광장 분수대 앞에서
빼앗기고 짓밟힌 5월을 다시 찾기 위하여
이 걸음 끝끝내 멈추지 않고
북으로 북으로, 우리의 영산 백두산에 이르기까지
무등산의 마음, 삼각산과 묘향산에 이를 때까지

금남로의 눈물, 한강과 대동강에 넘칠 때까지
빛고을의 융융한 노래, 너와 나의 가슴 합하여
6천만의 가슴에 사랑의 눈물로 넘칠 때까지
통일조국의 찬란한 새 날이 밝아올 때까지
이 가슴 둥둥 북이 되어
맨주먹 오늘의 깃발 높이 들자!
빛고을의 영원한 노래소리 높이 부르자!

어젯날의 죽음이 십자가로 솟아나고
어젯날의 통곡이 또 하나의 분노의 무기가 되는
지금은 결단의 시간,
또다시 5월의 민주 광장에 모여
해방의 거리 금남로에서
의혈의 거리 충장로에서
오늘은 오직 전진, 전진,
무등산을 넘어
민주통일의 길로 나아가는 출발이어라
오 영원한 민족항쟁의 선언이어라.

詩人의 양심

나의 양심은
빵처럼 눅진거리거나 달콤하지 않다.

나의 양심은
맹물처럼 차거나 싱겁지 않다.

나의 양심은
행커치처럼 편리하거나
넥타이처럼 목에 두르지 아니한다.

양심을 코거리처럼
코끝에 달고 다니는 사람들아,
양심을 귀고리처럼
귀에 달고 다니는 사람들아.

내 양심은 이제
한 마리 개에게 주고 없다.
한 밤중 보석을 들여다 보는
너의 눈동자 속,
환장한 오늘의 거리에서

넥타이처럼 목에 건 양심
너의 빛깔을 무엇이냐.

詩人의 양심은 혀를 깨물고
조용히 입을 다문다.

실패기

내가 변명을 그만 두었을 때
무수한 화살이 내 이마를 관통해 갔다.

된장에 시락국을 먹으며
내가 브람스를 듣고 있었을 때
내 뱃속에서
회충(蛔蟲)들의 데모가 벌어지고 있었다.

비지를 먹고도 건트림을 내뿜었던
그날의 선비,
갈 지(之)자 걸음 속에 거드름을 피웠던
그날의 긍지도 허세도 소용이 없네.

내가 월봉(月俸) 3만 원의 대학 전임강사를
그만 두었을 때
악마는 내게 흥정을 벌이며
메피스토펠레스는
내 영혼을 저당 잡아갔네.

그대 악마여, 능청 떨며
그 누우런 손을 내미는
악수, 내 약한 마음을 으깨려

군만두를 만드는 도마 위의 난도질.

저울 추 위에서
한점 살코기가 되어 떠는 오늘의
심판, 내 파멸의 언도 앞에
심장 부근의 살 한 파운드를 뗄까나.

어디선가 잔인한
샤일록크의 웃음소리는 들려오고
칼을 들고 달려드는 악마여,
천칭(天秤)에 올려 놓은 심장을 보게.

내가 변명을 그만 두었을 때
내 앞엔 독배(毒杯)보다
찢어진 지폐만이 어지러이 나부꼈다.

쑥

이른 봄 언덕 위에
맨 먼저 솟아나는
파릇한 쑥
쑥은 어디서나
쑥쑥 자라나
白衣民族의 슬픈 정력이 된다.

그 옛날
植民地의 파아란 하늘 밑에서
너를 찾던 열아홉
순이의 순정,
그 배고픈 옥양목 적삼을 물들이던
쑥의 향기,

쑥은
쌉쓰름한 눈물 속에 돋는다.
모진 흉년,
너와 더불어 허리띠 졸라매고 넘어 가던
허기진 눈동자 속에
맴돌던 하늘,
그날의 어머니는 어디로 가셨을까?

맹물로 끼니를 때우던

그 옛날
植民地의 하늘 밑에서
어머니를 울리시던 쑥
오늘은 아침 밥상에 향기로 고인다.

쑤꾸욱 쑤꾸욱
아지랑이 속 꾸꾸기는 우는데,
올해도 쑥을 찾는 마음
쓸쓸한 정력의 풀을 뜯으면
손가락 마디마다 눈물이 고였다.

씀바귀의 노래

달콤하기 싫어서
미지근하기가 싫어서
혀 끝에 스미는 향기가 싫어서

온몸에 쓴내를 지니고
저만치 돌아 앉아
앵도라진 눈동자
결코 아양 떨며 웃기가 싫어서

진종일 바람은 설레이는데
눈물 죽죽 흘리기가 싫어서
애원하며 매달려 하소연하기가 싫어서

온몸에 톡 쏘는 풋내를 지니고
그대 희멀쑥한 손길 뿌리쳐
눈웃음치며 그대 옷자락에 매달려
삽상하게 스미는 봄바람이 싫어서

건달들 하룻밤 입가심
기름낀 그대 창자 속
포만한 하품 씻어내는 디저트가 되기 싫어서

뿌리에서 머리 끝까지 온통 쓴 내음

어느 흉년 가난한 사람의 빈 창자 속에 들어가
맹물로 피를 만드는
모진 분노가 되었네
그대 코 끝에 스미는
씁쓰름한 향기가 되었네.

아르헨티나

아르헨티나는 여기서 얼마나 먼가?
地球의 저어쪽, 밤과 낮이 다른 그 나라
새삼 地圖에서 확인해 본
우리와 다른
멀고 먼 남미 아르헨티나.

오늘 아침
한국의 東亞日報 지면 위에서
돌아오지 못하는 3만 명의 뼉다귀들이
두 눈 부릅뜬 활자로
활활 타오르는 아르헨티나.

이국의 어머니들이
돌아오지 않는 이들을 기다려
침묵 시위를 벌이는 5월의 광장에
지금도 비둘기가 날고 있을까?
분노한 어머니들의 침묵 속에
핏빛 장미꽃은 활활 타오르고 있을까?

오 머나먼 아르헨티나
재판없이 사라져 간 9천 명의 지식인들
한 잔의 커피로 휘저어 마시기엔
너무도 큰 그 나라 민중의 분노가

우리들의 숨구멍을 틀어막는다.

아르헨티나는 여기서 얼마나 먼가?
지구를 한 바퀴 돌아 저쪽
光州 無等山 밑 도청 앞 분수대
5월의 소식을 전하는 이 아침
지산동 내 작은 뜰 위에 와서
새빨간 장미꽃으로 활활 타오르는 아르헨티나.

아버지의 歸路

西天에 노을이 물들면
흔들리며 돌아오는 버스 속에서
우리들은 문득 아버지가 된다.

리어커꾼의 거치른 손길 위에도
부드러운 노을이 물들면
하루의 난간에
목마른 입술이 타고 있다.

아버지가 된다는 것은
또한 애인이 된다는 것,
무너져 가는 노을 같은 가슴을 안고
그 어느 歸路에 서는
가난한 아버지는 어질기만 하다.

까칠한 주름살에도
부드러운 夕陽의 입김이 어리우고,
上司를 받들던 여윈 손가락 끝에도
십 원짜리 눈깔사탕이 고이 쥐어지는
시간,

가난하고 깨끗한 손을 가지고
그 아들 딸 앞에 돌아오는

초라한 아버지,
그러난 그 아들 딸 앞에선
그 어는 大統領보다 위대하다!

아부도 아첨도 통하지 않는
또 하나의 王國
主流와 非主流
與黨과 野堂도 없이
아들은 아버지의 발가락을 닮았다.

한 줄기 주름살마저
보랏빛 미소로 바뀌는 시간,
수염 까칠한 볼을 하고
그 어느 차창에 흔들리면
시장기처럼 밀려오는 저녁 노을!

무너져 가는 가슴을 안고
흔들리며 흔들리며 돌아오는
그 어느 아버지의 가슴속엔
시방
따뜻한 핏줄기가 출렁이고 있다.

엉머구리의 합창

해질녘
어두워 가는 들판에서
엉머구리 떼가 운다.

개굴개굴 개골개골
수십 마리 수백 마리
종당엔 수천 마리가 되어
한꺼번에 개굴개굴 울어댄다.

그들은 왜 우는 것일까.
집이 없는 것일까,
배가 고픈 것일까,
서러운 땅의 서러운 개구리들이
이 밤도 개굴개굴 울어댄다.

"저 요란한 소리는 무엇인고?"
"예, 배고픈 백성의 소리올시다!"
"당장 그 소리 그치게 하지 못할까?"
"원체 무식한 엉머구리라 그리할 수 없사옵니다!"
"朕의 마음 심히 불쾌하도다
억척같이 우는 엉머구리들을
엄벌에 처하는 法을 만들지어다!"

法도 사상도 모르는 무식한 엉머구리 떼,
누가 저 울음 소리를 멎게 할 것인가
누가 우는 저 개구리를 罰할 것인가
자식의 무덤이 떠내려가고
애비의 무덤이 떠내려가고
짓궂게 계속되는 기나긴 장마,
배고픈 엉머구리들이 울고 있다.

여기서도 개굴개굴
저기서도 개굴개굴
날마다 개구리의 장례식은 계속되고
본시 울기를 좋아하는 엉머구리 떼,
아이고 아이고
밤마다 초상집 통곡 소리만 요란하다.

근심 띤 구름 어지러이 뒤덮고
또 작달비는 퍼붓는데
法을 모르는 무식한 엉머구리 떼들,
운다는 것이 죄가 되는 것을 모르는
본래 울 줄밖에 모르는 엉머구리 떼들.

배가 고파도 개굴개굴
임이 그리워도 개굴개굴
애비가 죽어도 개굴개굴
에미가 죽어도 개굴개굴
八道의 온갖 개구리 떼 모여들어
서러운 슴唱을 부르고 있다.

개굴개굴
개골개골
걀걀.

五月

하늘이 말려 가는
동그란 오후.
街
路
樹는
하나씩 차례로 쓰러져 가다
하나씩 차례로 일어서
걸어 오기도 하고
서 있가도 하는
街
路
樹는,
시방 무리져 흐르는
하늘의
窓口.

네모진 窓가에 기대어 앉아
한 눈을 팔다
한 눈을 잃어 가는
五
月
은
집시의 달.

四박자의 발길들이
어디론가 失踪되어 가는
街路에,
輕音樂처럼 시작되는
向日性
오후.

遠近을 따라 흐르는
街
路
樹는,
저만치 서 있어야 했기에 나는
먼 발치의 조그만 하늘
을 걸었다,

고요한
植物性의 오후.

5월의 戀歌

광주에 5월이 와서
장미꽃이 빨갛게 타오르면
우리는 어떻게 타오를까?

금남로에 5월이 와서
가로수들이 새옷을 갈아입으면
우리는 어떻게 무엇을 갈아입을까?

미치고만 싶은 마음 5월이 와서
모든 것 치런히 어우러지고
온갖 새 찾아와 울면
우리는 무엇을 노래할까? 어떻게 사랑할까?

해마다 5월이 오면
우리들은 부끄럽고 괴로웠다
꽃처럼 곱게 타오를 수도 없고
신록처럼 치런히 우거질 수도 없는
답답하고 억울한 가슴
바위에게라도 부딪쳐 깨어지고만 싶은 머리
최루탄 경찰봉 속에서 5월이 오면
우리는 온몸으로 사랑하는 뜨거움을 알았다.

진정 죽음만이 참다운 사랑임을 깨달은

5월은 죽은 사람들이 산 사람의 가슴속에 와서
장미의 가시로 콕콕 찌르는 아픔!
최루탄 매운 눈물 속에서 처음 만난 우리는
죽음과 연애하는 슬픈 연인들, 타는 가슴,
그 가슴 미어지는 분노가 고백이 된
우리는 5월 속에서 만나
5월의 매운 눈물 속에서 사랑한 사람들!

5월이 오면
우리는 어떻게 사랑할까?
진정 무등산 밑 광주 금남로에 5월이 오면
원수여, 나는 너를 어떻게 사랑할까?
오른 뺨을 때리면 이 왼 뺨을
어떻게 내밀까? 어떻게 내밀까?
총칼 대신 이 뜨거운 눈물을 어떻게 줄까?
오오 광주에 5월이 오면,

외손주 자랑
- 늙어가기 61

인사차 찾아온 외손주
키가 훌쩍 커버린
예쁜 여드름도 뾰조롬히
나를 많이 닮았다는 그 녀석

공부 잘 하느냐 물으니
기껏 그것 물으시냐는 듯
시큰둥한 표정
내 말 막으며
한 중간은 간다고 쉽게 대답한다.

고녀석
일등 이등은 쳐다보지도 않고
중간쯤에서 만족하다니!
그래도 숙제는 꼬박꼬박 한다고
구김살 없이 씽긋 웃었다.

세상엔 일등만 사는 게 아니다
이등도 꼴찌도 다 필요하다
모두 다 의사, 박사, 교수
대통령 다 하고 나면

일은 누가 하느냐

새벽에 쓰레기는 누가 치우느냐
손주야, 일등은 못 해도
너는 내 사랑하는 외손주
중간이라도 꼴찌라도
늘 자신의 주인이 되거라

주인이 되어, 자기를 지킬 줄
아는 게 제일이다 손주야!

우다방*

광주 충장로 우체국 앞
오후 다섯 시와 일곱 시 사이
붐비는 인파 속에서
서로를 찾는 허한 눈길들이
고운 노을에 물든다.

우체국 입구 족에 항상 대기해 있는 닭장차
감시하는 눈길들이 번득이고
정자세로 서 있는 로마 군대와
하오의 데이트를 즐기는 대학생과
허겁지겁 쫓기는 시민들이 합하여
울긋불긋 꽃물결을 이루는
광주 중심가 이름하여 우다방
감시자와 학생과 시민이
여기서는 모두 하나가 되는가?

나도 그 틈에 끼어
두리번두리번 아는 사람을 찾는다
킬킬거리며, 깔깔대며,
三三五五 짝을 지어
밀리어 가고 밀리어 오는
젊은이의 꽃물결이 장관을 이룬다.

시멘트 벽으로 싸인 우중충한 도심지대
풀 한 포기 없는 아스팔트 위에서도
젊은이들의 웃음은 장미꽃인가
더구나 연애하는 사람들의 어깨들은
그 중 자랑스러운 왕자의 걸음걸이인가.

기쁨이 넘치는 젊은이의 공화국 우다방
나는 아는 사람이 없어도 즐겁다
데이트 상대, 동행이 없어도 외롭지 않은
훈훈한 가슴들 속에서
꽃내음보다 진한 사람 향기를 맡으며
우다방의 손님이 되는 저녁 일곱 시
그들의 싱그러운 물결에 끼어서
내가 光州市民임을 새삼 확인한다.

누가 이들을 거칠다 나무랄 수 있는가?
누가 고독을 아릅답다 찬양하는가?
모이면 즐겁고
그 기쁨으로 사랑을 만들어
당당하게 결합하고
허물없이 손을 잡는 그들
光州는 그들의 가슴속에서 새로이 탄생한다.
서로의 눈동자 속에서
뜨겁게 확인하는 신선한 자유의 언어
이 땅의 어둠까지 끌어안는
그들의 넉넉한 두 팔 안에서
충장로는 하나의 강물이 된다
도도히 흐르는 역사의 숨결이 된다.

오 우다방은
또 하나의 위대한 청춘의 공화국
그들의 不文律로 질서를 창조하고
광주의 슬픔까지 사랑으로 바꾸는
새로운 출발이 시작되는 곳
오늘은 방황, 한 잔의 커피값이 없어도
내일은 바람, 연인의 눈들이 무등을 닮아 가는
여기는 民主의 고향으로 가는 어디쯤인가.

오늘은 사랑과 꿈과 우정의 하모니
그러나 내일엔 폭탄같이 터져 나갈
뜨거운 분노의 화산을 안은 가슴들
열렬하게 끌어안는 두 팔 안으로
광주의 어둠이 출렁이며 흐른다
충장로의 사랑이 뿌듯하게 흐른다.

* 우다방 : 광주의 중심가 우체국 앞 커피값이 없는 젊은이들이 만나는 노상 다방을 일컫는 일종의 은어.

우리들의 8월

우리는
우리들의 8월로 돌아가야 한다
그날의 감격, 그날의 뜨거운 함성,
그날의 하나였던 눈물로 돌아가야 한다
일본의 모진 쇠사슬에서 풀려나던 날,
전쟁이 끝나고, 옥문이 깨어지고
우리 형제가 일본의 毒牙에서 살아났던 날,
그날 우리는 하나의 형제였다
그날, 평양과 서울은 다 같은 8월,
우리는 둘로 갈라지지 않았다
우리는 한 덩어리 춤추며 노래하였다
그날, 누가 38선을 금그었는가 기억해야 한다
그날, 누가 가슴과 가슴 사이에 철조망을 치고
다시 우리에게 기나긴 싸움을 강요했는가?
누가 다시 감옥을 만들고
누가, 우리에게 쇠고랑을 채웠으며
누가, 우리에게 기나긴 이별을 강요했는가?
평양의 하늘 아래서 인천 부두에서
누가, 우리의 형제를 다시 가두고
누가, 우리의 누이를 겁탈하였는가?
지금도 나 어린 누이는
거대한 욕망의 뿌리 밑에서
참새 새끼처럼 할딱거리고 있는데

판초빌라의 권총은
누이를 겁탈하는 양키의 뒷통수에서 불을 뿜는데
오늘 나는 누구를 향하여 총을 겨냥하는가?
우리는 너무 많이 멀어져 버렸다
우리는 너무 멀리 떨어져 살았다
형제의 가슴이 표적이 된
우리들의 눈먼 40년의 세월
우리가 겨냥한 것은 적이 아니었다
우리가 죽인 것은 원수가 아니었다
우리는 우리들의 8월로 돌아가야 한다
그날, 우리는 하나, 둘이 아니었다
그날, 우리는 한 형제, 원수가 아니었다
누가 우리에게 총을 들려 주는가?
누가, 누가 우리에게 싸움을 강요하는가?
우리가 우리의 주인이라고 말하라
제국주의의 쓰레기통에서 오물을 주워 먹지 않고
부자 나라의 구정물 통에서
썩은 비계덩어리를 건져 먹지 않는
우리가 우리의 주인이라고 말하라
그날, 우리를 죽이던 살인귀의 상징
피냄새 홍건한 저주의 히노마루를 잊지 말라
그 제국주의의 깃발 히노마루를 내린 자리에 건
소비에트의 붉은기와 50개의 별이 있는 성조기
그들이 강요하는 기나긴 싸움을 거부해야 한다
우리들의 8월, 우리들의 깃발 아래로 돌아가
평양의 하늘 아래서 서울의 하늘 아래서
우리는 하나가 되어야 한다
하나가 되어 외쳐야 한다

히노마루여 붉은기여 성조기여
너희는 너희 나라로 가야 한다
이 땅은 우리의 땅,
우리가 우리의 주인이다
우리가 이 땅의 주인이다
히노마루여 붉은기여 성조기여
여기는 너희가 나부낄 데가 아니다
오직 우리들의 향기론 흙가슴
3천리 강산의 순수한 배꼽만 남고
3천리 강산의 순수한 여자와 남자의
뜨겁고 황홀한 눈물만 남고
노린내여 지린내여 화약내여
너희는 이제 너희 나라로 돌아가야 한다
존슨 상사의 우정을 반납하노니
오아이오주의 검둥이 친구여
할렘가의 가난을 안고 돌아가거라
로스케여 장골라여 쪽바리여
너희들의 털난 손, 모진 군화발자국 거두어
남루한 깃발을 안고 돌아가거라
우리들의 8월, 우리들의 사랑,
해도 하나 달도 하나 조국도 하나
우리들의 눈물 젖은 기쁨을 안고
우리들의 노래, 우리들의 춤,
우리들의 희망 어린 꿈을 안고
우리들은 하나가 되자
하나가 되어 잃어버린 고향을 찾자.

이 봄에

사랑은 결코 미덕이 되지 못한다
꽃이 피는 이 봄에
내게 필요한 건
선의와 양심과 법도와
버스 정류장에서
줄을 서는 사양지심이 아니다
손을 내미는 거지의 손에
백 원짜리 동전을 쥐어 주는
그런 인정미가 아니다
오 저 쓰레기들
양심을 가장한 애국과
저 꿀꿀 돼지의 구린 탐욕 위에
오줌을 갈겨 주어야 하고
저 갈보의 가증스런 애교에
멋지게 가래침을 뱉아야 한다
작년에 핀 미친 불길로
꽃이 피는 이 봄에
진정 내가 배울 건 사랑이 아니다
그 사랑을 장식하는 미지근한 눈물
남몰래 간직한 그리움이 아니다
꽃이 피면, 진정 봄이 와
가시 위에도 맨발의 홍장미
피 흘리며 요요로이 웃으면

진정 그대 사랑한다고
그런 쑥스러운 편지를 쓰지 말자
이 봄에 내가 배울 건 미움
나는 그대를 사랑하지 않는다고
가장 아름다운 날을 골라
나는 또 하나의 절교장을 쓴다
꽃이 피는 날은 나 혼자 미친다고
그렇게 마지막 편지를 쓴다.

이 시대의 견유주의
− 늙어가기 7

한 평생 짖어온 천성으로
나의 울대는 아직 성하다
이빨이 몇 개나 남았는가
발톱은 아직 빠지지 않았다

꼬리는 되도록 감추고
3박자로 짖어대는 나의 노래
쉿 − 개구멍으로 밤손님이 오신다
마지막 이빨과 발톱을 세워라

나의 친구 잡종 똥개 발발이 3대
아메리칸 핫도그와 교미하여 태어난
21세기 유전공학의 승리
위대하여라, 그 코메리칸 핫도그
오늘밤 울대 제거 수술로 짖지 않는다!

그래서 신 족보 내시 개올시다
그 원시적 생식기 퇴화하여
이젠 물총보다 더 위력이 없다

멍−멍−멍
공산명월을 보고 짖는
이 시대 犬儒主義는 폐업 중

미합중국 대사관 앞에서
빼앗긴 누우런 이빨을 다시 찾는다
마나님 치마 그늘에서 방뇨하는
저 병신개의 목을 밧줄에 매달아라
멍 멍 멍 누런 개들은 다시 발톱을 세운다.

雜草

− 늙어가기 40

누군가 모질게 밟고 간다
누군가 침 탁 뱉고 간다

허지만 하는 다시 일어나
말쑥한 얼굴로
씨익 웃고 하늘을 본다

무명초, 이름이 없다고 얄보지 말라
노방초, 길가에 있다고 짓밟지 말라

나에게도 뿌리가 있고
그 먼 아름다운 고향이 있고
맘껏 우러를 푸른 하늘이 있다

수유須臾 인생 70은 남가일몽南柯一夢
잠깐 머물렀다 가는 나그네인데
이름 따지고 족보 따지고
오늘도 자리다툼 무어 그리 대수냐

바람이 분다
햇볕이 따갑다
어느 구름에 비 올지
뒤돌아 보지도 않고
내 온몸 함부로 밟고 가는 사람들아.

장난감이 없는 아이들

장난감이 없는 아이들은
양지 쪽에서 흙장난을 하며 논다.

아무리 생각해 보아야
신통한 일이 없는 아이들,
다섯 살짜리 고추들은
마침내 오줌싸기 시합을 한다.

어른들이 술을 마실 때
어느 값진 장난감보다도
더욱 귀중한 장난감,
한줌 흙을 파 놓고

값진 金이드키
맛있는 과자이드키
냠냠냠
햇살과 어울려 웃음꽃을 피운다.

비상 사태하에서도
마냥 심심하기만한 아이들,
흙을 파보아야 아무것도 없다.

탱크도 비행기도 군함도

그들의 손에선 한낱 장난감,
제2차 대전도 6·25도 모르는
그들은 아무것도 두려워 않는다.

내가 어른이 되었을 때
내가 처음으로 술을 마셨을 때
내가 잃어버렸던 하늘
아름다운 그날의 꿈은 무엇이었던가.

엄마가 되고
아빠가 되고
어른 흉내를 내다가 지치면
여섯 살짜리 명사수 귀여운
無法者—그의 敵은 누구일까.

어쩌다
꼬마 西部의 사나이 장난감 권총 앞에 선
아빠,
그 어느 눈보다
더욱 무서운 맑은 눈 앞에
나는 두손을 번쩍 들어야 한다.

장난감이 없는 그들에게
아빠는
또 하나의 장난감,
나는 曲藝師의 웃음을 배워야 하는가.

어른들이 투표를 할 때

어른들이 술을 마실 때
선거권이 없는 아이들은
양지 쪽에서 흙장난을 하며 논다.

장미

나의 마지막 지닌 생명은 정열
남몰래 간직해 둔 가시로
비수보다 서느러운 아픔을 지니고
나는 당신의 가슴에 뜨겁게 스민다

부드러운 빛깔
현기증 나는 어질어질한 내음새
어쩔 수 없는 그리움으로
스스로의 煉獄을 안고
미친 불길의 춤을 추며
나는 온통 당신을 삼켜 버린다.

송두리째 드러낸 나의 육체
한 겹 의상마저 벗어 버린 알몸으로
가시 돋힌 햇살을 밟고 춤을 추며
희멀쑥한 그대 손길 찔러
눈부신 대낮 속을 달려가는
한줄기 돌개 바람이 된다.

불 같은 입술로 대낮의 절정에 무릎 꿇어
뜨겁게 타오르는 나의 온몸
어쩔 수 없는 業報를 지니고
나는 하나의 지옥을 안고 있나니……

나를 건드리지 말라,

나는 차라리 하나의 찬란한 죽음

스스로 태우려는 불길을 안고

마지막 남은 가시로

당신의 가슴, 욕망의 복판에 피 함빡 쏟아

눈먼 에로스의 화살

찬란한 밝음 삼켜 버린

한줄기 불길로 활활 타오르려니……

전라도 노래

우리들은 못생긴 전라도 놈들
고려 때부터 十訓要 밑에 납짝 눌려
기도 못 펴고 숨도 제대로 못 쉰
공주강 차현 이남 역적의 산세
반역의 세월을 등에 지고
역사의 고빗길로 쫓겨 온 개땅쇠들

죽어라 일하고도 갯펄에 묻혀
털개처럼 두 눈이 깜박깜박
함평 물고구마 해남 풋나락
무슨 죄 있길래, 男絕陽 중세 속에 신음하며
東學年 그 5월, 죽창 들고 장성 갈재 넘을 때
철쭉 밭에 두견새 피를 토해 울었지.

양반 놈 등살에 못 살던 나라
그 바턴 이어 받은 새 상전 쪽바리
쇠좆매에 묻어 나린 피눈물은 얼마였나?
사납고 모진 세월 백골로 묻힌 땅
모질디 모진 죽음 뼛가루로 스미고
쪽바리 뒤 이어, 코쟁이 몸살난 노린내 그 사랑
밤손님 낮손님 번갈아 들랑날랑
깃발 따라 부른 만세 몇 번이나 거듭 죽어
에루아, 만신창이 피범벅 그 땅 위에

고향의 진달래는 몇 번이나 피고 졌나?

여순반란 사건, 6·25, 4·19, 5·16,
번갈아 지나간 난리 속에서
우리들 살아 남은 일 대견해라
빨갱이 족보 서리치는 소탕 작전
당숙은 전라도에 태어난 걸 한하면서 죽어 갔고
무더기로 돌아오는 제삿날 밤이면
한 마을 떼과부들 소리 없이 울었지.

반역의 땅에 거듭 찾아온 봄
동학란은 아직도 계속되는가?
조병갑이 가슴에 꽂히던 그 분노,
벌떼같이 일어났던 만경벌의 아우성,
황토현에 스미던 그 피는 아직도 뜨거운가?
가시 절반 꽃 절반
애증의 덩굴진 찔레꽃 더미 속에
살모사 목을 치는 조선 낫이 우는가?

통곡도 다 못하여 이제는 두 주먹 모아
역천하는 부릅뜬 눈 불길을 뿜어
무등산이 포효하고 망월동이 울부짖는다.
한밤중 야음 타고 다리 건너
총칼로 중앙청 훔친자 누구인가?
탱크로 더운 가슴 밀어붙여
금남로의 진달래꽃 낭자히 으깨린자 누구인가?

도적을 막고 민주주의 지키려함

이 나라 이 민족의 슬기 찾으려함
행여나 폭동이라 말하지 말게나
그 누가 뭐라 해도 5·18은 義擧,
이 땅에 살아 있는 양심의 소리,
동학년 민족혼 이어 받아
3·1의 더운 가슴 피눈물 마시며
4·19 꽃불로 활활 타는 절규
여보게, 광주는 아직도 계속되고 있다네.

헐벗은 가슴 모질게 딛고 있는 군홧발
무거워 못 견디겠네, 거짓 조화 차려 놓고
두 번 죽이는 민주화 정치놀이
우리들 뼈다귀를 밟지 말게나.

아 무등산이 운다
못 다 살고 죽은 젊은 가슴들이 운다
타관 하늘 헤매는 우리 형제들
구로공단 변두리 닭장 속에서
쫓겨난 내 친구가 울고 있다
최루탄 고춧가루 두 눈 비비며
곤봉에 터지는 내 누이가 울고 있다.

돌아오너라 벗들아, 버리고 간 땅
장성 갈재 넘어 달빛으로 오너라.
피젖은 죽창에 스미는
동학년 녹두의 살점으로 오너라.

막국수 한 그릇에 허기를 달래며

내 고향 5월을 못잊어
목로판에 막걸리로 재를 올리고
갑돌아 곰돌아 우리 이름 부르며
외치고 외치다
억울해서 울다가
지금은 서대문 감옥에 갇힌 개땅쇠야
피젖은 달빛으로 찾아오는
한많은 무등산의 아들 딸들아!

전라도 뻐꾸기

싸구려 농사 내던진 억만이가
새벽 이슬 떨며 떠나간
황토빛 고갯마루에
올해도 뻐꾸기가 찾아와 운다.

보따리 싸버린 순이가
처녀를 빼앗긴 보리밭 너머
저수지 언덕 위에서
올해도 뻐꾸기만 찾아와 운다.

억만이도 떠나가고
순이도 떠나간 곳
사람들은 고향을 버리는데
순이가 벗어놓고 간
하얀 고무신 위에
눈부신 햇살만 고이는데
다시 찾아온 전라도 뻐꾸기.
이 산에서 저 산에서 울어쌓는다.

앞산에서 울다가
뒷산에서 울다가
이제는 공중에서 우는 소리

처음엔 한 마리가 울다가
나중엔 두 마리 세 마리
결국엔 수십 마리 수백 마리가 되어
이 산에서 뻐꾹
저 산에서 뻐꾹
억세게 억세게 울어쌓는다.

갑오 년에도 울던 새
조병갑이가 원님노릇 하던 때도 울던 새
배고픈 우리 할배 할매
쑥죽 먹을 때도 울던 새
귀양 온 茶山님 등뒤에서도 울던 새
몇 백 년 울던 새가 지금도 운다
진양조 가락보다 더 슬프게
육자배기 가락보다 더 아프게 운다.

옥양목 적삼에 다리미 지나갈 때
누이의 등뒤에서 울던 새
새참 때 밭두렁에 앉아 쉬야 보시던
할머니 등뒤에서 울던 새
저놈의 새 울어쌓면 흉년만 오더라고
저놈의 새 울어쌓면 난리만 나더라고
고시랑거리던 어머니 등뒤에서 울던 새.

올해도 뻐구기만 운다,
못 살고 떠나간
철이도 남이도 돌아오지 않는데
갈 곳 없는 사람들만 모여 사는 땅,

하늘만 미치게 푸른 땅에서
황토빛 무덤만 늘어가는 땅에서
백년을 울고도 남은 울음을
천년을 울고도 남은 울음을
작년에도 울고 남은 울음을
올해도 울고 남을 울음을
이 산에서 뻐꾹
저 산에서 뻐꾹
전라도 뻐꾸기만 피를 토한다.
뻐꾸기야
뻐꾸기야
울다가 울다가 시진한 전라도 뻐꾸기야.

全羅道 소

고삐에 묶인 全羅道소가 끄을려 간다
황토빛 고개마다 검은 울음을 묻고
발굽이 빠진 길목마다 피를 뿌리며
장성 갈재 넘어 만경벌 지나
한많은 全羅道소가 절뚝이며 간다.

잘 못 태어난 땅,
雜草 우거지는 진흙밭 자갈밭 뒤에 두고
전봉준이 살점이 우는 땅,
만경벌 개똥 논 뒤에 두고
그날에 다 울지 못한 맘 돌아 보며
눈물 뿌려 피 뿌려 끄을려 가는 소.

칼날이 번뜩이고 도낏날이 서는 곳으로
안개 타오르고 무지개 서는 땅,
아가리 벌리고 한 입 삼키는 도살장 속으로
죽음의 땅, 사나운 어금니 속으로
새까만 어둠 으르렁거리는 땅으로 끄을려 간다.

오랏줄에 칭칭 묶인 전봉준,
일본 군사 창칼에 끄을려 가듯
죄 없는 머슴 돌쇠 먹쇠,
왜놈 순사 니뽄도 밑에 동강나듯

겁에 질린 어진 눈 뚜뻑뚜뻑
사나운 채찍 등에 받으며
빼앗긴 땅 빼앗긴 설움을 밟고
한많은 全羅道소가 끄을려 간다.

길게 내뿜는 咆哮, 이 골짝 저 골짝
메아리는 피투성이 되어 되돌아 오고
검게 타 엎드린 바위들 땀을 흘리고
불볕이 타는 대낮의 황토밭길
10년 가뭄의 긴 세월이 타고
불볕 속으로 땡볕 속으로
절뚝이며 절뚝이며 끄을려 간다.

서울 장안 고대광실 대감님 아침 상 위에
기름진 불고기, 설설 끓는 갈비탕,
살코기를 바치고 피를 바치고
죽어서 남기는 질긴 가죽
둥둥 울어 예는 한많은 북장구 되고
오늘은 어느 땅에 허옇게 쌓이는 牛骨塔.
골통을 바수는 날 선 도끼가 기다리고
껍딱을 벗기는 칼날이 울고
검은 안개 속에서 목마른 햇살 속에서
피가 울고 살이 울고 칼이 우는 곳.
죽음의 땅으로 형벌의 땅으로 끄을려 간다.

넘어가면 돌아 오지 못하는 고개마다
피울음 뿌리고 아픈 살점 뿌리고
전봉준 피 묻은 짚신 발자국 따라

절뚝이며 절뚝이며 끌려 가는 소.

버뜩이는 눈초리 뾰족뾰족 일어서고
사방에서 에워싸는 식칼 끝에서
햇살이 도막도막 갈라져 간다.
전라도의 살, 전라도의 피가 운다.
허옇게 허옇게 쌓이는 뼈,
한많은 全羅道소가 죽어가고 있다.

정당성2

때때로 나의 주먹은
때릴 곳을 찾는다.

그 어느 허공이든가
그 어느 바위 모서리이든가
주먹은
때릴 곳을 찾아 고독하다.

뻔뻔한 이마,
오만한 콧날을 향하여
꼭 쥐어진 단단한 주먹.

凝集된 핏덩일 물고
四角의 정글 속에
불꽃을 튀기는
一瞬,
산산히 부서져 가는
그 어느 絶頂에서
나의 주먹은 피를 흘린다.

지금은 싸움이 끝나고
淇北을 어루만지는
고독한 주먹,

그 어느 허공을 향하여
캄캄한 어둠을 겨냥하고 있다.

언젠가는 뜨거운 流血에 젖어
피를 물고 깨어져 갈
슬픈 默示,
주먹은 정당성을 찾고 있다.

鳥籠의 새

시방 너의 타는 듯한 눈에는
마구 일렁이는 푸른 숲 그늘이며
빛나는 江물의 비늘 돋힌 微笑가 어린다.

졸음 속을 다녀 가는 시진한 午後.
가비야이 파닥거리는
이제 너의 나래는 너의 것 아닌,
몸부림의 絕頂에서 울음을 잃었다.

한 점의 꽃도 피워내지 못하는
칸살로 빠져 달아나는
하늘, 거기 멀리서 손짓하는
能動의 季節이 와 있고

이제는 나래 펴 날을 수 없는
에메랄드빛 하늘이 머언
여기는, 琉璃의 壁을 끼고 흐르는
두 줄기 街路의 都心地帶.

피로에 젖은 눈을 감으면
다가와 무늬지는 꽃밭이 있고
찢기운 나래 모아 꿈으로 만져 보는
파아란 江이며 山이며 저만큼 흐르는 하늘이 달아난다.

자지러지게 울어예다 소스라쳐 문득,
다시 펼치이는 어두운 視野에
찢어진 부리로 더듬어 가는 季節의
絕壁, 거기 낭자한 울음은 알알이 숨진다.

아아 自由의 都市. 그러나 너에겐
쉬어갈 午後의 그늘 하나 마련 없는
灰色의 지붕 밑, 琉璃의 하늘,
緣額의 風景畵가 부서져 간다.

竹筍밭에서

죽숲밭에는
흥근히 고이는 울음이 흐른다
죽순밭에는
낭자히 고이는 달빛히 흐른다.

무엇인가 뽑고 싶은 가슴들이
무엇인가 뽑아 올리고 싶은 욕망들이
쑥 쑥 솟아 오른다
도란도란 속삭인다.

왕대 참대 곧은 줄기
다투어 뽑아 올리는 대나무밭
나도 한 그루 대나무 되어 서면
내 가슴속에서
빠드득 빠드득 뽑아 오르는 소리
뾰쪽뾰쪽 솟아 오르는 울음 소리

사운사운 내리는 달빛 속에
달빛을 받아 먹고
이슬을 받아 먹고
천근 누르는 바위 밑에서도
만근 뒤덮은 어둠 밑에서도

쑥 쑥 뽑아 오르는 소리
마디마디 매듭이 지는 소리
이윽고 참대가 되고 왕대가 되고
유혈이 낭자하던 대밭
壬辰年 의병의 손에서
원수의 가슴에 꽂히던 죽창이 되고,

甲午年 白山에 솟은 푸른 참대밭
우리들의 가슴을 뚫고
사무친 아우성이 솟아 오르는 소리
안개 속에서 달빛 속에서
어둠을 뚫고
굳는 땅을 뚫고
모든 뿌리들이 일제히 터져 나오는 소리

죽순밭에는
뾰쪽뾰쪽 일어서는
카랑한 달빛이 흐른다
도도한 기침 소리가 들린다
묵은 끌텅에 새순이 돋아
창끝보다 날카로운 아픔이 솟는다.

가슴이 막혀 답답한 날
대밭에 가서 창을 다듬자
왕대 곁에 서서
꼿꼿이 휘이지 않는
한 줄기 죽순을 뽑아 올리자

凝血진 어둠을 뚫고
핏물진 연한 살을 뚫고
벌떼같이 내리는 햇살 속에서
낭자하게 내리는 달빛 속에서
아 소리 없는 아픔이 솟아 오른다.

죽은 땅

金값이 된 한 평의 땅 위에
썩은 어둠이 고이고
지폐로 덮는 오늘의 成長 위에
흥정하는 손길들이 말뚝을 박고
노다지를 파헤치는 곳에서
헐벗은 우리들의 자유가 자란다.

금 그어지고 도장 찍혀지고
그 어느 文書 속에서 죽은 땅
한 송이 꽃도 피어나지 않는
그 어느 不動産 속에서
쫓겨나는 판자집
한 줌 흙이 그리운 아스팔트 위에
그 날의 뿌리는 뻗어갈 곳이 없다.

너와 나의 꽃밭을 삼켜버린 땅,
해바라기도 쫓겨 나고
칸나도 쫓겨 나고
지금은
철근 콩크리트 속에서 질식한 꽃씨.

나날이 올라가는 땅값 앞에서
우리들의 사랑은 쫓겨 나고

콤파스가 금 긋고간 반원 속에서
나의 自由는 실직을 한다.

셋방살이 전세 삭월세
땅이 없는 사람들이 모여사는 변두리
봄이 와도 꽃밭이 없는 마음 속에
나날이 철조망만 높아 가고
솥 속에 설설 끓는 물소리와
굴뚝에 솟는 연기는
슬픈 흑인 영가를 부른다.

판잣집이 쫓겨난 자리에
오늘은 빌딩이 들어서고,
빼앗긴 발이 딛고 선 남의 땅위에
잠깐 쉬어 가는 선인장 가족!

목마른 어둠이 고이는
죽은 땅 위에 뿌릴 박고
우리는 맹물을 마시며 산다.

직녀에게

이별이 너무 길다
슬픔이 너무 길다
선 채로 기다리기엔 은하수가 너무 길다.
단 하나 오작교마저 끊어져버린
지금은 가슴과 가슴으로 노둣돌을 놓아
면도날 위라도 딛고 건너가 만나야 할 우리,
선 채로 기다리기엔 세월이 너무 길다.
그대 몇 번이고 감고 푼 실을
밤마다 그리움 수놓아 짠 베 다시 풀어야 했는가.
내가 먹인 암소는 몇 번이고 새끼를 쳤는데,
그대 짠 베는 몇 필이나 쌓였는가?
이별이 너무 길다
슬픔이 너무 길다
사방이 막혀버린 죽음의 땅에 서서
그대 손짓하는 연인아
유방도 빼앗기고 처녀막도 빼앗기고
마지막 머리털까지 빼앗길지라도
우리는 다시 만나야 한다
우리들은 은하수를 건너야 한다
오작교가 없어도 노둣돌이 없어도
가슴을 딛고 건너가 다시 만나야 할 우리,
칼날 위라도 딛고 건너가 만나야 할 우리,
이별은 이별은 끝나야 한다

말라붙은 은하수 눈물로 녹이고
가슴과 가슴을 노둣돌 놓아
슬픔은 슬픔은 끝나야 한다, 연인아.

촛불

다 타 버리고
남지 않겠습니다

마지막 한 방울 눈물까지
다 태워 버리고
어둠의 영토 안에서도
스스로 벌거벗은 외로운 영혼,
송두리째 주어 버리고
끝내 후회하지 않겠습니다

누리에 남은 가난한 肉身
아무리 어둠이 깊을지라도
사랑이이여, 스스로의 살을 녹여
한 점 그리움이 다할 때까지
값진 피 죄다 녹이겠습니다

태우고 태우고도 남는
사랑은 한 줄기 목마름,
이 누리 아무리 밤이 길지라도
작은 窓을 지키며
마지막 어둠이 물러갈 때까지
내 온몸 사루어
끝내, 어두운 땅을 지키겠습니다

사랑한다는 것은 태운다는 것
욕망의 뿌리, 모든 고뇌를 사루어
욕된 육신 한줌 재가 될 때까지
마지막 피워 올릴 오롯한 소망!
그 어느 지구의 끝날에도
당신의 작은 창을 지키겠습니다

한 점 후회 없는 삶을 누려
여기 다 태우고도 모자란
또 하나의 그리움,
이 밤도 먼 피안에 별이 뜨는데
빛나는 사랑의 역설을 배워
어둠을 깨무는 고독으로
결코 울지 않겠습니다
결코 후회하지 않겠습니다.

커피를 들며

커피를 들며
머나먼 남미
아르헨티나를 생각한다
남미의 어떤 가난한 농부
몬로 칼튜어, 단작 농업의 미국 식민지
경제적 종속국가 민중이 가꾼
미국산으로 둔갑한 커피를 들며
나는 새삼,
혀끝에 스미는 전율을 느낀다
민정으로 이양한 아르헨티나
군부 지도자의 죄상을 물어
실형을 선고하는
알폰신 대통령의 민정재판
그 나라 민중의 승리를 생각한다
커피가 아니라
차라리 핏물,
그 나라 민중의 분노를 들으며
미 해병대의 위협 앞에 떨고 있는
미국의 발톱 속에 박힌 가시
작은 니카라과를 생각한다
세계는 바야흐로
법보다 주먹이 먼저인
약육강식의 깡패시대

큰 깡패의 주먹 밑에 박살나는
작은 민중들의 주먹을 생각한다
커피잔 위에 번지는 핏물
화약내 진동하는 정글에서
갈갈이 찢겨 죽은
목이 없는 젊은이,
체 게바라의 숭배자
남미의 한 젊은이를 생각한다
그들의 조국, 그들의 사랑,
그들의 흙 속에 묻힌
그들의 흰 뼈,
그들의 떨고 있는
작은 가슴을 생각한다
판초 빌라의 고향
보이오 오두막집에 어리는 저녁 연기
무너진 그들의 고향을 생각한다
오 마침내
식어 버린 나의 커피잔 위에서
화약내 진동하는
거대한 아메리카의 식욕이여
아마존강을 삼키는
미시시피의 거대한 입술이여.

타오르는 불꽃

캄캄한 암흑의 땅을 끌어안고
온몸으로 분신 절규한
오 이 나라의 젊은 불꽃이여
광주 무등산의 위대한 아들이여

그대의 이름은 홍기일
스물 다섯의 꽃다운 청춘을
역사의 광장
광주 도청 앞 분수대 금남로 위에서
"광주 시민이여 침묵에서 깨어나라"
온몸에 휘발유를 끼얹어
활활 타오르는 불덩어리로 절규하였다

일제 40년의 고통 위에
분단 40년의 오욕을 더하여
제국주의의 아가리에 물린
얼키고 설킨 고난의 역사,
그 모순의 절정에서 터진
민주, 민족, 통일을 절규한 5·18
광주의거의 선연한 핏자욱 위에서
그대는 다시 폭탄에 불을 붙이고자
스스로 성냥개비이기를 기원한 의혈의 열사,
빈사의 위기에 선

숨가쁜 조국의 아픔에 보혈로써 청춘을 불사르었다

보라! 태양이 떴어도 캄캄한 이 대낮
두 눈이 있어도 보지 못하는 마취의 거리
두 귀가 있어도 듣지 못하는 청맹의 거리
심장이 있어도 울지 못하는 산송장의 거리
보라! 법보다 의보다 총칼이 난무하는 이 몽둥이의 거리
저주의 도성, 소돔과 고모라가 된
절망이 뒤덮인 땅 위에서
비틀거리는 조국을 살리려
무너져가는 인간의 양심을 지키려
하나뿐인
오직 하나뿐인 목숨
이 절대한 하느님의 우주를 산 채로 바쳐
처절하게 처절하게
온몸으로 밀어붙인 장엄한 죽음이여

누가 이 떳떳한 살신성인의 죽음을 모독할 수 있는가?
부끄럽고 죄진 자들 모여
모두 고개숙여야 한다
나약하고 비겁한 자들 모여
모두 참회의 피눈물 흘려야 한다
양심을 짓밟고 태연한 자들
살인을 합법화하는 잔악한 자들
모두 그들도 무릎 꿇고 회개해야 한다

그러나, 그러나, 어인 일인가?
1985년 8월 15일 12시 40분

그날로부터 만 6일간
처절한 자기싸움 속에서
유혹의 악마를 물리치고
숭고한 의혈의 기상으로 버틴 목숨
문병도 가로막고 보도도 가로막고
총칼로 에워싼 병동
동지의 숭고한 죽음을 바라보면서도
내 뒤를 이으라는 임종의 유언을 들으면서도
끄실린 시신마저 못 지키는 이 울분의 현실
누가 이 꽃다운 젊은이를
개 끄실리듯 잔혹한 죽음으로 몰아넣었는가?
누가 이 거룩한 뜻을 짓밟아 개죽음을 만들려 하는가?

하늘도 무심치 않은
1985년 8월 21일 5시부터 12시 30분 사이
차마 감지 못하는 눈 다시 뜨고 다시 뜨고
까무라쳤다 다시 깨어나고 다시 다짐하고
되풀이되는 기나긴 싸움 속에서
마침내 죽음을 넘어 영생하는 죽음의 승리!
천둥소리 격정의 소나기 흩뿌리는 속에서
한반도의 무덥고 긴 밤을 통곡하며
무등산의 지축을 흔드는 큰 숨결로
죽어 영원히 사는
태워 잿속에서 다시 소생하는
그는 하나의 산 역사, 하나의 산 증언이 되었다

조국이여, 민중이여
살아 있는 모든 사람들이여

온몸에 불을 붙이고
캄캄한 이 땅의 어둠을 밀어붙이는
저 처절한 절규를 듣는가?
"내 뒤를 따르라 내 뒤를 따르라"
숨 끊어지는 그 순간까지
132시간의 기나긴 싸움 속에서
이 땅의 불의와 싸워 이긴
저 숭고한 유언을 귀담아 듣는가?

악한 자들아, 악한 자들아,
총칼의 위력만 믿고 양심의 소리를 모르는 자들아
무릎 꿇고 빌라, 무릎 꿇고 기도하라,
진정 조국의 내일을 위해
우리 그의 무덤 앞에 나아가
숭엄한 역사의 증언을 들으라

"내 무덤을 만들기보다
그대들 내 말을 새겨 들으라
내 무덤 앞에 꽃다발을 바치기보다
내 몸을 태우는 불꽃의 의미를 생각해 보라
몇 방울의 짠 눈물보다
그대 끄실린 내 육신 속에
마지막 샘솟는 피의 의미를 생각해 보라"
무등산 봉우리에 앉아
앞서 간 영령과 함께 나란히
우리를 굽어보는 그 광주의 열사
홍기일 그는 절규한다

"학원안정법 죽어서도 반대한다"
"일본의 재침략 명심하라"
"5·18의 정신 잊지 말라"
"내 죽음을 개죽음 만들지 말라"
온몸으로 타오르는
저 찬란한 불꽃의 외침
저 뜨거운 영혼의 절규
"무등산은 살아 있다"
"광주는 살아 있다"
"망월동의 형제도 살아 있다"
수많은 무주고혼과 함께
장엄한 민족의 합창으로 들려오는
저 민주자유의 행진곡을 들으면서
조국이여, 민중이여,
5·18의 핏자욱 선연한 금남로 위에서
다시 한번 홍기일 열사의 유언 되새기자
민주주의 만세!
민족주의 만세!
민족통일 만세!

파리 떼와 더불어

사람이 모여 산 그날부터
어차피 너도 하나의 가족이 되었다.

한 그릇의 보리밥 위에서
앙징스럽게 두 손을 비벼대며
내 먼저
성찬을 즐기는 파리 떼

나는 감히
그의 무례를 나무랄 자신이 없다.
생활의 냄새가 코를 찌르는
이 어두운 골목을 드나들며
똥내와 된장내를 구분해야 하는
나의 슬픈 코는 구토를 배운다.

어쩔 수 없이 너와 더불어 살게 된
나는 슬픈 人間,
아무리 DDT를 뿌린다 해도
오늘의 증오는 가시지 않는다.

죽여도 죽여도
오히려 나를 비웃는
너의 우주 비행

너와 나의 싸움은 계속된다.

내가 가는 곳이면
어디나 따라오는
너와 나는
어차피 하나의 운명인가.

내 앞에 놓인
한 그릇의 보리밥과 된장찌개 위에서
유유히 성찬을 즐기는 파리 떼,
나는 그를 향하여 필살탄을 퍼붓는다.

증오여, 증오여,
마음을 썩히고,
오늘의 구린내 위에서
너와 나는 어쩔 수 없이 대결하고 있다.

韓國地圖

五만분의 一로 줄인 地圖 속에
금간 조국이 피를 흘린다.

호랑이 相보다는
차라리 토끼,
四面에
교활한 이리 떼는 짖고 있다.

七國의 조공보다
十六國의 원조가 급해
일찌기 紅疫을 치뤘던 역사.

半島의 허리가 가늘어
八方美人의 몸매가 되었는가.

오랑캐에 반쪽을 물리운
日蝕의 세월,
진물이 번지는 허리에
모진 이빨 자국이 아리히고.

빛깔이 다른
두 개의 계절 속에
금 그어진 線을 따라

따로 찾아 오는 봄,
한송이 꽃을 피울 한뼘의 땅도 없다.

지금은
미니스커트를 입은 나의 半島.

알몸의 세월 속에
헐벗은 아랫도리가 휘청거리고
먹칠한 반쪽에 빼앗긴 봄,

흰눈이 내리면
잠시나마 한빛깔로를 地圖를 덮는가.

남의 것을 흉내내기에 익숙해진
너와 나의 슬픈
色동옷,
그러나
思想은 물감보다 짙은 피의 싸움,

몇번을 그려도 그려도 잘못 그려진
韓國地圖,
그 위에 빼앗긴 봄을 찾아
또하나의 손길이 匍匐하고 있다.

호롱불의 역사

1
고향에 돌아간 날 밤
호롱불 아래서 신문을 읽는다.

특호 활자로 심어 놓은
農村 近代化
마이카 시대의 찬란한 꿈이
호롱불 아래서 가물거린다.

언제부턴가
아득한 시간의 언저리에서
近視보다 희미한 눈을 뜨고
한 줄기 어둠을 태워온 슬픈 역사.

꺼질 듯 말 듯
가난한 봉창을 지키며
맵고 짠 생활의 끄으름 속에
한 줄기 悲哀를 사루고 있다.

2
호롱불은
그대로 하나의 소슬한 朝鮮歷史.

20만 분의 1로 줄인
작은 지도 속에 깜박이며
풍랑이 일 때마다
파도에 자맥질하는 작은 半島

계절이 남 몰래 왔다 가는
여기는,
복숭아꽃 살구꽃이
아름답게 피는 두메 산골,
가난이 들풀처럼 피었다 진
호롱불의 역사가 깜박이는 마을

簡易驛을 지나가는
디젤 기관차의 기적 소리가 들려오고
어디선가 심지를 돋우는
안타까운 마음들이 닮아지고
흐롱불은 그대로
하나의 서러운 사연.

죽은 누나의 하얀 얼굴이
소박데기의 한숨을 내뿜고,
메밀꽃 밭에 내리는
그믐 달빛,
어머니의 半生이 뽀야다랗다.

과부가 된 형수의 눈 언저리께
저무는 봄 밤,
그므는 불빛 속에

아롱진 족보가 타오르고
代 물려온 5代의 가난이
오늘은
두견의 피울음이 되어 타고 있다.

甲午年 난리에도 꺼지지 않고
엎드려 긴긴 밤 숨죽이며 타던
호롱불,
植民地의 배고픈 3월을 넘던
그 밤에도 꺼지잖고
외로운 수틀 속에
한 마리의 학이 되어 날고 있었다.

졸라매도 졸라매도
배고픈 3월,
고개 넘어 떠나간 사람들 영영
돌아오지 않고,
히마라야보다 더 높던 보릿고개.
오늘은
前方에서 근무하는
아들의 편지를 더 듬는 늙은 어머니,
그 여원 주름살 속에
천년 묵은 恨을 사루는 호롱불.
오늘도 구멍 뚫린 봉창에 달빛이 진다.

3
호롱불은 허름한 헛간을 비추고
헤어진 돗자리 나

구멍 뚫린 봉창을 비추고
뒷뜰에 쌓이는 눈,
한 겨울의 기나긴 설움을 비춘다.

호롱불은 썩은 두엄 속
가슴에 묵은 恨을 비추고
먼지낀 시렁 위,
낡은 族譜 속
8代 조상 이름을 비추고

부엌에 쌓이는 매운재,
서러운 생활의 내음새 저린
깨어진 바가지 위에도 고이고
이 빠진 툭수발,
가난이 고이는 장꽝에도 비친다.

호롱불은 그대로
소리없는 아우성,
그날의 한 많은 식칼 위에도 고이고
누가 벗어 놓고 간 짚신,
東學軍의 피젖은 발자국에도 비친다.

호롱불은 돌아가는 물레바퀴
실실이 뽑아내는 恨,
한 밤내 감기는 실꾸리를 비추고
시름을 누비는 바늘귀 끝,
마디마디 맺혀 있는 설움을 비춘다.

양반의 기침 소리에도 깜박거리며
그 어느 귓속말에도 숨죽이는
風前燈火
머질 듯 말 듯
5천 년을 이어온 끈질긴 숨결
여기 면면한 역사의 證言이 탄다.

그 옛날 흥부네집 안 마당에
자로 쌓이던 눈,
어디선가 부엉이가 우는 밤
흥부의 기침 소리 속에 쌓이던 눈,
육자배기 서러운 가락 속에
오늘도 한 줄기 심지를 태우고 있다.

5
너는 보았겠지, 그 옛날
白骨에게서도 人頭稅를 받아 가고
빈 땅에서도 貢稅를 받아가던
가렴주구,
모진 착취의 갈퀴가 지나간 다음
남은 것은 오직 호롱불.
5천 년을 태우고도 모자라
아직도 호롱불의 역사는 끝나지 않았는가.

그날의 白骨徵布 사라지고 없고
그날의 黃口簽丁 웃음거리 되었어도
역사책을 넘길적마다
피비린 아우성이 들려오고

아직도 끝나지 않은 서러운 역사.

마침내 호롱불은
최후의 안간힘 모아 타오르는가,
한밤내 들려오는 소리없는 울음소리
또 하나의 甲午年이 타오르는 것인가.

이제 호롱불의 역사는 숨이차다
두견이 피울음 소리 따라 넘어가던
麥嶺, 핏빛 영마루에 걸려 울던
그날의 바람,
마지막 심지를 돋우면 목이메이던
그날의 육자베기도 없이
서러운 역사책이 타오르고 있다

6
春窮 가까운 어느날
호롱불을 찾아온 民主主義,
밀가루에 침이 도는 植民이
호롱불 아래서 近代化 되어 가고,

봄바람과 함께 불어온 선거바람이
여기저기 무수한 구멍을 뚫었다.
그 구멍마다 피리가 우는데
사나운 돈바람 속에
호롱불은 또다시 깜박이고 있다.

어디선가 개가 짖는 밤

역사는 밤에 이루어지는가,
구장 반장의 귓속말이 무르익어 가고
近代化的 어둠 속에서도
아메리카의 민주주의는 눈이 밝아
구호물자 시대의 幕이 열렸다.

국회의원을 일곱 번 뽑고도
아직 전기가 들어오지 않는 마을
헛된 口號는
한 줄기 끄으름이 되어 쌓여 가고
호롱불은
슬픈 흥정을 모르고 자꾸만 탄다.

7
일찌기 開化의 열차를 타고
이 땅에 들어 올 石油,
春窮과 착취를 싣고 온 文明 속에
植物性의 歷史가 끝나고
다시 시작된 石油의 歷史.

뼈 속까지 긁어간
일제의 침략,
모진 착취와 흉년이 지나간 다음
오직 남은 건 벌거벗은 호롱불
石油가 아니라 백성의 피,
차라리 膏血이 타올랐다.

너는 보았겠지, 모주리 빼앗기고

뼈만 남은 그날의 半島,
사냥개 앞세우고
이곳 저곳 뒤져가던
그 순사의 눈빛 속에 어리던 殺氣.
닛본도 밑에서
도막도막 갈라진 땅이 피를 흘렸다.

바다건너 도적의 떼 물러가고
그 도적에게서 이어 받은
민주주의 바턴,
수줍은 호롱불은
능욕당한 屏風 속에 처녀성을 감추고
文明의 짝사랑에 가물거리며
근대화의 손길에 간지럼을 타고 있다.

아메리카 商船에 실려온
민주주의,
구호물자와 함께 수입된 自由는
막걸리 속에서 썩어가고
또다시 시작된 호롱불의 受難.

아직도 호롱불은 피를 흘리는가,
아직도 호롱불은
사나운 피바람 속에
깜박거리는가.
새로이 에워싸는 어둠 속에
숨죽이고 엎드려 피를 태우며
한밤내

소리없는 鳴咽이 번지고 있다.

8
전기가 없는 깊은 山골에도
찾아 온 선거,
호롱불 아래서 宗親會가 열리고
所得增大 결성 대회가 열리고
봄바람보다 먼저 불어온 선거열풍.

호롱불은
거센 善心 앞에 깜박이며
막걸리와 有權 사이에서
기체화 되어 가는 허무한 空約,
부드러운 양산도가 간지럼을 시킨다.

너는 보았는가,
가보를 꿈꾸던 어떤 양반의
엎었다 뒤집는 화투짝 위에서
따라지가 되어 떨어진 歷史.

어느 面書記가
구호 물자를 훔쳐내던 밤
잡부금 받으러 왔던 지서주임,
그 눈 끝에 사위던 불빛 속에
어진 백성의 눈물이 타고,

그 순경의 혀 끝에서 죽어가던
씨암탉

국물도 없던 시절
밤손님이 찾아와 쌀독을 털고
따발총에 끌려가 부역을 하고

하루 아침에 人民 위원장 동무가 된
阿Q
머슴은
호롱불 아래서 살인을 하고

마침내 主人을 바꾸기 몇 번
모독 당한 땅 위에
피를 흘리는 호롱불의 역사.

귀족 전제 정치하의
착취와 가렴주구,
일제 식민지하의 가혹한
약탈과 침략,
프롤레타리아 혁명의
마수와 살육,
구호물자 민주주의의
혼란과 부패,

이리하여 쑥밭된 江山에 벌거벗은 수난의
호롱불
변 학도와 조 병갑이 대신
하야시와 야마모도가 오고
그 닛본도 밑에서 능욕당한
호롱불의 처녀성은 피를 흘렸다.

박 용구 송 병준 이 완용,
차례로 이어서 五賊이 팔아먹다
다시 도막난 땅 위에
찾아온 프롤레타리아의 연서,

부드러운 입술로 殺人을 하고
그날의 五賊
마침내 김동무와 박동무가 되고
이 땅의 호롱불을 찾아
열성 당원
마렌코프와 슈렌코프가 왔다.

유혹 당하고 간음 당한 호롱불
모독당한 땅 위에 피가 흐르고
우리들의 가슴에 따발총 구멍이 나던 밤
죽창과 도끼와 몽둥이의 난무
배반한 땅 위에 마지막 지키던
6월——
그날을 증언하는 분노를 태우는가.

主人을 바꾸기 몇 번
김동무와 박동무가 물러가고
다시 찾아온 부라운과 쫀슨
자유당과 민주당이
차례로 주물러 온 호롱불의 처녀성

정당이 바뀔 때마다

차츰
호화판이 되어가는 호롱불가의 잔치,
금년엔 전기가 들어올까,
여당과 야당의 혀끝에서 번갈아 팔아먹는
호롱불
간지럼을 시키면서
몸살을 시키면서
혓바닥 위에서
꺼질 듯 말 듯
가물 가물
한 줄기의 善心을 더위잡고
배반당한 역사의 병풍을 가리우고 섰다.

아직도 끝나지 않은 길고 긴
역사의 뒤칸,
그 어느 때저린 돗자리 위에서
도막 도막 거짓말을 태우며
깊어 가는 아시아의 밤
작은 동방의 등불은 깜박이고 있다.

예지와 수난의 피 안에서
몸채로 타는 소리없는 아우성
또 하나의 流血이 번지고, 아
3만의 피아픈 絶叫가 타고 있다.

9
호롱불 가에 모여 앉아
트란지스터 라디오 속에서

나날이 近代化되어 가는 고향.
자꾸만 간지럼을 시키는 流行歌와
자꾸만 몸살을 시키는 드라마와
눈부신 날개타고 날아오는
찬란한 광고 속에 부황난 호롱불.

솔가지 타는 내음새 속에
간질 나는 文明의 귀동냥
군침만 삼키다 부황이 나고
허기진 눈알이 도는
植物性 창자가 쪼르륵
호롱불의 역사는 시들하구나.
풍년 속에 흉년이 오고
기공식 착공식이 차례로 지나간 다음
아무리 파보아야 金이 나오지 않는 땅,
한 평에 3백 원짜리 땅을 버리고
라디오 소리 따라
서울로 오입가는 全羅道.

호롱불을 버린 머슴은
발바닥에 묻은 흙을 털고
죽은 땅, 한 평에 50만 원짜리 땅을 찾아
라디오 속을 걸어서, 어디론가
보이지 않는 곳으로 떠난다.
마침내 호롱불과 이별한
농부의 아들.
그는 괭이를 버리고
부끄러운 듯 누워 있는 밭을 지나서

도시의 전등을 찾아서 간다.

어디선가 부엉이가 우는 밤

花瓶

저만치 놓인
東洋畵의 風景에 기대어
나의 窓을 지키는 외로운 花瓶.

午後의 고요가 흐르는 室內에
이만치 앉아 눈을 주면
고이 나래 접은 한 마리의 鶴.

그 가는 허리에 손을 얹으면
애틋한 線을 따라
벙을히는 꽃인가.

너를 向해 앉으면
마음이 가난해도
절로 밝아 오는 나의 窓………

너의 짧은 하루는
한줌 香氣 속에 빛을 사루고
영원을 숨쉬는 明日의 祈禱
계절의 언약을 꿈꾸고 있다.

너를 向해 앉는 時間은
또,

고요히 눈을 감을 수 있는 時間

외로움에 손을 모으는
슬픈 버릇으로 祈禱를 배우고
이젠 對話보다 미쁘운
보랏빛 沈黙이 여물어 간다.

마음이 비어 가는 외로운
빈 甁가 득히 물을 채우면
내 마음 향그러이 充滿해 오는
먼 바다의 밀물 소리여.

봄은 花甁을 비어 두고
저 혼자 왔다 이내
저 혼자 가버리는 午後.

季節이 다녀 가는 窓邊에 앉아
오늘은
빈 甁을 어루만지며
황홀한 그리움을 分娩하는 것이다.

제3부

문병란의
비평 세계

나의 시적(詩的) 변호(辯護)[1]
- 시집 『땅의 戀歌』를 중심으로

1. 서언

詩人 중에는 독자를 의식하지 않고 오직 자기만을 위하여 쓰는 사람도 있으며 시의 예술적 본질을 내세워 그러한 것이 正道이고 보다 바람직한 태도라고 주장하고 있다. 그러한 태도를 예술지상주의 〈Art for arts sake〉라 하든 순수시의 입장이라 하든 일단 당위성은 있을 것이며, 시적 기능이나 효용성을 잘 살린 말일 수도 있다.

그러나 나의 경우엔 나혼자 읽고 싶어서나 내 마음의 정화작용(淨化作用)을 위해서만 쓴 것이 아니고 처음부터 독자를 의식했으며 이 고난의 시대에 함께 하고 싶은 공동의식에서 썼다. 창작할 때도 나 혼자 쓴다기보다 남의 힘을 빌어서 같이 썼으며, 그것이 대변이든 때로는 공동의식의 표현이든 이 땅에 살고 있는 모든 형제들과 함께 하는 심정에서 썼다.

혹자 이러한 나의 시작 태도를 〈目的性〉 운운한다 하여도 할 수 없

---

1 문병란, 『삶의 고뇌 삶의 노래』 하락도서, 1993, 280〜285쪽.

는 일이지만 이 고난의 시대를 살아가는 수많은 사람의 아픔과 고뇌를 같이 한다는 존재 양식에 입각한 생명의 발로이며, 순수한 인생에의 참여의식에서 출발한 현실주의적인 시, 즉 리얼리즘의 시이고 싶었다.

흔히들 소설은 사실주의가 정통이고 시는 낭만주의라고들 하는데, 이 시에 사실성을 도입한다는 건 용이한 일도 또 필요한 일도 아니라고 할 수도 있다. 그러나 나는 민족적, 민중적 차원에서 얘기되는 시는 반드시 이 사실성이 도입되어야 한다고 생각했다. 혹자 이 사실성을 산문성이라 할 수도 있을 것이다. 사실성(寫實性), 즉 산문성의 도입은 시를 민중과 연결하는 데 있어 현대시가 가지고 있는 시적이라고 생각하는 난해성이나 소위 이미지라고 말하는 함축이나 은유를 풀어 써 줌으로 인해서 생기는 이해나 노래로서의 공감성을 높인다고 생각한다.

우리가 교과서에서 인습적으로 시라는 것을 배울 때 여러 가지 정의와 명제가 있다. 시는 열정(Passion)이다. 시는 긴장(Tension)이다. 시는 단순성에 있다. 시는 자연스런 감정의 유로다. 시는 이미지(Image)다. 시는 운율이다. 시는 자연의 모방이요, 카타르시스(Catharsis)다. 시는 言志다. 시는 思無邪다. 시는 낙이불음(樂而不淫)하고 애이불상(哀而不傷)이다. 이루헤아릴 수 없는 정의들이 있고 다 그럴듯한 이론이다. 그러나 그것이 어찌 다 시를 설명할 수 있겠는가? 시는 인생 자체요, 생명 자체니까, 인생이나 생명의 신비를 죄다 설명할 수 없듯이 시도 그러한 아포리아(難題)가 아니겠는가?

일찌기 플라톤은 그의 이상공화국에서 시인을 추방한다 했는데 그 이유인즉 비교육성, 비도덕성, 지나친 감정적 표현, 현실의 모방 등을 지적하였다. 그와는 반대로 아리스토텔레스는 그의 詩學〈Ppetica〉에서 시인을 옹호하고 시적 당위성을 높이 평가하여 소위 정화론(淨化論)이란 것을 내세워 시를 도덕적 올가미에서 해방시켜 예술 독자적 감동과 쾌락을 주는 것이라 주장했는데, 오늘날 이 두 사람의 입장을 생각하면 시의 기능과 반성에 대하여 문제점을 생각해 낼 수 있다.

예술을 빙자하여 시가 탐미적인 방향으로 흐른다면 경계해야 할 일이요, 그렇다고 시가 도덕, 사회, 정치 등의 선전이나 계몽 수단이라고 생각할 수는 없다. 다만 그것들 위에 관계되어 있거나 인생이란 큰 목적성에 연결되어 있는 삶 자체의 함축이라는 것은 확실하다. 참여냐 순수냐의 논쟁도 따지고 보면 모두 어리석은 일이다. 삶 자체가 현실이나 상황에 대하여 참여하지 않고는 살 수가 없는데, 어떻게 시가 인생과 현장을 떠나서 순수구경(純粹究竟)의 세계만을 노래할 수 있는가?

혹자 말하여 참여시는 현실주의적 입장에서 쓰니까 생명력이 짧고 그 역사가 지나가면 그 가치가 소멸한다고 말하여 순수시의 영원성 따위를 주장하기도 하는데, 그것 역시 먼 후대가 결정할 일이요, 지금 우리가 할 일은 아니다. 어찌 살아보지도 않은 미래에 영원성을 인정할 것을 예측할 수 있단 말인가?

이 시는 오래 남아 갈 것이다. 이 시는 시효가 짧을 것이다. 그러한 것을 결정할 권리는 당대의 우리에겐 없다. 문제는 오히려 오늘의 성실한 삶을 영위하는 사람들에게 얼마나 공감을 주느냐에 있다. 오늘의 성실한 삶을 영위하는 사람들에게 환영받지도 못하는 시가 미래에 의하여 높이 평가받기를 바라는 것은 반드시 민중시대의 사고는 아니다. 지나친 진보적 사고 때문에 그 시대의 민중에게 외면 당했다가 새로운 시대가 왔을 때 환영받는 다는 것도 알고 보면 그 작자가 당대의 삶에 대한 성실한 투쟁의 댓가라 하겠다.

어차피 문학은 역사적 산물이며 역사적 평가다. 빅톨 위고의 위대성은 프랑스 혁명 시대의 역사적 가치 위에 있다. 오늘을 예언한 시가 아니라도 당대의 민중에 대한 깊은 성실과 애정의 발로에 의해 역사는 그에게 위대한 문호의 칭호를 선사한 것이다. 혹자 연애(인간본능) 감정이나 자연을 노래하면 보다 순수하고 생명이 길며 사회나 이즘 등을 노래하면 그것이 자꾸 변하니까 순수하지 못할 뿐만 아니라 생명력이 짧다고도 말할 수 있으리라. 그러나 인생이란 커다란 목적 속에 그러한 것—자연이나 사회나 이즘이나 본능 등—이 다 포함되는 것이 아닌가? 인간 자체가 하나의 〈자연〉이라고 할 때 인간에 성실한 시는 바로 모든 것을 다 포용하고 있을 것이므로 그것들이 분리되어 있다는 것은 시의 이해를 잘못한 것이 아닌가 한다.

이러한 관점에서 출발하고 있는 나의 시는 인간 생명 옹호의 열렬한 삶의 노래요, 현실에 대한 성실성의 구현이라고 말하고 싶다.

2. 나의 시적 편력

이번 나의 詩選集 『땅의 戀歌』에는 59년도의 처녀작 「街路樹」부터 80년까지의 작품들이 모아져 있다. 처녀작 「가로수」에서는 따뜻한 인정과 지성을 조화시켜 타락하지 않은 감상을 서정적으로 표현하는 데 애썼고, 변모를 꾀하던 시기의 과도기적인 작품인 「정당성」은 현실적 대결의지의 표현이며, 민중시를 표방한 때의 작품인 「땅의 戀歌」는 내 나름대로 민중과 함께 하는 공동의식의 발로였다. 당분간은 그러한 작업이 계속될 것이다.

문학은 단순한 폭로가 아니다. 미래적 비젼의 제시이다. 만약 문학이 단순한 폭로라면 르뽀 이상의 흥미있는 소설이 어디있겠는가? 문학은 이념의 형상화요 새로운 역사 창조의 제시여야 한다. 리얼리즘일지라도 현실을 해부하고 비판하여 거기서 새로운 것을 탄생시키고자 하는 하나의 의지가 구현된 작자의 창조가 아니겠는가.

나는 현실이나 사회도 하나의 육체와 같이 병이 생길 수 있다고 본다. 종기가 생기고 반점이 나타나며 썩어가기도 한다. 놔두면 전신에 번져갈 것이며, 그 생명체는 죽고 말 것이다. 만약 그 병치료에 드는 돈이 너무 많이 먹히니 차라리 그 환자를 죽여 버리고 차라리 그 돈으로 빈민가의 소독이나 하자고 한다면 극단적인 이론이다. 그러나 그 환자의 환부를 치료하기 위해 수술하고 항생제를 투여하자고 한다면 이는 사회나 인간에 대한 깊은 애정이다. 비판이나 저항이야말로 바로 이 썩어가는 육체에 투여되는 항생제 역할이며 수술이야말로 새 생명을 위한 하나의 개혁의지인 것이다. 썩어가는 육체의 환부에서 균을 물리치는 항생제의 기능—성경에서는 소금으로 비유되기도 하는 義人의 존재가 바로 그러한 기능이 아니겠는가?

리얼리즘적이며 앙가쥬망의 입장을 시에 도입한 나의 시작 태도는 바로 이러한 사회적 기능으로서의 문학을 민중시대의 문학으로 삼고자 한 의도에서였다. 『실천문학』 2집에 발표한 「고름짜기」란 시는 나의 시적 입장을 함축한 시였다. 나의 이 시 속에 비판과 저항의 의미를 어머니의 고름짜기로 비유하였다.

문학의 비판적 기능이 문학의 효용성을 다 설명한 것은 아니지만 산업혁명 이후 근대사회를 배경으로 등장한 리얼리즘의 대두 이후 비판적 기능은 중요시되어 왔다. 근자에 대두하고 있는 한국의 민족적 민중의 자각 위에 형성되는 일련의 시들은 적어도 과거의 인습적인 시를 거부하고 민족적 민중적 차원에서 새로이 창조되는 살아있는 시이고자 하는 노력이라 보아진다. 시같이 보여지는 모조품이 아니라 시일 수밖에 없는 시적 진실에 뿌리박은 그런 시를 우리는 요구하고 있다. 더구나 과거의 시는 귀족적 문학의 잔재인 풍류나 쾌락의 추구에 주축을 두고 있었고 그나마도 몇몇 특수한 지식층만 향유하는 그런 문학이었는데 비하여 오늘의 문학은 민중 전반적인 것이어야 한다는 새로운 시대적 모랄리티가 요구되고 있다.

톨스토이의 말을 인용한다면 한 사람의 발레리나, 한 사람의 오페라 가수가 무대에 서기까지에는 수많은 봉사를 한 노동자나 농민들에게 기여함이 없는 예술이라면 그것은 도덕성의 결여락 말한 것은 결코 역설적인 말만은 아니다. 세종문화회관은 동양 최대의 극장이고 막 하나에 억대가 넘는다고 하며 거기에서 세계적인 예술가들의 연주회도 열리고 있지만, 거기 관객 중에 과연 민중의 핵심체인 노동자가 농민들이 얼마나 많은 감상의 기회를 갖고 있는지 의문이다. 물론 필자도 또한 한번도 가 본적이 없고 실제 그 고액의 티켓을 구하는 일은 쉽지가 않다고 고백한다.

文學 目的性 문제 역시 1925년 때의 카프에 대한 고정관념에서 못 벗어난 소아병적 거부반응에서 해석되고 있는데, 이러한 이데올로기적 공포에서 문학적 기능의 확산을 막고 문학의 순수성을 내세워 二分法的 사고에서 또 하나의 목적문학이 되는 문학의 매카시즘을 경계하고 싶으며 그러한 행위가 오히려 문학의 순수성을 왜곡시키는 처사가 아닐지 우려를 금치 못한다. 目的이 없어야 순수하다는 말도 하나의 文學的 미신이 아닌가 한다. 돌멩이 하나가 존재하는 데도 이유가 있다는데 어찌 文化현상에서 가장 중요한 위치를 점하고 있는 문학의 존재에 목적이 없겠는가? 어떤 이데올로기 하나에 봉사하는 문학이 아니라 인생이란 폭넓은 진리의 본체에 대한 순수한 봉사로서의 참여를 통해, 민중 전체의 삶 속에서 형성되는 어떤 공동의식의 발로로 만들어진다면 그것이 꼭 공리주의적 입장이라고 비방할 수는 없을 것이다. 오늘의 민중문학이 결코 계급성이나 이데올로기적 대립에서 빚어졌던 과거 우리 문단의 연장이 아니며 순수라는 탈을 쓴 수용주의적 친일분학이 결코 우리 문학의 정통이 될 수도 없는 것이다.

3. 정치적 현실과 문학

문학에서 가장 어려운 논란이 정치적인 문제이다. 이데올로기적 문제에 관한 공포심이 있는 현실에선 더욱 어려운 난점이 있다. 문학의 현실적 참여를 정치적인 문제로 몰아서 불순시할 우려가 많기 때문이다. 인간을 흔히 호모 폴리티쿠스(정치적 인간)라 하거니와 이 정치성이나 사회성은 인간의 특징을 설명하는데 빼놓을 수 없는 중요 기능이다. 솔제니친도 문학은 제2의 정부라고 직접 토로할 만큼 정치와 깊은 관계를 가지고 있음을 암시한 바 있다.

인간이 정치적 사회적 동물인데, 인간을 소재로 하는 문학이 초정치적이거나 무관심 내지는 외면한다면 정당한 행위일 수 없다. 그러므로 나는 문학을 정치적인 문학으로 말하기보다 정치적일 수밖에 없는 불가분의 관계로 설명하고 싶다. 사회나 인생의 비리를 고발하고 비판하는 작품을 쓴다고 할 때 그 궁극적인 목적은 정치적인 해결일 수밖에 없지 않은가? 리얼리즘 문학이 현실의 어두운 면을 폭로하고 추악하고 불행한 면을 고발한다면 그것은 단순한 쾌감의 추구에서 온 악취미가 아니라 어떤 개혁의지가 내포된 비판의식이며 참된 도덕적 회복을 위한 인간의 의지나 이념의 작용을 기대하는 행위라고 본다.

인간의 참된 가치를 존중하고 그 생명의 진실을 표현하는 문학이 정치적 문제를 소재로 한다든가 직접 간접 그 문제에 대한 어떤 암시를 부여하는 것은 당연한 일이 아닌가. 물론 문학의 기능이 직접 제도를 만들고 다스리는 역할을 하는 정치와는 다르지만, 그러한 정치적 기능을 작용케 하는 간접 효용적 역할을 알지 않으면 안 된다. 정치적인 소재나 문제에 대하여 초탈한 곳에서 음풍농월하는 것이 순수고 인간사에 중대한 영향을 끼치는 정치나 사회적 소재에 대해서 대범한 시적 표현은 참여라는 二分法에서 보다 항상 인생 전체에 대하여 성실성을 추구하고 나아가 주권재민의 민주정치에서 농민도 정치적일 수밖에 없는 것을 자각하는 것이 새로운 현대시의 요구라고 생각한다.

1977년에 간행한 『竹筍밭에서』에 이어 1981년에 간행한 나의 시선집 『땅의 戀歌』가 납본필증이 나오지 않아 판매할 수 없다는 조치를 받은 것은 무슨 이유 때문인지 나로선 알 수가 없으며 출판사로부터 전해 들은 것 이외에 그 이유를 통고받은 적도 없다. 나는 너무나 아쉽고 또 억울한 생각이 들어서 수회를 완독하며 검토해봤고 어느 점이 그러한 요소가 있는가 스스로 반성해 보기도 했으나 피차의 견해 차이인지 나로선 이해가 안 간다. 궁극적인 비판은 독자들이 내릴 것이나 독자들이 구할 수 없는 책이 되었다는 것은 참으로 아쉬운 일이다.

나는 독자와의 대화 시간을 충실화하고 또 내 시집에 대한 조치가 부당하다는 것을 증명하는 뜻에서 「땅의 戀歌」를 필두로 몇 편의시를 낭독 해설하고자 한다. 「고무신」, 「직녀에게」, 「겨울山村」, 「불혹의 연가」, 「作別詞」, 「법성포 여자」, 「三鶴소주」, 「코카콜라」, 「流行歌調」, 「시골 여중생의 노래」 등 어느 것이나 이 땅에 뿌리내리고 사는 민중의 삶 속에서 얻어온 소재로 쓴 소박한 서민적 생활시다. 이러한 시들이 어떠한 정치적 이유 때문에 햇볕을 못보게 된다면 헌법에 보장된 표현의 자유에 대하여 우리는 회의를 품게 된다. 나는 여러분의 현명한 판단에 맡기면서 오늘 소생과의 대화에 성원을 보내준 여러분께 다시 한 번 감사한다.

— 1981. 11. 12. YMCA 독자와의 대화 강연 초록

나의 시적(詩的) 정당성(正當性)[2]

『벼들의 속삭임』이란 초라한 농민문고를 내면서 후기 형식으로 쓴 글을 다소 보완하여 나의 시적 변호 및 나의 시적 정당성을 밝히고자 한다. 지금까지 나는 作品만 열심히 썼을 뿐 나의 시를 위한 옹호나 시적 정당성을 피력할 기회가 없었다. 물론 詩를 발표하면 그 평가는 독자들이 하는 것이고 작자의 변호라는 것은 어색한 일일 수 있지만 독자의 이해를 돕고 거리를 좁히는 뜻에서 나의 시적 편력을 더듬어 보고자 한다.

내가 「街路樹」라는 조그만 서정시를 가지고 『현대문학』지에 추천제를 통하여 시단에 등단한 것은 1959년의 일이었다.

여기는 季節이 맨발로 걸어왔다.
맨발로 걸어 돌아가는 길목.

가자,

---

2 문병란, 『삶의 고뇌 삶의 노래』, 하락도서, 1993, 271~279쪽.

우리 所望의 먼 山頂이 보이면

목이 메이는 午後.

街路에 나서면

너와 같이 나란히 거닐고 자운

너는 5月의 휘앙쎄, 기대어 서면 너도

나와 같이 고향이 멀다.

—「街路樹」의 終聯

윗 詩句에서 보듯이 조촐한 서정과 알맞게 여과(濾過)된 감상(感傷)이 지성으로 절제된 안정감과 따뜻하고 후끈한 감성(感性)이 특징을 이룬다는 金顯承 시인의 격려를 들으면서 서투른 첫걸음을 내딛었다. 그후 「밤의 呼吸」, 「꽃밭」 등의 비슷한 수준의 작품으로 천료하는 데 2, 3년이 걸렸으며 「조롱의 새」, 「나비」, 「시간」, 「기도」 등을 잇따라 발표했고, 그후 어떻게 살 것이냐 하는 삶의 고뇌에 빠지면서부터 제법 주체할 길 없는 고독을 반추하며 實存主義라는 입장도 넘겨다 보게 되었다. 이러한 實存意識이 이 시기의 작품에는 꽤 짙게 나타나 있었던 것 같다.

그러다가 분단시대의 민족적 현실에 눈뜨게 되었고 民主化와 統一이라는 대명제를 향한 민족문학적 접근으로서의 「손」(현대문학), 「깡통」(원탁시) 등을 통하여 변모를 꾀하기 시작한 1960년대의 후반에 처녀시집 『文炳蘭詩集』(1979년刊)을 펴냈고, 1970년을 전후하여 현실적 상황을 의식하며 점차 사회 현실에 깊숙히 참여하는 一連의 휴머니즘적인 詩篇들 「도둑놈」(시문학), 「사기꾼들」(원탁문학), 「정당성」(시문학), 「박타령·1」(시문학), 「박타령·2」(심상), 미발표작 장시 「호롱불의 歷史」, 「전라도 뻐꾸기」 등을 모아 제2시집 『정당성』(1972년 간행)을 세상에 내놓았었다.

때때로 나의 주먹은
때릴 곳을 찾는다.

－「정당성·1」의 서두

도둑은 보이지 않는 곳에서
우리들의 눈과 시간을 훔친다
태연하고 여유있게 길을 걷고
우리들에게 손을 내밀고 능청을 피운다.

－「도둑놈」의 서두

옳소와 박수 사이에서
동강난 시이저의 야심은 입을 다물고
가랭이 밑으로 끼어나가서
권력과 돈이 교미하는 시대,
오늘의 주례는 누구인가
會心의 미소를 띠우며
찬란한 역사의 절정에서
고약한 방귀를 뀌는 희대의 영웅들,
가면 속에 숨어서 보이지 않는
오오 위대한 가짜들이여
빛나는 私錢꾼들이여.

－「사기꾼들」의 종련

　　인용한 시편들에 나타난 내 과열된 시정신은 무엇인가 때릴 것을 찾
아 강렬한 비판정신과 고발정신으로 주먹을 다지고 있었으며 저항의
열기로 충만해 있었던 것이다.
　　그러나 정당성이라는 시집에 들어있는 시정신은 어디까지나 시대적
증언 내지는 민중에 대한 대변자적 입장이었고 휴머니즘에 입각한 도

덕적 양심의 부르짖음이었다. 그러므로 나의 시는 하나의 知的 소산으로 觀念을 완전히 탈피하지 못했고 구체적 현장과 민중의 밑바닥으로 들어가지 못했음을 깨달았다. 이에 나는 한 걸음 더 시대와 민중에 나의 시를 밀착시키고자 애썼으며 좀더 처절한 민족의 현실, 분단의 비극 속에 살고 있는 민중의 발바닥 밑으로 들어가고자 시도하였다.

이러한 시정신에 입각하여 얼마쯤의 변혁을 시도한 것이 『創作과 批評』(1974년 겨울호)에 발표한 「고무신」, 「겨울山村」, 「殺人者」, 「박타령·3」 등으로 나는 여기서 이 땅의 가장 어둡고 절박한 狀況, 구멍 뚫린 고무신의 밑바닥에 들어감으로써 거기 새까맣게 때저린 역사적 민중의 恨과 온갖 고난과 대결하여 싸우는 민중의지라는 새로운 시적 미학을 발견하였다.

잇따라 다시 『創批』에 발표한 「땅의 戀歌」, 「나를 버리고 가신 임」, 「엉머구리의 合唱」, 「木花이야기」, 「對位法」, 「절교장·3」 등은 고무신에 이어 이러한 民衆恨을 意志로 승화시키고자 애쓴 동계열의 작품이었다.

우리 시가의 경우 주조를 이루고 있는 「恨」은 흔히 諦念이나 哀傷으로 나타나기 일쑤이며 「民」의 개념은 늘 당하는 자로서의 패배의식의 대명사이고 흔히 그러한 패배의 정서를 대변하는 것이 이 恨이었던 것 같다. 그러나 이 「恨」은 역사적으로 볼 때 봉건치하의 귀족, 양반, 외세의 침략 등에 의해 찌눌리고 고통을 당해 온 민중의 가슴에 쌓인 怨恨에서 왔다고 볼 수 있으며, 그러기 때문에 단순한 슬픔이나 감상이 아니라, 하나의 意志, 힘으로 바꾸어야 하며 그것 자체로서 하나의 抵抗意志임을 깨닫고 애상주의나 패배의식을 극복하고 굳건한 민중의지 구현에 애쓴 일련의 시편들을 모아 『竹筍밭에서』(1977), 『호롱불의 歷史』(1978), 비매품『벼들의 속삭임』(1980), 『땅의 戀歌』(1981) 등을 펴냈다. 그리고 다시 분단의 아픔과 통일의 염원, 온갖 고난을 겪으며 어렵게 살아온 과정에서 쓰여진 시대고를 노래한 시편들을 묶어『직녀의 노래』(1982)로 간행 예정이다.

근자의 나의 시에 대하여 더러 말들도 많고 月評난이나 書評들도 나오곤 했으나 그 반응들이 엇갈리고 나의 진의와는 차이가 나는 것도 있어 차제에 나의 시적 정당성을 위한 몇 가지 의견을 적어 나의 본 뜻을 밝히고자 한다.

詩란 무엇이며 시는 왜 이 사회와 인생에게 필요한가? 아니 시인은 무엇 때문에 이 사회에 존재해야 되는가? 이 문제에 대한 해결을 위하여 우리는 먼저 이 땅 위에 존재하는 관습적인 시에 대한 오해를 풀지 않으면 안된다.

이 땅에서 시라는 것은 아직도 특권층의 문화적 사치이며 知識人의 향유물이고 흥과 멋을 특징으로 하는 양반문학의 유산인 風流文學의 소산으로 인식되고 있다. '山절로 水절로 산수간에 나도 절로'로 나타나는 이러한 관조적 태도는 소위 유한적 兩班階級의 풍류로선 1급이었고 이러한 風流的 흥취를 누리는 데는 수많은 庶民들의 희생 위에서 가능했던 것이 아닌가. 지배계급의 風流는 아름답게 평가되고 또 문헌으로 전해오지만 당시 억눌린 서민이나 천민들의 애환과 고통이 어려있는 그런 문학도 있었다고 할 때 어떻게 우리 文學의 중심사상이 풍류나 흥과 멋으로 다 설명될 수 있는가 의문이다.

이러한 역사적 특성을 고려하지 않고 전근대적 풍류벽은 근대시나 현대시에도 무비판적으로 전승되고 있으며, 시대착오적 흥과 멋이 아직도 서정시의 주축을 이루고 있고 또 그것이 순수시니 전통시니 하는 말로 통용되고 있다. 이러한 현상은 조국과 민족이 일제의 압제하에 있던 때에도 의연히 존재했으며 1939년대의 한국 농촌이 겪는 비참한 생활상과는 너무도 거리가 먼 「청노루」, 「나그네」 등의 정서가 애국적 향토시로서 평가되기도 하는 등 독자들에게 많은 혼란을 주고 있음도 사실이다.

정치적, 사회적, 민족적 현실과 유리된 '술 익는 마을마다 타는 저녁놀'이니 '구름에 달 가듯이 가는 나그네'식의 풍류는 사실상 민족의 현실을 외면하고 있는 것이 아닌가? 공출, 징병, 징용, 정신대 차출, 창

씨개명, 수많은 애국지사 투옥, 草根木皮로 연명하는 절량농가 80%의 암담한 현실, 청결검사로 인한 은닉 재산 조사 및 강제수탈 등 이루 헤아릴 수 없는 비극의 현장이 당시 한국의 농촌이었다면 거기서 어떻게 이런 아름다운 자연관조가 가능하며 술커녕(당시 주법에 의하여 밀주는 금지되었음) 아침 저녁 끓일 쌀 한 줌이 없어 소나무 껍질을 벗겨 먹었고 쑥으로 연명한 역사적 상황에서 어떻게 太平盛代를 구가하는 것 같은 「청노루」나 「나그네」의 정서가 가능한가.

이런 시가 전통적 향토시나 애국시로 평가되는 것은 근본적으로 시에 대한 오해에서 기인한 것이고 이것은 봉건잔재를 다 청산하지 못한 관습적인 양반정서를 낭만적으로 계승한 데서 연유된다. 이러한 관습적인 과거의 시관을 탈피하고 보다 인생과 사회현실에 충실한 새로운 민중시에의 갈망은 시인과 독자 양쪽에서 다 절실하다고 본다.

1920년대의 「폐허파」, 「백조파」들의 시에 나타난 病的 정서나 시정신의 불건강은 바로 지식인들의 불투명하고 철저하지 못한 민족관이나 대일본 항일정신이 투철하지 못한 수용주의적 자세에서 연유된 것으로 볼 수 있고, 불만이나 탄식을 토로하는 감정 배설이 카타르시스라고 오해한 데서 기인하고 있으며 상황에 대처하는 사회적 정치적 안목의 결핍과 민족저항의지의 부족을 지적할 수 있다.

물론 당시의 원고 사전검열과 일제의 억압된 문화정책을 고려하지 않는 바는 아니다. 훗날 아편 정책으로 평가된 이 문화정책은 지식인 작가들을 모두 점진적으로 회유시켜 수용주의자로 만들었으며 이 정책에 알게 모르게 넘어간 문학인들을 文士主義라 비판한 신채호 선생의 비판을 참고하더라도 일본에게만 책임이 있는 게 아니고 우리 문학인의 기질 문제도 책임을 져야 한다고 느껴진다.

1930년대에 이르면 이러한 불평과 불만을 토로한 소극적 저항마저도 사라지고 이상한 순수론이나 예술파들이 등장하여 전통적 정서라는 순수의 탈을 쓴 시문학파의 순수 서정시는 예술성이라는 언어 표현의 아름다움을 내세워 민족적 현실을 외면한다.

물론 언어예술이라는 시적 당위성은 기본적인 문제로 인정되지만 예술적 탐미의식(유미주의적 입장)은 민족주의적 입장에서 보면 총독 정치에 대한 간접적 수용이며 긍정이고 「폐허파」나 「백조파」의 울분과 퇴폐마저도 사라져 어떤 의미에선 총독부 검열을 합리화 했다고 본다. 요샛말로 소위 면학분위기가 좋아진 셈이다.

이러한 잘못된 김영랑式의 순수시나 일본 교수에게서 전수한 서구의 主知的 이론의 대거 수입과 낯선 사조나 난해시의 도입은 형식의 다양한 시험이나 탁월한 기교의 도입에도 불구하고 민족의 현실을 외면한 것이었음은 문학이 현실과 역사를 떠나서 존재할 수 없고 결국 문학은 일종의 역사적 산물이기 때문이다.

더구나 일제 말기 가혹한 언론탄압 정책에 못이겨 시인들이 전원이나 자연에 도피한 것이 무슨 守節이나 한 것처럼 美化되는데 민족 문학의 定道는 아니었고 감옥을 택한 시인이 최고라는 도식적 견해는 아니나 이육사, 윤동주 시인 등의 옥사 저도가 체면 유지를 했다고 본다면 우리 문학에 대한 새로운 반성도 요청된다고 본다.

이러한 정치적 사회의식의 빈곤은 문학을 근본적으로 풍류라고 생각하고 餘技라고 판단한 전근대적 선인들의 견해가 은연 중 작용하고 있는 것으로 생각된다. 이러한 시정신의 빈곤은 조국의 현실이야 어찌되었건 시인은 언어의 연금술사이고 흥과 멋으로 美를 창조하는 風流客(전근대적 시인)으로 잔존하며 비굴성의 은폐 수단으로 예술이니 정서니 쾌락이니 심지어는 영원성이니 괜찮다주의니 초탈이니 하면서, 文學은 현실과 정치와 무관해야만 순수하다고 하는 目的論 배격 시비를 절정으로 민중과 유리된 곳에서 자기들만의 은일문학으로 전락했다고 본다.

이러한 시적 오류가 그대로 시라는 인상을 가지고 있는 것을 인습적, 관습적 시라고 한다면 우리의 시급한 과제는 이러한 인습과 오해를 뛰어 넘는 새로운 민중문학의 창조가 시급함을 느낀다.

나는 여기서 詩人이 왜 이 사회에 있어야 되고 詩는 과연 이 사회에 필요한가고 제기한 서두의 문제 제기의 해결점으로 돌아왔다고 보며, 근대문학의 대두 이후 잘못 인식된 시적 오해 위에 새로운 反省으로서의 민족적 현실에 대한 시적 현실참여의 당위성을 생각해 본다.

새삼 參與(engagement)라는 말에 대하여 설명을 붙일 필요는 없다. 詩人도 지식인의 그룹에 속한다면 시인의 참여는 곧 지식인 전반의 문제이고 시만이 아닌 문화 종교 전반의 문제와 관련이 있는 말이다. 어느 사회나 지식인이 점유하고 있는 위치는 다대한 것이며 이 계층의 향방과 사고 여하가 그 사회의 존속과 가치 변화의 척도가 됨은 물론이다. 이러한 중추 세력인 지식인이 사회와 인생과 정치적 현실 속으로 들어와 열렬히 사고하고 행동한다면 그 사회는 반드시 균형을 유지하고 진보할 것이며 다른 계층과 유대가 생기고 조화가 될 것이다.

여기에 지식인이 특권층을 이루거나 권력의 시녀가 되어서는 안될 것이며 다른 계층과 조화되고 연결되는 시적 참여의 당위성을 찾게 될 것이다. 출세라는 말 자체가 남보다 잘 사는 것이고 유력자, 권력자가 되는 것이 아니라 다수 민중과의 결합과 전체적 조화 속에서 더불어 잘 사는 사회를 만드는 원천적 창조자로서의 역할을 담당한 것으로 그 역할과 기능도 바뀌어져야 할 것이다.

한 지식인이 쓴 시가 그들의 입장을 합리화하고 자기 개인 감정의 향락에서 쓰여질 것이 아니라, 민중의 생활 속으로 침투해 들어가서 정신적 양식이나 에네르기가 되어야 변화되어 가는 사회구조에 필요한 예술이 되고 문학이 될 것이 아닌가. 지적 오만심, 문화의 귀족화나 특권의식은 배격되어야 하며 진정한 민중문화의 새로운 창조를 위한 시인의 현실적 자각은 이 시대의 역사적 요청이라 생각한다.

확실히 이 땅의 文學은(시나 소설) 이미 두 가지 방향으로 목적을 달리하고 있다. 하나는 자기들만의 것, 풍류나 감동과 쾌락으로 미화된 오락으로서의 감정 소비적 淨化論에 입각한 향락적 문학이고, 하나는 새로운 시대를 위한 민주적 민중문학에의 건전한 참여의식이다.

목사는 기도만 하고 시인은 시만 쓰고 교수는 개념이니 추상이니 하는 용어만 멋들어지게 풀이하면 되는 것이 아니라 왜 우리는 이 땅에 존재해야 되며 우리는 각자 전체 속에 어떻게 조화되고 작용해야 하는가, 사회기능면에서, 새로운 예술적 측면에서 반성해 봐야 한다.

또 한 가지 과작과 걸작에 대한 이야기다. 시는 평생에 시다운 것 너댓 편이면 되고 실제 그렇게 밖에 못쓴다. 말하고 누구나 쉽게 이해된다면 그것은 어찌 시라고 하겠는가 式의 시적 오만심은 버려야 한다. 아무나 아무데서나 쉽게 읽을 수 있고 流行歌보다 강한 매력으로 대중을 사로잡을 수가 있고 그들에 의해 항상 입에 오르내리는 그런 친근한 정서여야 한다. 그런 대중성이 강한 쉬운 시가 타락이 아니라 시적 확산이며 시의 귀족적 편협심을 탈피하여 시가 대중의 연인으로 북귀되는 시의 기능 회복이다.

시인은 독자를 유행가에게 빼앗기고 그들을 무지 탓이라 비웃으며 걸작 5, 6편을 위하여 그의 상아탑 속에서 끙끙거리며 혼자서 지고한 순수론을 고수할 것인가. 쉽게 쓰여진 시, 노동자나 농민이나 과부나 갈치장수나 학생이나 아무나 좋아하는 그런 친근한 시는 문학사에 오르지 못하고 평론가의 이론 전개에 적합지 않단 말인가? 말이 안되는 소리다.

시인은 이제 귀족도 풍류객도 앵무새도 아니다. 대중 속에서 그들에게 힘과 위안을 주고 그들의 연인으로 같이 살아가는 건전한 역사적 증인이고 선구자여야 한다. 어찌 시의 사회참여가 시적 타락이고 위험하고 또 소영웅주의이며 목적문학의 병폐에 빠질 위험성이 있는가. 어찌할 수 없는 진실 때문에 시인의 진실과 시적 순교를 택한 것이지 인생을 떠난 인생이 目的이 아닌 어떤 편협한 이데올로기적 산물에서가 아니다. 인생 자체가 훌륭한 目的이라면 이 인생과 사회에 유해한 것을 용납하지 않는 그것이 바로 순수가 아닌가.

나는 언젠가 한 제자로부터 왜 예술과 정치가 대결하여 정치에게 예술이 피해를 볼 필요가 있느냐고 반문하며 나의 현실적 삶을 걱정하는 연민에서 나의 문학의 현실참여—즉 정치적 관심—를 경계하던 말을 들은 적이 있다. 정치적 현실과 무관한 시를 쓰면 피해를 입지 않을 것이 아니냐는 말인 듯했다.

나는 그 때 그 제자에게 다음과 같이 대답했다. "나는 스스로 참여시를 쓴다고 떠들거나, 더구나 정치적인 시를 쓴 적은 한 번도 없다. 누군가 시를 편의상 순수시니 참여시니 가른 것이지, 사실은 진실한 시, 인생을 위한 참된 시라고 해야 할 것이다. 그리고 정치적 현실과 관계가 있는 소재는 채택한 적이 있지만 정치적인 시를 쓰지 않았다. 정치적이 아니라 정치적일 수밖에 없는 현실에 대한 민주국민으로서의 관심과 성실의 발로로 쓰여진 진실한 시였다. 다만 어떤 정치적 현실이 그 진실이 싫어서 그 진실이 방해가 되어서 억압한 것이지 내 자신이 그런 화근을 끌어들인 데 있지 않다. 모든 속물들이 가장 싫어한 것은 진실인 것이다. 진실이 박해를 받는 것은 역사적으로도 수많은 예가 있다. 나는 앞으로도 진실한 시, 인간을 위한 시, 민족과 다수 민중을 위한 시를 열렬히 쓸 것이다. 그것이 참여냐 순수냐라는 용어로서가 아니라 인생을 위한 것이냐, 진실이냐 그 반대이냐, 역사적 안목에 비추어 진보인가 퇴보인가 극것만이 오직 내 시의 척도가 될 것이다."라고 대답했다.

거듭 말하거니와 비겁한 지식인이 자기 은폐수단으로 예술을 오도하던 그런 시대는 지나갔다. 시인은 다시 한 번 자기 위치를 점검해야 한다. 그리고 자기 혼자 있는가 누구와 더불어 있는가 확인해야 한다. 그리하여 광야의 요한과 같이 召命意識으로 진리를 외쳐야 하며 수난 속에 허덕이는 이스라엘 민족의 해방을 예언하고 투쟁을 노래했던 아모스, 엘리야, 미가, 에레미야와 같이 그 민족의 정신적 횃불이 될 때 그것이 참다운 시가 아닐 것인가.

이러한 민족적, 현실적 투철한 사명이 없을 때 감정에 충실한 예술은 반드시 타락하는 것이며 그것은 百害無一益의 위험물이 될 것이다. 이러한 입장과 시사상이 충분히 발휘되지 못하고 많은 장애에 부딪쳐 약간의 굴절작용을 한다 할지라도 근원적인 나의 시적 정당성을 지키

기에 나는 혼신의 전력을 다할 것이며 보다 성실한 삶의 기록으로서의
진실을 위한 사명감을 굳게 지킬 것이다.

- 1978년 〈버돌의 속삭임〉 후기에서

문민 시대와 나의 문학[3]

나는 1990년 『지상에 바치는 나의 노래』란 시집에 수록된 「용서하기」란 시에서 다음과 같이 노래한 적이 있다.

용서하기란

가장 위대한 사랑이라 말하니까

누군가 대뜸

배부른 놈 속 편한 소리라고 핀잔을 준다

그렇다! 용서는 신이나 하느님이나 하는 일이다.

그대 인간을 진실로 미워해 본 적 있는가?

미움이 사랑보다 용서보다

더 위대하다 생각해 본 적은 없는가?

그렇다! 미움은 인간이 갖는 또 하나의 사랑이다

미워하며 미워하며 사랑하는 것이다.

원수를 사랑하라, 더구나 너희 원수가

---

3 문병란, 『무등산에 올라 부르는 백두산 노래』, 시와사회사, 1994. 위의 책, 102~108쪽.

왼뺨을 때리면 너희 오른뺨도 내밀라
인간이, 그것도 약자인 배고픈 내가
짓밟히고 당하고 모조리 빼앗긴 자가
무엇을 어떻게 용서할 것인가?
어떻게 누구를 용서할 것인가?

─「용서하기」 전문

나는 3년 전에 쓴 이 자작시를 스스로 재음미 해보면서 미움이 또 하나의 사랑이라 역설하고 용서할 수 없다, 절규한 그날을 되돌아 본다.

3년 전과 근본적으로 달라진 것이 없으되, 나는 지금 당당히 미워하던 확신에서 용서나 화해란 단어 앞에 매우 어정쩡한 제스처를 지어야 하는 문민시대라는 과도기에 처해 있다.

우리가 꿈꾸던 민주 세상은 분명 이것이 아니었는데, 그 중간 지점에서 갑자기 길을 잘못 들었고 과녁에 혼란이 생긴 것이다.

어느날 일어나 보니까 영웅이 되어 있었던 바이런과는 정반대로 나에게는 적이 사라졌고 개혁이란 보호색을 입어버린 카멜레온이 화려한 정치 쇼를 펼쳐 보이면서 내게 '미워하기'의 열정을 빼앗아가버렸다. 뿐만 아니라, 그 가짜는 당당히 진짜로 변신하는 새로운 사기꾼 시대가 전개되고 있다. 어제까지 내가 진짜라 자신했는데, 오늘 갑자기 나는 가짜로 전락해 가고, 내가 가짜라 지목했던 그들이 당당히 진짜로 변신해 버린 것이다. 참으로 난감한 일이 아닐 수 없다. 그래서 최근 나는 다음과 같은 「사기꾼 정전(正傳)」이란 시를 썼다.

사기꾼들 틈에 산다고
사기꾼을 닮을 수 없고
더욱 사기꾼과 타협할 수 없다
아무리 가짜가 진짜를 닮았다고

끝내 그것은 진짜가 될 수 없고
가짜는 언젠가는 가짜인 것을
오늘 가짜 앞에 굴복하여 물러날 수 없다

원인도 결과도 사라져 버리고
내탓이 아니고 네탓이라고
그럴 듯하게 합법화시키는
진짜보다 더 멋드러진 가짜 앞에
마지막 양심까지 모조리 빼앗길 순 없다

진짜와 영락없이 닮은 기묘한 가짜여
진짜보다 더 좋게 보이는 신비한 가짜여
이 세상 모든 눈 멀게 하는 마술의 빛 가짜여

너는 진짜를 물리치고 당당히 행세하고 있다.
너는 온갖 가짜를 진짜로 만드는 마술을 보여준다
너는 진짜를 모조리 가짜로 만드는 술법을 보여준다

마침내 가짜가 되고 만 진짜의 비극이여
마침내 진짜가 되고 만 가짜의 승리여
진짜는 가짜가 되고 가짜는 진짜가 되고
진짜와 가짜가 함께 타버리는 옥석구분,
오오 인생은 다름아닌 가짜 그 자체였던가.

— 필자의 졸시 「사기꾼 정전」 전문

사기꾼의 3대 특징은 다음과 같다고 한다. ① 가짜는 진짜는 똑같
다. ② 가짜는 진짜보다 더 좋게 보인다. ③ 그러나 가짜는 언젠가는
가짜라고 드러난다.

하지만 ③란이 확인되기까지는 몇 백년이 걸리는 경우도 있고, 역사라는 사기극이 그것을 합법화시켜 버리는 경우도 있다면, 역사의 심판 속에서도 사기꾼의 변장술은 못 벗기게 될지도 모른다.

최근 라디오에서도 짜가가 판친다는 민요가 유행되는 것을 듣는다. 그 노래 역시 그 진짜 행세하는 가짜에 대하여 증오하거나 비판하기보다 어쩔 수 없는 현실로 체념하는 매우 냉랭한 자포자기적 정서가 주조를 이룬 듯했다. 사방에 가짜가 널려 있으니까 그것의 제거나 폭로보다 적당히 닮으면서 타협하는 것이 편하다고 생각하는 것일까. 이것은 정말 무서운 신종 허무주의다. 가짜를 합법화 시킬 뿐만 아니라 그것에 굴복하고마는 주객전도의 현실 앞에 진실은 벌레처럼 싫어하는 징그러운 물건쯤으로 버림받고 있다. 이런 시대에 시를 쓴다는 것이 얼마나 고통스러운 일인가.

지금 세계는 20세기 말을 당하여 이만저만한 가치혼란에 빠지지 않은 것 같다. 옳고 그름이나 사물에 대한 판단 기준도 사라져 버리고 이상추구의 철학이었던 이념도 탈이데올로기라는 경제전쟁 앞에서 굴복하고 말았다. 일찍이 미국의 폭로주의 작가로 「정글」을 쓴 업톤 싱클레어는 미국 사회를 평하되, 맘몬(악덕의 돈 신(神))이 뮤즈를 겁탈한 사회라 하였는데, 이제 그 겁탈 현상은 미국에 국한되지 않고 전세계로 확산되었다. 맘몬이라는 악덕의 부신(富神) 맘몬이 가는데는 물질만능주의와 퇴폐와 향락만이 남는다. 뮤즈의 하프는 이미 줄이 녹이 슬었고, 끊겨버린 것이다. 줄이 끊긴 하프를 들고 무슨 노래를 부르겠는가. 참으로 황폐한 20세기의 아수라장에서 진리의 모습은 너무도 초라해지는 느낌이다.

보다 나은 세상을 만들기 위하여 지구의 구석구석에서 수많은 민중들이 피를 흘렸지만 그 피는 모두 잊혀지고 그 피가 썩은 죽음의 무도장에서 어제의 피를 잊는 역사의 망각이 배신의 무도회를 서슴지 않고 있다. 나는 「어제의 피」라는 작품에서 다음과 같이 나의 심회를 토로한 바 있다.

어제의 피는 썩어
오늘 한 덩어리의 빵이 된다
어제의 흘린 피는 썩어
오늘 마시는 한잔의 술이 된다.

어제 흘린 동지의 피를 술로 마시며
어제 죽은 동지의 살덩이 빵을 씹으며
어제의 피가 잊혀진 곳에서
어제는 정의가 구더기로 썩는 곳에서
오늘 새로운 피가 다시 흐른다

고귀한 동지의 피를
한 장의 고급 비누로 바꾸고
탈이데올로기 무사상 무이념 속에서
그대 썩은 아편의 자유 탈색시키는가.

잊지 말아라, 잊지 말아라,
마시는 한 잔의 술 속에서
어제는 피가 외치고 있다.
꼭꼭 씹는 빵덩이 밥알 속에서
어제의 살덩이가 외치고 있다

– 필자의 졸시 「어제의 피」 전문

　　수많은 선각자와 민중이 수천년 동안 흘린 피로 민주주의가 이룩되
었고 우리들의 인권과 자유가 쟁취된 것이다. 그러나 오늘의 현상을 보
면 사람들은 그것을 망각하고 사는 것 같다. 만적이나, 스팔타카스 노
예반란으로부터 프랑스 혁명, 러시아 혁명, 수많은 전쟁으로부터 민중

은 얼마나 많은 피를 흘렸는가. 지금 우리가 먹는 빵이 그들의 피요, 살이요, 기름이다. 역사의 고통, 역사의 피를 너무 쉽게 잊는 것 같다.

현대를 일컬어 5A시대라 한다고 듣는다. ① atomization(원자화) ② anonymous(익명) ③ anxiety(걱정, 근심) ④ apathy(무관심) ⑤ anomie(도덕적 무질서, 가치혼란) 이 5항은 분명 인간상실의 위기를 잘 지적한 단어인 것 같다. 미국 사회만 아니라, 우리 나라 지구촌 구석구석 자본주의 거드름 피우는 악덕의 신 맘몬(Mammon)이 가는 곳에선 이런 극도의 타락 현상이 전개되고 있다.

스스로 평등한 이상사회 건설을 내걸고 70여 년 사회주의 혁명을 제창했던 소련연방 해체 후 러시아의 현실을 보면 그것을 위해 흘린 피가 아깝다기보다 무용했음을 절감하게 되고 허탈감을 느낀다. 옐친을 지도자로 하고 새로운 러시아 건설을 표방한 그들이 미국에 매달려 구걸할 뿐만 아니라, 자기 인민의 가슴에 총을 겨누는 신판 독재를 자행하고 있으니, 이러한 역사의 아이러니를 어떻게 이해할 것인가.

민중문학, 민족문학, 그 행방과 현주소를 확인해야 할 뿐만 아니라, 냉각된 피를 다시 태워올려야 할 중요한 역사의 소명감 앞에 서 있음을 절감한다.

비록 민중들이 맘몬의 유혹에 넘어가 우리들의 진실에 귀를 기울이지 않는다 하더라도 실망이나 원망은 금물이다. 더구나 그들에게 아부하는 상업주의적 아편문학은 독자에게 해로울 뿐만 아니라 스스로를 자멸시킨다.

시가 고통을 진정시켜주는 고급진통제가 아니라, 내장에 박힌 하나의 가시로서 경각심을 불러일으키는 아픔이어야 한다. 그러기에 나에게는 시를 버리지 못함도 하나의 형벌이오, 나름대로 내가 짊어지고 가는 작은 십자가 형틀이다.

시집 「죽순밭에서」 판금에 대한 항의서[4]

　금번 「圖書雜誌週刊新聞倫理」라는 名稱으로 불리우는 團體가 週刊新聞審議決定 제482號로 당국에 건의 문공부 통보에 의해 본인의 詩集 한마당刊 『竹筍밭에서』가 販禁됨에 있어 그 사유가 부당하고 同詩集의 전체적 경향이나 취의에 대하여 전적으로 誤讀했거나 歪曲 해석하고 있으므로 著者로서 몇 가지 오류에 대하여 지적하고 이 조치가 부당함을 항의함과 동시에 즉각 그 조치를 철회할 것을 주장하는 바입니다.

　民主國家에 있어 表現의 자유는 기본권에 속함을 憲法이 보장할 뿐만 아니라 20년 가까운 시일에 걸친 文筆家로서의 경륜과 活動에 비추어 문학적인 표현 範圍를 넘었거나 社會의 미풍양속을 저해하는 글을 쓴 적은 없으며, 오히려 그러한 사회정의의 말살과 부패를 규탄하는 비민주적, 비민족적, 비인간적 요소에 對한 저항, 고발, 비판, 풍자를 주축으로 하는 반도덕적 사회현상에 대한 저항문학 내지는 參與文學으로서 다수의 시와 글들을 쓴 것은 문단 제현과 독자들이 다 아는 사실입니다.

4　문병란, 『무등산에 올라 부르는 백두산 노래』, 시와사회사, 1994, 위의 책, 397～417쪽.

더구나 1977년 仁學社 刊으로 『竹筍밭에서』가 초판이 나왔을 때 『創作과 批評』에 실린 詩人 李時英 氏의 書評에서 저를 가장 '도덕적인 시인'이라 規定하였고 그 '강인한 시정신'이 본인의 시적 강점이라 평한 바 있습니다. 그리고, 그때 發刊 당시 아무 말이 없었고 지금까지 납본 필증을 내주지 않은 채 차일피일하다가 再版發行에 즈음하여 돌연 판금 조치를 내리면서, 그것도 이 詩集의 定評과는 전혀 관계가 먼 '미풍양속 저해' 운운하는 이유로 판금 조치를 취한 것은 그 이유가 석연치 않을 뿐만 아니라 납득이 가지 않으므로 그 조치 이유 항목에 대하여 是非를 명확히 가려내어 본인의 시적 정당성과 온당한 의미를 변호 옹호하고자 합니다.

文學作品의 評價에 있어 가장 저지르기 쉬운 오류의 하나는 작품의 의도를 전체적으로 보지 않고 부분적으로 보는 일이라고 구조주의 비평가들도 말하고 있거니와 어느 부분, 어느 문구 하나는 社會的 用語 자체이기 보다는 시적 구조의 일부분이 됨으로써 일상의 상식적 의미를 벗어나 정서로 된다는 것은 누구나 아는 詩論의 初步입니다.

詩集 전체가 가지는 의미는 물론이요, 판금 이유가 되는 시마저도 전체의 의도와는 관계없이 극히 말초적 일 부분을 歪曲 해석함으로써 저속 운운하는 것은 文章 해석의 初步的 상식을 벗어나고 있습니다.

아래에 판금 이유가 되는 작품에 대한 왜곡 부분에 대하여 피차 의견을 비교 검토함으로써 진위를 가리고자 합니다.

대저 문학한다는 행위는 인간의 生命意識의 발로이며 個人的 예술 행위에 속합니다. 個人的 노작인 문학이 사회에 끼치는 效能은 직접적 작용이 아니라 간접적 作用입니다. 政治的 現實的 發言이 아닌 상상과 정서적 기능인 작품에 판금이라는 조치 자체가 비민주적 처사로서 창작에 미치는 악영향은 너무도 지대하며, 하물며 그것이 내용에 대해 오류나 왜곡일 때 筆者가 받는 피해는 기본권 침해로부터, 文名, 경제적 손실 등 이루 헤아릴 수 없이 큰 것입니다.

이는 도서윤리위원 결정이라는 法의 융통성 이전에 인권탄압이며 참다운 창조정신의 말살로 보아 묵과할 수 없고 이 땅의 바른 文學을 지키겠다는 自由實踐文人協의 한 사람으로서 부당한 박해로 보아 나를 아끼는 수많은 독자에게 『竹筍밭에서』의 부당한 수모를 알릴 수밖에 없습니다.

주간심의 결정 건의에 따르면 「日本人」이라는 작품에 대하여 언급하기를 첫째, "民族精神을 否定하는 듯한 表現은 그것이 비록 詩的 技法에 의한 것이라 가정하더라도 일부 독자로 하여금 그릇된 역사관을 가지게 할 우려가 있다."고 지적하고 있습니다. 이 문제에 대하여 이 시 전체의 문맥과 이면에 숨은 의도, 즉 주제를 생각해 보기로 합니다. 이미 귀 심의위원회가 發刊한 주보에도 전재됐고 文公部에 납본한 동 詩集에도 게재돼 있으나 이 글을 읽는 분들의 전체적 이해를 돕기 위해 먼저 문제가 된 作品 「日本人」을 再錄하고자 합니다.

日本人

나는 무턱대고 일본인을 욕할 수 없다.
西歸浦에 와서
우리 누이를 덮친 쪽바리 새끼를
나는 무턱대고 개새끼라고 욕할 수 없다.

고급 관광호텔에 자면서
가난한 韓國 여자에게 聖恩을 베푼
아라이상 에라이상
크리스마스 주말 휴가를 韓國에서 보낸
그 갸륵한 선린 정신을 나무랄 수 없다.

소련 사람보다 낫고
中國 사람보다 낫고

以北 공산당보다 낫다는
나의 친구녀석의 말을
젊은 국사 선생의 말씀을
나는 덮어놓고 나무랄 수는 없다.

관광수입이 얼만데
제주도 관광개발을
누드촌 설립을 나무랄 수만은 없다.
게다 소리를 미워하고
사루마다를 비웃고
히노마루로 감히 밑싸개를 할까 보냐

일본 방위청 장관의 걱정은 지당한 것이다.
한반도의 평화를 원하는
방위청 차관의 걱정은 지당한 것이다.
미군 철수를 걱정하는
미끼 수상의 말씀은 지당한 것이다.

차관이 얼만데
마산만의 달빛 속에 서서
내 고향 남쪽바다 그 푸른 바다가 대수인가
해방 30년 일편단신 반공인데
30년 묵은 역사 왈가왈부 대수인가.

잘못이다.
묵은 역사책이나 뒤적이며
안중근이다 유관순이다 떠드는 것은
구식이다 잘못이다.

구식이고 말고
최면암 선생 항일시나 읽으며
안중근 의사 항일시나 읽으며
36년 찾고 제국주의 찾고
지금이 어느 때라고

이 병신아
쑥떡 찾고 콩떡 찾고
이 쓸개빠진 놈아
지조 찾고 의리 찾고
불알밖에 안 남은 주제에
남의 살림 머슴살이 주제에
체면 찾고 명분 찾고

지금이 어느 때라고
지금이 어느 때라고
윤봉기 의사 폭탄이나 생각하는가
이봉창 의사 폭탄이나 생각하는가

옳다 옳다
이완용이도 송병준이도 이용구도
옳다 옳다
한일협상도 한일경제협약도
옳다 옳다
오끼나와 기지 제공도 한일방위조약도
무턱대고 나무랄 수만은 없다.

허리 굽혀
도오쇼 이라샤이마세
아라이상 에라이상 모셔 놓고
왜무시가 좋아요 다꾸앙이 좋아요

밤마다 아양떠는
우리 누이만을 나무랄 수는 없다.
호텔 지어 초청한
관광 장관 말씀을 욕할 수만은 없다.

나무랄 수만은 없다니까
그렇다니까
그렇다니께

아이고 頭야.

위에 引用한 전문을 통독한 바와 같이 이 詩는 처음부터 反語法과 逆說(Paradox)로 시작되고 있습니다.

나는 무턱대고 日本人을 욕할 수 없다
西歸浦에 와서
우리 누이를 덮친 쪽바리새끼를 나는 무턱대고 개새끼라 욕할
수 없다.

나는 첫 연에서 울분을 억누르고 反語法과 逆說로 시작했습니다. 서방보다 말리는 시어머니가 밉다는 속담식으로 몰려온 일인 관광객보다 韓日協商 이후 기정 사실화된 우방이라는 당연한 논리에 따라 기생 관광으로 소문난 일인 관광객을 유치해 온 관광을 맡은 당국의 처사나,

이 땅에 상륙한 일인들의 추태상은 신문, 잡지 등에 수차 발표된 현상으로서 사회문제화된 바 있으며, 뜻있는 자들의 울분을 금치 못하게 한 민족 비분의 한 단면이었습니다. 관광수입을 빙자한 외래관광객 초청은 경제발전을 위한 딸라 정책의 일환이겠으나 일본 제국주의 침약에 시달려온 우리에겐 반드시 약소민족의 열등의식이 아니라도 평범한 사건이 아니며 긍정적으로 보아넘길 선린관계가 아닙니다. 그러나, 이 모든 역겨운 현실은 정부 내지는 관의 비호를 받은 기업적 관광사업의 미명으로 행해지는 듯한 인상을 주었으며 추악한 일인 관광객에 대한 증오심보다 그것을 당연시하거나 그렇게 해서 번 돈도 돈 아니냐는 민족정기 말살에 대한 울분에서 "나무랄 수만은 없다"는 기막힌 역설로 시작하여 그것을 묵인하거나 그것을 무감각하게 받아들이는 현실적 愚衆과 관광업자에 대한 분노를 풍자적 逆說, 즉 거꾸로 표현한 것입니다. 아다시피 수사론에서 역설은 強調法이며, 이 역설적 강조는 이면의 뜻을 캐취할 상대방의 다소 높은 지능을 인정할 때 가능한 것입니다. 아마도 이 글을 심사한 심의위원들은 逆說의 技法을 못 알아먹는 수준이하의 文客들이었다고밖에 생각할 수 없습니다. 이 시는 始終一貫 역설로 몰고가서, 맨 끝에 가서 나의 의견을 蛇足으로 달아 "아이고 頭야!"로 표현하여 긍정적인 것같이 나열한 현실적인 비리를 완전히 뒤집어 개탄해마지 않았던 것입니다. 이런 점에서 귀 심의위원회의 결정적인 미스는 이 시의 眞意나 본의인 逆說적 표현을 이해하지 못한 데서 作品을 전체적, 구조적으로 보지 못했거나 의도를 보지 않고 歪曲 해석한 오류를 범하고 만 것입니다. 그러니까 다음과 같이 일부 독자들에게 선열의 정신을 오해시키거나 그릇된 역사관을 가지게 할 우려가 있다는 詩句節

묵은 역사책이나 뒤적이며
안중근이다 유관순이다 떠드는 것은
구식이다 잘못이다.

라고 逆說 절규한 것도 울분의 표현입니다. 항일정신 민족정기가 말살되고, 내선일체, 日朝同根을 부르짖으며 創氏改名까지 감행한 우리의 원수 일본과 손을 잡았을 뿐만 아니라 우리들의 누이가 그들의 기생관광 노리개가 되어 돈을 버는 꼴로 전락한 이 시점에서 안중근 의사나 유관순 누나의 피맺힌 정신은 무시당하고 구식이 되는 현실에 대한 개탄인 것은 삼척동자도 알아 들을 수 있는 역설입니다. 그런데, 귀 심의 위원회에서는 비록 "詩的 技法이라 하더라도 일부 독자로 하여금 그릇된 역사관을 가지게 될 우려가 있다"고 어거지 해석으로 그릇 판시했습니다. 귀심의 위원들의 一部 의도적인 왜곡을 하려는 저의가 있는 관료적 독자나, 또는 알면서도 고양이 눈가리고 아옹하는 식의 우격다짐의 결의를 한 귀 심의위원들을 제외한 민족혼이 있는 순수한 독자들은 국민학교만 나왔다 하더라도 나의 참된 민족정기 옹호의 이 逆說을 제대로 이해하고 있습니다. 또 제가 '쪽바리새끼'라고 쓴 것은 日本人에 대한 행정적 외교적 입장이 아니라 역사적 감정을 정서적으로 표현하는 입장에서 취한 언어선택입니다. 그런 경우에 일본사람들이라고 쓴다면 이 詩 전체의 여백과 이면에 흐르는 정서적 무드나 뉘앙스가 살아나지 않으며 語感이 죽어버립니다. 이런 시구에선 오직 "쪽바리새끼"가 가장 적절한 언어인 것입니다. 내가 만약 외교관이 되어서 일본에 갔다면 그런 용어를 써서 차관을 얻어올 수는 없을 것입니다. 그러나, 외교적 정치적 이성에 입각한 표현이 아닌 문학적 표현이라면 '왜놈' '왜구' '왜족' '쪽바리' '게다짝' '기모노' '훈도시' '섬똥개' 등 무슨 용어라도 우리가 미국인을 '양키'라고 해서 반미가 될 수 없듯이 개인창작인 作品에선 정서적 표현으로서 가능한 것입니다. 이 詩를 마치 기생관광을 찬양하며 안중근 의사나 이봉창 의사나 최면암 선생의 항일정신을 모독한 것처럼 그릇 해석하고 역설적 피맺힌 절규로서의 시적 의도를 왜곡 해석했으며, 오늘의 위정자나 국민에게 부끄럽지 않느냐는 개탄이 이 시의 밑바닥에 면면히 흐름에도 불구하고 귀 심의위원회에서는 선열에 대하여 그릇된 역사관을 가질 우려가 있다는 모순된 논리를 펴고 있습니다.

옳다 옳다
이완용이도 송병준이도 이용구도
옳다 옳다
한일협상도 한일경제협약도
옳다 옳다
오끼나와 기지제공도 한일방위조약도 무턱대고 나무랄 수만은
없다.

위의 구절을 보면 이 시의 주제는 너무도 선명한 것입니다. 정말로
이완용이나 송병준이가 옳다고 들을 독자가 있을까요?

일본과 방위조약을 맺고 같은 민족인 북한과 대결해야 되는 오늘의
현실에 대하여 너무도 부끄럽고 원통한 절규를 역설한 것입니다. 그런
데, 이게 어찌 일부 독자로 하여금 그릇된 역사관(귀 심의위원 같은 한
일협약 당위론자 입장에선 몰라도)을 가질 수 있습니까? 귀 위원회의
조치는 안중근 의사나 최면암 선생의 정신을 강조한 것에 대한 경계심
에서 역설을 모르는 게 아니라 오히려 알면서도 항일정신의 고양이 현
재의 한일관계에 위태하다 생각하여 오히려 눈가리고 아웅했다고 볼
수밖에 없습니다.

둘째, "히노마루로 밑싹개를 할까 보냐 운운하여 友邦國家의 國旗
를 부당하게 모독하였다"고 하였습니다.

관광수입이 얼만데
제주도 관광개발을
누드촌 설립을 나무랄 수만은 없다.
게다 소리를 미워하고
사루마다를 비웃고

히노마루로 감히 밑싸개를 할까 보냐.

　앞뒤 문맥을 위하여 몇 행을 더 인용하였습니다. 일본이 우방이냐 아니냐 이 문제에 임하면 國家 전체의 입장이 아닌, 나 개인의 입장에선 솔직히 괴롭습니다. 설사 국가적 입장에선 이미 선린이고 友邦인지 모르나 작가 개인으로선 결코 역사적 감정이 다 해결됐다고 말할 수 없습니다. 개인의 創作인 詩에서 日本에 대하여 역사적 감정을 강하게 드러냈다고 해서 우방모독이란 확대 과장 해석이며 나의 어린날의 순정에 먹물을 칠한 군국적 제국주의 상징인 히노마루의 이미지는 분명 저주와 악마의 이미지 그것입니다. 60년대의 초반인가 친선게임 때 히노마루 계양을 격분한 고3학생이 쪽바리 깃발 찢어라고 고함쳤을 때 타이르면서도 나는 오히려 그 젊은이의 태도에 안도의 숨을 쉬었습니다. 나는 히노마루를 우방의 국기로 예우하기보다 증오와 울분의 추억으로 떠올립니다. 그러나, "밑싸개를 할까 보냐"로서 오히려 내 몸에 대지 않겠다 하였습니다. 모두 용납하고 서울 장안에 나부끼니까 참겠다는 인내심이었습니다. 시는 논리나 이성에 호소하는 지적 소산이 아닙니다. 감정의 정서적 표현입니다. 아무리 정치적으로 차관을 얻어오고 방위 조약으로 설왕설래 한다지만 나 개인은 역사적 감정을 해결하지 않았으며 히노마루의 한반도 상륙에 대해서 쓸개물이 넘어옴을 느낍니다. 이는 결코 외교적 정치적 입장이 아니라 개인적·감정적·정서적 입장입니다. 나는 오히려 友邦의 국기 모독이라는 귀 심의위원회의 표현에 혐오를 느낍니다. 이 시만이 아니라 내게는 다수의 이러한 시들이 있다는 것은 귀하들이 이미 아시리라 믿습니다. 우방의 국기 모독이란 표현엔 결코 승복할 수 없으며 역사적 감정에 남은 나의 한, 아니 우리 민족의 밑바닥에 도사린 원한에 대한 정서적 표현을 결코 '창작의 자유'라는 입장에서 정책적 배려에 짓밟힐 수 없습니다. 그리고, 저는 다시 한 번 가장 가깝고도 먼 나라요, 무역역조 30억 불의 통계와 경제 동물의 이름으로 악명높은 그들 기생관광단이 들고 들어오는 히노마루를 우방의 국기 예우할 수 없습니다. 그리고, 내가 알기로는 히노마루는 일본의 國旗가 아니라고 압니다. 일본 군국적 제국주의의 유물로서 한 죄악의 상징으로 그들 자국내에서도 진보파 보수파간에 국기 제정 문제로 논란이 있다고 알고 있습니다. 하물며 그 히노마루의 압박에 저주스런 36년을 보낸 우리가 어찌 그것을 국기모독 운운할 수 있습니까?

세번째로 문제된 것은 「詩法」이란 시에 대한 것으로 "황진이의 사타구니 속 같은 格浦雨中" "제미 씹이다"란 구절이 저속한 표현으로 우리나라 고유의 美風良俗을 크게 해친다는 규정에 위반된다는 것입니다.

우선 이 「詩法」이란 詩題부터 해설해 보고자 합니다. 이는 나의 詩作法 내지는 나의 詩論, 나의 詩精神을 詩的으로 表現한 것으로 나의 詩的 스타일을 요약 암시한 것이라고 할 수 있습니다.

> 나의 시는 직설이라고 한다.
> 조금 꼬불리고 조금 숨겨
> 넌지시 내미는 은유가 없다고 말한다.
> 소리와 냄새를 섞고
> 바이런과 이백이를 혼합하는
> 교묘한 배합이 없다고 말한다.
> 나의 시는 구식이라고 말한다.
> 조선낫에 짚신에 뚝배기에 고무신
> 나의 시는 소재가 구식이라고 말한다.
> 능청이 없고 간지럼이 없고
> 나의 시는 오입하는 기분이 없다고 한다.

여기까지가 나의 詩에 대한 일반적 평이요, 시적 특성이라는 뜻으로 열거한 것입니다. 말하자면 내 시적 세계에 대한 세평을 리얼하게 나열한 데 불과한 것입니다. 그 다음 부분을 계속 인용하면,

천재 李箱이를 모르느냐고 한다.
金光均의 회화시를 안 읽었느냐고 한다.
중학생도 다 아는 이미지를 모르느냐고 한다.
하다못해 청록파 생명파
떠돌이의 시를 못 봤느냐고 한다.
金洙暎이를 보라고 한다.
그의 멋진 욕지거리를 들으라고 한다.

　여기까지는 나의 시세계와 대조가 되는 사람들을 열거한 것입니다. 쉬르 리얼리즘을 한답시고 「烏瞰圖」 같은 난해시를 쓰고 심리주의 소설이라고 「날개」를 써서 곧잘 天才니 鬼才니 하는 특별한 대접을 받는 이상의 초현실주의 시를 은근히 나의 시와 대조시킴으로써 나의 民衆的 民族詩는 그와 같은 길을 가지 않을 뜻을 내비쳐 대조시킨 것이며, 모더니즘(Modernism)이니 이미지즘(Imagism)이니 하는 회화시 운동으로 새로운 시를 써서 '視覺的 이미지'란 말을 대유행시킨 1930년대 모더니즘 시의 기수 金光均을 끌어들여 역시 나와 대조시켜 그에 대한 지양 극복 의향을 보였으며, '시는 이미지다'라는 한국적 시의 만네리즘을 '중학생도 다 아는'으로 표현했고, 문제의 詩人 大家 徐廷柱의 근작 시집 『떠돌이의 詩』(民音社 刊)를 끌어들여 전통시의 정수를 자처하는 그분의 詩에 대한 대조로써 나의 시가 순수시를 자처하는 그분의 시와도 다름을 주장한 것이고, 참여시 저항시의 기수요, 젊은이의 우상으로 기리는 金洙暎의 『거대한 뿌리』(民音社 刊)을 끌어들여 그의 시와도 다른 것이 나의 시임을 대조시킨 것입니다. 다음 끝부분 문제가 된 구절을 인용하여 보면 그것은 더욱 확실해집니다.

　그러나 이 사람아
　황진이 사타구니 속 같은 格浦雨中

떠돌이의 시를 골백 번 읽어도

제미 씹이다! 거대한 뿌리를 아무리 봐도

끝끝내 나는 시법을 모르겠더군

간지럼을 몇십 번 먹여 봐도

제미 씹을 소리높이 외쳐 봐도

이 사람아! 자네가 말한

그 알량한 노린내 나는 詩法

끝끝내 알 수가 없더군

알 수가 없더군.

　　이 부분은 이 시의 클라이맥스로 매우 복잡한 부분입니다. 한국의 大家, 순수시의 거장 서정주의 「떠돌이의 詩」와 참여시의 기수 金洙暎의 「거대한 뿌리」를 직접 인용하여 그들의 시세계에 대한 비판과 도전을 가한 것으로 "노린내 나는 詩法"을 알 수가 없다고 거부한 대목입니다. 그러면 먼저 인용시 「떠돌이의 시」에서 따온 未堂 서정주의 원시 인용부분을 게재하여 보겠습니다.

여름 해수욕이면

써내기 퍼붓는 해어스럼,

떠돌이 창녀시인 황진이의 슬픈 사타구니 같은

변산격포로나 한번 와 보게.

　　　　　　　　　　　　　－「格浦雨中」 중에서

回甲 지낸 어느날

대구 교외의 어느 酒幕까지 흘러와 보니

옆에 앉은 갈보 계집 아이는

꼭 내 소학교쩍 동기만 같고,

소학교가 내 인생에서 제일 좋았던 게 생각나고,

장난감도 군입거리도 따로 없던 내 소학교 때
가장 재미났던
또래의 계집아이들과 서로 몸에
간지람 먹이고 놀던 게 불쑥 그리워
'뭐 더 말 할 거 있니?'하며
그갈보 계집아이와 낄낄낄낄 낄낄거리며
한 식경을 겨드랑에 발바닥에 서로 간지람 먹이며
참 여러 십 년만에 모처럼 한바탕 잘 웃고 놀다

-「대구 어느 교외 주막에서」 중에서

이상과 같은 시편 이외에도 「질마재 신화」에 나오는 산문시들, "少者 李 생원네 마누라님의 오줌 기운"―"少者 李 생원네 무우밭은요. 질마재 마을에서도 제일로 무성하고 밑둥거리도 굵다고 소문이 났었는데요. 그건 이 少者 李생원네 집 식구들 가운데서도 이 집 마누라님의 오줌 기운이 센 때문이라고 모두들 말했습니다. 옛날에 신라적에 지도로 대왕은 연장이 너무 커서 짝이 없다가 겨울 늙은 나무 밑에 長鼓만 한 똥을 눈 색시를 만나서 같이 살았는데, 여기 이 마누라님의 오줌 속에서도 長鼓만큼 무우밭까지 鼓舞시키는 무슨 그런 신바람도 있었는지 모르지. 마을의 아이들이 길을 빨리 가려고 이 무우밭을 밟아 질러가다가 이댁 마누라님한테 들키는 때는 그 오줌의 힘이 얼마나 센가를 아이들도 할 수 없이 알게 되었습니다." "네 이놈 게 있거라. 저 놈을 내 사타구니에 집어넣고 더운 오줌을 대가리에 몽땅 깔기어 놀끼라" 그러면 아이들은 꿩새끼들같이 풍기어 달아나면서 그 오줌의 힘이 얼마나 더 울까를 똑똑히 잘 알밖에 없었습니다.(「질마재신화」 제1부 13페이지)

이외에도 동시집 59페이지 「소×한 놈」 등 토속적 샤머니즘에 입각한 어느 산촌(질마재) 풍속을 산문적으로 읊은 시편들을 대체적으로 「떠돌이의 시」와 같은 근작으로 보고 그것을 비판하는 뜻에서 거부적 의미로 나의 詩法과 대조시킨 것이며, 정작 문제가 된 구절 "황진이 사타구니 속 같은 格浦雨中"은 서정주 시인의 시에서 따온 佳句 아닌 佳句이며 나의 시구가 아닌 일종의 암인용입니다. 그 다음 "제미 씹이다"의 출처가 된 金洙暎의 시집『거대한 뿌리』의 표제시 중에서 인용하면,

비숍 여사와 연애를 하고 있는 동안에는 進步主義者와 社會主義
者는 네에미 씹이다 統一도 中立도 개좆이다. 隱密도 심오도 學究도
體面도 因習도 治安局으로 가라
　東洋拓殖會社 日本 領事館 大韓民國官吏
아이스크림은 미국놈 좆대강이나 빨아라
그러나 요강, 방건, 장죽 種苗場, 장전, 구리개, 약방, 신전,
피혁점, 곰보, 애꾸, 애 못 낳는 여자, 무식쟁이
이 모든 무수한 반동이 좋다.

– 「거대한 뿌리」의 中間 부분

　좀 길게 인용한 시에 방점을 찍은 부분을 보면 그냥 알 수 있듯이 인용이라는 것은 짐작이 갈 것이며 '노린내 나는 詩法'이 무엇을 암시했나 알 것입니다. 모든 진보도 "네에미 씹이고" 통일도 "개좆"이고 아이스크림은 "미국놈 좆대강이나 핥아라"고 서슴없이 내뱉어 머리는 그분의 안하무인격 태도나 진보나 통일까지도 '개좆'이나 '네에미 씹'으로 보는 그분의 시집이 2만 부나 팔리는 이유를 모르겠다는 것이고, 나는 오히려 大家 서정주나 참여시의 기수 김수영을 지양극복하고 싶다는 민족적 성실성에서 연유된 것이 이 「詩法」의 본 의도라는 것은 자명해집니다.
　대저 시라는 것은 전체적, 구조적으로 이해하지 않고 어느 용어 하나를 말초적으로 끄집어내어 그 시 전체의 의도를 말살해 버린다는 것은 비평의 정도가 아니며 일종의 폭력이라 말할 수 있습니다. 다른 분의 인용시의 게재는 나의 시적 표현의도가 왜곡됐기에 부득이 게재한 것이고 그분들에 대한 개인적 비방의 의도는 전혀 없습니다.

그러나, 심사위원 제위가 다소나마 문학에 조예가 있다거나 비록 문학전문가가 아니고 그 방면에 관계한 관리라도 문학의 문자나 낌새는 조금이라도 알 것이니 「떠돌이의 시」와 「거대한 뿌리」 쯤은 기억할 것이요, 계속 그 일을 종사해 왔다면 그런 시들에 대해선 미풍양속 선양쯤으로 아량을 베풀어 통과된 것인지 묻고 싶은 것입니다.

오늘날 사회전반에 미만하고 있는 퇴폐풍조에 동조하는 수많은 인기 작가들의 소설들을 보면 페이지마다 원색적 표현이 수두룩하고 젊은이들의 혼을 빼는 몰핀주사적 유행문학이 일간신문에까지 횡행하는 판국에 그래도 『竹筍밭에서』에 실린 71편의 시는 설사 몇 편의 시가 표현상 용어에 문제점이 있다손 치드라도 대부분 젊은이와 민족혼을 일깨우는 힘찬 내용들이며, 특권층의 장식적 문화에서 民衆의 생생한 현장으로 옮아가는 새로운 시대의 민중적 민족문학으로서 건강한 정신과 현실적 비리에 도전하는 도덕적 강력한 저항이 주축을 이루고 있음은 내 시를 아끼는 애독자들은 다 인정하고 있습니다. 1977년 『創作과비평』 가을 호에서 나의 拙詩集 『竹筍밭에서』를 詩人 이시영은 다음과 같이 평하고 있습니다.

道德的 視覺의 문제

文炳蘭의 「竹筍밭에서」에 쓰인 시어들은 별다른 지식 없이도 한 번 읽으면 이내 그 뜻을 알 수 있는 평범하고 친숙한 언어들이다. 그는 그의 시어들을 평범한 그의 이웃들 — 민중들 속에서 자연스럽게 구해 오고 있는 것 같다. 오늘 이 속에서 시인이라 불리는 어떤 사람들이 시인이라는 이름을 마치 이 냉혹한 물질주의적 경쟁사회에서 경쟁에 의하여 차지할 수 있는 또 하나의 특권이라도 되는 듯 여기고, 일정한 전문적 교육의 혜택을 받은 사람들이 아니면 이해할 수 없는 어려운 시어들을 쓰고 있는 것과는 대조적으로 그의 시어가 민중의 생생한 생활 속에 뿌리를 내리고 있다는 점만으로도 그의 시인으로서의 건강성은 확보되어 있다고 할 수 있다.

　가진 자나 못 가진 자나, 배부른 사람이나 배고픈 사람이나 간에 저마다 타고난 본 마음이 있는 것이고, 이 본 마음의 안에서는 누구나 다 평등한 것이며, 또한 이 벌거벗은 본 마음의 가장 절실한 표현이 가장 시적인 것이라면, 인간은 누구나 다 시적인 사람들이며 시의 안에서 평등한 것이다. 사람 위해 물질이 군림하고 물질가치가 사람의 가치를 결정해 버리는 이 비정한 자본주의사회 구조 자체가 그 어떠한 명목으로든지 평등해야 할 천부적인 권리마저 짓밟아 버린다 해도, 인간의 가장 근원적인 본 마음의 표현인 시의 안에서만이라도 사람은 평등해야 하며 평등하고도 자유롭게 맺어져야 한다. 따라서 그가 오늘의 진정한 시인이라면, 이 땅의 온갖 평등으로 부터 소외되어 어렵게 살고 있는 민중 속으로 걸어들어가 그들 마음 깊은 곳에 착하게 잠들고 있는 시를 끌어내는 사람이어야하며 잠자는 시를 깨워 그들과 함께 노래함으로써 시의 주인인 민중과 더불어 이 땅의 온갖 불평등과 억압의 현실을 극복해 나가는 자이며, 그 평등케 하고 자유케 하는 가운데 어렵사리 자기를 구현하는 자이어야 한다. 文炳蘭의 시인으로서 참된 가치는 그가 일체의 도시적 병폐에 물들지 않은 건강한 언어를 무기로　민중 속에 광막하게 잠든 시를 끌어내는데 탁월한 재능을 발휘하는 점이다.

　　만경벌 나주벌 물결치는 보리
　　춘삼월 단비에
　　삼단 같은 머리 감은 조선 보리……
　　툭툭 불거지는 푸른 줄기 끝에
　　뚜룩뚜룩 여물이 차오르는 소리
　　가난한 백성의 땀방울 먹은
　　오지게 익어 가는 푸른 아우성이
　　들판 가득히 넘쳐흐른다……

오오 춤추는 모가지들이여

꺼끌꺼끌한 꺼시락들이여

너를 보듬고 딩굴어 볼거나……

히히죽거리며 벙글거리며

오 들판 가득히 일어나는

무수한 모가지들의 아우성

껄보리 만세

풋보리 만세

누우런 이빨 드러내고 웃는

씩씩한 백성들의 만세가 들린다.

―「보리 이야기」 중에서

상감청자 고운 빛깔이 아닌

이조백자 하얀 살결이 아닌

투박한 빛깔에

구수한 맛

아차차 배꼽까지 나왔네,

빡빡 얽은 얼굴로

껄걸 웃어제키는

아, 이 땅의 목마름아 설움아!

―「뚝배기 賦」 중에서

詩行의 운행이 활발하고 막힌 데가 없다. 일체의 모더니즘으로 불리는 "노린내 나는 詩法"을 벗어던진 듯한 그의 시원한 목청은, 듣는 사람으로 하여금 저절로 신명이 나게 하여 어깨춤까지 추게 할 듯도 하다. 그는 民衆 속에서 시를 끌어낼 뿐만 아니라, 그 시를 낳은 民衆들을 그의 노래 안으로 불러들여 한바탕 마음 뿌듯한 共感의 場을 마련한다. …中略… 시인과 함께 만든 이 커다란 삶은 역사를 전진시킬 수도 있으며, 평등과 자유실현을 위한 그들의 오랜 싸움을 그들 쪽으로 한 걸음 더 앞당길 수도 있는 것이다. 文炳蘭은 그런 의미에서 시의 힘을 굳게 믿고 있는 시인이며, 오늘의 시의 사명이 民衆의 소외를 제 몸의 현실로 받아들여 이를 '온몸'으로 밀고 나감에 있다고 믿는 시인이며, 그 자신을 이 싸움의 한복판에 세우려 하고 있는 시인임에 틀림없다. 그 이 땅의 각성되지 않은 대부분의 시인들과 확연히 구분되는 것은 그의 이러한 시인으로서의 높은 도덕적 자각에 있다.

― 『창작과비평』 1977년 가을호, 227~228쪽.

한 시집을 놓고 관점이 다소 다르다 하더라도 "미풍양속을 해치는 저속한 표현"이라는 판단과 "이 땅의 각성되지 않은 대부분의 시인들과 확연히 구분되는 것은 그의 이러한 시인으로서의 높은 도덕적 자각에 있다"는 전혀 다른 해석이 어떻게 나올 수 있겠습니까. 두말할 것 없이 전자는 詩集 전체가 지닌 높은 정신을 외면하고 극히 부분적인 말초적 단어나 구절을 끌어내어 왜곡시키려는 의도적 악의적 作爲性에 있고 후자는 시집 전체의 건전한 의도와 정신을 긍정적인 면에서 올바로 보려는 선의의 시정신 때문입니다.

심의위원회라는 곳이 어떠한 사람들의 집단인지 잘 모르거니와 此際에 반성하고 왜곡결정을 철회해야 할 것이며, 선의의 작자와 진실을 믿는 독자를 모독하는 이런 결정은 분명 의도적 명예훼손으로 간주, 작자로선 할 수 있는 모든 투쟁을 불사할 것이며, 나를 사랑하는 모든 독자와 함계 명예 회복을 위하여 계속 투쟁할 것입니다. 또 나의 시에 대한 販禁은 민중문학에 대한 박해이며 작자 자신만이 아니라 나의 다수의 독자에 대한 모독도 되는 것입니다.

끝으로 말하고 싶은 것은 심의위원회의 결정이 반드시 옳은 것이 아님에도 불구하고 문공부 당국에서는 그를 빙자하여 경고 과정도 없이 영세적 운영에 출혈을 감행한 출판사의 등록마저 가차없이 취소했다는 것은 그 출판사 운영자들이 혹여 민청관련 긴급조치위반 정치범이라는 이유에서라면 이는 出版權 문제가 아니라 일종의 정치 보복이며 나의 시집을 그런 정치적 보복의 제물로 삼지 않았나 의심을 갖지 않을 수 없습니다. 출판사를 없애는 데 목적이 있는지, 나의 시집을 판금시키는 데 목적이 있는지 밝혀주어야 하며 시집에 하자가 있어서라면 경고 과정도 없이 즉시 등록 취소의 조치는 아무래도 보복의 인상이 짙습니다. 긴급조치범이 대량 석방되고 세계가 해빙과 대화의 시대로 전환되는 이 시점에서 민주국가의 기본권인 출판의 자유에 대하여 권한 이상의 강한 조치는 모든 대화와 해빙에 대한 역행이며, 소위 말하는 당국의 총화에도 위배되는 행위라 여겨집니다. 작자의 생명은 작품입니다. 그 작품이 부당한 평가로 판금되었다면 나를 아끼는 독자들의 울분과 실망은 물론이요, 나 개인의 문명과 명예에 대한 훼손, 물질적 손실은 막대합니다. 법적 투쟁을 통해서라도 선량한 민주시민의 명예는 되찾고 말 것입니다. 왜곡된 해석, 부당한 결정을 즉각 철회하여 선량한 독자들이 이 詩集을 마음의 양식으로 삼을 수 있도록 판금에 대한 심의위원들의 양심의 회오를 촉구합니다.

- 1979년 7월 26일 著者 文炳蘭 識

시작(詩作) 노트[5]

1. 전라도 뻐꾸기

보리 누름의 허기진 4월,
핏빛 영마루에 와서
설리 울어 예는 뻐꾸기

올해도 전라도 땅에 와서
한 많은
전라도 사투리로 울고 있는가.

그 옛날 소박데기 우리 누님
치마끈 졸라매고 넘어 간
구멍 난 짚신 자국마다
피눈물이 고여

---

5 문병란, 『삶의 고뇌 삶의 노래』 하락도서, 1993. 404~469쪽.

선혈로 타던 진달래
피 망울망울 설움이 고이는데

오메야 아배야
개땅쇠가 사는 마을에 와서
개땅쇠, 개땅쇠
오늘도 슬피 우는가.

올해도
산수유꽃은 곱게 피어나는데
산수유꽃 밑에서 바라보는 하늘은
저리 미치게 푸르기만 한데
찔레꽃 피는 계곡을 따라 돌며
다시 찾아 온 땅 위에
슬피 哀哭하는 뻐꾸기 소리.

해질녘 메밀꽃밭 머리에 앉아
메밀꽃처럼 서러운 사연을 듣는다.
찔레꽃 피는 골짝에 누워
찔레꽃 따먹으며 달래던 시름
쑥니파리처럼 서러운 사연을 듣는다.

그 옛날 못살고 쫓겨간
고향을 등진 사람들의 원혼이 와서
오늘도 못다한 노래
슬픈 육자배기 가락에 목이 메이며
너를 따라 우는 내 마음

지금은
메밀꽃밭 머리에 내리는 빈 달빛만 곱고
그날의 노래, 그날의 사랑도 없이
텅빈 無主空山
핏빛 진달래만 피고 지는 한 많은 땅에
올해도
배고픈 甲午年의 새가 와서 운다.

지까다비 속에서
발가락이 빠지던 문둥이도 넘어 갔고
관군에 쫓기던 東學軍도 넘어 갔고
식모살이 떠나간 열 일곱 순이도 넘어갔고
서울로 팔려간 송아지도 울고 넘은
고개, 고개.

서러운 전라도 땅에 와서
올해도 피눈물 뿌려 가며
설리, 울어 쌓는
전라도 뻐꾸기
앞 산에서 뻐꾹
뒷산에서 뻑, 뻑꾹
또 하나의 甲午年을 통곡하는가.

앞 산도 첩첩
뒷 산도 첩첩
가도가도 목이 타는 황토 마루에
소리만 남고 보이지 않는 새
식어 가는 노을이 울가에 걸리면

깨어진 사발에 맹물이 고인다.

갑오년 난리에도 울고
제국 시대 흉년에도 울고
허리띠 졸라매고 넘던 春四月
배고픈 보릿고개에 와서도 울고
1970년 대통령 선거 때도 울던 뻐꾸기

또하나의 甲午年은 오는데
또 하나의 소리없는 아우성은 타는데
저리 미치게 푸른 하늘
가고 오지 못하는 사람들의
원혼 되어 떠도는 소리
원귀 되어 목메는 소리

이 산에서 뻐꾹,
저 산에서 뻑, 뻑꾹
쫓겨 가는 사람의 등 뒤에서 숨어서 운다.
황토 산마루 넘을 때 새벽의 칼빛 속에 운다.
잘리운 草賊의 모가지 부릅뜬 두 눈,
피묻은 떡갈잎으로 가리우고 운다.

오매 저놈의 뻐꾸기 소리!
하늘은 저리 미치게 푸르기만 한데
四月의 꽃불은 무더기 무더기 타오르는데
환장하게 눈부신 노을 아래
개땅쇠
개땅쇠

올해도 한많은 울음을 묻는다.

1970년 4월에 써서 동명의 시집을 간행하려다 좌절됐다. 인쇄소에서 인쇄 도중 돌연히 원고가 잉크 얼룩이 진 채 내게 되돌아 왔었다. 그 이듬해 '세운 문화사' 이용길 사장의 배려로 출간 된 제2시집『정당성』에 수록한 이래 몇 군데 첨삭이 있었다. 언어미의 함축이나 소위 형상화로 성공한 작품이 아니라 오히려 그런 면에서 태작(駄作)이나, 시적 분위기, 이 제명이 지닌 전라도적 한, 기타 나의 개인적인 사연으로 아끼는 작품이다.

권일송, 구창환 두 분이 지연에 따라 평에 호의를 보여주었고, 시집 출간 기념회에서도 이 시가 제자에 의해 낭독되었다. 수필집 출간 소식을 듣고 문순태 사형(文淳太 詞兄)께서 이 제목으로 표제 삼기를 권했다. 낭독 기술이 별반 없는 사람도 목청 돋우어 읽으면 된다. 조금 촌티를 못 벗은 건 확실하다. 어수룩한 구석들이 보이고, 도무지 계산할 줄 모르는 언어 낭비적 표현과 조금 헤벌어진 구조미 등 아무래도 가작이 되기는 글렀다. 분명 태작(駄作)이다. 그러나 내겐 늘 애착이 간다. 소주라도 한 잔 마시면 소리내어 읽고 싶어진다. 읽다가 던지고 울고 싶어진다.

전라도 사람들은 별 좋은 것이 없는 이 가난한 땅을 못버린다. 못버릴 뿐만 아니라 버리고 가도 영 못잊는다. 무슨 미련이 남아서 이 가난하고 서러운 땅을 못 버릴까? 훌쩍 떠나가서 그토록 못잊어 할까? 나는 그것을 향토애라든가 무슨 애향심 따위로 말하고 싶지는 않다. 그렇다고 역사적으로 사회사적으로 분석할 필요도 느끼지 않는다.

인생은 서로 헐뜯기 마련, 고을마다 지방의식이니 대결이니 하는 게 있고 각 고을마다 인심과 풍류가 달라 상호 비방하는 예가 많다. 어느 도 경계를 이루는 주막집 같은데서 만난 팔도 잡놈들이 주먹으로 겨루던 소박한 이야기에서, 학자, 문인, 정치가에 이르기까지 이 지방색 내지 지방의식은 꽤 심각한 면이 있다. 어떤 의미에선 서로 욕하고 또 허허 몰아쳐 웃어 넘길 수도 있다.

그런데, 전라도의 경우 그렇게 안 된다. 전라도 시비가 간혹 사회 문제화 되는 경우가 많다. 왜 우리는 허허 웃어 넘기지 못하는가. 열등 의식 때문인가. 성정이 좁아서인가. 그러한 의식의 저변에 하루 이틀에 쌓인 것이 아닌 어떤 역사적 배경이 있는지도 모른다. 설명할 수 없는 어떤 곡절이 있는지 모른다.

이것을 한이라 해도 좋고, 백기완(白基完) 선생의 말씀과 같이 원래 의 말로 환원시켜 원한(怨恨)이라 해도 좋다. 「전라도 뻐꾸기」는 바로 이 한, 아니 원한의 상징이다. 뻐꾸기는 이 땅의 어느 곳에서나 봄이면 찾아와 운다. 경상도에서도, 충청도에서도, 평안도에서도 운다. 그러 나 결코 그 울음이 같지 않다. 전라도의 황토산을 배경으로 하거나 전 라도의 메밀꽃 피는 산전(山田), 진달래 흐드러지고 배고픈 4월달 찔레 꽃 피는 어느 산자락을 배경으로 할 때 비로소 그 소리는 「전라도 뻐꾸 기」 소리가 된다.

필자 일제 말기에 태어나 초근목피(草根木皮)로 성장하면서 배가 고플 땐 산에 가서 진달래꽃을 따 먹거나 찔레를 꺾어 먹으며 배고픔 을 달랬다. 그런 날이면 언제나 어디서나 꼭 뻐꾸기가 등 뒤에서 울었 다. 뻐꾹 뻑 뻐꾹. 그 소리는 못 먹다 죽은 원혼의 목매다는 소리 같기 도 하고, 갑오년에 죽은 어느 농민군의 망향곡 같기도 하고, 쫓겨가고 다시 못오는 사람들의 화신만 같아 때로는 처절하기도 하고 때로는 오 싹하기도 하다. 그렇게도 예뻐만 보이던 산지기 딸이 시집가던 날에도 울고, 동네 아저씨들이 징병으로 징용으로 끌려갈 때도 울고, 선배님 의 전사 통지서가 오던 때도 울고, 내가 고향을 떠나던 날 아침에도 어 머니가 돌아가신 그 어느 날에도 울고… 이제는 눈만 감으면 그 소리는 내 심령의 아득한 골짜기에서 아다지오로 들려 온다.

4월달 진달래가 두 번째 피어나고(개꽃이 참꽃 다음에 핀다) 떡갈잎 이 무성해 갈 무렵 툭툭 불거지는 보리 모가지 꺾으며 꺾으며 거닐던 밭두렁 가에서 미치게 푸른 하늘을 보면 살오른 젊은 팔뚝이 우는데,

그 때 또 물 오르는 소나무 가지에 숨어 젊은 애간장 다 녹이는 그 뻐꾸기가 울었다. 「오매! 저 환장할 놈의 뻐꾸기!」 파농한 이순(耳順)의 당숙도 그 소린 싫다더라, 오살할 놈의 뻐꾸기 남의 속도 모르고 오늘도 울기만 할 것이냐. 항상 갑오년만 계속되는 이 유배의 땅에 원민의 가슴 저미는 저 새벽의 휘푸른 산자락에서 너는 올해도 머리 풀어 통곡만 할것이냐.

2. 고무신

어느 노동자의 발바닥 밑에서
40대 여인의 금간 발바닥 밑에서
이제는 닳아지고 구멍 뚫린 고무신,
이른 새벽 도시의 뒷골목 위에서나
저무는 변두리의 진흙밭 속에서나
그들은 쉬지 않고 아득히 걷고 있다.

태어날 때부터 쉬임없이 걸어온 운명,
즌 데만 딛고 온 고단한 밭길따라
캄캄한 어둠도 밟고 가고
끝없이 펼쳐진 노동의 아침,
타오르는 불길도 밟고 간다.

아득한 시간의 언덕 너머 펼쳐진
고향의 잃어진 논둑길을 걸어서
가물거리는 호롱불을 찾아가는 고무신,
두메산골 머슴의 발바닥 밑에서도
흑산도 뱃놈의 발바닥 밑에서도

뿌듯한 중량의 눈물을 안고
그들은 어디서나 돌아오고 있다.

영산포 어물장 법성포 소금장
이 장 저 장 굴러다니다
영산강 황톳물 속에 처박혀
멀뚱멀뚱 두 눈 부릅뜨고
한 많은 가슴 썩지 못하는 고무신

주인의 정든 발에 신기었을
또 하나의 고무신을 생각하며
그 주인의 발가락 사이
솔솔 풍기는 고린내를 생각하며
송송 구멍 뚫린 가슴 안고
빈 달빛에 젖는 양로원 뜨락.

오늘은 엿장수의 엿판에 실려
보이지 않는 땅으로 팔려간다.
뒷골목 쓰레기통에 누워 낮잠을 자고
허름한 변두리의 술집에서 술을 마신다.

군화가 찍고 간 아스팔트 위에서
윤나는 구두가 밟고 간 아스팔트 위에서
모진 학대 속에 짓밟힌 고무신,
기나긴 형벌의 불볕 속을
오늘은 절뚝이며 절뚝이며 쫓겨간다.

선거 때 야음을 타고

구장 반장 손을 거쳐
살금살금 박서방 김서방을 찾아간
10문짜리 검정 고무신
민주주의의 유권이 되었던 자랑도
알뜰한 관록도 사라진 채
오늘은 구멍 뚫린 밑창으로
영산강 황톳물이나 마시고 있구나.

머슴의 발바닥 밑에서
식모살이 순이의 발바닥 밑에서
뜨겁게 뜨겁게 닳아진 세월,
돌멩이도 걷어차며 깡통도 걷어차며
사무친 설움 날선 분노 안으로 삭이고
변두리로 변두리로 쫓겨온 고무신.

번득이는 竹槍에 구멍난 가슴 안고
장성 갈재 넘어가던 짚신,
그 발자국마다 핏물이 고이는데
오늘은 구멍 뚫린 고무신이 쫓겨간다.

썩어도 썩어도 썩지 못하는 한많은 가슴,
땅속 깊이 파묻혀도
뻘밭 속에 거꾸로 처박혀도
한사코 두 눈 부릅뜨고
영영 죽지 못하는 원한
여기 벌떼같이 살아나는 아우성이 있다.

1974년 창작과 비평 겨울호에 발표, 그후 제3시집 『竹筍밭에서』에 실린 작품이다. 『正當性』(1973) 시집 발간 후 다소의 변모를 꾀한 작품이었다. 나는 그 때 광주의 모사립 고교에서 고3 국어 지도를 맡고 있었다. 광주 제일고에서 조선대학교로 갔다가 별 재미를 못 보고 다시 고교로 내려온 뒤였다. 그 때 전남에 큰 수해가 있었는데, 영산강의 수해는 역사적인 비극으로서 대단했었다. 시사적, 사회적, 정치적 소재에 다소 신경을 썼던 『정당성』과는 좀 다른 각도에서 향토성 내지는 서민들의 생활 현장으로서의 접근을 꾀하던 판이라, 영산강에 대하여 여간 관심을 가지고 있지 않았다.

마침 연수원에서 변칙적인 사제간이 된 조규태(趙奎太) 선생이 영산포 중고에 근무하던 관계로 자주갔던 인연도 있었고, 외국어 대학에 재학 중이던 애제자 조영훈(趙瑩勳) 군이 교지 편집장으로 있으면서 영산강 수해 현장을 시와 사진으로 엮고싶다하여 협조하면서 그 현장을 가보게 된 것이 이 「고무신」의 창작 동기가 되었다. 강가에 선 포플라 나무 중간까지 향토물이 묻은 흔적이 있을 정도의 거대한 수마가 핥고 간 폐허는 비참 그대로였다.

그런데, 내게 강한 인상을 남긴 것은 강변 뻘이 밀린 곳에 쌓인 쓰레기들과 거기 거꾸로 처박혀 있는 구멍 뚫린 헌 고무신이었다. 아직 냄새가 가시지 않은 뻘 썩는 탁한 공기와 비가 개인 후 다시 내려쪼이는 뙤약볕 속에 거꾸로 처박혀 있는 구멍 뚫린 고무신의 이미지는 너무도 강렬한 이미지 그대로였다.

그날 밤 집에 온 나는 「구멍 뚫린 고무신」을 근대화의 격랑에 온갖 시달림을 당해온 이 땅의 수많은 노동자나 농민의 이미지로 연결하는데 성공, 다소 길다는 느낌을 주는 한 편의 시로 완성시켰다. 고무신의 수난사(受難史)는 곧 민중, 농민 노동자의 수난사 그것이 아닌가? 흥과 멋과 정서적 감동을 주는 풍류시와는 달리 리얼리즘적인 시였으면 하는 것이 나의 전 야심이었고 '썩어도 썩어도 썩지 못하는 한 많은 가슴,/땅 속 깊이 파묻혀도 뻘밭 속에 거꾸로 처박혀도/한사코 두 눈 부릅뜨고/영영 죽지 못하는 원한/여기 벌떼같이 살아나는 아우성이 있다.'에다 역점을 두는 것을 잊지 않았다.

나는 당시 일고에서부터 가까이 지낸 바 있는 사학을 담당한 김용근(金容根) 선생께서 다시 복직하여 같이 지냈는데, 이 「고무신」을 보였더니 그분 특유의 「백성론」을 꺼내어 구멍 뚫린 고무신 밑바닥이 바로 백성의 모습이라 극찬하여 시적 가능성이 부여되었다.

나는 시를 흔히 권투 시합에 비유하는데, 이 시 역시 15회전을 다 치뤄야 하는 능숙한 프로 선수의 힘과 균형 배치의 솜씨로 끈기있는 표현을 했다. 처음에 상대방의 펀치력을 시험하기 위해 슬쩍 타진만 해보다가 중반전을 넘기면서 코너로 몰고 가 마지막 라운드에 이르러 면상에 집중타를 날려 단숨에 KO시키는 전법 그대로 「벌떼같이 살아나는 아우성」으로 민중 승리를 예언하면서 종결을 지었다.

그 후 월평 같은 데서 염무웅 교수는 근대화의 역사적 격랑에서 무수히 시달려 온 서민상의 형상화라고 내 시적본의를 잘 지적했고 고료를 찾아서 박석무 형, 문순태 형 등과 함께 대포를 나누면서 나더러 「고무神의 詩人」이라 불렀을 때 별로 기분 나쁘지 않았으며, 농으로 「너의 신(神)이 뭐냐?」 물으면 나는 「나의 신(神)은 고무신이다」라고 응수할 만큼 이 「고무신」은 내 시적 대명사가 된 것이다.

이 땅의 수많은 고무신, 즉 노동자 농민 등 대다수의 소외된 민중들에게 바친 성실한 연서요, 구멍 뚫린 밑바닥 속에 도사린 이 민족의 한, 아니 원한(怨恨)의 아우성을 나의 가장 중요한 시정신으로 간직하고 있다.

3. 엉머구리의 합창

해질 녘
어두워 가는 들판에서
엉머구리 떼가 운다.

개굴개굴 개골개골
수십 마리 수백 마리
종당엔 수천 마리가 되어
한꺼번에 개굴개굴 울어댄다.

그들은 왜 우는 것일까.
집이 없는 것일까,
배가 고픈 것일까,
서러운 땅의 서러운 개구리들이
이 밤도 개굴개굴 울어댄다.

"저 요란한 소리는 무엇인고?"
"예, 배고픈 백성의 소리올시다"
"당장 그 소리 그치게 하지 못할까?"
"원체 무식한 엉머구리라 그리할 수 없사옵니다!"
"짐(朕)의 마음 심히 불쾌하도다.
억척같이 우는 엉머구리들을
엄벌에 처하는 법을 만들지어다"

법도 사상도 모르는 무식한 엉머구리 떼,
누가 저 울음 소리를 멎게 할 것인가
누가 우는 저 개구리를 벌 할 것인가
자식의 무덤이 떠내려 가고
애비의 무덤이 떠내려 가고
짓궂게 계속되는 기나긴 장마,
배고픈 엉머구리들이 울고 있다.

여기서도 개굴개굴
저기서도 개굴개굴
날마다 개구리의 장례식은 계속되고
본시 울기를 좋아하는 엉머구리 떼,
아이고 아이고
밤마다 초상집 통곡 소리만 요란하다.

근심 띤 구름 어지러이 뒤덮고
또 작달비는 퍼붓는데
법을 모르는 무식한 엉머구리 떼들,
운다는 것이 죄가 되는 것을 모르는
본래 울 줄밖에 모르는 엉머구리 떼들.

배가 고파도 개굴개굴
임이 그리워도 개굴개굴
애비가 죽어도 개굴개굴
에미가 죽어도 개굴개굴
팔도(八道)의 온갖 개구리 떼 모여들어
서러운 합창을 부르고 있다.
개굴개굴
개골개골
걀걀

1975년 『창작과비평』 가을호에 발표, 역시 제3시집 『竹筍밭에서』에
수록한 작품이다.

그 해 여름 나는 제자 황일봉 군과 함께 광주 근교에 바람을 쐬이러
나간 적이 있었다. 보리가 익어 가고 못자리에선 모가 한창 크고 있어
곧 모내기가 시작될 무렵이었다.

모내기철이면 들판 무논에서 억세게 울어대는 개구리들이 바로 엉머구리다. 머구리라고도 하고 또 맹꽁이라고도 하는 이 개구리는 좀 크고 배가 누우런 빛이며 등은 암청색에 누우런 줄이 있다. 목에 울음 주머니가 달려 바람을 넣다 뺐다 하면서 맹꽁맹꽁, 또는 개굴개굴 억세게 울어대는 것이다. 옛날에 모내기철에 들에 나가면 마치 소나기 퍼부는 소리같이 온 들판 가득히 개구리 울음 소리가 들렸다.

지금은 이 와공(蛙公)들의 수가 농약 때문에 조금씩 주는 형편이지만 모내기철의 시골 정서론 으뜸이다. 민요에도 「맹꽁이 타령」이란 게 있다.

나는 일봉군과 언덕에 앉아 이 엉머구리 울음을 들으며 예의 「백성론(김용근 씨의 국사 강의 전용 용어임)」 이야기를 주고 받아 묘하게 둘이 다 동시에 '저 엉머구리의 소리야말로 수많은 백성들의 소리가 아니냐'는 생각이 들었다. 그래서 그날밤 쉽게 「엉머구리의 합창」은 백성들의 합창으로 주제에 연결되었다.

허균의 호민론이 있다. 백성을 세 가지로 나누어 항민(恒民, 愚民), 원민(怨民), 호민(豪民)이 그것이다. 엉머구리는 이 3등급에서 어디쯤 될까? 아마 호민은 아니고 원민이나 우민쯤일 게다. 그래서 '법도 사상도 모르는 무식한 엉머구리 떼,/누가 저 울음소리를 멎게 할 것인가?/ 누가 저 우는 개구리를 벌할 것인가?' 원체 무식한 엉머구리라 법도 조치도 안 통하는 것이요, 짐의 마음이 아무리 불쾌하여도 그 울음소리를 멎게 할 수는 없다는 것이다. 그러니 무식한 백성이지만 우는 자유만은 누린다는 것일까?

'운다는 것이 죄가 되는 것을 모르는/본래 울 줄밖에 모르는 엉머구리 떼들.' 8도의 개구리 떼로 묘사된 8도의 백성들은 오늘도 어딘가 숨어서 원민의 가슴에 쌓인 남모를 한을 합창으로 호곡하고 있으리라.

4. 땅의 연가

나는 땅이다.
길게 누워 있는 빈 땅이다.
누가 내 가슴을 갈아 엎는가?
누가 내 가슴에 말뚝을 박는가?

아픔을 참으며
오늘도 나는 누워 있다
수많은 손들이 더듬고 파헤치고
내 수줍은 새벽의 나체 위에
가만히 쓰러지는 사람
농부의 때묻은 발바닥이
내 부끄런 가슴에 입을 맞춘다.

멋대고 사랑해 버린 나의 육체
황톳빛 욕망의 새벽 우으로
수줍은 안개의 잠옷이 내리고
연한 잠 속에서
나의 씨앗은 새 순이 돋힌다.

철철 오줌을 갈기는 소리
곳곳에 새끼줄을 치는 소리
여기저기 구멍을 뚫고
새벽마다 軟한 내 가슴에
욕망의 말뚝을 박는다.

상냥하게 비명을 지르는 새벽녘

내 아픔을 밟으며
누가 기침을 하는가.
5천 년의 기나긴 오줌을 받아 먹고
걸걸한 백성의 눈물을 받아 먹고
슬픈 씨앗을 키워 온 가슴
누가 내 가슴에다 철조망을 치는가?

나를 사랑해 다오. 길게 누워
황톳빛 대낮 속으로 잠기는
앙상한 젖가슴 풀어 헤치고
아름다운 주인의 손기르 기다리는
내 상처 받은 묵은 가슴 위에
빛나는 희망의 씨앗을 심어다오!

짚신이 밟고 간 다음에도
고무신이 밟고 간 다음에도
군화가 짓밟고 간 다음에도
탱크가 으렁으렁 이빨을 갈고 간 다음에도
나는 다시 땅이다 아픈 맨살이다.

철철 갈기는 오줌 소리 밑에서도
온갖 쓰레기 가래침 밑에서도
나는 다시 깨끗한 땅이다
아무도 손대지 못하는 아픔이다.

오늘 누가 이 땅에 빛깔을 칠하는가?
오늘 누가 이 땅에 멋대로 線을 긋는가?
아무리 밟아도 소리하지 않는

갈라지고 때묻은 발바닥 밑에서
한 줄기 아픔을 키우는 땅
어진 백성의 똥을 받아 먹고
뚝뚝 떨어지는 진한 피를 받아 먹고
더욱 기름진 역사의 발바닥 밑에서
땅은 뜨겁게 뜨겁게 울고 있다.

1975년 어느 달인가. 〈동아일보〉에서 「땅의 哀史」라는 시리즈가 연재된 바 있는데 그보다 먼저 창비에 발표한 작품이다.

「땅의 애사」는 근자에 성행한 재벌의 부동산 투기에 앞서 저 1876년의 병자수호조규 이래 일제의 침략부터 시작된 수난사로 새삼스러운 것은 아니다. 이 땅의 순결이 수많은 외세에 짓밟히고 자국내의 치욕의 역사 속에서 이리 뺏기고 저리 뺏기며 수난 당해온 것은 사실이다. 만약 이 땅이 생명이 있고 말을 할 줄 안다면 얼마나 아파하고 억울하여 울부짖을 것인가? 땅의 주인은 이 땅의 백성이요, 농민이어야 한다. 그럼에도 불구하고 이 땅의 주인 아닌 다른 사람들에게 능욕 당하며 그 아픔과 억울함을 참고 견딘다. 이 땅은 억울한 백성과 똑같이 수난의 표상이다.

나는 이에 이 땅을 의인화시켜 우리 백성의 억울함과 슬픔을 대신하여 표현했다. 다소 애니미즘적인 요소도 가지고 있는 표현을 통해 살아 있는 생명의 모체인 땅의 아픔을 여실하고 절실하게 나타내려 하였다. 그러자니 '나는 땅이다/길게 누워 있는 빈 땅이다'에서 시작된 시상은 쉴사이 없이 절박한 리듬을 타고 '뚝뚝 떨어지는 진한 피를 받아먹고/더욱 기름진 역사의 발바닥 밑에서/땅은 뜨겁게 뜨겁게 울고 있다.'는 종구까지 밀고 가는 도도한 운율로 되어 있다.

모처럼 경음(鯨飮)을 했던 어느 날 저녁 늦은 귀가 길에서 나는 땅 위에 넘어진 적이 있었다. 만취된 채 땅에 엎드려 있던 나는 내 뺨에 닿는 땅의 체온 같은 것을 느끼며 무언가 이상한 전율이 스며 왔다. 그리고는 그 때의 이상한 감격이 며칠째 내 몸 어느 구석엔가 남아 있었다. 시로 써 보고 싶은 것은 상당히 뒤였는데, 당시 학교 분규 사건으로 억울한 퇴학을 맞고 고향으로 내려가려는 일봉군에게 격려시를 써 주기 위해 만든 노트 첫머리에 첫줄을 쓰자마자 쉬지않고 끝행까지 단숨에 써 버린 시였다. 퇴고하면 더 나빠질 것만 같은 심정에 그냥 손 안댄 채 발표되었다. 「고무신」으로 표현된 민중이 「엉머구리의 합창」으로 울면서 「땅」과 영원한 사랑으로 밀착되는 민중 의지를 노래한 시다.

5. 겨울 산촌

사방이 막혀 버렸다. 깊은 겨울
버스도 들어오지 않았다, 차라리 막혀 버려 다오.

겨울은 내 고향의 구들목에
미신이 들끓는 달,
지글지글 끓는 사랑방 아랫목에서
머슴들의 사랑이 무르익어 가는 달,
화투장 위에도 밤새도록 흰 눈이여 쌓여 다오.

겨울 산촌은 막힌 대로가 좋아
눈은 이틀째 자꾸만 내리고
자꾸만 내리고
신문도 배달부도 안 오는 깊은 겨울,

도시에서 실려 오는 편지도
새마을 잡지도 오지 말아 다오
차라리 신문이여 오지 말아 다오.

우리를 슬프게 만드는 유행가여 들리지 말아 다오.
지불 명령을 가지고 오는 우체부 아저씨여 오지 말아다오.

눈 내리는 소리만 들리게 하고, 차라리
호롱불 가에서 심청전을 읽으며 울게 해다오
춘향이와 이도령의 서러운 이별을 함께 울게 해다오.

이틀째 이틀째 내리는 눈, 심란하게 심란하게 내리는 눈.
과부네 집 창가에 바스락거리는 눈,
눈 녹으면 어이할거나, 얼음 풀리면 어이할거나.

읍내로 나가는 고개도 막히고, 학교로 나가는 앞길도 막히고
간이역으로 나가는 웃길도 막히고
막힌 땅에서 농부가 울어, 막힌 가슴으로
고향이 울어.

차라리 모두 다 막혀 버려 다오
차라리 모두 다 막혀 버려 다오

나는 많은 시편들을 고향에 가서 썼다. 그것도 전등이 들어오기 전 호롱불 밑에 가서 썼다. 이 시 역시 전기가 들어오기 전 고향 형님 댁에 가서 멱서리 쟁여 둔 작은 방 아랫목에 배깔고 누워 호롱불 심지를 돋우며 쓴 것이다. 이제 우리 고향에도 몇년 전 전기가 들어 왔기 때문에 호롱불을 켤 필요는 없게 되었다.

어느 해 겨울 방학을 이용하여 원고나 좀 정리할까 하고 고향엘 갔다. 첫날은 온 하루 나를 반기는 고우(故友)들과 소주타령으로 공탕치고 그 이튿날 새벽에야 쓸 수 있는 시간을 얻었다.

때마침 나의 시적 무드를 만들어 주려는 배려인지 천지가 흰눈에 파

묻히고 말았다. 하루 한 번씩 들어오던 버스가 면소재지까지 오고 마을 엔 안 들어왔다. 차라리 그게 낫겠다는 생각은 왜였을까? 아무도 간섭 하지 않은, 완전한 눈으로 격리된, 그런 깊은 원시의 겨울 속에서 고향 의 가장 수수한 비밀과 접촉하고 싶은 이상한 에고이즘이 '차라리 막혀 버려 다오'로 시작했다. '지글지글 끓는 사랑방 아랫목'이니 '머슴들의 무르익어 가는 사랑'이니 '화투장 위에도 펑펑 나리는 눈'은 차라리 과 거의 시골에 대한 나의 간절한 향수인 편이 옳았을 것이다.

사랑방도, 머슴들도 차츰 사라져 가는 고향에서, 눈 오는 날의 정서 를 빌어 옛날의 정취가 그리웠던 것 같다. 나는 어려서 「사랑방」을 참 좋아했다. 머슴들이나 우리 또래의 총각들이 모여 별의별 진기한 장난 들을 하는 곳이었는데, 나는 거기서 시골의 여러 풍습들을 배우고 구경 했다. 그러나, 이제 그러한 흐뭇한 풍경은 시골에서 점점 자취를 감춰 가고 있다.

이 시는 그런 사라져 가는 것에 대한 향수나 애착이 기조를 이루고 있다. 온갖 운동, 도시에서 오는 유행, 눈부신 선전, 새마을 잡지, 텔레 비전 연속극, 돌담길 돌아서 자꾸만 떠나가는 서울 길의 유행가, 농협 지불 명령을 가지고 오는 우체부 아저씨, 이러한 것들이 눈 오는 날만은 오지 않기를 바랬고, 그것들은 다행하게도 눈 때문에 못왔다.

'눈 내리는 소리만 들리게 하고, 차라리
호롱불 가에서 심청전을 읽으며 울게 해다오.
춘향이와 이도령의 서러운 이별을 함께 울게 해다오.'

결코 복고주의자나 회고주의자는 아니다. 그러나, 발전이 아닌 타 락이나 창조가 아닌 도시적 서구적 사물에 의한 민족주체성의 말살, 자 기 문화 상실 위에 번지는 맹목적 농촌 도시화의 어떤 현상—이런 것들 은 내게 「호롱불가의 춘향전」으로 역설을 택하게 했을 것이다.

읍내로 나가는 고개도 막히고,
학교로 나가는 앞길도 막히고,
간이역으로 나가는 웃길도 막히고,
막힌 땅에서 농부가 울어,
막힌 가슴으로 고향이 울어,

차라리 모두 다 막혀 버려 다오,
차라리 모두 다 막혀 버려 다오.

전편을 통하여 나는 시종 일관 이 「막혔다」라는 말을 많이 썼다. 어떤 절박한 상황의식이 이런 역설적 언어를 택하게 했다. 눈의 힘을 빌어서나마 서투른 문명의 화장에 더럽혀진 고향의 순결을 아껴보고 싶은 향토에 대한 애착의 형상화랄까. 의미보다 분위기에 더 신경을 쓴 작품이다.

6. 개

I
개는
밤마다 짖어야 산다
캄캄한 어둠을 향하여
불가사의의 그림자를 향하여
개는 밤마다 짖어야 산다.

보고 짖을 것이 없으면
개는
빈 달이라도 보고 짖어야 한다.

자기 그림자라도 보고 짖어야 한다.
누가 짖는 개를 나무랄 것인가
누구나 보면 짖을 줄밖에 모르는
허공이나 달을 향하여
항상 짖을 줄 밖에 모르는
누가 저 개를 나무랄 것인가

개는 개를 느낄 때 짖는다.
개는 짖을 때만 개를 느낀다.
적의가 숨어드는 밤
그림자가 기어드는 밤
개는 적의가 빛난다
개는 발톱을 모은다
개는 날카로운 이빨을 세운다.

거대한 어둠을 향하여
개는
쫑긋 두 귀를 세운다.

Ⅱ
어디선가 도적이 드는 밤
無邊의 어둠 속으로
어디선가
검은 그림자가 드는 밤
짖어야 할 개가 짖지 않는다.
짖는 법을 잊어버린
발톱과 이빨을 잃어버린
짖어야 할 개가 짖지 않는다.

어째서 갑자기 세상이 조용해 지는가
어째서 짖어야 할 개가 짖지 않는가
한 덩이 먹이를 물고
지금 뒷전으로 가버린 개
주인의 발 아래 엎드려
홰홰 꼬리를 치며
먹이를 핥고 있는 노예의 개
앞문이 열린 채
지금 뒷문으로 사라진 개
한 무리의 도적들은 유유하다.

조용한 밤
한 마리 개도 짖지 않는 밤
어디선가 그림자가 숨어 든다.
다도해의 안개 속으로
마산만의 달빛 속으로
소리 없이 그림자가 상륙하고 있다.

Ⅲ
개는 짖어야 한다.
개는 짖을 때만 개가 된다.
쇠사슬을 끊고
두 귀를 쫑긋 세우고
기름진 먹이를 내던지고
개는 앞문으로 나와야 한다.
당당히 당당히 짖어야 한다.
순종의 미덕을 찢고

야성의 이빨을 세워야 한다.
으르렁 으르렁
날카론 발톱을 세워야 한다.
다도해의 어둠 속으로 상륙하는 그림자
마산만의 달빛 속으로 숨어드는 그림자
옆문으로 들어온 자를 쫓아야 한다.
몰래 숨어든 그림자를 물어 뜯어야 한다.

이 밤도 어디선가
깊어 가는 밤
모두 다 잠든 밤
보이지 않는 그림자를 향하여
텅 빈 허공의 빈 달을 향하여
컹 컹 컹
멍 멍 멍
한 마리의 고독한 개는
적막강산의 어둠을 짖고 있다.

으르렁 으르렁
날카로운 이빨을 모으고
쫑긋 두 귀를 세우고
어둠의 복판을 향하여 내닫고 있다.

　　1977년에 간행한 『죽순밭에서』에 수록된 시다. 원래 수년 전에 『원
탁(圓卓)』이란 동인지에 게재했던 동명의 제(題)로 쓴 「개」를 개작한 것
이다.
　　초기의 시에도 더러 나타냈던 실존의식을 통하여 존재 문제를 생각
해 본 시로서, 여기 나타난 「개」는 나 자신의 실존에 대한 자기 경각심

을 의미한다.

「개」를 하나의 이미지로 채택할 때 작자에 따라 여러 가지 유추가 가능할 것이다. 예를 들면 「노예」, 「충성」, 「구속」, 「저항」 등의 이미지이다. 그러나, 나는 「개」를 통하여 어떤 「존재」에 대한 자기 경각, 내지는 자기 존재에 대한 보호책으로서의 투지, 즉 앙가쥬망의 의미를 부각해 보고자 했다.

개가 「짖는다」라는 하나의 본능을 자기 존재의 확인 내지는 행동으로 보고 「개는 짖을 때만 개를 느낀다.」라는 구절로 단순한 본능 이상의 존재의 절대성을 구현하고 「존재」가 곧 투쟁이요, 앙가쥬망임을 전제로 하여 시작했다. 그러므로 새까만 어둠을 향하여 짖고 있는 「개」는 곧 부조리한 현실 속에서 나의 「존재」를 확인하여 삶을 영위하는 나 자신이다.

〈Ⅱ〉에 이르면 「존재」를 잃어 버린 변칙적인 개다. 제도나 위선적 주인에게 순치(馴致)되어 버린 「노예의 개」, 즉 짖을 줄을 모르는 개다. 나 자신과 대조시키고 싶은 경각심이 없는 세인(世人)들을 「짖을 줄 모르는 개」로 표현했다. 뼈다귀를 핥으며 뒷전으로 물러나 아예 충견이 되어 버린 개, 야성이나 본성에 의한 실존을 포기한 무력한 현대인들을 암시한다. 한 마리의 개도 짖지 않는 고요한 밤은 무엇을 암시하는가 이해가 갈 것이다.

〈Ⅲ〉은 잃어버린 삶의 의지와 본성을 되찾은 개, 발톱을 세우고, 쇠사슬을 끊고 영원한 운명에 도전하는 삶의 추구 자세를 보여 주었다. 개는 개인적인 자각이 사회적 자각으로 연결되는 실존의 확산을 암시하며 빈 달을 보고 짖는 개의 짖음은 운명에 대한 인간의 무상성을 암시하기도 한다. 단순한 사회적 부조리에 대한 저항 의식을 공식적으로 암시하는 것이 아니라, 우주적 숙명에의 도전도 곁들이고 있다고 하겠다.

혹자 참여(engagement)니 저항이니 하는 말을 정치적 공리성으로만 보는 경향이 있는데, 나는 그러한 것이 참여의 전부가 아니라 여긴다. 성실한 삶, 자기 존재에 대한 자각을 통한 사회의식이 하나의 참여라 본다. 참여라는 말을 현식적으로만 연결하기 때문에 참여시와 목적시를 혼동하는 경우가 있는데, 그것은 크게 잘못이다. 여기 나오는 개는 그런 목적의식을 가진 의무로서의 개가 아니라 오히려 그 목적의식의 해방으로부터 자기 존재를 확신하는 하나의 자유인으로서의 실존을 상징한다.

산촌에 밤이 드니 먼데 개 짖어 온다.
시비를 열고 보니 하늘이 차고 달이로다.
저 개야 공산 잠든 달을 짖어 무삼하료?

빈 달을 향하여 짖고 잇는 개의 이미지 바로 그대로,

텅 빈 허공의 빈 달을 위하여
컹 컹 컹
멍 멍 멍
한 마리의 고독한 개는
적막 강산의 어둠을 짖고 있다.

에서와 같이 바로 「존재」의 무상성이 깔려 있음을 강조하고 싶다.

1. 생애 연보

1934년	음력 8월 15일(호적상 기록은 1935년 3월 28일) 전라남도 화순 출생
1943년	화순 도곡 천암리 도곡국민학교 입학
1946년	광주 이주, 서석국민학교 4학년으로 전학
1949년	광주사범 병설중학교 입학
1950년	한국전쟁으로 휴교령
1953년	화순 향리 중고교 편입
1956년	화순 농고 졸업, 조선대학교 문리대 문학과 입학
1957년	학보병으로 8.4 군에 입대, 논산훈련소 3보대 거쳐 수도사단 맹호부대 7276부대 최전방 근무
1959년	학보병으로 제대, 3년에 복학
1959년	10월 조선대학교 재학시 『현대문학』 10월호에 김현승 시인의 추천을 받아 「가로수」가 제 1회 추천작으로 게재. 1962년 7월 「밤의 호흡」이 2회 추천, 1963년 11월호에 「꽃밭」이 제 3회 추천 완료되어 본격적인 문단활동 시작. 천료 후 「시간(時間)」, 「조롱(鳥籠)의 새」, 「화병(花瓶)」, 「나비」 등 작품을 발표함.
1961년	조선대학교 문리대 문학과 학사 졸업
1961년	3월 졸업 후 순천고등학교 국어교사 임용
1966년	6월 광주제일고등학교로 전근
1969년	9월 조선대학교 사범대학 국어교육과 전임강사 임용

1972년	3월 광주 청산학원 출강, 전남고등학교 국어교사 임용
1972년	7월 『문병란 시집』 간행, 초기의 문단 데뷔 추천작을 필두로 「꽃씨」, 「기도」, 「화병」, 「나비」, 「조롱의 새」, 「시간」, 「손」 등 52편 수록, 삼광출판사에서 간행
1975년	유신치하, 제도교육권 떠나 광주 대성학원 출강
1975년	『창작과비평』에 「고무신」, 「땅의 연가」, 「겨울 산촌」, 「나를 버리고 가신 님」, 「절교장」, 「대위법」 등을 잇따라 발표, 자유실천문인협회에 가입. 민족민중문학 지향, 현실 참여, 반독재 저항문학에 몰두
1977년	8월 제3시집 『죽순밭에서』가 판금조치됨. 이에 대하여 문화공보부에 항의서 제출
1980년	5월 광주민중항쟁 시 배후 조종자로 지목, 수배. 당시 양서협동조합 간행으로 나온 『벼들의 속삭임』이라는 농민문고판 시집이 계엄사에 의해 압수, 불온서적으로 지목. 구속 수감 조사받고 재소 유예. 이후 민족민중통일을 지향하는 저항 문학에 몰두. 민족문학 작가회의 결성에 참여하고 이사, 자문위원을 지냈으며 광주전남 공동대표. 현재는 명예회장, 광주문인협회 고문, 전남문인협회 자문위원, 민예총 광주지회장을 역임. 5·18재단 이사, 비엔날레 이사, 광주시 문예진흥기금 심사위원, 제2건국위원, 기타 많은 재야 사회단체에서 민주화운동에 전념
1988년	3월 조선대학교 복직, 인문대 국어국문학과 부교수 임용, 96년 이후 교수 승진
1990년	민족문학작가회의 이사 역임
1994년	민족문학작가회의 이사 역임
1996년	5·18기념재단 이사 역임

2000년	『창작과비평』, 『광주문학』, 『문학춘추』, 『시와사람』, 『문학전남』, 『황해문학』, 『창조문예』, 『미네르바』, 『시현실』, 『한국문인』, 『시인정신』, 『시의나라』, 『원탁시』, 『사람의문학』, 『문학도시』 등 많은 문예지에 작품을 잇따라 발표
2000년	8월 정년퇴임(인문대 국어국문학부 문창과 교수)
2015년	9월 25일 향년 80세 별세

2. 문학상 수상 경력

1979년	제2회 전남문학상
1985년	제2회 요산문학상
1996년	금호예술상
1997년	제1회 화순문학상
2000년	제1회 광주광역시 문화예술상
2001년	제4회 한림문학상
2003년	구례군 평화문학상
2009년	제1회 박인환 시문학상

3. 발간 자료 목록

단행본

시집

『문병란 시집』, 삼광출판사, 1971.(처녀시집)

『정당성』, 세운문화사, 1973.

『죽순(竹筍)밭에서』, 인학사, 1977.(판금시집)

『호롱불의 역사(歷史)』, 일월서각, 1978.(시문집)

『벼들의 속삭임』, 양서조합, 1980.(계엄사 압수 시집)

『땅의 연가』, 창작과비평사, 1981.(판금시집)

『뻘밭』, 한마당, 1983.

『동소산의 머슴새: 문병란 민족서사시』, 일월서각, 1984.(서사시집)

『아직은 슬퍼할 때가 아니다』, 풀빛, 1985.

『무등산: 문병란 시집』, 청사, 1986.(판화시집)

『5월의 연가: 문병란 신작시집』, 전예원, 1986.

『문병란 저항시: 못 다 핀 그날의 꽃들이여』, 동아, 1987.

『양키여 양키여』, 일월서각, 1988.(미국기행시집)

『화염병 파편 뒹구는 거리에서 나는 운다』, 실천문학사, 1989.

『지상에 바치는 나의 노래』, 도서출판 눈, 1990.

『견우와 직녀』, 한길사, 1991.

『직녀에게』, 일월서각, 1992.

『겨울 숲에서』, 시와사회사, 1994.

『불면의 연대』, 일월서각, 1994.

『새벽의 차이코프스키』, 계몽사, 1997.

『인연서설』, 시와사회사, 1999.

『꽃에서 푸대접 하거든 잎에서나 자고 가자』, 시와사람사, 2001.

『아무리 쩨쩨해도 사랑은 사랑이다』, 인디넷, 2002.

『매화연풍: 문병란 제26시집』, 코리아기획, 2008.

『금요일의 노래:「늙어가기」연작』, 일월서각, 2010.(연작시집)

『법성포 여자: 문병란 육필시집』, 지식을만드는지식, 2012.(육필시집)

재간시집

『죽순밭에서: 문병란 시집』, 한마당, 1979.

『땅의 연가』, 창작과비평, 1995.

『직녀에게』, 시와사회사, 1997.

『동소산의 머슴새』, 세종, 2004.

시선집

『새벽의 서(書)』, 일월서각, 1983.

『새벽이 오기까지는』, 일월서각, 1994.

『내게 길을 묻는 사랑이여: 문병란 시인 대표시선집』, 모던, 2009.

『시인의 간: 문병란 영역 시선집』, 코리아기획, 2011.

『장난감이 없는 아이들: 문병란 시선집』, 인간과문학사, 2015.

기타

『저 미치게 푸른 하늘』, 일월서각, 1979.(산문집)

『명시감상노트』(영미편), 일월서각, 1983.(감상집)

『현장문학론』, 거고출판부, 1983.(문학론)

『윤동주 시 감상노트』, 일월서각, 1987.(감상집)

『새벽을 부르는 목소리』, 동아, 1987.(강연집)

『어둠 속에 던진 돌멩이 하나』, 동아, 1987.(수상록)

『영원한 인간상』, 동아, 1988.(해설서)

『유치환 시 감상노트』, 일월서각, 1991.(감상집)

『민족문학 강좌』, 남풍, 1991.(문학론)

『연애하는 사람은 강하다』, 나라출판사, 1992.(연애론)

『삶의 고뇌 삶의 노래』, 하락도서, 1993.(시론집)

『무등산에 올라 부르는 백두산 노래』, 시와사회사, 1994.(기록모음
집)

『빛고을 아리랑: 광주 5·18 30주년 기념 광주 5·18을 위한 창작 오
라토리오』, 디자인CDR, 2011.(악보집−작사/문병란, 김성훈 공
저)

『빛고을 진혼곡: full score』, 디자인CDR, 2007.(악보집−작사/문병

란, 김성훈 공저)

논문

「현대시에 나타난 방언의 시적 효과」,『사대논문집』, 조선대학교,
    1970.
「분단시대의 시 고찰」,『통일문제연구』, 조선대학교, 1989.
「다시 오월은 와야 한다」,『무영등』, 중앙대학교, 1991.
「채석강 연사 외」,『문학춘추』제19권, 문학춘추, 1997.
「문학과 인생」,『정책과 지역발전』, 조선대학교 정책대학원, 1998.
「민족문학의 이해: 그 전통적 뿌리를 찾아서」,『정책과 지역발전』,
    조선대학교 정책대학원, 1998.
「문학작품을 통해 본 IMF시대를 이기는 삶의 자세와 지혜」,『정책과
    지역발전』, 조선대학교 정책대학원, 1999.
「나의 시론」,『문학춘추』제35권, 문학춘추, 2001.
「문병란 연보」,『문학춘추』제35권, 문학춘추, 2001.
「교육과 문학」,『문학춘추』제43권, 문학춘추, 2003.
「손광은의 시세계」,『문학춘추』제47권, 문학춘추사, 2004.
「언어의 절제와 함축 그리고 서정의 진수」,『문학춘추』제54권,
    2006.
「늙는다는 것」,『문학춘추』제57권, 문학춘추, 2006.
「김현승 시인의 문학과 인생」,『문학춘추』제62권, 문학춘추, 2007.
「기우표의 시세계-삶의 관조와 정감어린 모국어의 순수 서정」,『문
    학춘추』제71권, 문학춘추, 2010.
「임원식의 시 세계」,『문학춘추』제96권, 문학춘추, 2016.

전남대학교 한국어문학연구소 총서 10

문병란의 시와 세계

초판1쇄 찍은 날 | 2021년 7월 13일
초판1쇄 펴낸 날 | 2021년 7월 16일

엮은이 | 전남대학교 현대시연구회
펴낸이 | 송광룡
펴낸곳 | 문학들
등록 | 2005년 8월 24일 제 2005 1-2호
주소 | 61489 광주광역시 동구 천변우로 487(학동) 2층
전화 | 062-651-6968
팩스 | 062-651-9690
전자우편 | munhakdle@hanmail.net
블로그 | blog.naver.com/munhakdlesimmian
값 20,000원

ISBN 979-11-91277-17-3　93810